Mir ist so federleicht ums Herz

PETER DEMPF

Mir ist so federleicht ums Herz

Ein Mozart-Roman

Eichborn

1 2 3 4 05 04

Umschlaggestaltung: Christina Hucke
unter Verwendung des Gemäldes »The Prelude of Nina«
von Louis Leopold Boilly (1786); © Corbis
Satz: Fuldaer Verlagsagentur, Fulda
Druck und Bindung: Clausen & Bosse, Leck
ISBN 3-8218-0951-5

Verlagsverzeichnis schickt gern:
Eichborn Verlag, Kaiserstraße 66, 60329 Frankfurt
www.eichborn.de

Ob das, was ich geschrieben habe,
mit der Realität übereinstimmt oder nicht,
ist mir egal. Denn der Romancier erfindet die Realität ...

Alain Robbe-Grillet

1

Eigentlich hatte Wolfgang neben der Kutsche hergehen wollen, im hellen Sonnenschein, aber es war Nacht und nieselte, als die Frau Mama und er, mit der Mietkutsche aus Südosten kommend, aus München, am Hohen Zoll vorbei über die Lechbrücke donnerten, auf den Umweg einlenkten und beinahe die gesamte Stadt umfahren mussten, weil der Rosselehner um die Mittagszeit herum getrödelt hatte. Zur Nachtzeit im Oktober durfte nur das Gögginger Tor im Südwesten länger geöffnet bleiben. Bis neun Uhr, hatte ihnen der Kutscher vor Friedberg mürrisch erklärt. Das sei gerade so zu schaffen.

Neun Stunden Fahrt hatten sie hinter sich und waren erschöpft vom Schlagen der Räder, dem unregelmäßigen Takt der Hufe im Schlamm, vom Schaukeln und Festhalten, wenn sich die Kutsche überlehnte und man glaubte, sie werde umstürzen. Geschlafen hatte er in der Enge des Verschlags, zusammengerollt, so gut es ging, aber jetzt war er hellwach und bemerkte, dass der Wagen die Straße entlang der Befestigung nahm. Laternen auf den Mauern und an den Toren. Wolfgang riss die Augen auf. Mondlos dunkel der Himmel, feiner Regen wehte gegen die Kutschenverschläge, und der Wagen mühte sich den ansteigenden Wallweg hinauf, während die Lichter wie Flecken in alles umfassender Schwärze lagen. Rechter Hand ahnte er die Mauern mehr, als er sie sah.

»Augsburg! Finster wie die Hölle!«, flüsterte er.

Die Frau Mama neben ihm lehnte gegen die Innenbespannung der Kutsche, den Mund halb offen, und schnarchte leicht. Er ahnte sie nur. Tiefschwarz alles im Kutscheninnern. Er dachte an Augsburg, und die Glieder schmerzten. Zu lange hatte er stillgesessen und musste sich jetzt, die letzten Minuten, zwingen. Reglos starrte er hinaus in die Nacht, wartete, versuchte die Stadt zu riechen. Eine modrige Ausdünstung aus dem Graben stieg ihm in die Nase, gemischt aus Pferdemist, Schweinekot und der Feuchtigkeit der Mauer.

Endlich erreichten sie das Gögginger Tor, zahlten das Torgeld, durchfuhren die Mundöffnung, und die Kutsche ratterte die Straße entlang und abwärts. Zwei Zimmer waren im Gasthof *Zum Weißen Lamm* für die Mutter und ihn reserviert. Lange schon. Vorausgeplant vom Vater, der in Salzburg hatte zurückbleiben müssen. Über den Geschäftsfreund Glatz waren Unterkunft und Preis geregelt worden, was für heute lange Verhandlungen überflüssig machte, und ihm im Augenblick recht und bequem war.

Wolfgang beugte sich aus dem Verschlag, wollte sich orientieren, Bekanntes erinnern. Kaum dass er die Nase aus der Kutsche stecken konnte. Die Gassen waren eng. Dicht an den Wänden entlang knatterte die Kutsche über kleinköpfiges Pflaster, das hundertfach spiegelte. Niemanden sah er auf den Straßen, und wenn, dann mit einer Laterne in der Hand. Sie traten hinter ihnen wieder aus den Hauseingängen, in die sie sich beim Herannahen des Gefährts geflüchtet hatten. Als wollte der Schwager die Augsburger überfahren, dachte er und lachte. Genau das wollte er mit seiner Musik.

Unruhe trieb ihn aus dem Sitz, hin zur anderen Seite, dort war mehr Platz, dort konnte er den Kopf ganz hinausstrecken. Er kletterte über die Beine der Mutter, die sofort erwachte.

»Nicht so hastig!«, sagte sie.

Er spürte ihre Hand nach ihm tasten, ihm über den Rücken streichen wie einem Kind. Verärgert schüttelte er sie ab. Als er den Kopf aus dem Verschlag streckte, wehte ihm Nässe ins Gesicht. Sie stach ihm in die Augen, aber er wollte diese nicht schließen, wollte dieses Augsburg aufnehmen, sich vergewissern, was es für eine Stadt war. Doch in der Dunkelheit und Enge nahm er nur den muffigen Geruch nach Fäkalien und Fäulnis wahr, unter den sich der Duft nach reifen Äpfeln mischte, die für ihn unsichtbar blieben.

Hier also war der Herr Papa geboren. Der Oheim, die Tanten lebten noch, wohlgelittene Bürger, bodenständig, stadtergeben. Hatten es zu einem bescheidenen Wohlstand gebracht. Die Frau Mama und er waren avisiert.

»Augsburg?«, fragte sie, und er bejahte. »Erinnere mich daran, dem Oheim ein Billett zu schicken. Heute noch. Er wartet.« Sie fuhr ihm mit der Hand unter den Zopf, streichelte ihn erneut.

Er nickte zerstreut. Die Melodie ihrer Stimme liebte er, dieses schläfrige Timbre in Moll, das ihr eigen war, bis sie vollständig erwachte. Ihr Ton passte zum vieltaktigen, rasselnden Schlag der Räder und Hufe, war eigentümlicherweise in den Rhythmus der Räder hineingesprochen, die auf die Pflastersteine schlugen. Ramtatatamtataramta spann sich ihre Feststellung in seinem Kopf fort wie ein Faden und verschmolz mit seinen Erinnerungen, als müsse er von der Mutter etwas für sich bewahren.

Endlich hielt die Kutsche vor dem Gasthof, mit erschöpften Gäulen, die ihre Köpfe hängen ließen, unter dem Geschirr schäumten. Ein gewaltiger Komplex baute sich vor ihm auf, so dass Wolfgang glaubte, er fahre bei einem Schloss vor. Unruhig reagierte er, wollte hinaus, das Gebäude sehen. Kaum dass er die Zeit fand, den Verschlag zu öffnen. Ihm hätte es genügt, durchs Fenster zu steigen, aber die Frau Mama hielt ihn zurück.

»Wolferl! Benimm dich. Sei kein Kindskopf!«

Kindskopf, sagt sie, dachte er. Kindskopf, Trollzopf, Hosenknopf, Butterzopf. Kindskopf war er keiner mehr. Wolfgang stolperte, als er aus dem Verschlag sprang. Die Beine müde und steif. Vor ihnen wurde eine Tordurchfahrt aufgestoßen. Der Rosselehner lenkte die Kutsche hindurch. Wolfgang wartete, bis die Gepäckhürde ins Dunkel verschwunden war, dann folgte er dem Wagen.

Im Innenhof begrüßte sie Fackellicht. Von einem jungen Handlanger, der gebückt herbeieilte, wurden sie ins Haus geführt. Sofort war Wolfgang im Gespräch mit ihm, fragte, bohrte.

Im Gasthof helfe er nur für einige Stunden aus, erfuhr er. Kein Diener sei er, sondern schleppe nur das Gepäck spät ankommender Reisender auf die Zimmer, entleere morgens die Nachttöpfe, fülle frisches Wasser in die Waschschüsseln. Mattheis heiße er und sei vom Gern, dem Häusler vom Klinkertor der Sohn.

Nach Pferd roch er, weil er im Stall übernachtete. Wolfgang stieg der Geruch in die Nase, scharf und ätzend, während sich die Mutter mit dem Gastwirt unterhielt, die bestellten Reservierungen einlöste, für das Frühstück etwas zu essen orderte. Nur am Rande drangen diese Erledigungen in sein Bewusstsein, folgte er ihnen mit halbem Ohr. Neugierig schaute er der Frau Mama zu, bis ihm einfiel, dass diesmal nicht der Vater seine ordnende Hand über ihn hielt, dass er selbst mehr unternehmen musste, als auf seinen Instrumenten zu üben und ansonsten in den Tag zu träumen, dass er mit Fürsten und Bürgerlichen plaudern musste, um seine Kunst präsentieren zu dürfen. Aber lieber unterhielt er sich mit dem Pferdejungen, fühlte sich mit ihm enger verbunden als mit dem hochhaxigen Ratsgestelze und Adelsgeprotz. Seiner Frau Mama überließ er heute das Regeln und Richten – morgen würde er sich um alles kümmern, nur heute, heute nicht –, und er stieg die Treppe hinauf, hinter dem Jungen her, der zwei Koffer schleppte, einen auf dem Rücken, den anderen in der Hand, und der kaum mehr darunter zu sehen war. Wolfgang selbst trug, neben einer Tasche mit den Notenpapieren, nur den Geigenkasten, ängstlich an den Körper gepresst, mehr nicht. Kaum dass er ging, er sprang, tänzelte, verspielte sich beim Treppensteigen mit Hüpfschritten treppauf, treppab, und hätte beinahe nicht bemerkt, dass der Junge vor ihm um die Ecke gebogen war.

Zwei Stufen hoch, drei zurück, vier hoch, zwei zurück, drei hoch, treppauf, treppab, treppab, treppauf, dann trippelnd, tippelnd, tänzelnd hinter dem Jungen her um die Biegung und durch die offene Zimmertür.

Sein Zimmer kam ihm nach der Enge der Kutsche vor wie das Paradies, geräumig, still und vom matten Schimmer zweier Kerzen beleuchtet. Die Kerzen selbst rußten, waren von minderer Qualität, aber heute störte ihn das nicht mehr. Bett, Schrank, Tisch, Stuhl, spartanisch einfach eingerichtet sein Zimmer, ein lausiger Teppich, der die Schritte kaum dämpfte. Das nahm er nebenbei wahr. Mit Wucht warf er sich aufs Bett, lag so, noch angekleidet, die Arme hinter dem Kopf verschränkt, die Augen geschlossen, den Geigenkasten auf der Brust, den Kopf voller Tänze, ein Sammelsurium an Tönen, als die Mutter den Raum durch eine Verbindungstür betrat. Sie wohnte direkt nebenan.

Der Stalljunge war verschwunden, als hätte es ihn nie gegeben.

Er bemerkte sie, beobachtete sie durch seine Augenschlitze hindurch, wollte aber die Augen nicht öffnen, roch die Frau Mama, die erstaunlicherweise noch immer etwas von der frischen Salzburger Luft mit sich führte und plötzlich so fremd wirkte in Augsburgs muffiger Atmosphäre.

Vielleicht täusche ich mich auch nur, dachte er.

Sie sagte nichts, betrachtete ihn eine Weile, lächelte, fuhr sich mit einer Hand über die Stirn, massierte ihre Schläfen. Auch sie fühlte sich offensichtlich erschöpft von der Reise. Ihre hochtoupierte Frisur, die sie vor der Abfahrt mit Sorgfalt hatte brennen lassen, war zerdrückt.

Als sie ging, ließ sie die Zwischentür einen Spaltbreit offen stehen. Er hörte am Rascheln, dass sie ihr Kleid ablegte, vernahm das Klingen des Porzellans, als sie sich wusch, das Plätschern, während sie den Nachttopf benutzte. Dann schlüpfte sie ins Bett.

Längst war er zu sich zurückgekehrt, hatte die Augen geöffnet, blickte an die Decke, die Holzdecke, die durchzogen war von einer Vielzahl von Adern und Sprüngen. Wie Notenzeilen. Notenpapier an der Decke, auf dessen Linien die Kerzenschatten wie Achtel und Sechzehntel auf und ab flackerten. Seine Gefühle waren stumpf, zerschlagen vom Rattern der Räder, vom Schaukeln der Kutsche, hellwache Müdigkeit, aber Schlaf wollte sich nicht einstellen. Mit offenen Augen lag er da und starrte auf das Notenpapier am Plafond, das gefüllt werden wollte. Unwillkürlich bewegten sich seine Finger. Noch hörte er nichts, aber leise, im Hintergrund, hob ein Rauschen an, ein Raunen, dort, wo die Gedanken aufstiegen. Ganz hinten im Kopf, an dessen äußerstem Ende, formte sich eine Melodie. Er lauschte in sich hinein, aber es fehlte ihm die Fülle des Klangs. Hörte er nicht richtig? Sonst füllten Melodien seinen Kopf an, dass er glaubte, er müsse zerbersten. Heute war alles wie in Watte gepackt. Panik ergriff ihn für einen kurzen Moment, eine Angst, die ihn auch in seinen Nächten oft peinigte: dass er innerlich ertaubte, dass sich Stille um ihn senkte, dass die Musik in ihm endete. Aber da rauschten bereits Streicher in ihm auf, hell und kräftig, nur verzerrt und aus dem Rhythmus. Taub bin ich vom Lärm der Kutschfahrt, dachte er flüchtig und kontrollierte seine Ohren. Und dann fügten sich die Geigen dem stampfenden Rhythmus, dem Rollen der Kutschenräder, das ihm noch in den Gliedern hing, und die Noten flatterten auf das imaginäre Notenpapier an der Decke. Aber sie drängten und zogen und drückten. Zu langsam war das Reisetempo, zu gemächlich für seine Gedanken. Der Kutschentakt war nicht der seine. Er, Mozart, war schneller, eilender, bevorzugte den Herzrhythmus, seinen eignen Pulsschlag. Der trieb ihn auf. Er sprang aus der Bettstatt.

Mit großen Schritten rannte er auf und ab, so dass die Dielen knarzten und sich die Mutter nebenan unruhig wälzte, schwang die Arme, fuchtelte mit den Händen, ließ die Finger auf dem hölzernen Übungsklavier dahinfliegen. Dann erschrak er, stand plötzlich. Manchmal zweifelte er daran, dass seine Geschwindigkeit in diese Zeit passte. In ihm flog alles.

Langsam verklangen die Geigen, die Celli, der Bass. Sein Atem beruhigte sich, sein Blut. Aufschreiben musste er das, morgen, heute nicht mehr, für heute hatte er genug. Noch im Reisekleid legte er sich auf die Decke, verschränkte wieder die Arme hinterm Kopf. Kutschentakt unter der Schädeldecke, Schlagen der Räder, das Atmen der Frau Mama, ihre Stimme, deren Ton. Vom Zimmer nebenan drangen die Schlafgeräusche herüber. Sofort war er mit dem Gehör dabei. Das vertraute Schnarchen tat ihm wohl. Bekannte Töne vermittelten Heimat. Aber in der Fremde wirkten sie eigenartig fremd und fehl am Platz.

Froh, endlich Salzburg hinter sich zu wissen, vermisste er die Heimat, vermisste er das Nannerl, die Schwester, die ihm immer Freundin zugleich war. Sie hätte ihm jetzt raten können, denn einen Gedanken hatte er ganz hinten im Kopf verborgen, obwohl der die ganze Zeit versuchte, hervorzubrechen. Aber er hatte es ihm verboten – bis jetzt. Beim Oheim lebte seine Base. Vom letzten Besuch her kannte er sie flüchtig. Zu klein war sie damals gewesen, um seinen Sinn zu reizen, aber vergessen hatte er sie nicht. Jetzt musste sie in reifem Alter sein. Gehört hatte er von ihr, hinter vorgehaltener Hand, dass sie etwas lebhaft, dass sie umgänglich sei, mehr als zuträglich. Gefragt hatte er sich immer, was das bedeuten mochte, mehr als zuträglich? An sie dachte er, im Moment unter der Decke. Spielerische Lust empfand er.

Seine Gedanken verwirrten und verknoteten sich. Die nächsten Tage würden sie ihm ordnen. Heute löschte sie der Schlaf.

Nichts war wie Salzburg, und Augsburg war nicht die Welt.

2

Maria Anna hatte von ihm geträumt und erwachte so plötzlich, dass sie dabei erschrak. Gegen das Fachwerk pladderte Regen. Schwarz war es im Zimmer, schwarz wie im Inneren ihres Kopfes. Nichts sah sie außer den bunten Bildern des Albs auf dem Hintergrund ihrer Augen. Maria

Anna wälzte sich auf den Rücken, das Strohbett bis ans Kinn heraufgezogen. Ein scheußlicher Traum, den sie am liebsten hätte vergessen wollen, der ihr aber im Magen schmerzte. Sie legte die Hand auf den Bauch, ließ sie sanft kreisen und spürte die feinen Härchen dort. Wie eine Welle lief ihr ein Schauer über den Körper.

Den Wolfgang hatte sie kommen sehen, vorneweg war er getänzelt, dahinter die Tante, langsamer, mühsamer, den Kopf gesenkt. Mit hochroten Backen hatte sie, Maria Anna, die Tür geöffnet und die Arme aufgehalten, damit der Cousin sie umarme, begrüße, drücke –, aber der lief an ihr vorüber und die Straße entlang, sah sie nicht einmal an. Und sie stand da, die Arme ausgestreckt wie eine Vogelscheuche und ebenso dümmlich mit ihren krebsigen Wangen. Ihr zitterten noch die Lippen, stieg das Wasser der Wut in die Augen. Sie hatte ihm hinterhergerufen, Wolfgang, Wolferl, Wolf, aber er hatte sich nicht umgewandt, drehte sich nur um sich selbst, als würde ihn ein Wirbel in Pirouetten um und um treiben wie eine Tanzmaus. Verschwand hinter der Straßenbiegung. Aus ihren Augen. Zurückgeblieben war die Demütigung.

Das junge Ding aus Augsburg, dachte sie, war ihm, dem Hochberühmten, nicht einen Blick wert, nicht ein Innehalten. Provinzpomeranze, schrie es in ihr, und sie erschrak so darüber, dass sie die Augen aufriss. Doch das Bild blieb.

Jetzt ärgerte sie sich, weil sie ihn überschwänglich hatte willkommen heißen wollen, dabei schien er nur in sich selbst zu Hause zu sein.

Es zog durchs Fenster. Regentropfen schlugen auf die Lamellen, klackten gegen den Holzladen, Wind pfiff in Böen durch die Ritzen. Das Unwetter dieser Nacht jagte um die Häuserecken wie ein Nachtmahr. Sie fror. Maria Anna zog die Decke höher, bis sie ihr über den Mund reichte. Ihre Wut über die Missachtung ließ sie die Beine anziehen, sich einkugeln. Mutlos steckte sie die Hände zwischen die Schenkel, wärmte sie so, spürte das Linnen des Nachthemds.

Wolfgang durfte sie nicht einfach übersehen, als sei sie

eine Unscheinbare, eine Nichtssagende. Vor Jahren war sie ihm begegnet, dem Wunderkind, zusammen mit dem Oheim, aber da gehörte sie noch ins Bett, wenn die Herren redeten, wenn der Vetter aufspielte.

Wie ein hohler Husten wummerte das Wetter gegen die Fassade, immer erschöpfter, immer schwächer, und als es langsam einschlief, entglitt ihr die Wut, und sie pfiff auf den Vetter. Der spitzte hinter der Biegung vor, lachte sie an, tänzelte auf sie zu, nahm ihre Arme, die längst wieder am Körper anlagen, und breitete sie aus, damit er sie sehen konnte. Sie fühlte, wie sich ihre Brüste hoben unter dem Mieder, und wie er sie langsam drehte, als Connaisseur, als Großstädter eben, der die Damenwelt erlebte und jetzt verglich ...

Der frühe Tag fand sie mit hochroten Wangen und in großer Aufregung. Die Tante hatte Mitteilung machen lassen. Gestern sei sie angekommen, mit dem Herrn Sohn.

In der kleinen Küche wurde es hektisch. Pfannen schepperten, der Ofen glühte, irdene Schüsseln verbreiteten ihren hohlen Klang, die Messer hackten. Man bereitete das Mittagsmahl vor, schnitt, putzte, buk. Natürlich erwartete man die beiden, die Tante, den Cousin, schickte die Küchenhilfe auf den Markt, frisches Gemüse und frische Kräuter holen, dann Brot und einen Kapaun. Ihr misslang alles. Maria Anna legte die falsche Decke auf, schnitt die falschen Blumen, ließ einen Topf fallen, stieß beim Auswischen des Herrgottswinkels die Kerzen um. Ihr hochgeschnürtes Kleid drückte. Schwer atmete sie, schwitzte – und erstarrte, als es schellte, klopfte, noch einmal gegen die Haustür schlug. Verschluckte sich, hustete.

»Frau Mutter«, rief sie, »Besuch!«, obwohl sie ahnte, wer vor der Tür stand.

Höchstselbst öffnete die Frau Mutter, die sich zuvor die Hände an der Schürze abwischte, trockenrieb, ein Lächeln in ihr kleines Gesicht mit den mageren Wangen setzte.

Vor dem Eingang stand eine Dame, ganz unter einer schwarzen Regenschaube verborgen, den Schutz über den Kopf gezogen, tropfnass, lächelte erwartungsvoll, unsicher.

Hinter dem Rücken der Mutter schaute Maria Anna vor, suchte den Vetter, den sie nirgends entdeckte. Wo war der Wolfgang? Erinnerte sich sofort an ihren Traum. Daran, dass er sie darin abgelehnt hatte. Was, wenn es eine Vorahnung gewesen war?

Auch die Frau Mutter dachte wohl zuerst an einen Auftrag, bat die Tochter, den Vater zu holen, bis er, Wolfgang, hinter seiner Mutter auftauchte, sich vordrängte, vorbeidrängte und der Tante ins Gesicht lachte, während er sie hofierte:

»Gell, Tante, kennst mich nimmer?«

Ein Zögern, ein Erkennen, ein Aufatmen.

»Gott im Himmel, der Wolfgang! Und die Frau Tante!«

Ein Hereingebete wurde es, ein Betteln und Dienern, wie man es nur bei ihnen in Schwaben kannte. Da zierte sich die eine und wollte nicht stören. Da bat die andere und entschuldigte sich dafür, dass alles so unaufgeräumt und unsauber sei in der blitzblanken Wohnung. Man habe ja nicht erwartet – und schon heute – aber schön sei es – so überraschend – dabei wussten beide, dass der Herr Oheim seit Wochen den Besuch vorbereitet und die Tante selbst einen Boten gesandt und sich angekündigt hatte. Alles war erwartet, war Höflichkeit, war Spiel.

Ablegen mussten sie, sich abtrocknen, die Stiefel ausziehen. Maria Anna huschte ganz in den Flur. Sofort lachte Wolfgang ihr zu. Unsicher erwiderte Maria Anna dies Lachen. Noch verglich sie alles vorsichtig mit ihrem Traum von heute Nacht. Sie nahm die schweren Schauben entgegen, hängte sie noch im Flur an den Haken, half dem Vetter aus den Stiefeln, umwickelte sie zuerst mit einem Lappen, rieb sie trocken, zog dann daran, ohne ihm dabei direkt in die Augen zu sehen, und begann das Paar sofort zu reinigen und einzucremen, als es von den Füßen war, gab ein Handtuch weiter, musterte den Wolfgang, der zu ihr herübersah. Mager war er, kleingewachsen, als hätte die Zeit nicht ausgereicht, ein rechtes Mannsbild aus ihm zu machen, aber spitzbübisch die Augen. Sie warf ihm verstohlene Blicke zu, die er erwiderte. Die helle Spitzenkrawatte unter der braunen Joppe mit den weiten Ärmeln ließ ihn geckenhaft erscheinen in ihren Augen. Aus den Joppenärmeln spitzelte das Rüschenhemd. Die Kniehose ebenfalls dunkel, nur die Strümpfe hell und mit dem Kot der Straße bespritzt. Auf dem Kopf keine Perücke, die Haare aber gepudert und hinten zu einem Zopf gebunden, während sie an den Seiten aufgedreht waren, mit dem Brennstab gerollt. In Augsburg lief man so nicht herum, nicht als Mozart. Das war Salzburg an ihm, das war die Bischofsstadt.

Mit Genugtuung bemerkte sie, dass der Wolfgang sie doch wahrnahm, dass er ganz anders war als im Traum, aufmerksam, nicht das tänzelnde Wesen.

Dann stand sie auf, und auch er erhob sich, stand auf Strümpfen vor ihr. So sahen sie sich in die Augen. Der Wolfgang war nur so groß wie sie. Nach Stall roch er, nach Duftwasser, was ihr aber wichtiger war, nach einem Mozart, nur herber, nach Reise und Pferd und Wagenleder.

»Meine Verehrung, Jungfer Base!«, flüsterte er und setzte einen Kratzfuß in Strümpfen, so dass sie kichern musste.

In seinen Augen lag gleichzeitig etwas, das Maria Anna fesselte: ein Schalk, ein Spott, der sich in feinen Krähenfüßchen eingezeichnet hatte. Das gefiel ihr. Sie knickste und lachte.

»Kommt, Kinder!« Die Mutter rief.

Kinder. Als wäre dies ihr Stichwort, schlüpfte sie hinter der Mutter durch die Stubentür. Voraus gingen die Schwägerinnen, bereits in ein Gespräch über all die Unbequemlichkeiten der Reise vertieft, dass die Wege so schlimm wären, dass es ein Umstand wäre mit dem Gepäck und den Übernachtungen und den Kutschern. Sie stiegen dabei vom Eingang wenige Stufen hinauf in die Stube, einen kleinen Salon, in dem Gäste empfangen wurden. Hinterdrein Maria Anna und Wolfgang.

»Die Kinder«, wiederholte sie sich, als der Vetter an ihr vorübermusste, weil sie im Türrahmen stehen geblieben war. Sie fühlte den Druck seines Körpers, als er sie berührte, glaubte einen Moment, er hätte sich absichtlich an sie gedrückt. Während Wolfgang und die beiden Frauen sich setzten, blieb sie an der Tür stehen, beobachtete nur, dass er alles aufmerksam musterte.

Kein Wort sagten sie, folgten nur stumm den Frauen, die es sich in der Stube bequem machten, jede in einem Sessel, einander gegenüber.

Im Ohr plätscherte ihr das Gezwitscher der Schwägerinnen, die leise sprachen, als wollten sie nicht stören, als schliefe jemand nebenan.

Stumm sie beide, nur die Augen sprachen.

Er tat zögerlich, und Maria Anna dachte sofort an den letzten Besuch. Da war sie acht gewesen, er zehn und beide schüchtern und ängstlich. Sie hatten sich anfangs gezankt, und Wolfgang hatte ihr mit einer Überheblichkeit, die sie verletzt hatte, die Zunge gezeigt. Erst im Hof, beim Fangenspielen, waren sie sich näher gekommen, weil er sie gestoßen hatte und sie hingefallen war. Wolfgang hatte sie zu trösten versucht, sie gestreichelt, und sie hatte nur umso lauter geheult, weil es ihr gefallen hatte, wie er in seiner Verzweiflung mit seinen kräftigen, trockenen Fingern über die Schürfwunde am Knie gestreichelt hatte. An die Wunde erinnerte sie sich, an das Streicheln der papierenen Finger, Wolfgangs Klavierhände. Daran, dass er schließlich die Wunde mit der Zunge abgeleckt und gereinigt und den Blutspeichel ins Gras gespuckt hatte. Auf ihrem Knie seine Lippen, voll und feucht. Auf ihrem Knie. Sofort senkte sie den Kopf und errötete, als sie in seinen Augen las, dass er ebenfalls daran dachte, und fand ihn impertinent.

3

Die Haustür schlug zu, Stiefelsohlen krachten auf die Holzbohlen. Der Vater kam. Maria Anna drehte sich zu ihm um. Allein er, der Hausherr, betrat mit Stiefeln die Stube, stand wie eine Statue plötzlich unter dem Türsturz, breitete die Arme aus, nahm die Tochter in den Arm, die sich an ihn drückte, beiläufig, begrüßte die Schwägerin, fragte nach dem Bruder, musterte Wolfgang mit hellen Augen, der aufgestanden war und dem Oheim entgegenging.

»Ein Mann ist er geworden, der Wolfgang, ein richtiger Mann. Dass das aus Kindern wird!«

Schüttelte den Kopf. Räusperte sich vor Bewegung. Ließ aber die Stiefel an. Maria Anna konnte er nicht täuschen. Seiner Stimme hörte sie an, dass er sich wunderte, über die Größe des Neffen erstaunt war. Ein kleiner Großer, der Wolfgang, der Neffe. Als Wunderkind mochte das taugen, als gestandener Kompositeur ließ sich kein Staat damit machen.

»Ihr bleibt zu Mittag, alle beide!«, beschloss er und obwohl sich die Schwägerin höflich wehrte, ließ er sich nicht erweichen. Das Wort des Vaters galt, sie aber wusste, dass alles bereits besprochen, seit Tagen, seit Wochen jeder Ablauf vorgeplant worden war, dass alles nur zum Spiel gehörte. Wolfgang schien dieser Floskeln ebenfalls müde zu sein, sah zu ihr herüber, hob die Augenbrauen, zuckte mit dem Mundwinkel und schnitt dann kurz hintereinander Grimassen, die sie zum Lachen brachten.

»Wie der Vater«, flüsterte ihr Wolfgang zu, mit Mundbewegungen, die sie sofort erriet. Beide lachten sie still. Zur Frau Mutter sah sie hinüber, zur Tante, die sich darüber ausließ, wie groß sie schon sei, die Maria Anna, im heiratsfähigen Alter, wurde rot dabei, schlug die Augen nieder.

»Was für ein schönes Gesicht, was für ein fesches Kind, so sittsam, so bescheiden. Der kann sich glücklich schätzen, der sie einmal bekommt!«

Ein Blick scheuchte sie auf, die bislang verlegen zu Boden gesehen oder in die Runde gelächelt hatte.

»Ich muss helfen«, stammelte sie, als die Mutter sich erhob, während der Vater sich zu seinem Neffen setzte, den Arm um dessen Schultern legte, nach dem Bruder fragte, nach Manuskripten, nach Noten für die Druckerei, die doch wohl mit dem Gepäck mitgeschickt worden seien. Maria Anna schlüpfte hinaus auf den Flur, in die Küche. Unschlüssig blieb die Mutter zurück, mischte sich weiter ein ins Gespräch.

»Wie weltgewandt er ist«, bewunderte die Mutter den Neffen, und auch die Tante lächelte vermutlich darüber, sehen konnte es Maria Anna nicht mehr, aber hören, wie sie die Luft einsaugte und zufrieden wieder ausstieß. Wie fix sich der Wolfgang bewege, setzte sie hinzu, ganz Kavalier. Maria Anna fand, dass es langsam genug war der Schmeicheleien.

Mit halbem Ohr hörte sie noch den Namen Langenmantels, des Stadtpflegers. Jetzt planten sie zusammen die Woche in Augsburg, feilten ein Vorgehen aus. Seit Tagen war nichts anderes mehr Abendgespräch, als wie eine Akademie zu organisieren sei, wen man dafür interessieren und wie die Stadt den Sohn Leopolds hofieren müsse, schließlich habe er hier gnädigerweise Halt gemacht, und so bestückt mit Genies sei Augsburg halt nicht, im Gegenteil, voll eines gerüttelten Maßes an Mittelmäßigkeit.

In der Küche band sich Maria Anna eine Schürze um, ging der Magd zur Hand, holte sich ein Messer, begann Schwarzwurzeln zu schälen, die zum Aufweichen in einer Schüssel mit Wasser lagen und ihr mit ihrem klebrigen Schalensaft die Hände färbten. Hing ihren Gedanken nach.

Sehen würden sie sich wohl kaum, wenn die Augsburger Bürger ihn von einem Empfang zum anderen schleppten, wenn er Mittelpunkt von Soireen werden würde, seine

Akademien halten müsste, drei, vier, vielleicht fünf. Dabei gefiel er ihr, der schlanke Schlaks, trotz seiner geringen Größe. Wie sie die nächste Wurzel aus dem Wasser fischte und anschälte, sah sie den Vetter im Türrahmen stehen.

»Besprechen Sie nicht die Woche?«, entfuhr es ihr, und die Wurzel platschte zurück ins Becken.

Der Vetter trat einen Schritt in die Küche hinein, langte ins Wasser und reichte ihr die Wurzel zurück.

»Ihr müsst vorsichtig sein, Base, solche Stecken gilt's festzuhalten! Wenn sie einem erst entgleiten, ist es eine Mühe, sie wieder in Form zu bringen.«

Verblüfft, konnte sie nicht reagieren, bis ein schräger Blick und das Kichern der Magd ihr verdeutlichten, was der Vetter da gesagt hatte. Nur an der Spitze war die Schwarzwurzel abgeschält und färbte sich bereits rosa. Wieder schoss es ihr rot den Hals hinauf und ins Gesicht.

»Vetter, Ihr seid ein Filou!«

»Nun, besser ein Filou als eine alte Kuh!«, konterte er und hielt ihr die Wurzel so hin, dass sie vor ihr hin und her pendelte. Als Maria Anna danach griff, um sie weiter zu schälen, musste sie böse schauen, denn in Gegenwart der Magd durfte er keine solchen Zoten reißen.

»Ihr solltet Euch um Eure Akademien und Soireen kümmern, dann wärt Ihr aufgehoben, Vetter«, fuhr sie ihn an, konnte ihm aber nicht böse sein.

Ergeben werde es sich, meinte er leichtfüßig und schlich um die dampfenden Töpfe, da habe er Erfahrung, aus Italien, aber auch von seinen Reisen in Deutschland, Frankreich. Städte nannte er, die Maria Anna schneller atmen ließen: Wien, Florenz, Bologna, Mailand, Paris, Den Haag, London, Frankfurt, Prag. Sie konnte sich gar nicht alle merken, verstolperte sie im Kopf. Überall seien die Menschen begierig gewesen, ihn zu hören, diese Hände zu sehen. Dabei streckte er ihr seine Hände hin, die so ganz anders aussahen als der restliche Vetter, nämlich älter als er, reifer, als wären sie vor ihm erwachsen geworden, aber klein und dickfingrig.

»Diese Hände«, sagte er mehrmals, »diese Hände!«

»In Augsburg sind die Menschen anders. Misstrauischer«, sagte sie und schälte weiter, die Hände bereits voller Harzklebrigkeit der Schwarzwurzeln. Sie könne die Lust an der Musik nicht einschätzen, glaube aber, dass er sich irre. Leichthin sagte sie das, beiläufig, während der Vetter durch die Küche schlich, Deckel hob, von der offenen Marmelade kostete, was streng verboten war, die Magd mit dem Hintern an den Spülstein drückte, »Arschanarsch, das könnte regelrecht persisch sein« krähte.

»Jeder, der den Kopf weiter aus dem Nebel streckt als das Patriziat, wird ungern gelitten. Man neidet den Blick über den Tellerrand. Man kennt auch nichts anderes«, setzte sie ernst hinzu. »Verdruckt sind sie«, lachte sie, als der Vetter sich an sie heranpirschte und ihr von hinten die Schürze öffnete, so dass diese nur noch am Halsband hing.

»Spätestens Sonnabend liegen sie mir zu Füßen«, verkündete er stolz. »Ich bin der andere Herr Papa. Das ist ein Leichtes, sie zum Zuhören zu bringen. Wo doch der Stein seine Klaviere hier baut, die besten, allerbesten. Er die Klaviere für die Hände, ich die Hände für die Musik. Ein Zusammenstand, der wirken wird.«

Maria Anna verstummte. Was sollte sie sagen? Der Wolfgang, der Vetter musste es wissen. Kannte sie Paris und London, Den Haag und Wien? Nein. Aus den Mauern hier war sie noch niemals herausgekommen, nicht einmal zum Oheim nach Salzburg. Aber ein ungutes Grummeln im Bauch blieb. Ein Leichtkopf wie dieser Vetter erlitt leicht Schiffbruch zwischen diesen Nebelmauern.

Weltmännisch leckte er sich die Marmelade von den Fingern. Maria Anna schüttelte den Kopf. »Kindskopf«, murmelte sie, und er wusste sofort den Reim, die Anspielung.

»Rindskopf, Windzopf, Honigtopf«, sang er und sah sie an, wiederholte das »Honigtopf«, so dass ihr wieder heiß wurde. Was nahm er sich heraus, der Salzburger?

Die Wurzeln waren geschnitten und schwammen im Wasser. Die Magd könne sie braten, sagte Maria Anna. Mit

Sand wusch sie sich die Hände ab, an denen das Harz klebte. Die Finger fühlten sich rau an.

»Wo bleibst du denn, Wolfgang?«, rief die Stimme des Vaters aus dem Salon. Die Mutter betrat die Küche, übersah mit einem Blick die Arbeit, gab rasche Anweisungen an die Magd.

»Bring den Wolfgang in den Salon!«, sagte die Mutter zu Maria Anna. »Sie reden über die Woche. Das wird Wolfgang wissen wollen!«

Aus der Stimme der Mutter hörte sie Ärger und Erstaunen heraus, dass der Neffe sich nicht kümmerte.

»Man muss den Stier bei den Hörnern packen«, flüsterte er hinter Maria Anna, als er bereits unter der Türschwelle stand. »Sonnabend bei Langenmantel, meine Hand drauf.«

Sollte sie ihn einen Tölpel schelten, weil er so gar nicht ahnte, was für ein zwerches Volk diese Augsburger Patrizier waren? Dass es ihnen am liebsten war, man kroch von hinten in sie hinein und vorne wieder aus ihnen heraus?

»Die Hand drauf«, ließ sie sich mitreißen, schon deshalb, weil sie wusste, dass er verlieren musste. »Um was gilt's, wenn ich gewinn?«

»Wenn ich gewinn, hol ich mir einen …«

Das Wort sprach er nicht aus, verdrehte nur die Lippen zur Schnute und schloss die Augen, dass sie lachen musste und nickte. Auch die Magd, die am Spülstein Salat putzte, gluckste wieder. Unverschämtes Ding, dachte sich Maria Anna, wusste aber, dass sie nicht lange böse sein konnte. Nur die Frau Mutter sah erstaunt zwischen ihnen beiden hin und her.

»Und ich, was bekomme ich?«

Wolfgang lachte, als er die Küche verließ.

»Sucht es Euch aus, Bäsle. Zuckersüß sollt's dennoch sein.«

4

Es passte alles nicht zusammen, das zurückgesetzte Haus und das Vorhaus. Breit und herrschaftlich das eine, geduckt, mit enger Durchfahrt das andere, wie angeklebt hinter dem Schwalbeneck. Eisig war es hier, ungeheizt, beide froren, er, Wolfgang, und der Oheim, der ihn hierher geführt hatte, gleich nach einem kurzen zweiten Frühstück. Man war übereingekommen, die Dinge nicht aufzuschieben und das Mittagessen warm zu stellen, der Sonntag war schließlich ein ebenso guter Tag wie der Montag oder irgendein anderer. Gestört hatte Wolfgang nur, dass die Frau Mama ausplauderte, sie beide wollten die Reise über Akademien finanzieren, und eine schnelle Einnahme würde ihren ohnehin geplagten Reisesäckel schonen. Als ob am Sonntag von Geld gesprochen werden musste.

Bequem von der Jesuitengasse aus zu erreichen, kaum einen Glockenschlag entfernt, hofften sie, Langenmantel anzutreffen. Die Frühmesse im Dom war vorüber, und der Stadtpfleger sollte zu Hause sein, bevor er zum Mittagessen in die Geschlechterstube hinüberging.

»Wirst sehen«, hatte er dem Oheim versprochen, »wirst sehen, der Name Mozart gilt etwas und öffnet selbst am geheiligten Ruhetag alle Pforten.«

Versehen mit einem Empfehlungsschreiben an den Herrn Langenmantel hatte Wolfgang an die schwere Eichentür geklopft und gewartet.

Jetzt fror ihn. Ein Lakai hatte sie wortlos begrüßt, das Schreiben in Empfang genommen, sie ins unbeheizte Vorhaus gebeten und war verschwunden. Seit einer halben Stunde standen sie sich in diesem Eiskeller von Vorhaus die Beine in den Bauch, und niemand schien sich ihrer mehr annehmen zu wollen. Der Oheim blies seinen Atem durch die zu Fäusten geballten Hände, um sie warm zu halten. Vom Steinboden hoch kroch eine bissige Kälte.

»Wirst sehen«, wiederholte er sich, »der Longotabarro wird gerade erst aus den Federn gekrochen sein. Und jetzt spiel ich ihm auf, zum Frühstück.«

»Träumer!«, brummte der Oheim, der sich kerzengerade streckte, als er Schritte vernahm. »Mit deinen eiskalten Fingern kannst du allerhöchstens Possen treiben, aber nicht spielen. Und lass ihn das *Longotabarro* nicht hören. Mit dem Stadtpfleger scherzt man nicht.«

Der Lakai kam zurück. Ohne den Oheim auch nur eines Blickes zu würdigen, blieb er im Eingang zur Vorhalle stehen, nickte mit dem Kinn in Wolfgangs Richtung und ließ dann, zum Oheim gewandt, fallen: »Er bleibt hier und wartet!«

Wolfgang sah den livrierten Diener an, mit offenem Mund und einer Bemerkung auf den Lippen. Dieser rührte keinen Muskel im Gesicht, blickte mit leeren Augen starr geradeaus, selbst an ihm vorbei auf einen Punkt an der Wand. Man konnte Unfreundlichkeit weit besser überspielen, als es dieser Laffe tat. Aber der Oheim berührte ihn nur am Arm und schüttelte den Kopf.

»Im Haus Langenmantels widerspricht man nicht«, flüsterte er. »Merk es dir!«

»Soll der Herr Oheim hier warten wie ein Lakai?«, entfuhr es Wolfgang dennoch, aber der Livrierte hielt seine Bemerkung nicht einmal einer Erwiderung für wert.

Eine halbe Stunde hatten sie im Vorhaus gewartet, und jetzt sollte der Oheim weiter in der Kälte ausharren müssen? Wo war er? In Augsburg oder in Abdera? Hatte er es mit Bürgern oder mit Narren zu tun?

Aber der Oheim nahm es gelassen. Er zuckte nur kurz mit den Schultern und zog den Mund schief, was alles bedeuten konnte.

Schweren Herzens trennte sich Wolfgang von ihm und folgte dem Lakai, der vor ihm herging, leicht hinkte und immerfort die linke Hand schüttelte, über den Hof zum eigentlichen Haus. Während der Oheim weiter mit den Füßen stampfte, um die Kälte aus den Gliedern zu schlagen, eilte Wolfgang, froh, dem Eiskeller entronnen zu sein, hinter dem Diener her. Jetzt war er in seinem Element, jetzt konnte er beweisen, dass auch er das Geschick besaß, sich als Kompositeur und Musikus durch die Welt zu schlagen. Auf heute Abend oder gar morgen freute er sich, wenn er den Brief an den Vater formulieren durfte, um ihm darin mitzuteilen, dass er vor der Augsburger Obrigkeit eine Akademie abhalten würde. Auch die Höhe des Honorars würde er einflechten. In einem Nebensatz. Beiläufig. Ja, darauf freute er sich. Vielleicht hatte es auch sein Gutes, dachte er, wenn nur er mit dem Stadtpfleger verhandeln, seine Sache allein vertreten konnte, schließlich besaß er alle Erfahrung, die dazu nötig war, während der Oheim doch nur Buchbindermeister blieb.

Der Lakai führte ihn über den Hof, um das Gebäude herum und durch eine schmale Pforte von hinten in das Herrenhaus. Kurz geschnittene Rabatten säumten den Hauptweg, von dem aus sie auf halber Höhe auf einen Schotterpfad abbogen. Wolfgang schluckte. Man ließ ihn durch den Dienstboteneingang ein! Das war eine Beleidigung, die er weder verdiente noch sich gefallen lassen musste. Einen Augenblick überlegte er, ob er sich weigern sollte weiterzugehen. Aber der Lakai hatte seine Anweisungen, ihm konnte er nichts vorwerfen, und den Irrtum würde er aufklären, sobald er dem Hausherrn vorgestellt worden war. Erfahren sollten sie, was es hieß, einen Mozart zur Nebenpforte einzulassen.

Das Haus war alt, das roch man. Über eine dunkle Holztreppe stiegen sie hinauf in den ersten Stock. Mindestens hundert Jahre oder mehr ächzten die Treppenstufen schon unter dem Gewicht der Bewohner und Besucher. Eine Müdigkeit, ein Klagen hörte Wolfgang aus dem Knarren der Holzbohlen und Balken heraus. Die Erschöpfung der Zeit, die er selbst manchmal in sich spürte.

Ganz wohl war ihm nicht mehr bei diesem Besuch. Die Wartezeit, der Hintereingang. Gewarnt hatte ihn der Herr Papa vor diesem Menschen, vor dessen Schellenkönigtum.

Aber er war nicht hier, um die Erfahrungen des Vaters zu überprüfen. Er stand nicht hier, um dessen unangenehme Erinnerungen an eine Reise mit Jakob Wilhelm Benedikt Langenmantel nach Salzburg zu bestätigen. Hier kam Wolfgang Amadé Mozart, und dessen Name schlug selbst Schellenkönige in Bann.

Er wurde in eine Bibliothek geführt, in eine Art Arbeitskabinett. Um und um drehte er sich, als er den Raum betrachtete, die Bücher an den Wänden, die Stuckaturen, die bereits dunkle Risse zeigten, die damastenen Tapeten, die ebenfalls dunklen, schweren Möbelstücke, und wäre beinahe auf den Lakaien aufgelaufen, als dieser unvermittelt stehen blieb.

»Der Herr Mozart, Euer Ehren.«

Am Fenster stand, ihm den Rücken zugewandt, das Schreiben, das Wolfgang dem Diener mitgegeben hatte, ins Licht haltend, der Stadtpfleger, eine abgeschabte Hausperücke auf dem Kopf, korpulent, mit einem Dreifachkinn, das sich von hinten sichtbar in den Hals hineinschob. Sein Hausmantel bauschte sich unter einem gewaltigen Bauch, und der Atem ging pfeifend.

»Mozart? Mozart?«, begrüßte der ihn, ohne aus dem Blatt aufzusehen. »Ich kannte einstmalen einen Mozart. Der hat mich nach Salzburg begleitet.«

Wolfgang räusperte sich. Der gewaltige Körper des Stadtpflegers heischte allein seines Umfangs wegen Respekt. Hier stand eine gewichtige Persönlichkeit. Dabei sah er sehr wohl, dass es dem Herrn Langenmantel Mühe kostete, sich aufrecht zu halten, dass er schwankte und sich an der Laibung des Fensters einhielt. Stoßweise sprach er, kurzatmig.

»Untertänigst –«, antwortete Wolfgang, aber Langenmantel schnitt ihm mit einer Handbewegung das Wort ab.

»Er antwortet, wenn Er gefragt wird!«

Wolfgang blieb der Satz im Hals stecken. Wie ein Fürst gebärdete sich dieser wandelnde Fettsack, und war doch nur von der Bürgerschaft gewählter Magistrat.

Langenmantel wandte sich ihm halb zu, löste sich dann

von der Fensterlaibung und schritt in den Raum hinein. Wenn Wolfgang gedacht hatte, ihm würde jetzt ein Sitzplatz angeboten, täuschte er sich. Langenmantel ließ sich in den Sessel fallen und betrachtete ihn, den Stehenden.

»Er behauptet also, der Mozart zu sein. Der Sohn meines Kommilitonen Leopold.«

»Mit Verlaub, ich bin derselbe.«

Zweifelnd musterte Langenmantel ihn aus zu Schlitzen gepressten Augen. Man hätte ihm Klammern bauen müssen, um das überlappende Fett aus dem Gesicht zu ziehen. Wolfgang gewann den Eindruck, als dächte der Stadtpfleger nach, aber die Pause war nur geschickt einkalkuliert, um besser Luft holen zu können.

»Dann ist Er hier gewesen, vor nicht ganz vierzehn Jahren.«

»Mit dem Herrn Vater, auf der Durchreise zu den Fürstenhöfen Europas, nach Paris und London.«

Den Hinweis auf seine Weltläufigkeit, auf seine Kenntnis der europäischen Großstädte und der dortigen Fürsten konnte er einfach nicht unterdrücken. Die Bemerkung sprang ihm regelrecht aus dem Mund. Am liebsten hätte er noch ein Dutzend Städte hinzugefügt, die alle bedeutender waren als Augsburg.

»Dann ist Er das Wunderkind? Kurios!«

Wunderkind. Wie sehr er diesen Begriff hasste. Dennoch musste er auf dieser Klaviatur spielen. Zum Ergötzen der Leute.

»Und seit einiger Zeit gewesener erzbischöflicher Kapellmeister zu Salzburg.«

»Er ist älter geworden!« Bedächtig nickte Langenmantel. »Und wie ist es Ihm seither ergangen? Spielt Er noch? Was war es gleich? Klavier, ja, Klavier!«

Es konnte nicht sein, dass dieser fettleibige Stadtobere noch nichts von ihm gehört hatte. Alle Welt wusste um seine Musik. Überall erkannten sie ihn – und hier, in der Stadt seines Vaters, sollte der Name Mozart keine Bedeutung besitzen? Oder wollte ihn der Alte foppen? Wolfgang suchte im Gesicht des Stadtpflegers nach einem Anzeichen für Spott, fand aber nur eine blasse Leere, als hätte man vergessen, eine Tafel richtig sauber zu wischen, nachdem sie einmal beschrieben worden war.

»Verlernt habe ich nichts. Ich hatte auf den Reisen ausreichend Übung. Letztens erst, in München, habe ich ein Konzert gegeben, vor dem bayerischen Herzog. Der fand, ich spiele das Klavier ganz ordentlich.«

Tatsächlich klatschte der Stadtpfleger in die Hände. Sein Gesicht rötete sich vor Aufregung.

»Das ist erfreulich. Sehr erfreulich. Mein Sohn ist ein Kenner der Musik und Intendant der privaten Musikgesellschaft in Augsburg. Wir sollten zu ihm gehen. Er wird sich freuen, einen hochberühmten Musikus im Hause zu haben.«

»Und Compositeur!«

»Wie? Ach ja, Compositeur. Unwichtig. – Franz!«

Wie aus dem Boden gewachsen, stand der Lakai plötzlich neben seinem Herrn und zog ihn aus dem Sessel. Dann fasste er ihn unter der Achsel und zerrte ihn beinahe aus dem Raum.

»Franz, lass. Der Musikus wird mir helfen. Ihm ist es sicher ein Vergnügen.«

Dabei winkte er Wolfgang zu sich. Dieser glaubte, sich verhört zu haben.

»Aber …«, versuchte er zu protestieren, doch Langenmantel schwankte bereits ohne Stütze hilflos im Raum. Wenn er nicht dazugesprungen wäre, wäre der Stadtpfleger vermutlich gestürzt. Unter dem Gewicht des Alten stöhnte Wolfgang auf. Was war er? Eine Krücke?

Schritt für Schritt quälten sie sich aus der Bibliothek und die Treppe hinauf, die jetzt nicht nur jammerte, sondern ihm eine ganze Arie voller Qualen und Leiden sang, die er nur zu gut verstand. Franz, der Hausdiener, schlich hinter ihnen her, und Wolfgang war sich sicher, dass ein Grinsen dessen sonst so ödes Gesicht überzuckerte. So schwer stützte sich der Stadtpfleger auf seine Schulter, dass Wolfgang glaubte, er müsse ihn die letzten Treppenstufen tragen. Wolfgang war sich sicher, dass es dem alten Herrn Vergnügen bereitete, ihn derart zu schikanieren.

Im zweiten Stock angelangt, reichte der Lakai Langenmantel einen Stock, mit dessen Hilfe er die letzten Meter sonderbar leichtfüßig zurücklegte. Energisch klopfte er mit dem Silberknauf des Stocks gegen die Tür, die sich in nichts von der des Bibliothekszimmers unterschied. Dunkel, aus edlem Holz, versehen mit Malereien in den gekalkten Kassetten.

Erschöpft von der Schlepperei wollte Wolfgang gar nicht wissen, was auf den Malereien dargestellt war, glaubte aber eine Schäferszene zu erkennen, als sie durch die geöffnete Tür eintraten und von einem weiteren Diener in den Salon geführt wurden. Dort warteten bereits, als hätten sie sein Kommen geahnt, der Sohn Langenmantels und dessen Ehefrau, zwei Menschen, deren Anblick Wolfgang beinahe zu einem lauten Lachen verleitet hätte. Es gelang ihm, seinen plötzlichen Anfall von Heiterkeit mit einem Husten zu verbergen.

Lang, schlank bis zur Magerkeit, stand das gerade Gegenteil des Vaters vor ihm. Die Ankündigung seiner Person überhörte Wolfgang, so fasziniert war er davon, wie es diesem langen Elend an Mann gelang, sich aufrecht zu halten, ohne dass ihn der Luftzug, der durch die geöffnete Tür hereinwehte, umknickte. Selbst der Kopf, beim Vater eher kugelrund, besaß beim Sohn eine beängstigende Länge und war vorne mit einer spitz zulaufenden Hakennase bestückt. Neben ihm aber wartete die Schwiegertochter, und im Vergleich zu ihr mutete der Sohn Langenmantels geradezu dickleibig an. Langbeinig, soweit man das unter dem Taftrock beurteilen konnte, mit schmalster Taille und einem Oberkörper, der diesen Namen nicht verdiente. Flach wie eine Klaviatur wirkte die Brust, und Wolfgang verglich das mühsam hochgebundene Nichts, das durch den Ausschnitt mehr verborgen als entdeckt wurde, mit der kräftigen Brust der Base. Der Kopf wurde durch eine nach hinten verlaufende Frisur noch verlängert, so dass Wolfgang davon überzeugt war, dass ein Scherenschleifer, wenn er nur geschickt genug arbeitete, eine Schneide auf Nase, Stirn und Kinn hätte einschleifen können.

Das für ihn Lächerlichste aber lag in ihrer Größe. Beide überragten den alten Langenmantel um zwei Köpfe, und er selbst, vom Herrn nicht gerade mit Wachstum gesegnet, musste regelrecht zu ihnen aufschauen.

Der Lakai, der Wolfgang angekündigt hatte, stellte sich hinter den jungen Langenmantel. Dieser betrachtete Wolfgang durch ein Lorgnon, das er sich an die Augen hielt, und das Wolfgang so schmal schien, dass er selbst mit einem Auge durch beide Gläser hätte sehen können.

»Er ist also Mozart.«

Schwer ächzend ließ sich der Alte, den niemand mehr beachtete, in einen bereitstehenden Sessel fallen.

»Das Wunderkind«, ächzte und pfiff die Lunge des Stadtpflegers. »Erinnerst du dich?«

Der junge Langenmantel zog die Nase kraus und warf einen Blick zu seiner Frau hinüber, der selbst der Langeweile sorgenvolle Falten auf die Stirn gezaubert hätte.

»Ein Musikus also.« Dann hüstelte der junge Langenmantel in die Faust. »Spielte Er nicht vorzüglich die ...«

Mit einer Kopfbewegung, die den schräg hinter ihm stehenden Lakaien sofort in lebhafteste Bewegung versetzte, holte er die notwendige Auskunft ein. Der Lakai trat näher, stellte sich auf die Zehenspitzen und flüsterte so laut, dass auch Wolfgang alles mithören konnte: »Posaune!«

»... vorzüglich die Posaune?«

Zweifellos hatte er, Wolfgang, es mit Narren und Possenreißern zu tun, nicht aber mit normalen Stadtbürgern. Die bunten Kleider, rote Röcke und gelbe Jacken mit allerlei blauen und grünen Bändern, die beide jungen Langenmantel trugen, bestärkten Wolfgang in seiner Beobachtung. War er dem Augsburger Publikum so schwach in Erinnerung geblieben?

Der Besuch kostete ihn mehr an Kraft, als er aufbringen konnte, aufbringen wollte – und der Oheim wartete unten in der Kälte, nutzlos. Er fühlte eine Leidenschaft aufsteigen, die ihm nur allzu bekannt war, seine Spottlust, seine

Spielfreude. Von diesen hirnlosen Geschlechtern, die sich nur dadurch auszeichneten, dass sie Geld und einen langen Familienstammbaum mit hochberühmten Vorfahren besaßen, musste er sich nicht vorführen lassen.

Er deutete einen Kratzfuß an.

»Recht, die Posaune. Wie die Engel vor Jericho möcht ich sie spielen können. Auf dass die alten Gemäuer im Kopf einstürzen und neue aufgerichtet werden können.«

Der Mund des jungen Langenmantel verzog sich schief.

Jetzt weiß er nicht, ob ich ihn verspotte oder die Wahrheit sage, feixte Wolfgang. Und schon setzte er nach, denn im hintern Teil des Raums sah er ein Klavier stehen und erkannte sofort eine Arbeit von Stein darin. Eines der neuen Hammerklaviere.

»Darf ich Euer Ehren die Posaune blasen?« Sprach's und steuerte auf das Klavier zu, bevor die verblüffte Gesellschaft sich äußerte, und schlug die ersten Töne an, Dissonanzen.

»Für einen Posaunisten nicht übel«, quittierte der junge Langenmantel seine Versuche, während der Stadtpfleger sich endlich einmischte.

»Nicht die Posaune, das Klavier traktiert er, Sohn. Gelt, Ihr könnt es besser. Lasst hören, Mozart!«

Noch im Stehen flogen die Hände über die Tasten und fingerten ein Menuett auf die Klaviatur, dass es der jungen Frau, die bislang stumm wie ein Fisch neben ihrem Gemahl gestanden hatte, in den Beinen zuckte.

Mit dem Fuß zog er sich den Klavierschemel heran, setzte sich nur auf dessen äußersten Rand und begann in Tönen zu denken. So nannte er es für sich. Mit der Musik sprechen war wie die Geheimschrift, die seine Familie sich ausgedacht hatte, weil der neue Erzbischof von Salzburg, Graf Colloredo, die Korrespondenzen seiner Untertanen fleißig lesen ließ. In ihren Briefen vertauschten sie Buchstaben, das A mit dem M, das E mit dem L, das I mit dem F und so fort, und hatten damit eine Geheimschrift entwickelt. Ähnlich erging es ihm mit den Tönen und doch anders. Auch die Musik verwendete er wie eine Geheimschrift. Flüstern konnte man mit einzelnen Tönen, Klängen, ganzen Stücken und schreien, schimpfen und flehen, Liebesgrüße senden und andere Menschen verfluchen, ohne dass die Zuhörer, die Betroffenen, es bemerkten. Manche vielleicht, Kenner, Musiker, Komponisten, die ahnten, was sich hinter den Noten, den Akkorden verbarg. Er aber vermochte alle Zeichen wieder aufzulösen in Sprache, ja in der Musik freier reden, als es ihm im gewöhnlichen Leben möglich war. Und das Instrument, das er eben spielte, schrieb die Klänge in einer Vollendung in den Äther, die ihm nur im Traum vor Ohren stand. Steinsche Flügel besaßen den Hauch des Göttlichen, bewegt vom Geist eines wahren Musikers als Handwerker und Genie. Ihnen entströmte unter den richtigen Händen eine wahre Sphärenmusik.

»Gut so, gut so«, unterbrach ihn der junge Laffe. »Man hört, dass Er ein Musikus ist. Ganz nett, wenn auch alles noch ein wenig zaghaft klingt. Was also will Er hier?«

Wolfgang unterbrach sein Spiel, stockte auf einem hohen d, das nur zitternd den Raum verließ und seinen Widerwillen gegen die Störung ausdrückte. Ganz nett, hatte er gesagt, ein wenig zaghaft. Euterpe, o heilige Muse der Tonkunst, dachte er, warum hast du mich gestraft und mit den empfindlichsten Ohren ausgestattet, wenn du den Rest der Welt mit Taubheit schlägst? Übe Gerechtigkeit und nimm mir meine Gabe, oder schneide zumindest diesem Laffen die Ohren ab. Tatsächlich aber brachte er einen Satz über die Lippen, der sich, seit er sich im Haus befand, in seinem Mund sperrte wie ein Balken:

»Verschafft mir eine Akademie, Euer Ehren.«

»Wenn Sein Klavierspiel ebenso flink ist wie Seine Zunge!«

»Flinker. Oder reichen Eure Verbindungen nicht aus? So will ich es selbst unternehmen!«

Ein Lächeln, das Wolfgang mehr als dümmlich erschien, flog über das blass gepuderte Gesicht.

»Man verfügt über die besten Verbindungen in der Stadt.«

»Und ich über das beste Klavierspiel.«

»Er soll sich schämen, so zu reden!«, griff erstmals die

Gemahlin des jungen Langenmantel in das Gespräch ein. Piepsig klang ihre Stimme, als hätte man die Saiten ihrer Stimmbänder geschnürt wie ihre Taille und so auf den höchstmöglichen Ton gestimmt. »Noch hat Er sich nicht bewiesen.«

Wolfgang biss sich auf die Lippen und bezwang sich, seiner Spöttelei nachzugeben. Ohne die Aussicht auf eine Akademie durfte er nicht ins *Weiße Lamm* zurückkehren. Den Blick seiner Mutter könnte er nicht ertragen. Und morgen musste er dem Vater schreiben. Morgen war der Nachmittag als Brieftag eingeplant.

»Lasst ihn, ich möcht ihn hören«, brummte der Alte, der zwischenzeitlich in seinem Sessel eingenickt gewesen war und jetzt hochschreckte. »Das Wunderkind!«

Wieder rümpfte der junge Langenmantel die Nase und tupfte sich mit einem Tuch die Spitze ab. Theatralisch, wie eingeübt wirkte das. Von oben bis unten musterte er ihn, so dass Wolfgang die Wutröte ins Gesicht stieg. War er ein Zuchtbulle, den man taxierte?

»Viel von diesem Wunder ist nicht geblieben.«

»Mehr, als ihr jemals erahnen könnt!«, stieß Wolfgang den Satz zwischen den Zähnen hervor, aber der junge Langenmantel schien ihn nicht gehört zu haben. Diese Patrizierbrut trieb ihn noch zur Weißglut. Aber der Herr Papa hatte ihm eingebläut, er müsse die Ruhe bewahren, freundlich sein, Konversation machen, auch wenn es ihm nicht gefiel. Zum Teufel mit den guten Ratschlägen, ging es nicht um ihn? Musste er sich das gefallen lassen?

»Wir versprechen Ihm eine Akademie, in der Geschlechterstube, vor dem Patriziat. Dem Herrn Vater zuliebe. Das wird einen Zulauf geben. Man nennt nur den Namen Mozart – und die Stube wird sich füllen. Ich werde mich für Ihn verwenden. Kommt morgen noch einmal, zum Hauptmahl, so gegen zwei. Dann werde ich Ihm Bescheid geben können. «

Wolfgang erhob sich von seinem Schemel und kratzfußte. Meinte der alte Langenmantel das ernst, oder wollte er ihn foppen?

»Dann begebe ich mich heute noch zu Stein. Mir leiht er sicher eines seiner Klaviere für die Aufführung.«

»Er geht zu Stein? Er – zu Stein?« Stirnrunzeln überzog das Gesicht des jungen Langenmantel.

»Mit Empfehlung!«, konterte Wolfgang, dem es Freude bereitete, den Sohn des Stadtpflegers zu verunsichern. Glaubte der, er dürfe sich in der Stadt nicht bewegen, wie es ihm gefiel? »Seine Klaviere gehören zu den besten, die ich kenne. Ich habe schon so einige gespielt.«

Eine Stille breitete sich aus, die auch Wolfgang nicht unterbrechen wollte. War die Audienz beendet? Dachte der Stadtpflegersohn nach? Nur das Knacken des Holzparketts störte, wenn man das Gewicht verlagerte, und das leise Schnarchen des Stadtpflegers, der wieder entschlummert war.

Schließlich unterbrach der junge Langenmantel ihr Schweigen.

»Ich begleite Ihn zu Stein.«

Er fragte nicht, ob Wolfgang einverstanden sei, ob er ihn dabeihaben wolle. All das unterstellte er offenbar – aber Wolfgang ging davon aus, dass er sich des Laffen leicht und schnell würde entledigen können, sobald er mit Stein auf die Musik zu sprechen käme. Davon nämlich hatte der junge Langenmantel keine Ahnung.

»Nach dem Mittagsmahl, so gegen zwei Uhr, wenn's dem Herrn Langenmantel passt!«, entgegnete Wolfgang, der sich nicht auch noch die Zeit diktieren lassen wollte. »Soll ich auf Ihn vor dem Dienstboteneingang warten?«, fügte er noch spöttisch hinzu, erhielt aber keine Antwort. Stattdessen drehte sich der Langenmantel um und wies den Lakaien an.

»Stock und Mantel für den Musikus! Und schaut auf meinen Vater!«

Dann ließ er Wolfgang allein. Dieser eilte hinaus auf die Treppe und hinab zum Oheim. Er hatte gerade seine erste Akademie organisiert und doch blieb ein bitterer Beigeschmack. Er war kein Almosenempfänger oder Lakai. Noch auf der Treppe zog er seine Schnupftabakdose, entnahm ihr eine kräftige Prise Tobak und hörte sich sagen: »Ich bin Mozart! Ich bin Mozart!«

5

Der Zug hinauf zum Klavierbauer Stein erinnerte Maria Anna an eine Prozession. Vorneweg lief der junge Langenmantel, den Kopf erhoben, als müsste er die Beschaffenheit der Wolken prüfen, die über Augsburg hinwegzogen, dahinter schritt, geduckt und etwas ängstlich, doch seiner Wichtigkeit durchaus bewusst, sein Kammerdiener, und wieder eins dahinter folgte ihr Herr Vater und noch eins danach Wolfgang und sie selbst mit dem Korb.

Lange hatten sie zu Hause mit dem Mittagessen gewartet, schließlich ohne die Männer begonnen und sich bereits darüber Sorgen gemacht, weil sie nicht wiederkamen. Die Frau Mutter hatte ihr bereits vom Kapaun Stücke abgeschnitten, sie in ein Tuch eingeschlagen, Brot dazugegeben und ein wenig mit Wasser gestreckten Wein in einem Krug vorbereitet, als die Tür ging und die Männer verfroren und hungrig in die Stube polterten.

Sie hatten gemeinsam gegessen, die Frauen kaum, weil sie schon fertig waren und den Männern nur noch Gesellschaft leisteten, die Männer mit einem gesunden Hunger.

»Es war eine elende Plackerei!«, hatte Wolfgang zwischen zwei Bissen hervorgestoßen, die er hinunterschlang, und dann mit halb vollem Mund von seinen Erlebnissen bei der Langenmantelschaft erzählt, von seinem Posaunen-Erlebnis berichtet, was zu allgemeiner Heiterkeit geführt hatte. Er als Posaunist, wo er doch als Kind eine Höllenangst vor den Blechbläsern gehabt hatte und einmal ohnmächtig geworden war, als der Vaterfreund Schachtner, der Salzburger Hof- und Feldtrompeter, ihn mit seinem Instrument erschreckt hatte.

Der Vetter konnte lebendig erzählen, witzig. Seine Pausen im Redefluss ließen sich beinahe immer doppeldeutig verstehen. Man litt und schmunzelte mit, und Maria Anna beobachtete heimlich, wie sich der Vetter gab, wie er aß, wie er trank, die Finger dabei abspreizte, die Lippen spitzte, die Gabel in die eine, das Messer in die andere Hand nahm, dass er nicht große Brocken auflud wie der Herr Vater, sondern nur wenig nahm, bescheiden wirkte – und doch etwa die gleiche Menge wie dieser verzehrte. Alles wirkte feiner, gesitteter, welterfahrener. Sie seufzte und wusste eigentlich nicht recht, weshalb.

Satt hatten sie sich gelacht und gegessen, in der Stube aufgewärmt, geredet, spaßeshalber ein wenig musiziert, und schließlich waren sie wieder aufgebrochen. Diesmal hatte Maria Anna sie begleitet.

Maria Anna nahm wahr, dass die Stimmung des Vetters nicht die beste war, als dieser mit dem Sohn des Bürgermeisters im Torhaus zusammentraf.

»Nicht einmal eine Kutsche!«, flüsterte er ihr zu.

Tatsächlich machte man sich zu Fuß auf den Weg. Ihr Ziel war der Platz vor St. Ulrich und Afra. Langenmantel mit seinen Storchenbeinen schien dies wenig auszumachen, aber Wolfgangs und die anderen hatten mit ihren kurzen Beinen zu rennen, und sie mussten ständig Pfützen ausweichen, über die der Sohn des Stadtpflegers hinwegstelzte. Das Pflaster der Straße war elendiglich schmutzig.

Wolfgang hatte sich trotz des reichlichen Mahls noch ein Stück Brot mitgenommen, in das er jetzt mit einer Wut die Zähne schlug, als gälte es, dem Langenmantel die Kehle durchzubeißen.

Heute, am Sonntag, sahen die Straßen aus wie ausgestorben. Keine Händler, keine Bauern, die Waren feilboten. Nicht einmal die Bürger ließen sich blicken, als würde ein Stadtgesetz das Flanieren auf den Straßen verbieten. In Augsburg zeigte man sich nicht, sondern hockte lieber in der Stube.

Umso auffälliger verhielt sich ihre Gruppe.

»Wie auf einem Kamelmarkt!«, wetterte Wolfgang, und Maria Anna überlegte, ob er jemals einen solchen gesehen haben konnte, oder ob er ihn sich herbeiphantasierte. »Es fehlen nur die Stricke, mit denen wir an den Treiber gebunden werden. Als würde ich den Weg nicht selbst finden.«

»Es ist eine Ehre, wenn dich der Sohn des Stadtoberhaupts höchstpersönlich zu Stein geleitet. Damit zeigt er dir seine Wertschätzung.«

»Mir wäre es lieber, er würde mir eine gut gefüllte Geldbörse zeigen. Damit wäre uns wirklich gedient.« Die letzten Sätze hatte er so leise gesprochen, dass nur Maria Anna sie hatte hören können, da sie neben ihm lief. Diese steckte ihm ein weiteres Brotstück zu, das sie vorsorglich in den Falten ihres Rockes versteckt hatte. Schließlich sollte der Vetter nicht Hunger leiden.

»Du bist ein Schatz, Bäsle«, wandte er sich an sie, »einen Hunger hab ich wie ein Wolf. Drum heiß ich Wolf. Und weil ich noch Hunger hab und gehen muss, drum heißt man mich Wolfgang.«

Maria Anna musste kichern und verlängerte den Heiterkeitsausbruch ein wenig, als sie sah, dass der Vetter neugierig herübersah und sie anlächelte.

»Besser als Sattsteh oder Knurrsitz«, fiel ihr dazu ein.

»Kennst du die junge Langenmantel?«, fragte Wolfgang verschwörerisch und beugte sich dabei etwas zu ihr her.

Sie schüttelte den Kopf.

»Nur vom Sehen, ein wenig. Groß ist sie.«

»Und so ein dürres Elend, dass man nicht weiß, ist das, was aus ihrer Brust heraussteht, ein Rippenknochen oder ihr Busen!«

Beide prusteten los, und Maria Anna fühlte, wie ihr das Blut wieder in den Hals stieg und dort und auf ihrem Dekolleté blutrote Flecken hinterließ. Rasch sah sie nach unten. Nein, flach war sie selbst wirklich nicht. Als sie bemerkte, dass Wolfgang ihrem Blick gefolgt war, schoss ihr erneut die Hitze ins Gesicht.

Nur die Tatsache, dass sie zurückgeblieben waren und ihr Herr Vater sich umdrehte, um auf sie beide zu warten, gab ihr die Möglichkeit, sich wieder zu sammeln und ihre Verlegenheit etwas zu überspielen.

Linker Hand wuchs das Rathaus in die Höhe, rechter Hand hob Kaiser Augustus über dem Brunnen seinen Arm gegen den Bischof der Stadt.

»Er hält eine Rede, in der er den Bürgern Stadtrecht verheißt und Glück wünscht und die geistlichen Herrn oben in der Domstadt zum Teufel schickt.«

Wolfgang drehte sich einmal um seine Achse, als sie daran vorübergingen, um ihn sich genau zu betrachten.

»Ein armer Wurm aus Bronze!«, sagte er. »So hart und kalt. Aber berühmt!«

Ob ihn diese Beachtung, diese Popularität selbst glücklich gemacht hatte, fragte sie sich. War es mit der Berühmtheit nicht wie mit dem Aufblühen einer Rose? Wundervoll und prächtig konnte sie eine lange Zeit duften und dem Betrachter ihre Schönheit kredenzen, aber ein überraschender Regen genügte, und all die wunderbare Pracht war dahin.

Sie betrachtete ihren Vetter von der Seite, der langsam das Ärgernis zu vergessen schien und leise eine Melodie vor sich hin pfiff. Schön war er wirklich nicht, dieser Wolfgang Amadé Mozart. Als Rose verblüht. Großflächige Pockennarben entstellten sein Gesicht, das auffallend blass und ungesund aussah. Seine Ohren schienen in der Hitze eines Feuers verschrumpelt und nachträglich an den Kopf geheftet worden zu sein. Und doch lag etwas in seinem Blick, in seinen Augen, das ihn von allen Menschen, die sie bislang kennen gelernt hatte, unterschied. Es war ein Feuer, eine Wachheit, eine Gabe der Beobachtung. Man hatte das Gefühl, immerzu sei der ganze Mensch Mozart anwesend, nicht nur seine Hülle. Seine Person verbreitete einen Sog, dem sich niemand mit Gespür zu entziehen vermochte.

Plötzlich nahm Wolfgang sie am Arm und zerrte sie mit einem energischen Ruck beiseite, so dass sie gegen ihn stolperte. Gerade wollte sie ihn anherrschen, dass ihn ein Blick auf ihren Ausschnitt noch lange nicht dazu berechtige, sie an sich zu reißen, als eine Kutsche an ihnen vorüberdonnerte. Der Schwager schlug die Peitsche, schimpfte auf die unvorsichtigen Spaziergänger und drohte mit der Faust. Am Wagenschlag prangte das Wappen der Fugger.

»Mir wär's ein Leid gewesen, wenn das Bäsle unter die Räder gekommen wäre«, grinste er, als hätte er ihr Wüten erahnt, »vor allem, weil es sich so sehr für mich interessiert hat.«

»Und der Vetter sich für mich«, wisperte sie und zupfte an ihrem Kleid.

Wie von selbst fanden sich ihre Hände, und unbekümmert um die staksige Gestalt des Langenmantel, die ihnen weit vorauseilte, hüpften sie zusammen Himmel und Hölle auf das Pflaster und lachten und kicherten, so dass am Rathaus ein Fenster aufgestoßen wurde und sich ein gepuderter Kopf sehen ließ. Er rief ihnen hinterher. Aber da traten sie bereits auf den Brotmarkt hinaus und ließen das Rathaus und den Rufer hinter sich. Sie konnten es nicht lassen, da sie wussten, wie gut einsehbar ihre Straßenseite noch war, wie auf Befehl stehen zu bleiben und mit den Hintern in Richtung des Schreiers zu wackeln, bevor sie lachend dem »langen Herrn Mantel« folgten, wie Maria Anna ihn heimlich für sich nannte.

Maria Anna genoss den Druck seiner Hand, das Trockene, Raue, die unmittelbare Nähe, die sie unter der Achsel kitzelte. So liefen sie, bruder- und schwesternhaft, nebeneinanderher durch die Gasse hinter dem Weinmarkt bis zum Ulrichsplatz.

Das steinsche Anwesen duckte sich unter dem Schatten der Kirche St. Ulrich und Afra, die am Ende der Straße als Abschluss aus dem Boden wuchs und ihren mahnenden Turmfinger in den Himmel streckte.

»Un soit qui mal y pense«, flüsterte Wolfgang ihr zu und deutete auf den Turm, dabei kitzelte er ihr mit dem Mittelfinger die Handinnenfläche. Maria Anna wusste nicht, was sie darauf antworten sollte. Verlegen entzog sie ihm ihre Hand und sah zu Boden. Dieser Wolfgang erwies sich als ein Schlimmer, als Spaßvogel und Spötter, was sie so gar nicht erwartet hatte. Um Musik zu machen, hatte sie immer gedacht, müsste man ernsthaft sein und verständig. Dieser Vetter aber lachte in einem fort und spielte den Kindskopf und Narren, als suchte sich der Mensch ein anderes Schlupfloch in die Welt als der Musiker.

»Sapperlot! Wo hab ich das Schreiben?«, schimpfte er los und begann, den ganzen Kerl abzuklopfen, in jeder Tasche nachzusehen, unter jedes Kleidungsstück zu fahren, »die Empfehlung des Herrn Vater«, bevor er wie gebannt auf sie starrte. Mit einem schiefen Lächeln deutete er auf ihre Haube, schnitt Grimassen dazu und bat, im Flüsterton, einen Griff – er zögerte, und sie wollte sich bereits empört abwenden, da er ganz woandershin sah – in ihr Haar tun zu dürfen. Tatsächlich spürte Anna Maria, wie er aus ihren Haaren etwas entfernte und schließlich das Empfehlungsschreiben für Stein in der Hand hielt. Wie war das möglich? War er ein Scharlatan, ein Zauberer? Das zufriedene Gesicht des Vetters belehrte sie eines Besseren. Vermutlich hatte er ihr das Schreiben lange vorher schon zugesteckt, ohne dass sie es bemerkt hatte. Wolfgang mit den Zauberfingern.

»Bist du ein Hexer?«, flüsterte sie, denn solche Wörter sagte man nicht laut.

»Nein, aber ein Zauberer«, meinte er bedeutungsvoll, ließ das Schreiben urplötzlich zwischen seinen Fingern verschwinden und zog es hinter ihrem Ohr wieder hervor. »Das hab ich in Olmütz gelernt, vom Domkaplan, als ich blind lag und mir die Pocken das Gesicht zerstückt haben.«

Maria Anna sah ihm ins Gesicht, das von den tiefen Kratern der Narben entstellt war. Für einen kurzen Moment glaubte sie, darin die Verwundungen seiner Seele zu erkennen, aber die Augen leuchteten frisch.

»So schlimm ist es nicht, Wolfgang. Die Musik glättet dir die Wangen.«

Wolfgang nickte und sah zu Boden. Dann fasste er kurz

nach ihrer Hand, drückte sie und schloss zu Langenmantel auf, der mit dem Stock den Boden trommelte.

»Seid Ihr nervös, Euer Ehren«, sagte Wolfgang, als er an ihm vorüberging und an das Tor klopfte, »keine Sorge. Ich bin bei Euch. Und ich versichere Euch, dass ich etwas von Musik verstehe. Ich möchte Euch bitten, dass Ihr Euch nicht verplaudert.«

6

Eine gute Weile dauerte es, bis hinter der Tür ein Geräusch kündete, dass geöffnet wurde. Im Türrahmen erschien ein Mann im sonntäglichen Hausrock, die Lippen füllig, mit einer Falte unter der überlangen Nase und dunklen Augen. Man hätte ihn für einen Italiener halten können, wenn nicht der Name Stein über der Haustüre geprangt hätte, so dunkel und offensichtlich südländisch wirkte sein Teint.

»Was begehrt Ihr am Sonntag?«, blaffte er mürrisch, aber sein Gesicht hellte sich auf, als er den Sohn des Stadtpflegers erkannte.

Noch bevor Wolfgang reagieren konnte, entfuhr es Langenmantel, er habe hier einen Virtuosen auf dem Klavier, der die berühmten Pianoforte sehen, hören und spielen wolle.

»Nein, nein«, rief Wolfgang und versuchte die Bedeutung seiner Person herunterzuspielen, wobei er den Hohlkopf von Langenmantel in die tiefsten Tiefen der Hölle wünschte, weil er seinen Mund nicht halten konnte, »nur ein unwürdiger Scholar bin ich, von Herrn Sigl in München empfohlen, von dem ich Ihnen viele tausend Grüße ausrichten soll.«

Ihn vergnügte es, dass Stein den Stadtpflegersohn stehen ließ, ohne ihn hereinzubitten, ihm aber sofort ins Innere des Ausstellungsraums nachsprang, weil er dorthin eilte, wo die Pianofortes standen. Von der Tür aus hatte er sie bereits gesehen. Ein Kribbeln in seinen Fingern setzte ein, gegen das er sich nicht zu wehren vermochte. Seine Beine machten sich selbständig. Hinter ihm Stein, der Klavierbauer.

»Von Sigl in München?«

»Wie ich sagte!«

Drei Klaviere standen im Raum, sauber poliert und gewienert. Sie rochen noch nach Holz, Lack und Wichse. Wolfgang setzte sich an eines der Instrumente, öffnete den Deckel und besah sich die Tasten.

»Kein Empfehlungsschreiben?«

»Das? Doch! Hier!«

Er hielt mit zwei Fingern den Brief des Herrn Papa an Stein hoch. Der griff danach, besah ihn sich, als könnte er allein aus dem Briefbogen seine Herkunft ableiten.

»Habe ich nicht die Ehre …«, begann Stein und näherte sich ihm langsam, unterbrach sich jedoch sofort.

Vorsichtig legte Wolfgang die Hände auf die Klaviatur und schlug die ersten Töne an, die sich zart im Raum verteilten. Wie die Tasten seinem Willen gehorchten, wie sie die Töne entließen, die er spielen wollte, wie sie sofort verklangen, wenn er sie losließ. Ja, das war ein Instrument für seine Finger, für seine Vorstellungen, weich im Anschlag wie … er wusste im Augenblick keinen Vergleich, der ihn zufrieden gestellt hätte, dachte aber unwillkürlich an den Blick des Bäsles, als er über den knochigen Vorbau der jungen Langenmantel gelästert hatte.

»… den Herrn Mozart vor mir zu haben?«, ergänzte Stein flüsternd.

»Ich nenn mich Trazom! Sie wollen doch nicht diesen Brief lesen, wo ich Musik zu spielen wünsche?«

Den krebsgängigen Namen seiner Phantasie hatte er erfolgreich verwendet und feixte. Stein hinters Licht geführt zu haben, freute er sich.

»Spielen Sie zu. Die Klaviere sind geduldig.«

Wolfgang vernahm, wie Stein das Siegel erbrach. Eitelkeit. O Eitelkeit. Empfohlen worden zu sein. Empfänger einer Empfehlung zu sein. Welche Ehre. Vermutlich hatte er nur auf die Unterschrift geachtet, weil er, ohne lange zu lesen, sofort auf ihn losstürmte.

»Ahnt ich's doch. Trazom, närrisch, Mozart nur von hinten buchstabiert, dass ich nicht gleich darauf gekommen bin. Wolfgang Mozart bei mir im Haus. Der Ehre zuviel. Wie geht's dem Herrn Vater? Ist er auch dabei in Augsburg? Oder sind Sie allein?«

»Beruhigen Sie sich, Stein, ich bin begierig, Ihr Pianoforte zu spielen. Nicht mit Ihnen über meinen Vater zu reden. Diese drei haben Sie im Verkauf? Wunderbare Instrumente.«

»Sie stehen Ihnen zur Verfügung, Mozart. Ich kenne niemanden, dem sie mehr zur Ehre gereichen würden als Ihnen.«

Inzwischen waren auch Langenmantel und der Oheim in den Laden getreten, und Wolfgang wartete neugierig darauf, wie sich der junge Langenmantel äußern würde, wenn der in ganz Europa bekannte und selbst hier in Augsburg angesehene Instrumentenbauer ihn, Mozart, in den höchsten Tönen lobte. Tatsächlich hörte er den Stadtpflegersohn schnüffeln und schnauben, bis er ein Wort von sich geben konnte.

»Übertreibt nicht, Stein. Ein Musikus ist ein Musikus.«

Doch bevor Stein eingreifen konnte, erhob sich Wolfgang, wollte dem Klavierbauer Unannehmlichkeiten ersparen, konnte sich der eigenen Spottlust aber nicht enthalten.

»Zumindest gehört für das Spiel auf dem Pianoforte eine gewisse Begabung, ein wenig Übung und Geschick in den Fingern. Die Geburt allein reicht nicht zu, mein lieber Langenmantel. Und wenn, wie bei mir, auch noch ein wenig Gehör hinzuaddiert wird, dann mag es beängstigend werden für die Bewohner unter Gottes Himmel, die nur mit ein Paar Schuhen nach der neuesten Mode ausgestattet sind. Denn nicht einmal diese sind durch eigenes Können dorthin gelangt.«

Er hatte sich in Rage geredet, dabei aber ein Pianoforte nach dem anderen geöffnet und auf jedem jeweils den Akkord angeschlagen, der seinem Gemütszustand entsprach. Jetzt setzte er sich und begann, ein Präludium zu improvisieren und das Klavier, das er sich ausgespäht hatte, in seiner ganzen Klangfülle auszutesten. Ja, es gab ihm Antwort, dieses Instrument, es wimmerte, wenn er es auf Moll spielte, es jauchzte bei C-Dur, es fiel in Trauer und hüpfte mit ihm vor Freude. Ihm war, als hätte man ihm eine neue Zunge geschenkt, aber davon ahnte ja dieser Langenmantel nichts. Seine langen Ohren blieben taub für die Feinheiten seiner zweiten Sprache, vielleicht sogar seiner ersten und einzigen, denn wenn Langenmantel den Mund aufmachte, stammelte er nur, während er, Mozart, in der Musik lebte, in sich lebte und dieses Innen nach außen stülpen musste. Das aber gelang nicht ohne Hilfsmittel, wie er immer wieder bedauernd feststellen musste, ohne Klaviere, Geigen, Orgeln, die er selbst bediente oder bedienen ließ. Je unzulänglicher diese Hilfsmittel waren, desto unverständlicher drang seine Sprache bis an die Ohren, bis in die Ohren seiner Zuhörer und noch weniger davon fand den Weg bis in deren Herzen. Dorthin wollte er. Gehört werden, um bewundert zu werden, um geliebt zu werden, um den Äther an Melodien, den diese Welt für ihn bereithielt, wie ein Brunnen über die Menschen auszugießen. Nur wenigen Instrumenten gelang die Übersetzung in der Form, die er sich wünschte: bei den Geigen Guarneris oder bei einer Stradivari. Und die Pianofortes Steins gehörten zu diesem himmlischen Instrumentarium.

Wie lange er gespielt hatte, konnte er nicht sagen. Als er aufsah von der Klaviatur, befand er sich allein im Raum. Nein, nicht allein, hinter ihm stand Stein und klatschte in die Hände. Aber niemand sonst war mehr zu sehen, kein Langenmantel, kein Oheim, kein Bäsle.

»Wundervoll, mein lieber Mozart, man hat das Gefühl, kein Mensch, sondern ein Engelwesen bearbeite die Tasten.«

»Wie sehr dieser Engel eher ein irdischer Bengel ist,

werde ich Ihnen gleich ansagen. Er hat nämlich Durst, und zwar nicht auf Ambrosia und Wolkenmilch, sondern auf ein kühles Bier oder einen süffigen Wein.«

»Das lässt sich, ganz irdisch, richten. In der Nähe hat ein neues Cofféhaus eröffnet.«

»Eine überaus gelungene Idee. – Aber wo ist es hin, das langhaxige Elend, der Langenmantel mit seiner nicht dabei gewesenen noch längeren Frau Langenmantel, der Überlangenmantel sozusagen?«

»Er ist gegangen, nicht ohne mir zu bedeuten, dass wir unbedingt für Ihre Kunst eine Akademie ausrichten sollten.«

Wolfgang sprang auf. Unangenehm war es ihm nicht, dass der Sohn des Stadtpflegers gegangen war, und doch hätte er ihm die Ehre erweisen und sich verabschieden sollen. »Ungehobeltes Volk«, murmelte er nur. Aber hier, inmitten dieser Instrumente, verzieh er dem tumben Oberbürger Longotabarro vieles. Schließlich konnte er nichts für seinen einschichtigen Charakter. Bannte ihn die Musik nicht? Wie konnte man aufbrechen, wenn wie nebenbei gespielt wurde, mit einer Leichtigkeit und tief empfundenen Freude, die er selten zeigte? Er entblößte sich vor seinen Zuhörern, und diese verließen den Raum.

»Haben Sie nicht auch die Orgel in der Barfüßerkirche gebaut? Mein Herr Papa meinte, wenn ich in Augsburg sei, wenn ich schon dem Herrn Stein die Ehre erweise, dann müsse ich auch diese Orgel spielen. Ist sie weit von hier?«

»Wenn Sie die Orgel spielen wollen, gern. Aber das ist etwas anderes, als ein Pianoforte zu traktieren.«

»Auf. Zumindest üben will ich. Ist die Orgel nicht aller Instrumente Königin?«

»Nun, schon. Aber mit den Herrschern muss man verstehen umzugehen. Sie haben so ihre Mucken.«

»Gerade die Mucken und Macken des höchsten Adels sind meine Passion, mein lieber Stein. Mit diesen Fingern hier«, und er zeigte dem Klavierbauer seine Hände, die dieser abschätzig betrachtete und wohl als zu klein empfand, »werde ich sie streicheln. Wenn ich sie nicht streicheln darf, dann will ich sie zumindest hören. Und wenn ich sie nicht hören kann, will ich sie zumindest sehen. Kommt.«

Stein war anzusehen, dass er sich nicht freute, aber Wolfgang wollte kein Missbehagen gelten lassen. Schließlich hatte auch er einen beschwerlichen Weg hinter sich und durfte sich die Möglichkeiten nicht entgehen lassen, die sich ihm boten.

O diese Kleingeister, die glaubten, nur weil man das Klavier ganz ordentlich beherrschte, dürfte man kein anderes Instrument ansehen, denn sonst beginge man Ehebruch – oder noch Schlimmeres.

Stein entschuldigte sich für einen Augenblick, er müsse sich noch ankleiden, und ließ Wolfgang allein. Der setzte sich an das Klavier und spielte.

Mit diesen Instrumenten musste er arbeiten – und gern hätte er sich eines gekauft, aber die Reise war ohnehin teuer genug. Aus München hatten sie Schulden nach Augsburg mitgebracht, weil der Kurfürst keine vakante Stelle zu vergeben hatte. Da konnte er sich kein Pianoforte von Stein leisten. Aber der würde es ihm sicher leihen, alle drei vielleicht, denn er hatte eine Komposition für drei Klaviere im Gepäck. Der vollendete Klang seiner Instrumente musste die Zuhörer in ihren Bann schlagen. Das war Verkaufsargument genug. Er musste es Stein vorschlagen.

»Wolfgang!«

Er schreckte aus seinen Gedanken hoch. Im Eingang stand das Bäsle.

»Jungfer Base, Ihr hier?« Sofort sprang er auf, lief ihr entgegen, tat freundlich. »Ich dachte, Ihr seid auf und davon.« Wolfgang kratzfußte vor ihr und erbot sich höflich, ihr den Raum zu zeigen.

»Mein Traum war es, Euch zu sehen, Trazom!«, scherzte sie mit.

»Ich bin hier nur der Musikus, der die Klaviere zu testen hat.«

»Dafür spielt Ihr bezaubernd.«

»Pah, verzaubernd. Hört her.«

Er nahm sie bei der Hand und zog sie hinter sich her und nötigte sie, auf einem der Schemel Platz zu nehmen. Dann begann er auf dem Klavier eine Melodie zu spielen, deren Sprünge und Hüpfer ein Lachen auf ihr Gesicht zauberten.

»Seht Ihr, Jungfer Base.«

»Du bist ein Kindskopf, Wolfgang.«

»Soll ich Euch den Titel der Melodie verraten? Das kann ich allerdings nur, wenn ich Euch duzen und mit Euch vertraut sein darf. Ihr müsst noch näher rücken. Laut trau ich es mir nicht zu sagen. Es ist gar zu schlimm.«

»Wolfgang. Ist es schon wieder einer deiner derben Scherze? Dafür habe ich nicht auf dich gewartet.«

Ohne darauf einzugehen, ließ er die Finger über die Tasten gleiten und trillerte und tirilierte wie ein Zeisig oder die Opernsänger mit ihren Koloraturen, bis er sich erneut beruhigte, zu ihr hinüberbeugte und ihr zuflüsterte:

»Das Duttenmenuett, zwei hüpfende Dinger, die abends ungeschnürt ihre Freiheit genießen und der Trägerin nicht nur Freude, sondern regelrechte Unannehmlichkeiten bereiten.«

Laut lachte er, als Stein die Treppe wieder herunter in den Verkaufsraum trat.

»Eine lustige Gesellschaft – und ein eingängiges Stück, das Sie da spielen. Wie heißt es, Mozart?«

Stein betrat den Raum, verbeugte sich gegen Maria Anna und kam neugierig einen Schritt näher. Mit einer Unschuldsmiene betrachtete Wolfgang den Klavierbauer und blickte dann seine Base an, die bereits das Gesicht verzog und nicht mehr wusste, wohin sie schauen sollte. Dann brach es aus ihr heraus, ein Wiehern und Kichern, das Wolfgang sofort aufnahm mit seiner Musik und fortführte, etliche Sprünge mehr machte, ebenso schwer Luft zu holen versuchte auf der Tastatur wie die Base und in Akkordwellen das Lachen fortführte.

»Heiterkeit, werter Stein, nenn ich es. Das ist doch ein guter Titel, nicht?«

7

Sie schlenderten den Perlachberg hinauf und vermieden es, sich bei den Händen zu nehmen. Maria Anna war noch benommen von dem, was sie gehört hatte. Einen Blick in himmlische Sphären hatte sie tun dürfen, einmal einen Engel beim Musizieren belauschen. Noch wollte sie nicht reden, denn ihr Herz schlug bis in den Hals hinauf und würde sie nur stottern lassen. Selbst Stein, der einiges gewöhnt war und sicher Gott und die Welt hatte spielen hören, sah mit verstörtem Gesicht zu Boden und warf Wolfgang benommen hin und wieder einen Blick zu.

»Was haben Sie gemacht, Mozart? Wenn ich die Barfüßerorgel nicht eigenhändig gebaut hätte und wüsste, dass sie das Ergebnis menschlicher Handwerkskunst und mit meiner Hände Arbeit gefertigt worden ist, ich hätte geschworen, übernatürliche Kräfte wären mit am Werk gewesen. Niemals hätte ich geglaubt, ein menschliches Wesen sei allein zu solch einem Spiel fähig. Jetzt aber muss ich es anerkennen. Sie sind ein Virtuose ohnegleichen.«

Maria Anna konnte beobachten, dass Wolfgang die Schmeicheleien zwar gefielen und er sie mit einem Lächeln entgegennahm, dass er aber in Gedanken ganz woanders war.

Was ging in diesem Kopf vor, der von Schabernack zu unvergleichlichem Virtuosentum, von Unsinnsgeplapper zu mitreißender Musik wechselte, oft von einer Minute zur anderen, ohne dass für den unbefangenen Beobachter der Übergang auch nur erkennbar gewesen wäre?

»Sie haben mir Manna versprochen, verehrter Stein, also führen Sie mich zur Quelle des Labsals, sonst trocknen mir noch die Finger weg, wie einem Baum, dem man das Grundwasser abgegraben hat, die Äste.«

»Das Cofféhaus in der Annastraße, Mozart. Aber ...« und dabei warf er einen Blick auf Maria Anna.

Bevor Wolfgang eine Bemerkung fallen lassen konnte, erwiderte sie selbst schnippisch:

»Nur weil ich einen Rock trage, glauben Sie, ich könne keine Tasse Coffé halten? Nun, ich bin kräftig genug – und zudem in Begleitung zweier starker Herren, die mir in der Not unter die Arme greifen werden.«

»Wenn Sie meinen«, zog Stein seine Bedenken zurück. Maria Anna sah ihm aber an, dass er zweifelte und selbst keiner seiner Töchter die Erlaubnis erteilt hätte, diesen Ort zu besuchen. Maria Anna selbst vermutete, dass sie die einzige Frau sein würde, die sich dort aufhielt. Aber in Begleitung ihres Vetters durfte sie das riskieren. Für alles gab es ein erstes Mal.

Wolfgang, der bislang still neben ihr hergegangen war und seinen eigenen Gedanken nachgehangen hatte, sah zu ihr her.

»Unter die Arme greifen? Wertes Bäsle, mit Vergnügen!«, flüsterte er und grinste unverschämt.

»Untersteh dich!«, konterte sie, musste aber lachen, weil er einfach alles missverstehen und doppelt verstehen wollte. Dabei kribbelte es ihr bei seiner Bemerkung im Bauch. Sie hatte den Verdacht, er wusste das, legte es nur darauf an.

Etwas außer Atem von der Steigung traten sie auf den Platz vor dem Rathaus hinaus. Mittlerweile hatte sich die Stadt belebt, Paare flanierten die Wege entlang. Frauen trugen hochgeschlossene Kleider, die Männer bereits Handschuhe. Stärker als in der Altstadt unten spürte man die bissige Kälte dieses Oktobers. Maria Anna fühlte den eisigen Wind unter ihre Röcke streichen und schalt sich, keine wärmere Hose angezogen zu haben.

Die Bürger, an denen sie vorüberkamen, grüßten Stein huldvoll, musterten Wolfgang und sie selbst und tuschelten hinter ihnen. Nur Brocken nahm sie auf, aber die allein sprachen Bände:

»Ist das nicht der Musikus ... im Anzeiger inseriert ...

ein Virtuose … unvergleichlich … ein Wunderkind gewesen … man möcht ihm ein Wunder wünschen … hässlich … kann der überhaupt …«

Mit gesenktem Kopf lief Wolfgang durch dieses Zischeln und Tuscheln hinter seinem Rücken. Maria Anna war sich sicher, dass er dieselben Sätze hörte wie sie – und es musste für ihn ein Martyrium sein. Berühmt sein hatte sie sich anders vorgestellt. Einfacher.

Maria Anna hätte ihm gern etwas gesagt, ihn getröstet, ihm Worte zugerufen, um ihn – wenn auch nur für einen Augenblick – aus seiner grübelnden Schweigsamkeit zu holen. Aber sie getraute sich nicht und fand auch nicht die rechten Worte dafür. Was hätte sie ihm auch sagen sollen?

»Es muss eine Akademie geben«, unterbrach Stein ihr Schweigen, das sich vom Perlach bis beinahe zu St. Anna gehalten hatte.

Ihr war, als schreckte Wolfgang bei diesem Gedanken hoch, so viel Furcht sah sie einen Lidschlag lang in seinen Augen. Sicher hätte sie nach seiner Hand gegriffen, um sie zu drücken, wären sie nicht zur selben Zeit vor dem Coféhaus angelangt.

»Eine Akademie, ja. Unbedingt.«

Sie standen vor einem Gebäude mit dunklen Läden und einer ebenso dunklen Tür, durch die Stimmengewirr und lautes Männerlachen zu vernehmen waren. Stein stieß die Tür auf und betrat vor ihnen die Stube. Für einen Augenblick verstummten alle Gespräche, und die Köpfe wandten sich ihnen zu. Gleich darauf hob das Gewirr der Stimmen wieder an. Vor allem auf ihr blieben die Blicke eine lange Zeit ruhen, aber Wolfgang nahm sie energisch am Arm und führte sie an einen freien Tisch. Sie hätte nie geglaubt, allein durch Blicke so verunsichert werden zu können. Breitbeinig und mit den Ellenbogen aufgestützt oder lässig zurückgelehnt, saßen die Männer an den Tischen. Sie tranken ihren heißen Coffé, aber auch anderes wie Wein oder Schnapsbrände, und schmauchten. Soweit sie es verstehen konnte, unterhielt man sich über Tagespolitik, Geschäfte, lachte, gestikulierte, sprang in Erregung auf oder lehnte sich genüsslich und mit sich selbst zufrieden zurück. Eine merkwürdige Welt, ganz anders als die der Frauen, eine Männerwelt, gemacht für große Gesten.

Schon beim Eintreten glaubte Maria Anna, sie müsse ersticken. Tabakqualm zog in dichten Schlieren durch den Raum, der Lärm der Männergespräche hallte im Gewölbe wider, kaum dass einige wenige Kerzen das Innere notdürftig erhellten.

»Brat man mir ein Ei, wir sind in der Türkei!«, flüsterte Wolfgang, obwohl sie seiner Stimme anhörte, dass er keineswegs zu Scherzen aufgelegt war. Eine gewisse Abscheu wuchs in ihr und erspürte sie bei Wolfgang. Kerzengerade setzte er sich hin, unnatürlich, angespannt, aufgezogen wie eine Spieluhr. Dabei reichte er nur mit den Zehenspitzen gerade so auf den Boden. Wie ein kleiner Junge, dachte Maria Anna, der zum ersten Mal mit den Großen ausgehen darf.

Ihr begannen langsam die Augen zu tränen, und sie musste husten. Zu ihrer Beruhigung und Belustigung schien es Wolfgang ebenso zu ergehen. Wirklich wohl fühlte er sich nicht, denn er ließ seinen Blick missmutig durch den Raum schweifen. War es ihm ebenfalls zu laut, zu stickig, zu voll? Was Männer nur an solchen Höhlen fanden?

»Für die Base auch ein Tässchen? Schwarz wie die Hölle, süß wie die Sünde und bitter wie Gift?«, fragte Wolfgang nach und gab Stein Bescheid, als sie nickte, während dieser die Bestellung aufgab, drei Coffé und Wasser.

Der Duft frisch gerösteter Bohnen durchzog den Raum und wäre das einzig Angenehme gewesen, wenn der Qualm des Tobaks das Aroma nicht beinahe völlig überdeckt hätte.

»Haben Sie mit Langenmantel einen Tag ausgespäht, an dem die Akademie gespielt werden soll?«

Als würde er ihn aus tiefem Nachdenken reißen, hob Wolfgang den Kopf, sah aber nicht Stein an, der ihn gefragt hatte, sondern eine Person drei Tische weiter, die eine Notenmappe in der Hand hielt, und immer wieder zu ihnen herübersah, als müsste sie sich erst Mut holen, um aufzustehen und zu ihnen an den Tisch zu treten. Maria Anna folgte seinem Blick.

Wolfgang schüttelte den Kopf.

»Morgen soll ich Bescheid bekommen.«

»Wo haben Sie so auf der Orgel zu spielen gelernt, Mozart?«

»Auf allen großen Orgeln Deutschlands, Italiens, der Niederlanden sowie Roms und Londons habe ich geübt. Da kommt etwas zusammen.« In seiner Stimme lag kein Feuer, als hätte er die Fragen bereits hundertmal gehört und ebenso oft beantwortet. Wie mechanisch flossen ihm die Sätze über die Lippen. »Ich kenne sie alle.«

»Wen beobachtest du, Wolfgang?«

Wieder bemerkte Maria Anna, wie Wolfgang auffuhr, als hätte man ihn aus einem Traum gerissen. Seit er die Barfüßerorgel gespielt hatte, war er merkwürdig schreckhaft. Als hätte ihn das Pfeifenwerk nicht beflügelt, sondern niedergedrückt. Hatte er gar nicht den Komponisten von gegenüber beobachtet, sondern in sich hineingesehen?

»Ist es nicht so, dass ich wie ein Zigeuner durch die Weltgeschichte reise? Um meine Kunst anzupreisen, treibe ich Jahrmarktspossen, ohne dass mehr daraus wird als schwacher Beifall. Dort drüben, den Herrn kenne ich, oder besser ihn weniger als seine Verwandten, die im Haag und in Zürich sitzen mit der nämlichen Physiognomie, derselben Brummnase, demselben Schlotzmund und den schütteren Puderhaaren, von denen man nicht sagen kann, ob sie eine abgelegte Perücke oder die Reste eigener Kopfwolle sind. Unverwechselbar einer der Grafs, aber in Amt und Würden. Einen Arbeitskittel trägt der Kerl, den ich mich nicht schämte, auf der Straße zu tragen. Aber unsereinem hat das Glück bislang nur den Arsch gezeigt.«

»Seine Flötenkonzerte sind etwas ganz Besonderes«, warf Stein ein, aber Maria Anna ahnte, dass Wolfgang diesbezüglich bereits sein eigenes Urteil gefällt hatte, »zudem ist er Musikdirektor der evangelischen Kirchen hier am Ort.«

»Mit einem braven Gehalt, mit einem noch braveren

Weibchen und oberbraven Kinderchen, die alle den Namen Graf weitertragen, ob sie doch so gewöhnlich sind wie der Dreck unter meinen Fingernägeln.«

»Sie verfügen über unermessliche und unbegreifliche Gaben, Maestro Mozart.«

»Die niemanden interessieren, und die mir nicht das Brot in den Mund schaffen. Habt ihr ihn hierher bestellt, Stein? Offenbar hat er auf mich gewartet. Seht, wie er herumdruckst und den richtigen Moment abwartet. Sie scharwenzeln um mich herum wie die Bremsen ums Pferd. Lästig sind sie, und schmerzhaft, wenn ich bedenke, in welchen Verhältnissen ein Mozart sich tummelt.«

Stein sah Wolfgang mit einem Blick an, der zwischen mitleidig und bitterböse schwankte. Leicht reden hatte der Klavierbauer schon, dachte Maria Anna, allein sein Haus am Platz vor St. Ulrich und Afra gehörte zu den größeren und zeugte von Wohlstand und Auskommen.

Maria Anna griff über den Tisch und nahm Wolfgangs Hand in die ihre. Hart und trocken fühlte sie sich an, und sie zitterte leicht. Sanft drückte sie die Finger, aber sie spürte keine Erwiderung.

»Deine Mühen werden belohnt werden, Wolfgang«, sagte sie, aber im Lärm der Unterhaltung schien er sie nicht verstanden zu haben. Zeit nachzufragen bekam er nicht, denn der Kompositeur von gegenüber erhob sich und steuerte auf ihren Tisch zu.

»Bei meiner Seel! Wenn das nicht der hochwohllöbliche Kompositeur und Musikus aus Salzburg ist, der hochberühmte Wolfgang Mozart.«

Er schrie dies geradezu heraus, so dass die Gespräche wieder verstummten und sich alle nach ihnen und dem Kompositeur Graf umdrehten. Maria Anna bemerkte, dass Wolfgang um mindestens zehn Zentimeter schrumpfte, als wollte er unter den Tisch kriechen. Kopf und Schultern zog er ein, und von unten herauf meinte er schelmisch: »Wie kommen Sie darauf?«

»Standen Sie nicht schwarz auf weiß in der Augsburger Staats- und Gelehrten-Zeitung?«

»Ich? Wirklich nicht, mein Bester. Allerhöchstens lag sie auf meinem Tisch.«

Mit einer etwas verwirrten Geste schaute Graf in die Runde, setzte zweimal zum Sprechen an, was Maria Anna höchst amüsierte, weil nur ein Kicksen aus seinem Mund fiel, bis er hervorbrachte:

»Friedrich Hartmann Graf! Komposteur, äh, nein, Kompositeur zu Ehren.«

Auf seiner Stirn bildeten sich Schweißtropfen, die langsam an der Schläfe herabrannen und einen sichtbaren Streifen hinterließen. Was musste sich der Mann quälen, weil er es gewagt hatte, Wolfgang anzureden? Was fand ihr Vetter nur daran, die Leute zu verunsichern, die mit ihm zu tun hatten? Sie versuchte, ihn mit dem Bein zu stoßen, aber er entzog sich ihr, indem er die seinen ganz nach hinten nahm.

»Kompositeur. Sagt an.« Wolfgang tat erstaunt, aber in seiner Stimme lag eine Müdigkeit, die er vor Maria Anna nicht verbergen konnte. »Und was tragt Ihr unter dem Arm? Doch nicht zufällig einige Exempel Eurer Kunst?«

Freude huschte über das Gesicht Grafs, er nickte eifrig, zog die Notenmappe unter seiner Achsel hervor und legte sie auf den Tisch.

»Nur einige bescheidene Flötenstücke. Eine Auswahl, zufällig. Allerneueste Werke.«

Beinahe hätte Maria Anna losgelacht. Zufällig. Vermutlich war Graf seit dem frühen Vormittag unterwegs und durchstöberte jedes Cofféhaus, jede Kirche nach Wolfgang – und jetzt war er endlich fündig geworden. Sie stellte sich vor, wie er die Anzeige in der Gelehrten-Zeitung gelesen und sofort damit begonnen hatte, seine neuesten Stücke auf sauberes Notenpapier zu kopieren, sich eine ebenfalls neue Mappe geleistet und dann nur auf den Tag gewartet hatte, an dem Wolfgang nach Augsburg kommen würde. Und jetzt hatte seine Vorbereitung Erfolg gehabt. Ganz gleich, was Wolfgang über die Partituren vor ihm auf dem Tisch sagen würde, es war der Sieg des Friedrich Hartmann Graf.

»Lasst sehen!«

Wolfgang blätterte die Mappe auf, betrachtete die Musik, und Maria Anna sah in seinen Augen, dass er die Melodie dort oben im Kopf zum Klingen brachte. Aber es klang nicht. Das zu sehen war nicht schwierig. Sein Blick flackerte, wanderte unruhig die Zeilen auf und ab, wiederholte Passagen, lief vor und zurück. Sein Mund verzog sich. Plötzlich sang er einige Takte nach:

»Tatadida, dididatam. Das ist gut, ein schönes Motiv. Gelungen. Aber hier, werter Graf, der Übergang, ein wenig – wie soll ich sagen …?«

»Unruhig? Ja, das ist gewollt. Hier soll sich die Altflöte bemühen, soll sie …«

»… ihre Technik zeigen? Das muss sie wohl.«

Wolfgang hielt sich zurück, kämpfte mit seiner Überzeugung. Maria Anna empfand es als Kapitulation.

»Mein lieber Mozart, was sagen Sie hier zu dieser Wendung? Zu diesem Wechsel der Tonart?«

Nur einen flüchtigen Blick war es ihm wert, trotzdem nickte er gequält.

»Ein ganz ordentlicher Gedanke, Graf. Man hört geradezu die Böcke springen.«

»Ja? Nicht? Das freut mich, dass Sie so zustimmend sind. Ich darf wohl behaupten, der beste Tonsetzer in dieser Stadt … jetzt, Stein, so helft mir doch, ich muss mich doch nicht ungalanterweise selber loben? Sag ich die Wahrheit? Na bitte. Und Sie erkennen auch, dass meine Arbeiten einen ganz besonderen Esprit genießen.«

»Einen ganz besonderen!«, wiederholte Wolfgang und klang dabei müde spöttisch, was aber sein Gegenüber gar nicht bemerkte.

Der Coffé kam, und Graf holte sich einen zusätzlichen Stuhl, setzte sich, ohne dazu aufgefordert worden zu sein. Stumm tranken sie die ersten Schlucke. Für Maria Anna war es das erste Mal. Bitter schmeckte das Gebräu, obwohl sie mit zwei Löffeln Zucker zusüßte. Mehlig hielt sich der Satz im Mund und knirschte. Bitter wie das Ritual, das sich zwischen Wolfgang und Graf entspann.

Während Graf danach lechzte, von Wolfgang gelobt zu werden, blieb dieser möglichst unverbindlich. Man würde sich auf ihn berufen und ihn an seinem Lob messen. Der Coffé schien Wolfgangs Müdigkeit zu verscheuchen.

»Sie lieben die Sprünge, Maestro«, lächelte er den Stadtmusikus Graf an, »allein, ich kann mir nicht vorstellen, wie manche Dinge technisch zu bewältigen wären. Hier, diese Grifffolge. Man möchte glauben, es bräuchte dazu einen Finger mehr.«

Dass die Kompositionen Grafs tatsächlich manchmal merkwürdige Wendungen nahmen, schien Wolfgang nicht zu wissen, aber aus den vorliegenden Notenbeispielen herauslesen zu können. Ein wenig bewunderte Maria Anna ihren Vetter für seine Schlagfertigkeit und für seinen Humor. Dass Graf diesen nicht verstand, dafür konnte Wolfgang nichts.

»Lasst uns konzertieren!«, schlug Graf in seiner etwas überzogenen Wortwahl vor. »Ich wohne in der Nähe. Platz wäre reichlich. Ein Virtuose in unseren vier Wänden würde uns zur Ehre gereichen.«

Stein, der dem Treiben bislang eher teilnahmslos zugesehen hatte, vielleicht noch etwas verstimmt war von der Unterstellung Wolfgangs von eben, nickte begeistert.

»Ein wenig Musik zur Verdauung und als Appetitanreger fürs Abendmahl schadet nicht.«

Er bezahlte, und die Runde erhob sich.

Für Maria Anna war es das Zeichen, sich zu verabschieden. Mutter würde zu Hause auf sie warten.

Kurz bevor sie das Cofféhaus verließen, zupfte sie Wolfgang am Ärmel.

»Wann sehen wir uns wieder, sag?«

Er zwinkerte ihr zu.

»Mit den Narren ist's nicht auszuhalten. Morgen früh. Wir werden durch die Stadt spazieren.«

Mit Knicks verabschiedete sie sich, zog ihr Brusttuch enger, ein scharfer Wind blies durch die Gasse, dann eilte sie die Straße an der Anna-Kirche entlang, während sich die Männer zu Graf begaben.

8

Wolfgang erwachte mit Durst, dem Gefühl, als säße der Kopf nicht recht zwischen den Ohren, und einer nur undeutlichen Erinnerung an gestern. Was hatte er gestern nur gemacht? Und wie war er in sein Bett gekommen?

Verschwommen tauchten einzelne Bruchstücke des letzten Abends in seinem Schädel auf, wie rollende Kegel, die aus dem Nichts kamen und gegriffen werden wollten. Und sie rollten schmerzhaft.

Graf. Sie hatten dort musiziert. Und getrunken, viel getrunken. Ah, und jetzt erinnerte er sich daran, was ihm die Kopfschmerzen bereitete. Nicht der Wein, der geflossen war, nicht die späte Stunde, in der sie beide Graf verlassen hatten, Stein und er, sondern diese Musik.

Wolfgang atmete tief durch. Eine säuerliche Übelkeit stieß ihm auf. Er richtete sich halb im Bett auf, aber ein Schwindel zwang ihn, sich wieder hinzulegen. Ihm war hundeelend. Wie Regen prasselten disharmonische Klänge auf ihn ein, das dumpfe Quäken einer heiseren Flöte, ein verstimmtes Klavichord.

Er hatte die erste Violine spielen müssen. Aber das Stück ging nicht ins Ohr, stolperte nur vorwärts und stelzte gar zu plump einher, als ginge es auf Krücken. Dennoch hatte er Graf für seine Arbeit gelobt, schließlich hatte der Mann studiert. Warum sollte er ihm die Freude an seiner dürftigen Musik verderben? Als dann das Klavichord aus dem Nebenraum herbeigeschleppt wurde, eine Arbeit der steinschen Werkstatt, verdreckt und lange nicht bespielt, hatte er sich nicht enthalten können, dem Tonsetzer Graf zu zeigen, dass er zwar glauben möge, auf seiner Reise durch die Notenwelt ein ganz besonderes Talent zu sein, es aber noch etwas draufzusetzen gab, ohne den Ohren Schmerzen zu bereiten. Alle waren sie verwundert, entzückt, beschämt gewesen – und man hatte das Ganze der Augsburgischen Historie mit Wein, viel Wein hinuntergespült, und Graf hatte ihm nach der fünften Flasche den ersten Platz unter den Musikern dieses Erdkreises neidlos überlassen.

Unwillig schüttelte er den Kopf. Wie er kleine Triumphe als Siege feierte. Er fühlte sich matt, und seine Finger waren angeschwollen und schwer zu bewegen. Im Mund einen bitteren Geschmack. Er wühlte sich aus dem Bett. Kaum saß er auf der Kante, den Kopf in die Hände gestützt, als die Zwischentür aufging und seine Mutter im Rahmen stand.

»Wolfgang!«

Mehr sagte sie nicht, aber in diesem einen Wort lag eine ganze Welt von Vorwürfen: Warum bist du gestern so spät nach Hause gekommen? Was hast du erreicht? Warum hast du dich nicht um mich gekümmert? Was sollen wir nur dem Papa schreiben?

»Mutter, mir ist der Kopf so schwer. Bitte!«

Ihrem vorwurfsvollen Blick brauchte er sich nicht auszusetzen, ihm genügte der Klang ihrer Stimme.

»Komm frühstücken zum Oheim. Er hat uns eingeladen.«

Wolfgang dachte sofort an Maria Anna, die er gestern nach dem Cofféhaus alleine heimgeschickt hatte. Er wollte sie sehen, vor allem ihre Stimme hören. Er dachte an den Druck ihrer Hände im Cofféhaus, als ihn der Weltschmerz gepackt hielt. Sie war die Einzige gewesen, die ihn verstanden hatte oder zumindest versucht hatte, ihn zu verstehen. Orgeln, wie die in der Barfüßerkirche, warteten auf ihn, waren für Virtuosen seines Schlages gebaut – und er bettelte in aller Welt um eine Anstellung. Die Handwerkskunst der Orgelbauer war ausgefeilter als die der Organisten, die Technik der Handwerker auf einem höheren Stand als die der Künstler. In ganz Augsburg gab es niemanden, der sie hätte vernünftig spielen können – und so musste ein Instrument stumm bleiben, wo es Herzen hätte verzaubern können, weil niemand sein Genie erkannte.

Schwer erhob er sich, tappte zur Waschschüssel, goss Wasser hinein und steckte den Kopf dazu. Selbst dies verschaffte ihm kaum Linderung. So wie er sich fühlte, musste es ein Verdrusstag werden.

Während er den Kopf aus der Schüssel nahm, stand seine Mutter noch immer zwischen Tür und Angel, als hätte sie etwas vergessen.

»Soll ich dir die Kleider ausbürsten?«, fragte sie und lächelte dabei schwach.

Aber er konnte nur brummen, wollte keine Antwort geben. Musste er sich für den letzten Abend rechtfertigen? Nein. Er war sein eigener Herr. Es war seine Reise, nicht die des Vaters oder der Mutter. Er war alt genug, und die Welt kannte er hinlänglich. Außerdem konnte er dieses ständige Gerede nicht aushalten. Warum war sie nicht einfach ruhig? Wolfgang fühlte, wie sich in ihm Ärger aufstaute, wie seine Stimme einen schrilleren Ton annahm, als er antwortete.

»Geh vor, ich komme nach.«

Allein sein wollte er, allein mit sich und seinen Kopfschmerzen.

Seine Mutter hatte vor dem Haus des Oheims so lange gewartet, bis er gekommen war. Sie beobachtete, wie er in die Straße einbog, den Weg hinaufschlurfte, mit hängenden Schultern und den Blick am Boden. Zu hell war es, obwohl Wolken am Himmel hingen.

Wortlos ließ sie ihn an sich vorüber, und dann schritten sie hintereinander den Gartenweg hinauf. Sie gängelte ihn. Dabei war er alt genug, das wusste sie – aber er würde sich dafür weder schuldig fühlen noch sich entschuldigen. Warum auch?

Seine Laune nahm ihm alle Musik aus dem Kopf. Üben musste er wieder, und geschrieben hatte er noch keine einzige Zeile in dieser vermaledeiten Stadt. Seit er in Augsburg war, hatte sein Drang nachgelassen, das Leben in Klängen zu notieren. Dabei hatte er häufig das Gefühl, mit seinem Kopf in der Klangwolke des Äthers zu leben.

Noch ehe er schellen konnte, öffnete Maria Anna die

Tür. Mit ihren großen hellen Augen leuchtete sie ihn an und bat ihn und die Frau Mama herein. Zur Begrüßung gab sie ihm die Hand, und er fühlte, dass sie seine Hand länger in der ihren hielt, als es eigentlich schicklich gewesen wäre. Aber weder seine Mutter noch die Frau Tante, die ihre Hände an der Schürze abtrocknete und in den Gang hinaus entgegenkam, nahmen davon Notiz.

Alles wartete bereits auf sie. Wolfgang setzte sich Maria Anna gegenüber. Aufrecht und erwartungsvoll sah sie ihn an, während der Oheim ihn nach seinem Abend bei Graf ausfragte, und er von seinem Martyrium erzählen musste. Wolfgang parodierte, spielte, summte zu seiner Erzählung, als wäre alle schlechte Laune aus ihm geblasen worden. Alles lachte, auch Maria Anna. Gleichzeitig betrachtete sie ihn nachdenklich, so als fühlte sie, dass diese Fröhlichkeit, die er den Verwandten zuliebe zeigte, nichts weiter war als eine Maske, die er aufsetzte.

Als der Oheim jedoch sagte, man müsse solche Widrigkeiten eben aushalten, wenn man fortkommen, wenn man seine Ziele erreichen wolle, und betonte, selbst Graf, so unscheinbar er daherkomme, sei einflussreich, und man dürfe ihn nicht vergraulen, platzte Wolfgang der Kragen. Wollte ihn alle Welt nur gängeln? Seine Pappenheimer kannte er selbst zur Genüge. Hatte er nicht halb Europa durchreist, um festzustellen, dass es angefüllt war mit Dilettanten, die ihm auf den Nerven herumtanzten?

Nein, das müsse er eben nicht, redete er sich in Rage. Seine Musik sei nichts für lange Ohren.

»Wenn hier ein Ort wäre, wo die Leute Ohren hätten, Herzen zum Empfinden und nur ein wenig von Musik verstünden, so würde ich mit Lust über all diese Dinge lachen. Aber so bin ich unter lauter Viechern und Bestien, was die Musik anbelangt. Kurz, gebt mir das beste Klavier, aber Leute zu Zuhörern, die lange Ohren haben und nichts von Musik verstehen oder nichts verstehen wollen, und die mit mir nicht empfinden, was ich spiele, so verliere ich alle Freude.«

Maria Anna unterbrach seine Suade, indem sie aufstand.

»Ich wollte ohnehin abräumen. Außerdem, Wolfgang, solltest du nicht bei Langenmantel vorbeisehen wegen der Akademie? Ich werde dich begleiten – und gleichzeitig noch beim Domkapitel vorbeischauen. Der dortige Abbé, der Herr Freiherr von Reibeld, hat mich gebeten, den berühmten Vetter mitzubringen, wenn er es sich genehm sein lässt.«

Wolfgang, der sehr wohl wusste, wie sehr er mit seiner Rede den Oheim vor den Kopf gestoßen hatte, verbeugte sich kurz und bat um Entlassung.

»Wollten wir nicht besprechen, wer noch besucht werden sollte? Wo du deine Referenzen machen musst?« Der Einwand seiner Mutter klang schwach. Sie ahnte, dass er nicht auf sie hören würde. Noch schwächer vernahm er ein zaghaftes »Wolfgang!«, als er, ohne ihre Fragen zu beantworten, das Zimmer verließ.

»Das hat Zeit«, murmelte er nur über die Schulter weg, und zu Maria Anna gewandt, meinte er: »Wenn's kein solches Bäsle hier in Augsburg hätte, wäre ich längstens wieder fort!«

»Schmeichler, du!«, antwortete sie auf dem Weg zur Küche, Teller und Schmutzgeschirr auf dem Arm. Wolfgang bemühte sich, ihr zuvorzukommen und die Küchentür zu öffnen. »Sicher sagst du das jedem Rock, der dir in Salzburg über den Weg läuft.«

»Wirklich nicht«, feixte er, »denn in Salzburg tragen vor allem Prälaten und Pfaffen Röcke.«

Maria Anna sah ihn mit ihren hellen Augen an. Ihres ernsten Gesichtsausdrucks wegen schämte er sich seines Geplappers. Aber da lachte Maria Anna bereits über das Gesicht, das er offenbar dabei zog.

Das Geschirr stellte sie in die Spülschüssel, wischte ihre Hände an einem Tuch ab und zog ihn mit in den Flur hinaus. Dort hing ihr Mantel am Haken, den drückte sie ihm in die Hand, damit er ihr hineinhalf.

Wolfgang fühlte sich müde. Das Haus überheizt. Die Kleider dampften regelrecht. Hinaus in die Kälte, hinaus in die frische Luft. Sie würde ihm gut tun, und das Bäsle auch, wie es vorneweg lief, so frisch, so springlebendig, nicht so tapsig täppisch wie er mit seinem Bärenkopf.

»Wohin, Mariannerl?«, nahm er sich heraus zu fragen, obwohl er wusste, dass sie ihn dorthin führen würde, wohin er wollte.

Was war geschehen zwischen gestern und heute? Gestern war sie noch so unaufdringlich und zurückhaltend gewesen, ganz Demoiselle, die einen jungen Mann kaum anzuschauen wagte, heute war sie das Bäsle, das er von früher her kannte, nur jetzt ganz Frau.

»Wir besuchen den Direktor Graf!«, meinte sie spöttisch. »Wenn er nur halb so wüst aussieht wie du, wird es ein rechter Spaß werden.« Dabei kicherte sie fortwährend, nahm ihn bei der Hand und zog ihn hinter sich her wie sein Hund zu Salzburg, wenn er ausgeführt werden wollte.

»Nur immer langsam«, bemühte sich Wolfgang, aber Maria Anna schleppte ihn vorwärts, als wollte sie ihm einen Arm ausreißen.

»Nicht so langsam. Mit deiner Langsamkeit lässt sich kein Groschen verdienen, und wir müssen hungern oder gar betteln gehen.«

»Wir?« Wolfgang blieb stehen. Rührte sich keinen Zentimeter mehr, so sehr das Bäsle sich auch mühte und zog.

»Was bist du doch für ein närrischer Stängel!«, murrte sie.

»Stängel?«

Jetzt prustete sie los, hielt sich beide Hände vor den Mund.

»Verstehst du's nicht?«

»Nichts verstehe ich.«

»Ich kann's dir wirklich nicht erklären, Wolfgang. Das schickt sich nicht für eine Jungfer.« Ein Lachen schüttelte sie, das ihm durch und durch ging und den Gedanken an Kopfschmerzen und eine durchzechte Nacht nahm.

Aber er wollte nicht weiter in sie dringen. Sie würde es ihm noch erzählen, da war er sich ganz sicher. Stängel!

Ja, darüber würde sich ein Kanon schreiben lassen, oder gar ein nettes Klavierstück. Er hörte ein Motiv in sich aufsteigen, besetzte es mit einer Violine, einem Klavier, zwei Bratschen, oder besser noch mit einer Flöte. Stängel. Genau! Wie es hüpfte und sprang, wie es zog und zerrte, wie es kickste und kicherte. Heute musste er sich noch hinsetzen, es aufschreiben, es vorspielen. Unruhig klopfte er seine Weste ab. Kein Notenpapier. Er hatte kein Notenpapier eingesteckt. Dabei …

»Wolfgang?«

Er schreckte auf. Maria Anna stand so nahe vor ihm, dass ihm der Duft ihres Haares in die Nase stieg. Wo war er? Mitten auf der Straße stand er, vor sich Maria Anna, die ihn besorgt betrachtete.

»Ist alles, wie es sein soll? Fehlt dir etwas? Ist dir nicht gut?«

Es ging ihm gut, sehr gut sogar. Wie sollte er erklären, dass er nicht bei Sinnen war, wenn er komponierte, dass er alles um sich herum vergaß, dass er einfach Musik hörte, nein, selbst ganz und gar Musik war, wenn es diese Töne in ihm aufwühlte. Dass sie ihn gefangen nahmen, ihn erst wieder losließen, wenn er eine Lösung gefunden hatte, eine für ihn befriedigende Lösung. Dass er den Drang in sich verspürte, sofort alles niederzuschreiben, was sich in ihm entzündete. Niemandem konnte man das erklären. Er seufzte.

»Komponierst du gerade? Ja? Wie deine Augen dabei glänzen und dein Gesicht leuchtet. Trotz der Kälte glühst du regelrecht.«

Maria Anna sagte das zu ihm, und er sah sie mit einem Mal ganz anders an. Ernst blickte sie, als suchte sie in seinen Augen nach etwas, ließ auch ihren Blick zwischen seinen Pupillen hin und her pendeln, obwohl sie ihm so nahe stand. Und seine Hände hatte sie ebenfalls wieder in die ihren genommen und rieb sie in der Kälte warm, die er plötzlich wie einen Schlag ins Gesicht zu fühlen bekam. Seine Wangen spannten, und jetzt bemerkte er auch, dass Maria Anna zitterte. Vorsichtig befreite er seine Hände aus den ihren und drückte das Mädchen an sich.

»Nicht hier, Wolfgang«, sagte sie und wand sich aus seinen Armen.

»Damit es dir nicht kalt ist!«, sagte er nur und presste seine Lippen aufeinander.

Nebeneinanderher gingen sie zu Graf hinüber, stumm diesmal, als hätten sich die Berührungen auf die Stimmbänder geschlagen. Wolfgang schwirrte der Kopf. Warum hatte sie »Nicht hier!« gesagt? Das hieß, dass sie an einem anderen Ort diese Umarmung zugelassen hätte? Er wagte nicht, sie von der Seite zu betrachten, weil er glaubte, dass sie ihm dies als Zudringlichkeit auslegen würde. Herrgott, warum hatte er sich kein Notenpapier eingesteckt! Bei Graf musste er sich sofort ans Schreiben setzen. Ein Flötenkonzert. Wie dieser eine Satz in ihm wühlte, als würde sich seine Phantasie vergaloppieren, hierhin und dorthin zappeln wie ein Fisch, der aufs Land geworfen wird, wo er nichts zu suchen hat und das er nicht kennt.

»Warum springst du so?«

Wieder war er außer sich. Wieder hatte sie ihn geweckt.

»Ich springe nicht.«

»Du hüpfst wie ein Frosch und merkst es nicht, Wolfgang. Du siehst nichts, würdest in jede Kutsche laufen, die dir entgegenkommt, ohne einmal aufzuschauen. Ich glaube fast, du würdest im Himmel aufwachen und nicht einmal bemerken, dass man dich hienieden überfahren hat.«

Natürlich hatte sie Recht. Aber musste er es deshalb zugeben? Nein.

»Das ist doch Unsinn!«

Jetzt sah sie ihn streng von der Seite her an. Über ihrer Nase runzelte sich eine Falte in die sonst glatte Stirn.

»Du wirst alt, wenn du so die Brauen zusammenziehst.«

»Ein paar Jährchen habe ich noch, bis ich so alt aussehe, wie du schon bist«, konterte sie schnippisch.

Für Wolfgang war nicht zu erkennen, ob sie ihm seiner Schwindelei wegen böse war oder nur spielte. Frauenzimmer. So undurchsichtig und doch so klar wie eine bachsche Fuge.

Unter lauter Schweigen und Giften hatten sie das grafsche Anwesen erreicht. Maria Anna klopfte. Schelmisch grinste sie, weil sie erwartete, einem Direktor Graf zu begegnen, dessen grüner Hausrock, den er immer trug, sich mit dem Grün seines Gesichts vertrug. Aber geöffnet wurde von einem ein wenig müde dreinblickenden, aber bereits die Pfeife schmauchenden Hausherrn.

»Ah, der Herr Mozart. So früh bereits? Ich hätte Sie nicht so früh erwartet, wo Sie doch etwas – wie soll ich sagen – derangiert gewesen sind. Und die Demoiselle Base, wenn ich das recht sehe. Nur herein, herein, solche Gäste in aller Herrgottsfrühe lob ich mir, das ist doch allemal etwas andres als meine Haushälterin. Mit Verlaub, die Gute ist bereits über sechzig und hört nicht mehr recht. Na ja, sehen kann sie auch kaum mehr, und zu Fuß – es wird jeden Tag schlimmer. Doch will ich Sie nicht mit meinen kleinen Sorgen quälen, lieber Mozart. Die ganze Nacht noch bin ich am Tisch gesessen und habe mir den Kopf zerbrochen. Wie nur immerfort so an einem Stück die Melodien aus Euch heraussprudeln wie ein Quell. Und so akkurat, dass man glauben möchte, sie wären in Ihrem Kopf bereits vollständig gesetzt, und Sie bräuchten sie nur zu Papier zu bringen. Vielleicht haben Sie auch die Zeit nicht, dies zu tun, und so füllen Sie Ihren Schädel mit diesen kleinen Kompositionen und Stückchen an.«

Wolfgang sackte unter dem Wasserfall der Sprache in sich zusammen. Was sollte er hier? Jetzt fiel ihm zu seinem Entsetzen ein, dass etwas mindestens ebenso schlimm gewesen war wie die hölzerne, stelzende Musik des Direktors Graf – seine wasserfallartigen Reden. Nur wenn er die Flöte an den Mund setzte, war die Quelle des Redeflusses gestopft, und Graf gab Ruhe.

Aber diesen Umstand hatte Maria Anna offenbar im Griff. Denn sie hakte sich bei Graf unter und zog ihn mit sich ins Haus.

Alles müsse er ihr erzählen vom letzten Abend. Wo sie doch als Frauenzimmer ausgeschlossen gewesen sei von der Männerrunde und dabei so gern die Musik des Vetters zu hören bekommen hätte. Sie heuchelte Interesse, und Wolfgang staunte nur darüber, denn immer wenn Graf anhub, um eine seiner berüchtigten Suaden freizulassen, fuhr ihm Maria Anna in die Parade, so dass sich sein Mund wieder schloss. Und so klappte das Goscherl des Graf beständig auf und zu und auf und zu, ohne dass auch nur eine Silbe herauszupurzeln vermochte.

Stein saß bereits in der Stube auf einen Schoppen und erhob sich freudig, als Wolfgang und Maria Anna, sie voraus am Arm Grafs, die Schwelle zum Salon überschritten. Auch er sah etwas mitgenommen aus, mit wirren Haaren und einem Stoppelbart über bleichen Wangen.

»Gut, dass Sie kommen, Mozart. Wir beraten gerade den Termin für Ihre Akademie. Wenn Sie heute noch mit Langenmantel sprechen, sollten Sie ihm einen konkreten Wochentag nennen können. Um das Orchester kümmern wir uns, Graf und ich. Die Pianofortes, die neuen Instrumente, gebe ich Ihnen gern. Jedermann wird staunen, welche Wunder sie unter kundigen Händen zu vollbringen imstande sind.«

So viel Anspruch, so viel Regelwerk, so viel Besprechung und Rede brachten die Kopfschmerzen zurück. Wie konnten sie jetzt nur über die Akademie sprechen? Maria Anna war anwesend – und sie hatte eine Bitte geäußert.

»Einen Schluck? Auch für die Jungfer Mozart?«

Wolfgang sagte nichts, denn das Klavichord stand noch mitten im Salon. Sofort setzte er sich und spielte die Melodie, die ihm eingefallen war zum »Stängel«!

»Etwas Neues, Mozart?«, fragte Stein, der sich gar nicht erst gesetzt hatte, sondern hinter ihn trat und ihm auf die Finger sah, die wie von selbst über die Tasten glitten. Jetzt konnte er sich unterhalten, jetzt brauchte er sich nicht mehr zu konzentrieren. Alles lief ab, als würde ein zweiter Mozart dort sitzen und für ihn spielen. Seine Arbeit war getan.

Ununterbrochen musizierte er, ließ keine Einwände zu, ließ sich nicht aufhalten und unterbrechen schon gar nicht. Nein, er würde dem Langenmantel, Kurzenrock keinen Tag unterbreiten. Wer war er denn?

»Hör, Bäsle. So perlt's, dein Lachen.« Spielte, ließ die Claven springen, ließ niemanden darauf etwas sagen oder zu Wort kommen, bis er sich erhob, ungestüm, und dann war's ihm, als müsste er über die Stühle springen und einen Purzelbaum schlagen und unterm Klavichord hindurch und über es hinweg setzen.

Die Augen gingen Graf über, Stein trat bis an die Wand zurück.

»Unterhaltet Euch über die Akademie, über mich, aber lasst mich weg, ich muss weg, den Weg gehen, meinen Weg gehen, weggehen.«

Sagte und reimte und trällerte es, wie er eben seine Läufe hingeworfen hatte, nahm das Bäsle an der Hand, das gar nichts mehr sagte, nur noch den Mund aufriss, das Goscherl, und hinter ihm her ins Freie stolperte, bis sie die Treppen hinunter und um die nächste Biegung waren.

»Was war denn das?«

Wolfgang schlug sich auf die Knie, musste tief atmen, stieß Rauchwolken aus in der Kälte dieses Oktobers.

»Das haben's«, kicherte er und rang nach Luft, deren Kälte in den Lungen schmerzte, wenn er sie so tief inhalierte, »nicht erwartet. Den Piero, den Hanswurst am Klavichord. Da haben's zu denken, die Herren Bieder und Ernst.«

Er schüttelte sich aus vor Vergnügen.

Nur das Bäsle schüttelte den Kopf.

»Kindskopf!«, schalt sie ihn, aber sie konnte sich das Lachen nur schwer verbeißen, das sah er. »Du musst um dein Fortkommen schauen, Wolfgang.«

»Bin ich nicht fortgekommen? Von hier«, er deutete um die Ecke, »bis hierher?« Er prustete wieder los. Dann griff er dem Bäsle durch den Mantel an die Taille, zwickte sie leicht mit zwei Fingern.

»Wolfgang!«, schimpfte sie und kugelte sich ebenso und quietschte und feixte wie er.

Warm fühlte sie sich an unter dem Mantel, wo er seine Hand auf dem rasch sich hebenden, bebenden Zwerchfell liegen ließ, aber rasch trat sie einen Schritt zurück, wurde plötzlich ernst.

»Nicht!«, meinte sie nur und drehte sich einfach weg

und ging ein paar Schritte die Straße hinunter. Nach wenigen Metern blieb sie stehen, wandte sich zu ihm um.

»Wo bleibst du, Wolfgang?«

»Wohin soll's gehen? Sag's meinem Fußwerk, red mit meinen Schuh'n, sie tragen mich überallhin, wo deine Latscherl ruhn.«

Sie lachte ihn an. Keine Verstimmung. Kein böses Wort oder einen noch böseren Blick. Sie blickte ihm nur in die Augen, als fände sie dort die Antwort, die sie suchte, welche auch immer es sein mochte.

Ihn sprang urplötzlich ein Motiv an, ohne Vorwarnung, ohne dass er an Musik gedacht hätte.

Das Bäsle begann ihm lang und breit zu erklären, wohin sie ihn führen wollte, neckte ihn, weil er so abwesend war, weil er nicht reagierte, aber in ihm komponierte es. Wie von selbst sprangen die Noten auf die Zeilen des Papiers, und wenn er nickte, weil das Bäsle ihn etwas fragte, dann blätterte er gerade um, schrieb die nächste Seite, bis ihn Maria Anna beim Arm nahm und zu sich herdrehte.

»Was ist denn das für ein Umstand? Entweder gehst du mit einem Frauenzimmer die Straße entlang und unterhältst dich mit ihm, wie es sich für einen Kavalier gehört, oder du lässt es bleiben. Ich gehe auch ohne dich zu Abbé von Reibeld. Sapperment noch mal.«

Längst war er fertig, signierte gerade im Kopf sein Klavierstück: Rhythmisch und langsam, für das werte Bäsle-Häsle.

»Ich sage Sapperment! Und Sapperment ist, wenn ich Sapperment sage: – Sapperment!«

Dann nahm er Maria Anna beim Arm, drückte sie an sich. Er senkte den Kopf, als müsste er mit ihr verschwörerisch tun.

»Ich werd's dir erklären, Bäsle. Dir allein.« Anfangs wehrte sie sich. So eng ging man in Augsburg nicht auf der Straße, was er sehr wohl wusste, aber er war Mozart – und Mozart ging, wie er wollte.

»Ich bin klein. Das weiß ich durchaus, aber vielleicht liegt es daran, weil die Dinge winzig werden, wenn man sich von ihnen entfernt. Ich bin zu manchen Zeiten weit von dieser Welt entfernt, weiter als jeder von Euch.«

»Und wo?«

Sie sah ihn an, und er wusste plötzlich, dass sie es ernst meinte. Keine Frage, die nur gestellt wurde, um etwas gesagt zu haben. Aber wie sollte er sie beantworten? Er wusste selbst nicht, wo er sich befand. Im Innern seiner Sprache oder weit darüber?

»Dort«, er zeigte hinauf in den Himmel, über den hellgraue Wolken jagten. Windig war es, schneekalt, schneien würde es die nächsten Tage, wenn es so blieb. Und das im Oktober. Kein Wetter, bei dem man gerne auf die Straße ging. »Irgendwo dort oben und hier drinnen!« Dabei tippte er auf seine Stirn. »Und überall!«

Sie nickte mit zusammengepressten Lippen. Verstanden hatte sie es nicht, verstand er es kaum, aber wohl begriffen, dass er nicht imstande war, es zu erklären.

»Deshalb willst du dich nicht um deine Akademie kümmern?«

Verwirrt sah er sie an.

»Er soll mich bitten, der Kurzenjacke, der Langenwams. Einen Mozart bittet man!«

Wolfgang schnüffelte, zog die Luft ein, die in die Nase kniff und die Flügel rot anlaufen ließ. Er versuchte durch Schielen seine Nasenflügel zu beobachten.

»Du Träumer und Narr!«

»Dafür riechst du wie Tobak in der Pfeife, Bäsle.«

»Jetzt halt aber an dich!«

»Was hab ich wieder gesagt?«

»Nun, was tut man mit Tobak in der Pfeife?«, schmunzelte sie und entwand sich seinem Arm.

»Ihn rauchen? Ihn stopf…?« Jetzt war es an ihm, zu verstummen.

Maria Anna prustete los und blies dabei Speichel zwischen ihren Fingern hindurch.

9

Nah war ihr dieser Vetter, und doch so weit entfernt. Seine Sprünge und Kapriolen, seine Stimmungswechsel, die Abwesenheiten, all das erschien ihr fremd und beängstigend zugleich – und doch wieder faszinierend.

Bei Abbé von Reibeld hatte er sich benommen, als müsste man ihn in eine Zelle schließen und vor der Welt wegsperren. Wolfgang war aufgesprungen, hatte sich wieder gesetzt, war gleich darauf mit Riesenschritten durch das Zimmer gewandert und hatte vor sich hin gebrabbelt, während sie sich mit dem Abbé unterhalten hatte. Schließlich hatte er nach Notenpapier verlangt, dringend – und der Abbé hatte zum Kapitel nach Heilig-Kreuz schicken lassen, um ihm das Papier zu besorgen.

Die halbe Stunde, in der er auf das Notenpapier gewartet hatte, war er ruhig gewesen, hatte mit dem Abbé geplaudert, von seinen Reisen erzählt, von seinen Besuchen in der Stadt und dass sie von Augsburg aus nach Mannheim weiterwollten, je eher, je lieber, denn die Stadt sei gar zu provinziell und dürftig, was die Kunst betreffe.

Der Abbé hatte es sich nicht nehmen lassen, von Mannheim zu erzählen, vom Kurfürsten Karl Theodor und dessen Liebhaberei, der Musik, vom Orchester dort, von den Solisten, von der Oper und den Sängerinnen. Wolfgangs Augen hatten beim Wort Oper zu leuchten begonnen. Ja, eine Oper wolle er auch schreiben, eine Oper sei sein Ziel, ein Opernauftrag sein ganzes Begehren. Zur Oper sei er geboren, er fühle es mit jeder Faser seines Leibes. Nur bewähren hätte er sich bislang nicht dürfen, oder nur an kleinen Formen, an italienischer Opera seria, aber das sei nichts Halbes und nichts Ganzes gewesen. Schon in München habe er nachgefragt, erfolglos. Hier in Augsburg sei es wohl zwecklos, da die Kenner von Musik dünn gestreut und die Ohren der meisten Bürger so lang seien, dass sie diese am Boden nachschleppen könnten.

Dann war das Notenpapier eingelangt, und Wolfgang hatte nach Tinte und Feder verlangt und sich sofort von ihrem Gastgeber abgewandt, der anfänglich etwas verärgert gewesen war, Wolfgang aber hatte gewähren lassen. Bevor das Mittagessen aufgetragen worden war, hatte er dem Abbé die Abschrift eines Klavierstücks zu vier Händen überreicht, das der Abbé sich sofort nach dem Essen von ihm und Wolfgang zusammen erbat. Als Nachtisch sozusagen, als amuse geule für den musikalischen Gaumen.

Danach hatten sie fluchtartig das Haus verlassen.

Wolfgang war ein Rüpel gewesen, ein bockiger, unverschämter, kleiner Mann. Nur weil dem Abbé die Klavierhände nicht so leicht gelaufen waren wie ihm, weil er das Tempo nicht zu halten vermocht hatte, weil der Abbé, mit schwachen Augen, die von Hand notierten Noten nicht recht gesehen oder mit den Fingern falsch getroffen hatte, hatte Wolfgang seinen Zorn bekommen, hatte zuerst den Takt mit dem Fuß laut und heftig mitgestampft, war schließlich aufgesprungen, hatte die Notenblätter an sich genommen, geschrien, dass der Abbé ein solches Werk nicht verdiene, nicht aus seinen Händen, und hatte die Blätter in kleine und kleinste Fetzen zerrissen.

Maria Anna würde noch einmal zurückkommen und sich für den Vetter entschuldigen müssen.

Auf der Straße hatte sie ihn zur Rede gestellt und ihm vorgeworfen, sich so keine Freunde zu schaffen, aber er war uneinsichtig geblieben. Mit musikalischen Narren und Blendern habe er nichts gemein. Wo käme er denn hin, wenn er allen und jedem seine Musik dezidiere.

Ihrem Einwand, dass niemand für lange Finger und lange Ohren etwas könne, widersprach er heftig, schließlich, so Wolfgang, könne jeder laufen lernen, also auch jeder sich der Musik befleißigen. Mühe sei das Zauberwort. Selbst für ihn sei es Mühe, wenn es auch nicht immer den Anschein habe. Auch er müsse die Alten studieren, müsse sich mit deren Kontrapunkt und Kompositionslehre herumschlagen, bis sie ihm in Fleisch und Blut übergingen.

Gezittert hatte er auf der Straße, ob vor Kälte oder vor Erregung oder beidem, wusste sie nicht. Blass und ungesund sah er aus, mit seinem großen Kopf und der gelblichen Haut, nicht nur übernächtigt nach einem Herrenabend.

Jetzt konnte sie ihn beobachten, wie er ganz gezähmt, ein kleiner Hirsch im Gehege, im Salon der Langenmantel aufspielte. Bei der langhaxigen Schwiegertochter und der erzdümmlichen Frau Mutter Kurzenrock, wie er ihr eben zuvor noch zugeflüstert hatte.

Diesmal hatte er es nicht zugelassen, dass man die Base unten im Vorhaus hatte warten lassen. Er hatte sie einfach mitgenommen – und der junge Langenmantel hatte zwar eine lange Nase gezogen, aber ihre Anwesenheit letztlich geduldet, weil er ihn mit dem Satz »Mich gibt es nur zu zweit!« matt gesetzt hatte.

Guter Laune schien er, während die Hände nur so über die Tasten glitten. Gleiten war das richtige Wort dafür. Wenn man nicht genau hinsah, konnte man meinen, er bewege die Finger überhaupt nicht, und die Tasten fielen von selbst. Schöne Hände, sanfte Hände, die trocken waren und samten.

Wolfgang wirkte abwesend, ganz versunken in seine Musik, die er frei improvisierte, während die Familie Langenmantel auf ihren Stühlen um das Klavier herumsaß, sich hierhin und dorthin neigte, sich Beobachtungen und Neuigkeiten zuflüsterte und Schnupftobak nahm. Der Alte war einfach im Sessel eingeschlafen und schnarchte leise.

Nichts schien Wolfgang diesmal zu stören, obwohl er vorhin so herzhaft auf die Langohren und auf ihre fehlende Musikalität geschimpft hatte. Warum spielte er jetzt für die langenmantelsche Brut?

Maria Anna stand ganz an der Tür, so dass sie hätte hinausschlüpfen können, wenn es dem jungen Langenmantel mit ihr zu viel geworden wäre. Doch die Familie nahm sie nicht wahr. Nicht einmal einen Stuhl hatte man ihr angeboten oder bringen lassen.

Sie rächte sich dafür und schlüpfte in Wolfgangs Musik, als schlüpfte sie mit ihm zusammen unter eine Decke – und Maria Anna begann zu ahnen, für wen er spielte. Nicht für die langhaxige Schwiegertochter, nicht für den jungen Laffen oder den Alten und seine erzdumme Gattin, nein, er spielte für sie, Maria Anna, nur für sie allein. Hatte er nicht gesagt, es genüge ihm ein einziger Zuhörer, der es für wert galt, seine Musik zu hören – und sie war diese Zuhörerin.

Ein warmes Gefühl durchströmte sie und breitete sich in ihrem Bauch aus. Mit der Zunge befeuchtete sie ihre Zähne. Ihre Musik spielte er, ihre Melodien. Hätte sie nur mehr davon verstanden. Die Musik rührte sie, fasste sie an, als streichelte eine warme Hand ihren Rücken hinab. Seine ganze Seele strömte in die Tasten, die er berührte, und Wolfgang sprach mit ihr, aber sie, unverständiges Mädchen, das sie war, verstand ihn nicht – oder nur unzureichend. Ahnung. Mehr war es nicht. Vermutung. Hoffnung.

Helligkeit füllte unvermutet das Zimmer. Der seit Tagen unter Wolkenbänken verschwundene Himmel zeigte sich. In den Raum flutete überraschend Sonnenlicht und ließ die Pastellfarben der Wandbezüge und Teppiche aufleuchten. Das ganze Zimmer, die Möbel, das Porzellan atmeten auf und warfen alles Bedrückende von sich. Ihr war, als gähnte alles herzhaft, glänzte – und sie hörte, wie Wolfgang mit geschlossenen Augen diese Stimmung erfühlte. Aus einer warmen und melancholischen Phantasie wechselte er in einen frischen Ton, entwickelte er Springendes, Spritziges. Wie er reagierte, wie er umsetzte, ohne dass er seiner Umgebung viel Aufmerksamkeit zu schenken schien. Offenbar spann sich doch ein Faden zwischen seiner und dieser Welt, ein Spinnfaden, dessen leises, flüchtiges Ziehen ihm alle Veränderungen mitteilte, unmittelbar. Selbst das Schnarchen des alten Langenmantel, das sie bisher als Störung empfunden hatte, gehörte dazu, denn dessen Regelmäßigkeit diente Wolfgang als Rhythmus und Grundlage seines Vortrags, als würde ein Bass dazu gezupft.

Wie mit der Hand über die Augen gestrichen, fiel der Lichtschein in sich zusammen, verdeckten Wolken die

Sonne, und die Welt vor den Fenstern warf erneut ihr graues Kleid über. Abrupt beendete Wolfgang sein Spiel.

Sie schreckte regelrecht hoch – und blickte Wolfgang direkt in die Augen. Er zwinkerte ihr zu. Recht hatte sie behalten, sah es im blassblauen Widerschein seiner Iris. Für sie – nur für sie hatte er gespielt.

»Nun, werter Herr Langenmantel«, wandte Wolfgang sich etwas linkisch und wie aus einer anderen Welt heraustretend an den Sohn des Stadtpflegers, »habt Ihr bereits um eine Akademie nachgefragt? Gefällt Euch das Spiel? Ihr werdet in ganz Europa nichts Gleichwertiges zu hören bekommen.«

Der junge Langenmantel erhob sich, wohl mit Absicht, denn so musste Wolfgang zu ihm aufschauen. Maria Anna durchschaute die Schliche dieses Laffen sofort. Zudem setzte er sich das Lorgnon vor die kurzsichtigen Augen, was ihn distinguiert aussehen lassen sollte, aber nur lächerlich wirkte.

»Na, na. Die Nanette vom Klavierbauer Stein. Das junge Ding. Ein Augsburger Wunderkind, das am Klavier ebenso geschickt agiert wie Ihr, Mozart.«

Dabei verzog er spöttisch den Mund.

Wolfgang hob seine Hand an den Mund, als müsste er sich räuspern, aber Maria Anna bemerkte, dass er sich ein Lachen verbiss.

»Recht habt Ihr, Herr Langenmantel. Wer sie spielen sieht und hört und nicht lachen muss, der muss von Stein sein wie ihr Vater …«, und dann machte Mozart eine sprechende Pause, in die hinein lautlos ein Halbsatz fiel: oder ein Dummkopf wie Langenmantel. Das sagte er natürlich nicht, aber der Satz hing unausgesprochen im Raum – und Langenmantel lief puterrot an. Selbst der Alte schien die Veränderung der Atmosphäre zu fühlen. Die langen Jahre im Rat hatten ihn vermutlich mit einem sicheren Instinkt dafür ausgestattet, wann die Stimmung umschlug. Sein schnarchendes Luftholen stockte, und er schlug die Augen auf.

»Bravissimo, Mozart. So kenn ich Ihn. Jakob, hast du dich umgehört? Da muss es doch möglich sein …«

Mit einem Räuspern setzte der junge Langenmantel zum Sprechen an. Maria Anna bemerkte erstaunt, dass selbst der Sohn den mächtigen Stadtpfleger nur ungern und mit einem gehörigen Respekt unterbrach.

»Vater, für den Herrn Mozart hab ich noch keine Zusage. Es ist schwierig. Das Geld. Die Zeiten sind streng. Und wo wollten wir das auch veranstalten?« Zu Wolfgang gewandt murmelte er: »Aber man wird sehen. Kommt morgen wieder. Zum Essen. Wir laden Ihn ein.«

Maria Anna konnte die hochmütige Art nicht ausstehen. Wie der junge Stadtpflegersohn mit Wolfgang redete, wie er sich gab, und wie er sich jetzt auch noch mit der anderen Hand ein Schnupftuch vor die Nase hielt, um glauben zu machen, die Anstrengung des Zuhörens hätte ihm zugesetzt. Wie ein Pfau spreizte und warf er sich in die Brust. In ihr keimte die Lust auf, ihm die Nadel, die sie sich für Notfälle immer in den Ärmelbund ihrer Bluse steckte, in den Hintern zu stechen und so etwas von der Luft abzulassen, die ihn aufblähte wie den Pansen einer Kuh. Sie fürchtete diese schlechte Luft.

Unruhig schabte sie mit dem Kleid an der Tapete entlang, trat von einem Bein auf das andere. Wie lange mochte Wolfgang das noch aushalten? Mit den Augen versuchte sie ihm zu winken, ihn zu bitten, sich aus dieser dumpfen Patrizierhölle zu entfernen. Aber er wollte sie nicht sehen. Hier hatte ein Mozart nichts zu suchen, aber etwas schien ihn am Platz zu halten. Statt mit erhobenem Kopf durch die Tür zu marschieren und den Langenmantel einen Kurzenrock sein zu lassen, schob er den Kopf zwischen seine Schultern. Erst jetzt fiel ihr auf, um wie viel größer Wolfgangs Kopf gegen den kindlichen Körper war.

»Morgen also. Zum Essen.«

»Ich lass Ihn rufen, Mozart. – Allein«, setzte er hinzu mit einem gelangweilten Seitenblick auf sie. Maria Anna sah weg.

Wolfgang deutete einen Kratzfuß an, der der Schwiegertochter ein müdes Gähnen auf das ohnehin müde Gesicht wischte. Vermutlich getraute sie sich nicht, die Gesichtsmuskeln zu bewegen, weil sonst die Farbe, die sie aufgetragen hatte, abgeblättert wäre. Ein wenig ähnelte sie einem Pfau. Farblich konnte sie ihrem Gatten zumindest das Wasser reichen.

Bereits unten auf der Straße, als sich die Enttäuschung bei Wolfgang durch einen heftigen Hustenanfall bemerkbar machte, stellte sie ihre Frage. Er rang noch nach Atem.

»Wolfgang. Warum hast du gespielt? Warum hast du nichts gesagt?«

Müde legte er ihr einen Arm um die Schultern, und sie fühlte, wie er sich auf sie lehnte, als könnte der schmächtige Körper das Gewicht des Kopfes und der Nase nicht mehr allein tragen.

»Ihr müsst nach Geld trachten!, hat mir der Vater geschrieben. Krank sitzt er in Salzburg, und ich muss einen Teil der Reise über Akademien finanzieren oder Schulden machen.« Als sie ihm antworten wollte, unterbrach er sie mit einer energischen Handbewegung. »Ein Mozart hat überall Kredit. Aber den Vater drückt's zu Hause, wenn ich ihm die Wechsel schicke. Wie soll er sie als Kapellmeister bezahlen? Dazu verdient er zu wenig. Aber ich, der Herr Sohn, das Wunderkind, ich kann es verdienen. Ich. – Wenn es nicht so unsäglich schwer wäre, die Langohren von meiner Musik zu überzeugen.«

In Wolfgangs Stimme lag eine Verzweiflung, die sie berührte. Hier sprach kein Erwachsener, hier sprach ein Kind, das zwar die Eltern nachahmen will, mit dem Kaufladen spielt, jedoch keine Ahnung hat von Geld und Gewicht, vom Handel mit Waren und Gedanken und doch mit Hingabe feilscht und verkauft.

Sie streiften durch die Stadt. Es wurde früh dunkel, die Kälte zog sich wie ein Strick um die Mauern und schnürte alles ein. Weiße Atemfahnen flogen, und wenn man durch den Mund Luft holte, schmerzten die Zähne. Maria Anna befürchtete, dass sich Wolfgang in seinem samtenen, frackartigen Rock erkälten könnte. Er stapfte dahin, ganz in sich versunken.

»Willst du nicht reden, Wolf?«

»Bellen müsste ich. Den Mond anheulen!«

Sie hatte sich untergehakt und drückte sich an ihn, um ihn zu wärmen. Sie selbst trug einen Mantel.

»Eine vertrackte Sache. Jetzt bin ich nur mit der Mutter unterwegs, und doch hör ich überall den Vater. Wenn ich bei Stein bin, ruft er mir zu: Übe und mach dich angenehm! Wenn ich bei Kurzenrock hocke und ihm vorklimpere, flüstert er: Du musst nach Geld trachten. Wenn ich mit dir unterwegs bin, herrscht er mich an: Vergiss nicht, ein Mozart hat auf sich zu achten.«

Mit dem letzten Satz stahl sich ein Lächeln auf seine Lippen. Maria Anna knuffte ihn in die Seite.

»Du Spötter!«

»Das Letzte, was mir in dieser Stadt geblieben ist. Dieser Stadtpflegersohnsschönling«, er genoss dieses Wortungetüm, »ist nicht in der Lage, sich um die Akademie zu kümmern. Ein netter Herr. Aber wart. Morgen werd ich dem Patriziatsbuben ein Schnippchen schlagen.«

»Und wie?«

Wolfgang hob einen Finger an den Mund und zischte: »Pssst!« Er legte den Kopf schräg, als müsste er lauschen. Sofort verstummte Maria Anna, die ihm gern ein Widerwort zurückgegeben hätte.

»Was hörst du?«

Wolfgang setzte eine ernste, bedeutungsvolle Miene auf, seufzte.

»Den Herrn Vater aus Salzburg!«

»Was?« Es dauerte einen Moment, bis Maria Anna begriff, dass der Vetter sie wieder zum Narren gehalten hatte. »Oh, du Esel!«, rief sie und stieß ihn in die Seite. »Glaubst, du könntest deinen Spaß mit mir haben. Aber da sollst du dich täuschen.«

»Nein, wirklich. Ich höre ihn. Er erinnert mich daran, dass sein Wolfgang doch zum Domkapitel springen und nach dem Domherrn Anton Willibald Graf von Waldburg zu Wolfegg fragen soll. Der Graf muss mir für Paris Sendschreiben und Empfehlungen mitgeben. Vater kennt ihn, aber ich habe es bislang verabsäumt, ihm einen Besuch abzustatten.«

Maria Anna wusste nicht, ob sie ihm böse sein oder ihn ernst nehmen sollte. Jedenfalls drehten sie auf der Stelle um und marschierten in der hereinbrechenden Dämmerung schnurstracks zum Domkapitel.

»Hörst du ihn oft?«, fragte sie besorgt und drückte sich an ihn.

Zuerst sagte Wolfgang nichts, stieß nur den Kopf in die durch die engen Gassen blasenden Böen, dann aber nickte er.

»Es ist wie eine Glocke, die immer dann anschlägt, wenn ich an die Dinge denke, an die er mich gemahnt hat.«

»An mich, beispielsweise«, versuchte sie den spöttischen Ton wieder zu finden, mit dem sie sonst miteinander redeten, aber Wolfgang schien die Stimmung dazu abhanden gekommen zu sein. »Und was hat er zu mir gesagt?«

»Gelobt. Er hat dich gelobt – und geschrieben, dass du ihn in Salzburg einmal besuchen sollst.«

Von der Seite betrachtete sie seine gewaltige Nase, die er vor sich her schob. Wenn man diesem Kerl begegnet wäre, hätte man ihn eher für einen Lakaien oder allenfalls für einen Hofnarren gehalten. Vielleicht war er beides, der Hofnarr, ausgestattet mit dem Genie, das den Hochwohlgeborenen abhanden gekommen war.

»Du lügst!«

»Ja«, meinte er leichthin. »Aber, was er wirklich gesagt hat, willst du nicht wissen.«

Vor ihnen wuchsen die vier Türme des Doms, der Johanneskirche und der Dreikönigskapelle auf. Eine Mauer verbarg deren Baukörper zur Hälfte. Sie umrundeten den Ostchor nicht, sondern betraten ihn durch das Marienportal, liefen um den Kapellengang und verließen den Dom wieder durch das Löwenportal. Dabei erzählte Maria Anna die Geschichte des verbotenen Choranbaus und des Rechts der Augsburger, mit Sack und Pack und Karren durch den Dom marschieren zu dürfen. Ein Wegerecht sei es, das jedem Augsburger zustehe, bis in alle Ewigkeiten, da das Domkapitel ohne Genehmigung der Bürgerschaft gebaut habe.

Dabei ließ sie, während sie durch den Kapellengang liefen, Wolfgang los, und ging hindurch, ohne unterzuhaken. Eine Jungfer tue das nicht im Dom, antwortete sie auf Nachfrage Wolfgangs.

Hinter dem Dom bogen sie nach Westen ein und standen bald vor dem Zugang zum Kapitel.

Ein mürrischer Kaplan empfing sie. Wortkarg. Er ließ sie in der Kälte stehen, während Wolfgang nachfragte, ob der Kanonikus Graf von Waldburg im Hause sei. Allein wegen des Leibesumfangs eignete sich der Kaplan als Türwärter. Niemand käme an ihm vorbei, außer er stiege über ihn weg. Vielleicht verschloss er deshalb die Tür von innen, als er wegging, um den Grafen zu suchen.

Beide froren sie und stapften von einem Fuß auf den anderen, während sie in ihre Hände hauchten und sich gegenseitig Atemfahnen zubliesen.

Gern hätte Maria Anna ihn jetzt in die Arme genommen, als sie sah, wie er unter der Kälte litt. Sein schmaler Körper wurde von Schauern geschüttelt. Aber es schickte sich einfach nicht. Selbst wenn es nur der Vetter war. So versuchte sie ihn durch andere Gedanken aufzuwärmen, fragte ihn über seine Musik aus, über seine Art und Weise zu komponieren, bemerkte aber bald, dass er mit seinen Gedanken noch immer beim Vater war, der in ihm zu thronen schien wie ein Herrscher, dem er Gehorsam schuldete.

»Seine Exzellenz, der Kanonikus Graf von Waldburg, ist nicht anwesend«, brummte ihnen der Kaplan entgegen, als er seine Torzelle wieder betrat.

»Könntet Ihr ihm etwas ausrichten?«

»Hm!«, brummte der wieder und setzte sich. Seinem Leibesumfang nach hätte der Kaplan bereits Kardinal sein müssen. Mindestens.

»Sagt ihm bitte, Wolfgang Amadé Mozart habe ihn aufsuchen und seine Referenz erweisen wollen. Ich wohne im Gasthof *Zum Weißen Lamm*. Vergesst es bitte nicht!«

»Hm!«, stieß der Kaplan zwischen den wulstigen Lippen hervor und rückte seinen Bauch zurecht.

Achselzuckend machten sie sich auf den Heimweg.

Während sie sich an Wolfgang kuschelte, weil der Wind eine scharfe Kälte unter ihr Kleid blies, grübelte Maria Anna darüber nach, warum diese Männer der Kirche solche Bäuche ansetzten. Saßen sie zu viel oder verursachte allein ihr Beten, dass die Speckringe wuchsen? Musiker waren selten beleibt, und Wolfgang neben ihr hätte ein tüchtiges Speckbrot mehr am Tag sicher gut getan. Aber ihn konnte sie nichts mehr fragen. Sein Blick pendelte abwesend zwischen den Häuserzeilen hin und her, und seine freie Hand spielte unaufhörlich mit dem Kettchen seiner Taschenuhr, als schlüge er damit den Takt.

Wolfgang begleitete sie noch bis vors Haus. Aber gesprächig war er nicht mehr, und auch sie hatte die Lust an der Unterhaltung verloren. Der Winter holte sie ein. Auf den Hölzern der Zäune und auf den Steinen bildete sich Reif, hell und feinkörnig.

»Bleibst du zum Abendessen?«, fragte sie schüchtern, aber Wolfgang schüttelte den Kopf.

»Mutter wartet im *Weißen Lamm* – wir müssen Briefe schreiben«, entschuldigte er sich.

War es die Enttäuschung darüber, dass sie ihn bis zum nächsten Tag nicht mehr sehen sollte, die sie schmerzte, als sie ihn an der Gartentür wegschickte, um die letzten Meter allein nach Hause zu gehen? Oder fühlte sie tiefer? In einen Hanswurst wie ihn konnte man sich doch nicht … nein, das konnte man nicht.

10

Wolfgang saß vor einem leeren Blatt Papier und verfolgte, wie die Tinte, die ihm aus der Feder getropft war, sich langsam ausfaserte und den Bogen unbrauchbar machte. Unwillkürlich drehte er sich um, aber der Vater stand diesmal nicht hinter ihm und schalt ihn einen Schlamper und Tintenkleckser. Ein Fleck Tinte war alles, was ihm statt eines Briefes einfiel, dabei wartete der Herr Papa auf Nachricht. Alles wollte er wissen, alles bis in die kleinste Kleinigkeit hinein erfahren, jeden Furz sollte er ihm aufnotieren – und dazu hatte er keine Lust.

Er warf den Kiel wieder zurück ins Tintenfässchen. Das Papier fühlte sich feucht an, wie alles im Zimmer klamm war vom Regen, der unaufhörlich vor dem Fenster niederging, als wollte er die Welt ersäufen. Nass bis aufs Hemd war er geworden, als er vom Bäsle gelassen und sich zur Frau Mama ins *Weiße Lamm* geflüchtet hatte.

Jetzt schlief sie, aber noch vor einer Stunde hatte sie ihn vorwurfsvoll angeschwiegen. Sapperment, er musste sich doch nicht rechtfertigen, dass er durch die Stadt streifte und seine Referenzen machte. Noch habe er nichts zuwege gebracht, und die Reisekasse sei beinahe leer, hatte ihr Blick ihm vorgeworfen. Man dürfe den Herrn Vater nicht schon wieder um Geld angehen, schließlich sei man erst wenige Meilen von Salzburg entfernt und stünde schon mit leeren Taschen da. Während der Herr Papa sich zu Hause die Dukaten vom Maul abspare, scharwenzle sein Herr Sohn mit dem Pfaffenschnitzel von Bäsle Arm in Arm durch die Stadt. Dass er sich nicht schäme. In Grund und Boden schäme.

Ausflüchte wären zwecklos gewesen. Gezählt hätte nur der Auftrag für eine Akademie.

Wolfgang stand auf. Ihm fiel ohnehin nichts ein für den Vater. Das Wort blieb ihm buchstäblich im Halse stecken vor so vielen Vorwürfen. Da musste er nicht weiter vor dem besudelten Blatt sitzen bleiben.

Morgen würde er Staat machen. Morgen würde er als Cavaliere de Mozart bei Langenmantel auftauchen. Er öffnete die Reisetasche und kramte eine Samtschatulle hervor, die er öffnete. Er legte sich daraus den Goldenen Sporn zurecht. Ritter von Mozart hieß er, seit ihm der Papst den Orden zum Goldenen Sporn verliehen und ihn in den persönlichen Adelsstand erhoben hatte. Ein funkelnder Stern, dieser Sporn, der etwas hermachte und auch die drögen Augsburger beeindrucken musste.

Mit dem Brief an den Herrn Papa wollte er noch warten, bis morgen Abend, bis übermorgen. Dann konnte er von seinen Erfolgen berichten, die ihm dieser Orden verschafft hatte. Oh, was war das für eine Welt, in der vergoldetes Blech mehr zählte als geschickte Finger und die Begabung, zu komponieren und Musik zu erschaffen, die selbst den Seraphim und Cherubim zur Ehre gereicht hätte? Wenn die Welt geblendet werden wollte, musste man sie blenden.

Oder sollte er sich heute trotzdem mit dem Brief abmühen, um den ihn die Frau Mama gebeten hatte? Er hatte sich zwei zusätzliche Kerzen ausbedungen, weil er vorgegeben hatte, komponieren und Briefe schreiben zu wollen. Mit dem Komponieren erging es ihm ähnlich wie mit dem Schreiben. Es war eine Qual. In dieser an Wasser reichen und an Musikliebhabern armen Stadt fiel ihm nichts Rechtes ein. Alle Musik hatte etwas Vorläufiges, Unfertiges, Oberflächliches, einfach etwas Unreifes, mit dem er sich nicht zufrieden geben wollte. Tintenkleckserei.

Auch die Notenbögen, die in einem sauberen Stapel neben seinem Tintenkleckspapier lagen, blieben unberührt.

Auf und ab und auf und ab lief er wie ein Bär an der Kette. Nervös kaute er auf dem Federkiel. Was ihm einfiel, taugte nichts, und was taugte, wollte er im Augenblick nicht niederschreiben. Immerfort knetete er seine Finger. Später war dazu Zeit. Er vergaß nichts. Niemals. Später würde er sich der Mühe unterziehen. Jetzt wartete er auf das Besondere. Aber worauf?

Ja, das Bäsle, das könnte er natürlich beschreiben, für das fände er sicherlich den einen oder anderen Akkord, aber durfte er das denn? Käme ihm der Vater, der ein feines Ohr für seine Musik besaß, nicht auf die Schliche, wenn er plötzlich Gefühle beschrieb, die ihm so bislang noch nicht geglückt waren. Musste der Herr Papa nicht misstrauisch werden, wenn er seine Sprache entschlüsselte?

Das wollte er nicht, also blieb er stumm.

Aber war der Mensch nicht zum Sprechen geboren worden? Ganz stumm zu sein bedeutete, den Menschen zu töten. Also musste er reden, aber er konnte sich nicht entscheiden, sollte er dafür Notenpapier oder Briefpapier …

Es klopfte. Wolfgang fuhr auf, ganz verwirrt von seinen Gedanken und dem Ereignis, das ihn aus dem Nachdenken gerissen hatte. Hatte er richtig gehört? Rasch setzte er sich an den Tisch, knüllte das Briefpapier zusammen, warf es sichtbar auf den Boden, zog ein neues aus dem Stapel, nahm die Feder in die Hand, die natürlich sofort wieder tropfte …

»Bitte, tretet ein!«

Ein stattlicher Mann schlüpfte durch die Tür, musste sich dabei bücken. In eine braune Schaube gekleidet, unter der ein bestickter samtener Rock hervorsah. Die silbernen Schnallen an den Schuhen glänzten noch, und auch die weißen Spitzen an der Hose zeigten keinerlei Spritzer. Die Beinkleider allesamt trocken, also war er mit der Sänfte gebracht worden oder einer Kutsche entstiegen.

»Entschuldigt, aber man sagte mir, dass hier der werte Wolfgang Amadé Mozart Zimmer bezogen …«

»Das bin ich«, unterbrach ihn Wolfgang, erkannte aber den Mann nicht sofort. Kurz verfluchte er seine quälende Kurzsichtigkeit. Die Stimme hatte er schon gehört. »Und mit wem habe ich zu dieser späten Stunde das Vergnügen?«

Er roch den Adel geradezu, roch den Geistlichen ebenfalls. Kölnisch Wasser und Weihrauch, eine seltsame Mischung, dazu Wein und der unvermeidliche Schnupftobak. Froh war er im Augenblick, sich nicht schon ausgekleidet und ins Bett gelegt zu haben. Die Peinlichkeit, im Hemd vor dem offensichtlich adligen Herrn stehen zu müssen, hätte er vermutlich nicht überlebt.

»Graf von Waldburg zu Wolfegg. Ich hoffe, ich störe nicht, aber nachdem man mir an der Pforte mitgeteilt hatte, dass ihr hier in Augsburg weilt, bin ich unverzüglich zu Euch geeilt.«

Wolfgang sprang auf, erfreut über den späten Besucher.

»Graf von Waldburg. Setzt Euch, setzt Euch.«

Wie erwünscht der Graf war, konnte der gar nicht wissen. Nach den Rückschlägen heute, bedeutete sein Erscheinen einen kleinen Sieg. An kleinen Siegen sollte man den Tag messen, dachte sich Wolfgang.

Sie tauschten zuerst Höflichkeiten aus, sprachen über den Vater und dessen Krankheit, dann über die Mutter, die nebenan leise schnarchte, über das Nannerl, die Schwester, die ebenfalls in Sorgen und Ängsten krank lag, und schließlich über ihn, Wolfgang, über seine Erfolge, über seine Pläne, seine Ziele.

»Und dass die Augsburger so ein Wasservolk sind, dass einem die Zusagen durch die Finger fließen wie nichts«, ereiferte sich Wolfgang schließlich. Dabei lief er wieder im Zimmer auf und ab und drehte die Feder, die er nicht mehr aus der Hand gelegt hatte. Ab und zu ging er an das Pult, schrieb einige Noten auf ein Papier, und dann nahm er seine Wanderung wieder auf.

»Hat Langenmantel Euch schon abgesagt?«

»Noch nicht. Morgen werde ich erfahren, ob es eine Akademie geben wird und wo und vor allem wann.«

»Er wird alles dransetzen. Ich glaube es einfach, werter Mozart.«

Mit dem Grafen wollte er jedoch nicht über mögliche Akademien verhandeln. Er war seine Hoffnung, möglichst schnell aus Augsburg fortzukommen. An einen Hof. Das wäre ein wirklicher Erfolg. Und Graf von Waldburg besaß Verbindungen.

»Wenn Ihr die Güte hättet, mir Briefe auszustellen, Empfehlungsschreiben. Für Mannheim, für Paris, für … welche Stadt auch immer. Wenn sie nur einen Hof besitzt. Und Geschmack.«

Wie Wolfgang diese Bettelei hasste. Aber diesmal musste er in den sauren Apfel beißen. Weg wollte er von hier und das möglichst im Expresskutschen-Tempo. Und wenn es nach Italien ginge oder nach Holland oder Schweden. Mittlerweile war es ihm einerlei, wenn nur nicht Augsburg darin vorkam.

»Aber gern, mein Freund, gern. An Karl Theodor, den Mannheimer Fürsten. An Marie Antoinette, aber die kennt Ihr ja besser als ich«, dabei lachte er und dachte wohl ebenso wie Wolfgang daran, dass er mit der jetzigen Königin von Frankreich bereits gespielt hatte. Damals in Wien, als sie noch habsburgische Prinzessin gewesen war. Gott, das war Jahre her, aber an Marie Antoinette hatte er gar nicht mehr gedacht. »Und an den Hofadel, soweit ich mit ihm bekannt bin, werde ich Euch verweisen.«

Die Augen des Geistlichen glänzten. Wolfgang sonnte sich ein wenig in der Bewunderung, die ihm der Graf entgegenbrachte.

Wie lange er, Mozart, denn in Augsburg zu bleiben gedenke?

»Bis Freitag. Dann ziehen wir weiter, die Frau Mama und ich.«

»Bis Freitag nur, aber dann werdet Ihr ja gar nicht zu hören sein, werter Mozart. Augsburg versäumt einen Ohrenschmaus.«

»Ich wüsste nicht, was mich halten sollte!«

Dass er dennoch das Bäsle im Auge hatte, dass sie ein Grund sein konnte, den Aufenthalt bei Oheim und Tante zu verlängern, erwähnte er nicht. Ohnehin würde der Graf Bescheid wissen. Augsburg war ein Dorf. Jeder kannte jeden, und wenn ein Fremder mit der Tochter des ehrbaren Buchbindermeisters Mozart Arm in Arm durch die Straßen zog, sprach man darüber. Wie viel und was erzählt wurde, interessierte ihn nicht. Die Erwähnung seiner Eile hatte noch ein anderes Ziel, das er ebenfalls nicht unbedingt lauthals hinausposaunen wollte. Er brauchte Geld. Vor allem brauchte er kreditwürdige Personen, die Wechsel akzeptierten.

»Der Herr Vater hat Euch brieflich angekündigt, Mozart. Er hat mir mitgeteilt, dass Ihr womöglich Einnahmen aus Konzerten und Unterricht haben werdet. Ich soll darüber Wechsel ausstellen und diese anschließend nach Salzburg schicken.«

Andere konnten, was er nicht konnte. Wolfgang schämte sich ein wenig dafür, dass er nicht offen über Geld reden konnte. Das musste er noch lernen. Sein Vater war da anders. Ihm fiel es leicht, Begriffe wie Gulden und Dukaten und Louis d'or so in ein Gespräch einzuflechten, dass das Gegenüber beinahe automatisch die Geldkatze zückte und die nötigen Münzen auf den Tisch zählte.

Noch bevor er Luft holen konnte, meinte Graf von Waldburg bereits:

»Wie ich vermute, verhält es sich genau andersherum. Nicht? Ich will nicht indiskret sein, mein lieber Mozart, aber wenn Ihr Geld benötigt, dann kann ich Euch welches vorstrecken – und ich kann Euch an Josef Felix Arbauer verweisen. Ein Kaufmann, der in Paris über Geschäftsvertretungen verfügt und Euch gerne Wechsel bis dorthin prolongiert.«

Doch noch ein guter Tag, dachte sich Wolfgang und setzte sich zum ersten Mal, seit Graf von Waldburg das Zimmer betreten hatte.

»Ihr würdet uns aus einer momentanen Verlegenheit helfen.«

»Natürlich. Dem Vater zuliebe, und aus Verehrung Eures Genies.«

»Ich bitte. Ich mache Musik.«

Wolfgang hasste diese Tiefstapelei, aber der höfische Ton, die Konversation, erforderte es.

»Ihr zaubert. Nein, Ihr spielt göttlich, mein lieber Mozart. Denn nur Göttern ist die Gabe der Erfindung solcher … Sphärenmusik eigen.«

»Jetzt übertreibt Ihr aber, Graf von Waldburg«, sagte Mozart und dachte gleichzeitig, jetzt reicht's aber, mein lieber Graf von Wiesendorf. Wir sollten jetzt entweder zu Bett gehen oder aber noch einen Wein aufs Zimmer kommen lassen.

Abrupt stand der Graf auf. Draußen heulte der Nachtwächter mit den Wölfen.

»Ihr wollt mich verlassen?«

»Es ist spät. Wie ich sehe, komponiert Ihr gerade.«

»Tintenflecken, ja, und Papierknäuel«, antwortete Wolfgang. Beide lachten.

Der Graf streckte ihm die Hand hin.

»Ich werde Euch ein Dutzend Schreiben aushändigen lassen. Mit deren Hilfe werdet Ihr nicht nur bis nach Paris gelangen, sondern auch in Paris gute Aufnahme finden. Jetzt lebt wohl. Zu Eurer Akademie ladet mich ein. Einen zahlenden Zuhörer habt Ihr bereits gewonnen.«

Wolfgang lächelte zu diesem Scherz gequält. Der Graf drehte sich um, duckte sich unter dem Zimmersturz hindurch und polterte den Flur entlang.

Er lauschte dem Grafen und den Geräuschen nach, die er verursachte. Wie unbeholfen die Menschen doch durch die Welt stolperten.

Die Briefe mussten warten, der Vater musste warten. Das Kleckspapier auf seinem Schreibtisch knüllte er zusammen, öffnete das Fenster und warf es hinaus in die Augsburger Regennacht. Sollte es den Dreck in den Gassen vermehren. Regen beruhigte. Regen war Balsam für das Ohr. Komponieren können wie das Fallen des Regens oder das Singen der Vögel. Nur für ein einziges Mal. Das wünschte er sich. In der Natur fand er seine Meisterin. Aber gegen sie war er auch nicht angetreten.

Wolfgang fühlte sich plötzlich hundemüde. Es waren die kleinen Siege, die zu einem guten Schlaf verhalfen.

11

»Mon trés cher Père« stand auf dem Briefbogen. Diesmal ohne Klecks. Kein Wort sonst. Weiter war er nicht gekommen.

Vor dem Fenster keckerten Elstern. Ihre Krallen auf den hölzernen Schindeln der schrägen Dächer klackten scharf. Über der Stadt zog ein Schwarm Krähen schreiend seine Kreise. Hunderte von Tieren. Von seinem Stuhl aus konnte er erkennen, wie sie gegen den Wind anflogen, der sich in starken Böen gegen die Stadtmauern warf und Wolken vor sich her trieb. Die Luft war milder geworden, ein südlicher Hauch von Wärme lag in der Luft. Föhnwetter, hatte der Wirt gesagt, als er das Frühstück brachte. Kopfschmerzen, Reizbarkeit, Unmut. Kein Wetter zum Nachdenken, kein Wetter zum Briefeschreiben.

Wolfgang stand auf, trat ans Fenster und sah hinaus. Unter ihm lenkte eine Kutsche in die Toreinfahrt. Neuankömmlinge mit hoch aufragendem Gepäck auf dem Dach und Dienern, die eben von den Tritten sprangen, sonst hätten sie sich die Köpfe am Torbogen eingeschlagen.

Neben dem begonnenen Brief lag eine Aufstellung von der Mutter. Sie hatte ihm vorgerechnet, was es kosten würde, selbst eine Akademie vorzubreiten: Die Pianofortes wären kostenlos, für Stein wäre es eine Ehre, sie ihm zu leihen, aber das Lokal musste bezahlt werden, ebenso die Musiker, die mit ihm zusammen spielten. Geige und Klavier konnte er schlecht gleichzeitig bedienen, drei Orchestermusiker hatte die Mutter berechnet, daneben die Subskribentenliste, bereits eingetragen Friedrich Hartmann Graf und Graf von Waldburg sowie Stein und Gignoux, ein örtlicher Fabrikant. Das Zeitungsinserat, dazu ein Preis. Die Zahlen hatte er auf die Rückseite weggefalzt. Von Geld wollte er nichts wissen. Dann die Kopisten, schließlich brauchten die Musiker Noten – und dafür, dass er sie selbst vervielfältigte, fehlte es ihm an Zeit und Lust. Sogar die Probentage hatte sie festgelegt und den Konzerttermin für spätestens 23. oder 24. festgesetzt.

Immer wieder überflog er die Liste, die selbst seine Kleidung aufführte, den Namen eines Schneiders nannte, der sie ihm aufbürsten und ausbessern sollte.

In großen Lettern drüber stand aber: »Genehmigung durch den Stadtpfleger«. Einfach so durfte er in einer fremden Stadt keine Konzerte geben. Das wusste er, und doch fand er es demütigend, dass er bei Langenmantel würde zu Kreuze kriechen müssen, um spielen zu dürfen.

Punkt für Punkt strich er in Gedanken durch. Die Musiker zu schlecht, der Salon im *Drei Mohren* zu teuer, im *Weißen Lamm* zu dunkel. Der Ort würde zu viele Kerzen kosten und damit den Gewinn erheblich schmälern.

Die Musiker strich er gleich doppelt durch. In Augsburg kannte er keine Virtuosen. Die Geiger und Klavierspieler, die er bislang kennen gelernt hatte, waren allesamt zu ungeschickt und hätten bei den Schwierigkeiten seiner Stücke zu lange üben müssen. Einzig Demmler wäre in Frage gekommen, der junge Domorganist. Den zu fragen hatte er nicht gewagt. Und natürlich Stein. Damit verlor er zwei zahlende Gäste. Es war vertrackt. Und die Dukaten-Summe, die am Ende dieser Liste stand, ließ ihn schwindlig werden. Wenn nämlich niemand oder zu wenige die Akademie besuchten, würde er auf einem Berg Ausgaben sitzen bleiben. Lieber reiste er weiter. Nach Hohenaltheim, Wallerstein, an Fürstenhöfe, wo er zumindest teure Geschenke zu erwarten hatte, die er in Paris oder London verkaufen konnte.

Spielen wollte er, nicht rechnen, komponieren, nicht organisieren. In einem Anfall von Wut nahm er das Papier und zerriss es in kleine Fetzen, die er über das Zimmer verstreute. Dann schlug er mit der Faust auf den Tisch, dass ihm der Ballen wehtat, weil er gleichzeitig an den Vater gedacht hatte, wie dieser unermüdlich um Auftritte bemüht gewesen war. Aber dass es solch eine Plage damit war. Das Leben war ein ständiges Sich-die-Hacken-Ablaufen.

Zaghaft klopfte es an der Tür. Wolfgang blies die Fitzelchen vom Tisch, tauchte die Feder leicht ins Fass, setzte sich aufrecht hin und rief: »Bitte!«

Der Kopf eines Lakais erschien in der Tür, blass, mit nachlässig gebürstetem Haar. Mit gebeugtem Rücken blieb er auf der Türschwelle, getraute sich nicht, das Zimmer zu betreten, und betrachtete mit steinerner Miene die Papierfetzen. Dann erst, noch immer gebeugt, fand er zur Sprache.

»Herr Langenmantel wünscht, dass Ihr bereits gegen elf Uhr zum Essen erscheint!«

Wolfgang stand so schnell auf, dass sein Stuhl polternd gegen die Wand kippte.

»Wünscht er das? So!« Wolfgang wunderte sich selbst, wie schnell der Zorn ihn packte. Langenmantel wünschte. Als wäre er, Wolfgang Amadé Mozart, sein Leibdiener. Aber er schluckte seinen Ärger hinunter, ohne dass er verhindern konnte, dass die Antwort schärfer ausfiel, als er es wollte. »Dann sag Er ihm, dass Signor Cavaliere de Mozart sich die Ehre geben wird.«

Ein wenig tat ihm der Lakai Leid, denn in dessen verschreckten Augen las er, dass er eine solch ungestüme Reaktion und scharfe Erwiderung nicht erwartet hatte.

Ein Mozart ließ sich zwar bitten, aber nicht auffordern. Der Tag begann vortrefflich. Fehlte nur noch, dass ihm eine schwarze Katze über den Weg lief oder die Mutter ihm ihre Litanei vorlas. Gott sei Dank war die Frau Mama bereits zum Oheim vorausgegangen, um Karten für die Abendvorstellung zu besorgen. Heute Abend würde die Familie zusammen den Komödienstadel besuchen. Darauf freute er sich, wenn er auch das Singspiel nicht kannte, das geboten wurde. Die Aussicht stimmte ihn gnädig.

»Spring Er und erzähl Er es dem Herrn Langenmantel«, herrschte er den Lakaien an, der sich noch nicht zurückgezogen hatte. »Ich muss mich umkleiden. So viel Zeit muss sein! Oder hat Er noch etwas mitzuteilen?«

Der Lakai räusperte sich umständlich.

»Ihr sollt Musik mitbringen, Notenblätter, bitte! Etwas Eingängiges hat der ...«

»Raus!«, fauchte Wolfgang. Er versteifte sich. Was erlaubte sich dieser ... dieser ... Kurzenschwanz, Langenohr, Pickelnase. »Ich bin Musik«, knurrte er, und sofort verschwand der Kopf des Lakaien aus der Tür.

Kurz bevor er aus dem Haus ging, ließ er sich noch von Mattheis, dem Häuslersohn, einen Spiegel hereintragen, und der Bauernsohn konnte seinen Blick gar nicht mehr von ihm nehmen. Auch Wolfgang drehte und drehte sich vor dem Spiegel. Ja, dort stand ein rechter Cavaliere de Mozart, ein Ritter vom Goldenen Sporn, dessen Ordensstern am roten Band an der Brust funkelte. Er selbst trug zu schwarzen Kniehosen und blauen Strümpfen den rotsamtenen Gehrock des Konzertmeisters. Aus den Ärmeln bauschten weiße Spitzen. Die Brust schmückte eine ebenso weiße Spitzenkrawatte, die halb unter der Weste verschwand. Sein strohblondes Haar war gepudert, an den Schläfen gerollt und hinten mit einer schwarzsamtenen Schleife zu einem Zopf zusammengefasst. Ein rechter Kerl wäre er gewesen, hätte er sich nicht auf die Zehenspitzen stellen müssen, um seine Lackschuhe mit den Metallschließen im Spiegel zu sehen, der etwas höher lag und so schräg stand, dass nur größere Personen auch die Schuhe erkennen konnten. Aus Silber hätten die Schnallen sein können. Mit der Nase stieß er beinahe an das Glas, als er sein Gesicht musterte. Verfluchte Kurzsichtigkeit.

Blasse, beinahe gelbliche Haut, ebenso blassblaue Augen, dieser wahrlich gewaltige Gesichtserker für den kleinen Kopf. Was für ein hässlicher Gnom ihm aus dem Spiegel entgegenblickte. Würde sich auf der Bühne dieses Lebens der Vorhang öffnen und die Zuschauer ihn als ersten Akteur sehen, müssten sie erschrecken und ihr Geld zurückverlangen – oder sie würden lachen, weil sie glaubten, ein Hanswurst hätte den Bretterboden betreten. Er biss sich auf die Lippen, als er das Zimmer verließ und sich zu Langenmantel aufmachte. Die Zeit wollte Schönheit, aber die konnte er nur auf einem einzigen Gebiet liefern. Eine Karikatur hatte ihm das Glas gespiegelt, einen Zwerg – und nur durch seine Musik konnte er an Größe gewinnen.

Ohne einen einzigen Notenbogen traf er bei Langenmantel ein. Diesmal ließ er sich nicht durch den Nebeneingang hereinführen, obwohl der Lakai, der ihn führte, dorthin abbog. Ohne sich darum zu kümmern, trat er zur Vordertür, schlug gegen das dunkle Holz. Noch bevor ihn der Lakai wieder eingeholt hatte, öffneten sich die Flügel.

»Wen darf ich melden?«, wurde er begrüßt. So gefiel ihm das besser.

»Cavaliere de Mozart. Ritter vom Goldenen Sporn«, ließ er den Diener näselnd wissen, der als Zeremonienmeister fungierte, und trat ein. Hinter ihm stürmte der Lakai durch das Tor.

»Ihr dürft nicht …«, wollte der sich beschweren, aber Wolfgang fasste ihn am Arm.

»Ich werde zukünftig das Haus über den Herrschaftseingang betreten und wieder verlassen, oder ich betrete dieses Haus niemals wieder. Merk Er sich das!«

Damit ließ er den verdutzten Mann stehen, der ohnehin vom Empfangspersonal scheel angesehen wurde.

Hinter dem Zeremonienmeister her sprang er die Freitreppe hinauf, die sich als ebenso hölzern und ebenso gesprächig erwies, wie ihr Zwilling im hinteren Teil des Hauses.

Vor ihnen wurden die Türen aufgestoßen. Der Zeremonienmeister führte ihn in den Empfangsraum und verkündete laut seinen Namen.

»Cavaliere de Mozart. Ritter vom Goldenen Sporn!«

Gut zwanzig Personen wandten sich ihm zu und unterbrachen das Gespräch. Er kannte all die Puderköpfe nicht, die sich im Raum versammelt hatten, genoss aber ihre Überraschung, ihn im Staatsanzug und mit dem Orden vom Goldenen Sporn zu sehen.

»Ah, mein lieber Mozart!«, löste sich der junge Langenmantel aus einer Gruppe und steuerte auf ihn zu. Erfüllt von seiner Wichtigkeit, lief der Stadtpflegersohn leicht nach hinten geneigt, und Wolfgang befürchtete beinahe, dass er nach hinten überkippen würde. Sein Lorgnon hielt er dabei krampfhaft an die Nase, als müsste er sich vergewissern, ob der Zwerg, der eben durch die Tür getreten war, tatsächlich der kleine Mozart sei, und nicht irgendein anderer Kleinwüchsiger. »Aber, aber, wo habt Ihr nur Eure Noten. Ich dachte, Ihr würdet uns ein wenig zum Essen aufspielen.«

Daher wehte also der Wind.

Laut verkündete der junge Langenmantel: »Meine lieben Gäste, ich darf Euch einen Musikus vorstellen, dessen Vater hier in Augsburg geboren wurde. Aus Salzburg ist er geradewegs in Augsburg eingetroffen. Der Oheim, ein bekannter Buchbindemeister, Franz Alois Mozart mit Namen, dürfte den meisten geläufig sein.« Den Namen sprach Langenmantel aus, als müsste er in ein versalzenes Brot beißen. Handwerk war das, nicht Patriziat. »Wolfgang Mozart hier wird uns heute von seiner Musik ein wenig zum Speisen hören lassen …«

»Kunst«, unterbrach ihn Wolfgang, bestimmt und so laut, dass alle es hören konnten.

»Wie bitte?«, fragte Langenmantel nach, der bittersüß lächelte und dabei den Kopf schräg legte, als hätte er einen Hörfehler.

»Ich mache Kunst, keine Musik für die Tafel. Wer mich kennen lernen will, muss zuhören, nicht Krammetsvögel essen, Wein trinken und einen Schwatz halten. Zum Essen werde ich keinesfalls spielen. Allenfalls nach dem Essen, auch wenn Mozarts Musik keine Verdauungsmusik ist.«

»Ja, gut, ein guter Spaß«, lachte der junge Langenmantel und deutete mit einer Handbewegung an, dass auch andere lachen sollten, was befolgt wurde. »Er ist also kein Musikus, sondern ein Künstler.« Sprach's und wollte sich abwenden und wieder zu seinem Gespräch zurückkehren, das er zuvor verlassen hatte. Aber Wolfgang vertrat ihm den Weg – und der junge Langenmantel hielt den Blick dermaßen erhoben, dass er ihn beinahe umgerannt hätte. Jedenfalls tat er überrascht.

»Habt Ihr Euch nach einer Akademie erkundigt?«, fragte Wolfgang, und sein Herz schlug ihm dabei bis in den Hals. Den ganzen Weg hierher hatte er sich vorgenommen, der Mutter und dem Vater zuliebe endlich nachzufragen. Jetzt hatte er es getan. Aber alles in ihm flatterte, sogar die Hände hatten sich verselbständigt. Wolfgang konnte nicht umhin, mit den Fingergelenken zu knacken.

Langenmantel nahm das Lorgnon von der Nase und blickte von oben auf ihn herab. Er lächelte süßlich.

»Hört, Mozart, mit der Akademie wird es nichts. Die Patrii sagen, um ihre Kasse stehe es schlecht. Ein ausgewiesener Virtuose seid Ihr nicht, dem man für sein Spiel einen Souverain d'or geben könnte.«

Wolfgang fühlte sich, als hätte er eine Ohrfeige erhalten. Niemand in diesem erlauchten Kreise von Adels- und Patriziatszöpfen konnte mit beiden Händen nur annähernd so gut spielen, wie er es mit einer Hand vermochte. Aber sie maßten sich an, ihn und seine Kunst zu beurteilen. Mit Bitternis in der Stimme antwortete er:

»Kein Virtuose also. Nun ja, Ihr mögt Recht haben!«

Langenmantel stakste von einem Bein auf das andere, um Worte verlegen, blickte in die Runde.

»Tut mir Leid. Ich muss mich wieder um meine Gäste kümmern.«

Der Longotabarro ließ ihn stehen und kehrte zu seiner Gesellschaft zurück, lachte, wirkte fröhlich und erzählte offenbar seine letzten Bemerkungen als Anekdote, weil die Gruppe lachte und zu ihm herübersah, ihn mit ihren Lorgnons fixierte. Wolfgang wurde bewusst, dass er alleine stand.

Eigentlich hätte er jetzt gehen müssen, sofort, seine Sachen packen und die Stadt überhaupt und schnellstens verlassen. Aber er brachte es nicht übers Herz. Was hätte er dem Herrn Vater schreiben sollen? Wie rechtfertigen, dass er wieder nichts verdient hatte, dass er ihm weiter auf der Tasche lag und Schulden statt Einnahmen verbuchte? Auch der Frau Mama hätte er das Herz gebrochen, und er fürchtete sich bereits davor, nach dem Essen zu ihr gehen und ihr mitteilen zu müssen, dass die Patrii der Stadt kein Geld für ihn zahlen wollten.

»Wenn es so ist, dann lasst uns wenigstens speisen!«, murmelte er und folgte der Glocke, die verkündete, dass zum Essen aufgetragen war.

Wolfgang wurde von der jungen Langenmantel abgefangen und an den Tisch des Schwiegervaters geleitet. Der saß bereits und griff zu. Von der Kabbelei zwischen seinem Sohn und Wolfgang hatte er nichts mitbekommen. Mit rotem Gesicht und jovialem Lachen begrüßte er ihn, ganz Hausherr und Tischvater und Stadtoberer. Das Fett des Kapauns lief ihm übers Kinn, und als alle Platz gefunden hatten, Wolfgang neben ihm, erhob er sich, hieß ihn aber mit einem Griff an den Arm sitzen zu bleiben. Er ließ sich das Weinglas nachschenken, klopfte mit dem Messer gegen seinen Teller und forderte Ruhe.

»Ich freue mich aufrichtig, Ihnen ein Wunderkind präsentieren zu können. Nun ja, mittlerweile ist er etwas …«, hier stockte er, weil er, wie Wolfgang vermutete, eigentlich hatte *größer* sagen wollen, diesen Fehler aber noch korrigieren konnte, »… älter geworden, dennoch ein wunderbarer Musikus. Und er wird uns heute noch ein wenig von seiner Kunst hören lassen. Nicht wahr, Mozart? Trinken wir auf sein Wohl und auf das der Stadt Augsburg!«

Wolfgang nahm die Huldigung entgegen, die mittelmäßig ausfiel und gequält wirkte. Enthusiastisch war niemand in der Runde. Was hatte er von diesem Hoch, das ihn nicht einmal als Komponisten oder Solisten würdigte? Er würde satt vom Tisch gehen können. Das war alles. Musizi gab es zuhauf.

Wolfgang beschloss, den Kapaun seinen Ärger spüren zu lassen und mit dem Wein den Groll hinunterzuspülen, denn beide erwiesen sich als würdigere Gegner, als es die Augsburger Patrii waren, die sich hier mampfend und kauend und rülpsend versammelt hatten. Lieber stach und schnitt er mit Messer und Gabel auf Spätzlenudeln und Sauerkraut ein als auf die Rücken dieser Ignoranten und ergötzte sich am Perlen des Champagners.

»Verzeiht, Maestro«, unterbrach der Stadtpfleger Wolfgangs Gedanken. Dabei kaute er unentwegt und hielt sich einen Schenkel des Kapauns dicht vor den Mund. Mit einem Finger, der vor Fett triefte, deutete er zuerst auf seines, dann auf Wolfgangs Ohr. »Wie geht das bei Euch mit dem Hören? Ich meine … die Muschel ist doch … etwas verstümmelt. Und als Musiker … muss man da nicht gut hören können? Ein Ohr ohne Makel … ein makelloses Gehör. So stelle ich mir das vor.«

Herzhaft biss er in das Kapaunenfleisch und kaute und schluckte, während Wolfgang der Hunger verflogen war. Er fühlte, wie ihm die Röte ins Gesicht stieg. Darauf musste er nicht antworten. Sein Ohr hörte feiner als jedes andere hier im Raum. Dass er keine Ohrläppchen besaß, dass seine Muschel etwas anders gebildet war als die anderer Menschen, dafür konnte er nichts. Das war ein Erbe der

Mozarts, so hatte es ihm jedenfalls sein Vater erzählt. Daran erkannte man sie, unverwechselbar. Aber es war typisch für die Kleingeister. Sie konnten sich nicht vorstellen, dass etwas, das nicht ihrem Mittelmaß entsprach, über sie hinauswachsen sollte.

»Ich weiß nicht, was Ihr meint«, antwortete er kühl.

»Mit solch einem Ohr«, sagte der Stadtpfleger, ohne zuvor geschluckt zu haben, mit vollem Mund und spülte mit Wein nach, »ist man da nicht beinahe taub?«

Jetzt erst bemerkte Wolfgang, dass alle Unterhaltungen am Tisch unterbrochen waren, dass alle neugierig zu ihm hersahen oder wie unbeteiligt auf ihrem Teller herumstocherten. Sie interessierten sich für seine Ohren, als wäre er ein exotisches Tier, das man eben auf den Jahrmarkt geführt hatte, und das jetzt begafft werden durfte. Aber da kamen sie an den Falschen.

»Mich wundert es seit meiner Geburt, ja eigentlich schon einige Monate zuvor, dass ich mit solchen Ohren gesegnet sein soll. Deshalb, so erzählte mir meine Mutter glaubhaft, bin ich so zur Welt gekommen – mit beiden Fingern in den Ohren. Als wollte ich mein eigenes Geburtsgeschrei nicht hören.« Wolfgang sprang auf und demonstrierte seine Geburtslage, indem er beide Zeigefinger in die Ohren legte und wie ein Kleinkind zu greinen begann. »Mein Vater hat diesen Makel verschlimmert, indem er mich bei den Ohrläppchen genommen und sie mir – Gott sei ihm dafür gnädig – regelrecht über die Muschel gezogen hat. Jetzt fehlen die Läppchen unten, und oben wächst dafür am Ohr zu viel.« Mit beiden Händen hob er die Haarrollen und lief zu allen am Tisch, um ihnen einen Einblick in seine Ohrwelt zu gewähren. »Allerdings hat diese Ohrität, wie es mein Freund nennt, der berühmte Dr. Franz Mesmer, einen Nachteil. Im Ohr klingelt es, als wäre darin ein Glockenspiel aufgehängt, wenn eine Person den himmelschreiendsten Blödsinn von sich gibt. Glauben Sie mir, meine Freunde«, setzte er süffisant hinzu, »hier in Augsburg klingelt es beständig.«

Ohne sich weiter um die Gesellschaft zu kümmern, stolzierte er ins Nebenzimmer, wo er das Pianoforte Steins wusste, setzte sich an das Instrument und begann zu spielen.

Tatsächlich hörte er nichts mehr von der Tischgesellschaft – und es war ihm auch egal, ob sie über ihn und seine haarsträubende Geschichte wisperten und flüsterten, ob sie ihn impertinent und einen Hanswurst nannten. Hanswurste waren sie, sie alle, die glaubten, nur weil ihre Wiege in einem Haus gestanden hatte, das einem Patrizier gehörte, wären sie ein besonderer Menschenschlag. Auszeichnen musste man sich im Leben, nicht nur einen Namen spazieren tragen. Letzteres konnte schließlich jeder. Ohne nachzudenken, ließ er seine Finger über die Clavis des Pianoforte gleiten, lauschte seinen Gedanken und bedauerte es, dass der Name Mozart keine Phantasie über den Namen selbst erlaubte, wie es Johann Sebastian Bach mit der Tonfolge B-A-C-H vergönnt gewesen war. Es war zum Pomeranzenscheißen, würde sein Vater sagen, und diesmal musste er ihm einfach zustimmen.

Neben dem Pianoforte stand seine Geige, und Wolfgang griff danach, packte sie aus und ließ die ersten Töne klingen. Erst jetzt sah er sich um. Niemand stand im Zimmer. Alle saßen noch über ihren Tellern und aßen, lachten, unterhielten sich, während er aus dem Kopf ein Stück von Hafeneder spielte. Aus lauter Wut darüber, dass ihm niemand gefolgt war, brach er mitten im Stück ab. Niemand beachtete es. Niemanden störte es. Das Lachen perlte weiter, als wäre nichts geschehen. Missmutig packt er das Instrument weg, schlüpfte durch die Tür und wollte sich entfernen, als ihm der junge Langenmantel in den Weg trat.

»Cavaliere Herr Sporn!«, spöttelte er und deutete auf seinen Orden. »Wir sehen uns heute noch im Theater. Er kommt doch auch, Mozart? Ein Ballett und ein nettes Singspiel, etwas zum Lachen.«

»Das hatte ich hier bereits, Herr Langenmantel!«, erwiderte ihm Wolfgang eisig. Dass der junge Laffe sich jetzt sein Mütchen an ihm kühlte, durfte er nicht zulassen. »Ich habe mich überaus amüsiert. Schließlich habe ich Hanswurste zuhauf kennen gelernt. Wo findet man das noch?«

»Versteht Spaß, Mozart. Ich möchte Euch im Namen meines Vaters zum Souper einladen, nach dem Komödienstadel. Ich hoffe, der Herr Sporntrager gibt uns die Ehre.«

Dass er auf die zweifelhafte Ehre gerne verzichtet hätte, wollte Wolfgang nicht sagen, und nickte. Sofort gab ihm der junge Langenmantel den Weg frei.

»Und stolpert mir nicht auf der langen Treppe! Sie mag für Euresgleichen … ungewohnt sein!«, rief er ihm hinterher, und der Saal lachte.

12

Ein Spiegel. Ein Königreich für einen Spiegel. Maria Anna drehte sich um sich selbst und reckte den Hals. Die Kerze in ihrem Rücken warf nur einen flackernden Schatten gegen die Wand. Der Rock über ihrem Gesäß bauschte und wippte und präsentierte sich unter der fallenden Schleife. Sie war zufrieden, soweit sie es sehen konnte. Sie streckte die Arme aus und zog die Ärmel, die an den Ellenbogen in einer durchbrochenen Borte endeten, tief unter die Achsel, streifte weiße Handschuhe über, ebenfalls aus durchbrochener Spitze. Dass sie selbst genäht waren, erkannte nur, wer genau hinsah. Aber das sollte der Ausschnitt zu verhindern wissen. Mit beiden Händen schob sie ihre Brüste unter dem dünnen Mieder höher, griff von oben nach, rückte zurecht, bis nichts mehr drückte. Sie brauchte die Schnürung nicht. Aber ihre Vorteile kamen so noch besser zur Geltung. Man sollte hinsehen. Wolfgang sollte hinsehen. Ihr schauderte, wenn sie nur daran dachte, dass er mit seinen Blicken über die Haut ihres Busens glitt, dass er versuchte, mehr zu erhaschen, als die französische Mode bereitwillig zur Schau stellte. Maria Anna schielte nach unten, bis ihr die Augen schmerzten. Eine Schleife hielt das vor der Brust geschnürte, oben klaffende Kleid. Man sah, was man sehen sollte, mehr nicht. Dann holte sie aus der Truhe einen Schal und legte ihn sich über die Schultern und den Ausschnitt, knotete ihn vorne leicht. Niemand sollte ihr vorwerfen können, ein billiges Mensch zu sein. Obwohl sie gerne Durchsichtigeres getragen hätte, Verführerischeres, wie es die Journale zeigten, Luftigeres. Französische Mode in Augsburg, das lag nahe an der Ketzerei, wären es nicht die Domherren und die Herren Adligen gewesen, die Modestiche und Kleiderschnitte geradewegs aus Paris in die Stadt trugen. Man erzählte sich, dass am französischen Hof die Frauen halb nackt … aber das durfte man nur denken, in Augsburg, wo die Frau Mama sie schon schalt, wenn sie sich im Hemd nur drehte und kein Vaterunser betete, wenn sie sich wusch. Nur das Denken geschah in aller Stille. Vorstellen wollte sie es sich! Wolfgang wollte sie gefallen. Ein Spiegel wäre eine schöne Kontrolle gewesen, ob alles so saß, wie es sitzen musste. Sie hatte gehört, dass es sogar Spiegel geben sollte, in denen man sich ganz sah, so wie man war. Kaum zu glauben. Sie stülpte sich die weiße Spitzenhaube übers Haar, steckte sie mit wenigen Nadeln fest, stopfte lose Strähnen unter den Rand. Jetzt konnte er kommen, ihr Kavalier für diesen Abend.

Kaum gedacht, wurde die Türglocke gezogen. Maria Anna schoss das Blut in den Hals. Für einen Augenblick glaubte sie, ohnmächtig zu werden vor Aufregung, so flau wurde ihr im Magen. Sie hätte sich nicht schnüren sollen. Dann fasste sie sich und lief barfuß aus dem Zimmer und in die Diele. Öffnete.

Wolfgang stand auf der Schwelle. Grau, mit dunklen Flecken unter den Augen. Die Wangen unrasiert und blass, als wäre er über Nacht gealtert. Sein unsteter Blick zerstörte ihre Hoffnungen gründlich. Er beachtete sie kaum, nickte nur mit dem Kopf, schritt an ihr vorüber, als gäbe es sie nicht. Dabei sah er schmuck aus in seinem Konzertmeisterrock, mit der Spange an der Krawatte, die wie ein Schmetterling am Hals gebunden war.

»Wolfgang!«, brachte sie nur hervor, aber der winkte ab.

»Keine Akademie. Der Langenmantel hat's mir gesteckt.« Eine Pause entstand, in der er mit schwerem Schritt die Diele betrat, als schleppte er einen Sack Steine mit sich. Dann sagte er einen Satz, der ihr wie ein Messer in den Bauch fuhr. »Wir reisen am Freitag wieder ab, die Frau Mama und ich. Ich muss nur dem Herrn Papa davon schreiben.«

Dabei redete er nicht mit ihr, Maria Anna, sagte es vielmehr tonlos zu ihrer Mutter, die eben aus dem Schlafzimmer heraustrat, ebenfalls herausgeputzt mit dunklem Damast und schwerer Haube.

»Das wollen wir doch sehen!«, polterte der Oheim, der hinter ihr aus dem Raum getreten war und die Mitteilung ebenfalls gehört hatte.

Wolfgang nahm die Hand der Tante, führte sie an die Lippen.

»Ihr Salzburger!«, lächelte sie und sah ihren Mann an. »Da könnten sich die Augsburger ruhig eine Scheibe abschneiden. Wie kultiviert.«

»Und mich vergisst der Herr!«, schmollte Maria Anna. »Da ist es mit der Salzburger Höflichkeit nicht weit her. Ungehobeltes Benehmen finde ich in Augsburg allenthalben.«

Wolfgang drehte sich zu ihr um. Blass war er, so viel blasser als sonst. Die dunklen Flecken unter den Augen wirkten wie aufgemalt. Aber der Blick, den er ihr zuwarf, versöhnte sie. Als wäre er darüber erstaunt, plötzlich eine Blume im Feld zu entdecken. Seine blauen Augen verhakten sich in den ihren.

»Wo habt Ihr Maria Anna gelassen?«, fragte Wolfgang über den Rücken Oheim und Tante. »Das hier kann sie doch unmöglich sein.«

»Schelm!«, zischte Maria Anna und hielt ihm demonstrativ ihre Hand hin, die er galant ergriff. Den missbilligenden Blick des Vaters übersah sie gern. Sein Blick, das beobachtete sie, wanderte ihren Arm entlang bis hinauf zum Schal … und blieb dort liegen.

»Und eine kleine Überraschung für die Base!«, wisperte er, während seine Lippen kaum ihre Hand berührten. Zwischen seinen Fingern erschien eine Rose aus Seide, leuchtend rot, mit bräunlichen Blattspitzen, als hätte die Kälte sie schon etwas angegriffen. »Für die zarteste Stelle Eurer Figur«, flüsterte er und blickte dreist zwischen ihre Brüste. Ihr Tuch war beiseite gerutscht und ließ zwei weiße Streifen Haut sehen. Maria Anna flog eine leichte Röte an.

Mutter und Vater hatten sich mittlerweile der Tante angenommen, die hinter Wolfgang eingetreten war, und kehrten ihnen den Rücken zu. Maria Anna knotete das Tuch ganz auf, ließ die Enden zu beiden Seiten fallen, nahm die Seidenblume entgegen und steckte sie sich vorne ins Dekolleté. Wolfgangs Gesichtsausdruck zeigte ihr, dass er im selben Augenblick die verlorene Akademie vergessen hatte.

»Kinder, beeilt euch, sonst kommen wir zu spät!«, mahnte der Vater mit einem Blick über die Schulter. Aber da hatte sie bereits das Brusttuch wieder über ihr Schmuckstück gebreitet und hakte sich bei Wolfgang unter.

»Gehen wir!«, sagte sie und drückte sich an ihn.

Der Weg hinunter zum Komödienstadel führte über aufgeweichte Wege und schmutzigbraune Abläufe, die sich das Regenwasser der letzen Tage in den Morast der Straßen gegraben hatte. Je weiter man sich der Unterstadt näherte, desto feuchter und glitschiger wurden die Gassen. Sie beide liefen vornweg, außer Hörweite der Eltern, den Mund voller Albernheiten.

Wolfgangs Schmerz schien wie weggeblasen. »Meine Seidenblume«, schmeichelte er ihr, »mein Tulpenkelch, meine Narzisse, meine französische Lilie!« Immerfort überschüttete er sie mit Komplimenten. Dass er die französische Mode liebe, dass sie ihr so gut stehe, auch oben herum, weil sie ein Dekolleté tragen könne, was nicht bei allen Frauen der Fall sei. Dabei räsonierte er über Ausschnittgröße und Füllung, über weiße und dunkle Haut, über die Vorzüge blonder und braunhaariger Frauen, über die feinen Härchen, die sich zwischen den Brüsten weißlich und dichter fanden als anderswo, und über die Frage, warum sich bei Männern die Brusthaare dunkel färbten und bei Frauen nicht. Ob dies ein Zeichen männlicher Stärke sei oder nur auf der Tatsache gründe, dass die Männer eben häufiger ihr Hemd offen trügen und daher die Haare der Luft und dem Licht ausgesetzt seien, was diese einfärben konnte, wie das Licht die Haut färbe, um daraus den Schluss zu ziehen, dass die französische Mode, die doch die Brust und damit die weißlichen Haare dem Licht mehr aussetze, eben diesen Haaren gefährlich werden könnte.

»Vor allem den Mannsbildern«, warf Maria Anna spöttisch dazwischen, aber Wolfgang ließ sich nicht aufhalten.

Man solle nur denken, schwarze Haare auf einer weißen Brust. Ein Umstand wäre es, müsste man diese Stelle rasieren, fuhr er fort, wobei er sich gerne entböte, dies zu tun, schließlich sehe man als Frau den eigenen Brustansatz kaum und hätte wohl Hilfe von erfahrener Seite nötig.

»Was das Rasieren anbelangt!«, setzte Wolfgang hinzu und schielte zu ihr hinüber.

»Natürlich, das Rasieren«, bestätigte sie ihm im unschuldigsten Ton, zu dem sie fähig war.

Beide kicherten sie über den Gedanken, dass die Haare auf ihrer Brust womöglich dieselbe Länge erreichen könnten wie der Bart Petri oder Pauli, und dass dies letztlich unschicklich sei und eine entsetzliche Versuchung.

Sie nannte ihn eine Kanaille, einen Bären, einen Narren, einen nicht Gescheiten, einen Fex und Sauschwanz und ein Arschbömmerl, was er demütigst zu Kenntnis nahm, und was ihn zu immer derberen Späßen animierte. Er streckte Passanten die Zunge heraus, ließ Winde in verschiedenen Tonlagen fahren und pfiff den Frauen hinterher, die sich erstaunt umsahen, bis sie ihn bat, doch leise zu sein, die Frau Mutter und mehr noch der Herr Vater könnten ärgerlich werden und sie nach Hause schicken.

»Das wollen wir nun nicht!«, beschwichtigte der Vogel und stolzierte wie ein Strauß neben ihr her, mit hochgerecktem Hals und herausgestrecktem Arsch.

Maria Anna musste lachen, glitt mehrmals aus und wäre unweigerlich einmal gestürzt, wenn ihr närrischer Kavalier sie nicht gehalten hätte.

»Fallt mir nicht, Jungfer Bäsle!«, spottete Wolfgang und hielt ihren Arm fest. »Es schickt sich nicht für so ein junges Reh, in den Schmutz der Gosse zu schlittern.«

»Als wenn's immer an den Frauenzimmern läge, Wolfgang. Sind's nicht die Männer, die daran Schuld tragen, wenn wir stolpern?«

Sie lachte Wolfgang an, dem der Schalk aus den Augen sprühte. Er fasste mit der linken Hand ihren Arm, mit dem sie sich untergehakt hatte, und ließ seine Finger den Oberarm hinaufwandern.

»Das Gewicht der Frauen zieht uns gen Boden – und dann fallen beide übereinander.«

»So denkst du's dir.«

»So ist es. Ich schwör's.«

Sie versuchte, sich ihm zu entziehen, verlor aber mit ihren Schuhen wieder den Halt und rutschte. Maria Anna hatte sich aber bereits wieder unter Kontrolle, bevor Wolfgang eingreifen konnte. Dennoch zog er sie mit einem Ruck zu sich her und berührte mit seinen Fingern ihr Mieder. Sie gluckste und schlug die Augen nieder. So ein frecher Kerl, dachte sie.

Beide sprangen sie wie ausgelassene Rehe über die Rinnen, hielten sich gegenseitig die Nasen zu, wenn es gar zu erbärmlich stank. Spotteten der Augsburger Bürgerschaft, die sich zurechtgeputzt wie die Pfauen in Richtung Theater bewegten. Je näher sie dem Stadel kamen, desto mehr Besuchern begegneten sie. Auf der Barfüßerbrücke drückte sie sich eng an Wolfgang, hielt aber den Schnabel, und bat ihn, dasselbe zu tun, weil die halbe Stadt hätte mithören können. Durch das Nadelöhr musste nämlich, wer zum Komödienstadel hinunterwollte. Um diese Zeit strömten die Zuschauer in Richtung Jakobskirche. Tatsächlich befolgte er ihre Bitte und fasste mit der freien Hand seine Lippen und verschloss sie, so dass er blau anzulaufen begann und alle, die sie überholten, recht merkwürdig zu ihnen herübersahen, bis sie ihn inständig darum bat, doch wieder mit ihr zu sprechen oder zumindest Luft zu holen. Dem Wunsch kam er nicht bereitwillig nach, wie ihrem vorigen. Betteln musste sie und bitten und ihm ein Unterpfand versprechen, einen Kuss, wenn er sofort damit aufhöre.

»Allerdings erst nach dem Theater!«, setzte Maria Anna sofort hinzu, als Wolfgang wieder Luft holte und einer Kutsche auswich, die über die Brücke donnerte. Nicht alle kamen zu Fuß wie sie. Immer mehr Sänften und Kutschen überholten die Fußgänger.

Wie sehr sie sich eine Kutsche wünschte, wie die, der sie am Ende der Barfüßerbrücke ausweichen mussten, und die dennoch alle Passanten mit Schmutz besudelte.

»Die Langenmantel!«, kommentierte Maria Anna, als sie das Wappen auf dem Wagenschlag erkannte. Langenmantels hatten sie überholt, die Fenster zugezogen.

»Jetzt bespritzt er mich auch noch mit Kot, dieser Laffe!«, knurrte Wolfgang.

Die letzten Meter bis zum Stadel verbrachten sie schweigend. Seine Spaßhaftigkeit war wie weggeblasen. Wolfgang blieb tief in Gedanken versunken, und Maria Anna wusste nicht, wie sie ihn daraus hervorholen sollte. Nur sein Arm drückte den ihren stark an sich, als wollte er sie nie wieder fortlassen.

»Wie gefällt dir unsere Meistersingerhalle?«, fragte Maria Anna, als sie vor der Theaterfassade standen. Es begann zu dunkeln.

»Weniger gut als meine Begleiterin«, sagte Wolfgang zerstreut.

Sie betraten den Komödienstadel durch die Pforte in der Seitenstraße. Das Geplapper der Besucher empfing sie, die sich in der geräumigen Vorhalle trafen. Langenmantels gaben bereits ihre Mäntel und Schals an der Garderobe ab und gingen zu ihrer Loge. Maria Anna zog Wolfgang hinauf ins Parkett. Hinter den Stuhlreihen für die Adligen und Patrizier sammelten sich die Zuhörer in kleinen Gruppen, tranken Wein, unterhielten sich. Kalt war es im Saal, so dass sie alle ihre Mäntel und Plaids anbehielten. Maria Anna stellte sich so, dass Wolfgang hinter ihr zu stehen kam. Sie lehnte sich leicht nach hinten, so dass er sie stützen konnte. Ihr Vater versuchte für die Damen weiter vorne noch Stühle zu erhaschen, hatte aber wenig Erfolg damit, und schon bald hatten sie die Eltern aus dem Blick verloren, denn die Menge strömte weiter in den Raum.

Überall brannten Kerzen. Diener liefen durch die Reihen der Sitzenden und Stehenden und servierten Getränke. Maria Anna gelang es, zwei Gläser Roten von einem Tablett zu holen. Sie reichte eines davon Wolfgang über die Schulter weg, ohne sich dabei umzudrehen.

Die Menge drückte sie immer stärker aneinander, und sie fühlte die Wärme seines Körpers wohltuend durch Mieder und Rock hindurch, widerstand aber dem Wunsch, sich an ihn zu drücken.

»Hoffentlich fangen sie bald an!«, rief sie ihm zu. Wolfgang, das fühlte sie, blieb stehen, nahm den Druck auf. Der Rockbausch über ihrem Gesäß wurde zerdrückt, die Schleife vermutlich ruiniert, was sie ein wenig bedauerte. Seine Wärme entschädigte sie. Außerdem fühlte sie durch den Stoff des Rockes hindurch, dass es ihm gefiel. Seine freie Hand fuhr an ihrer Hüfte entlang und blieb auf ihrem Bauch liegen, wo die Finger leicht zu trommeln begannen, als wollten sie eine Melodie spielen. Ihr Rhythmus drang durch das Mieder hindurch, durch die Haut und weiter bis in ihren Bauch hinein und breitete sich dort aus wie das wohlige Gefühl, wenn sie heiße Milch getrunken hatte. Sie schloss die Augen und genoss das Gewoge der Menschen um sie her, das Geplärr und Geschnatter und die Ruhe, die Wolfgangs Körperwärme als Kontrapunkt in sie strömen ließ. Zuletzt fühlte sie nicht einmal mehr die einzelnen Finger, deren Bewegungen nicht enden wollten.

Dann wurde von vier Lakaien ein ganzer Schock Wandkerzen gelöscht, und der Vorhang wogte auf.

»›Der Teufel ist los‹«, heißt das erste Stück, flüsterte Maria Anna hinter sich und fühlte Wolfgangs Nase nahe ihrem Hals und seinen warmen Atem. Sie blieb unbeweglich.

Seine Finger hielten inne. Seine Hand legte sich flach auf ihren Bauch. Tatsächlich war der Teufel los, aber in ihr. Sie fühlte sein Sticheln und Zwicken, sein Zerren und Piksen, stärker als ihr unter all den Menschen hier lieb war. Am liebsten hätte sie sich zu Wolfgang umgedreht, aber das war unmöglich. War schon unmöglich, was Wolfgang sich getraute. Fühlen konnte sie, dass sie dem Vetter nicht gleichgültig war, dass ihm ein Teufelshorn wuchs.

Um sie her lachten die Zuschauer über den Hanswurst, der über die Bühne stolperte, über den einfältigen Beelzebub, der sich vom Landmann an der Nase herumführen ließ und über die Jungfer, die sich dem Tanz entzog, den Satanius ihr abforderte. Stattdessen zeigte sie sich lebenslustig und sinnenfroh und liebkoste den Landmann ungeniert.

Maria Anna verfolgte das Bühnengeschehen nur mit halber Aufmerksamkeit. Wolfgangs Hände forderten alle Sinne. Eine Hand schob sich ihren Bauch hinauf, über den Nabel hinweg bis unter ihre Brust. Unter ihrem Brusttuch strich sein Daumen über die weiche, sich wölbende Unterseite. Sie zitterte, wagte es aber nicht, seine Hand wegzuschieben. Die Umstehenden hätten es sofort bemerkt. Ein Schauer lief ihr über den Rücken. Sie ließ es geschehen, rührte sich auch nicht, als die Finger sich zwischen die geschnürten Bänder schoben. Alles wortlos und mit unendlicher Langsamkeit.

Wolfgangs Atem brannte ihr den Hals hinauf bis unter die Ohrläppchen und ließ ihre Härchen am Haaransatz sich aufrichten. Da sie sich ganz auf Wolfgangs Fingerkünste konzentrierte, erschrak sie, als auf der Bühne ein Geschrei losbrach.

Dort oben schrie die Jungfer Zeter und Mordio, weil ihr nicht nur der Bauernlümmel nachstellte, sondern auch der Teufel. Sie jagten beide hinter dem Mädchen her, das ihren Rock verteidigte und trotzdem mit jeder Runde, die sie über die Bühne gehetzt wurde, ein Kleidungsstück mehr verlor.

Zwei Herren könne sie nicht dienen, rief sie, jedenfalls nicht gleichzeitig, was zu Applaus und Lachsalven im Publikum führte. Beifall übertönte die Stimmen, der Vorhang schloss sich. Die Zuschauer kehrten ihre Köpfe den Nachbarn zu, die Gespräche wurden wieder lauter. Vorsichtig löste sich Maria Anna von Wolfgang, entwand sich seiner Hand, seinen Fingern. Drehte sich zu ihm um, suchte seine Augen.

Sie fühlte, wie Hitze ihr Gesicht glühen ließ, dass die Wangen rot angelaufen waren wie Kerzenflammen. Ihre Haut an den Wangen spannte und fühlte sich trocken an. Sie musste sich räuspern.

»Ein entzückendes Spiel«, versuchte sie zu sagen, stotterte aber die Worte aus ihrer trockenen Kehle.

»Es erfordert viel Fingerspitzengefühl, damit es nicht in die bloße Unterhaltung absackt«, erwiderte Wolfgang. »Ist Euch gut, Jungfer Bäsle?«, spottete er sanft. »Du siehst so … so angestrengt aus. Willst du an die frische Luft?«

Energisch schüttelte sie den Kopf. Maria Anna öffnete ihren Schal und setzte ihr Dekolleté der Luft aus. Sie hatte das Gefühl, als wären ihre Brüste geschwollen und drückten sich weiter aus dem Mieder. Wolfgang, das spürte sie, ließ seinen Blick über die Haut gleiten, fuhr ihren Hals entlang hinauf, der übersät war mit hektischen Flecken, die sich immer einstellten, wenn sie sich erregte, und hielt erst bei ihren Augen inne. In seinem Blick lag etwas begehrlich Hilfloses. Genau konnte sie es nicht sagen, als hätte sich ein Reh in einem Netz verfangen und zappelte darin, im Bewusstsein darüber, dass es bald aus sein würde mit dem Leben und seinen Begehrlichkeiten.

»Was ist es«, fragte er nach, »das uns hoffen lässt?« Maria Anna nestelte an ihrem Schal, öffnete ihn weit, zupfte die Schleife zurecht, unter der sich Wolfgangs Finger eben noch befunden hatten. Der führte diese beiden Finger an die Nase und roch daran. »Wie Rosenduft!«

»Schmeichler«, spöttelte sie, konnte aber keine andere Antwort geben. Zu schnell atmete sie noch, als dass sie vernünftige Sätze hätte bilden können.

»Ein anregender Abend, wenn nicht sogar ein aufregender.«

Sein Blick senkte sich dabei in ihre Augen, so dass ihr schmerzhaft bewusst wurde, wie allein sie nach dem Abend in ihrem Bett liegen würde, während Wolfgang sich bei Langenmantels Souper vergnügen konnte.

Sie wollte jetzt genießen, auch wenn sie danach nicht sagen konnte, was auf der Bühne stattgefunden hatte, ob drei oder zehn Schauspieler agiert hatten, ob ein Orchester gespielt hatte oder nur ein Solist.

Der Vorhang öffnete sich wieder. Der Teufel und seine Mitspieler betraten wieder die Bühne, das Leben kitzelte die Menschen am Hals und zwischen den Beinen. Der Tod sah zu, die Seelen brannten, und Maria Anna fühlte, wie sich langsam eine Hand zu ihrem Busen hinauftastete, ein Finger über ihr Kleid streichelte und sich unter ihr Mieder schob.

13

Nichts wollte er weniger als bei Langenmantels zum Souper erscheinen. Noch kämpfte der Dämon in ihm, der ihn beinahe veranlasst hatte, Maria Anna nach den beiden Vorstellungen vor dem Komödienstadel … zu küssen. Öffentlich. Die Hände ballten sich, wenn er an den weichen Körper der Cousine dachte, an ihre Willigkeit. Keinen anderen Gedanken konnte er fassen als den an ihre Paradiesäpfelchen, und da sollte er jetzt mit dem jungen Langenmantel diskurrieren. Worüber denn? Worüber sprach man mit einem Menschen, dessen Horizont gerade so weit reichte, wie seine Nase lang war? Über Popel? Über Katarrh? Über Schnupftücher? Verbissen stapfte er den Weg vom Haus des Oheims zurück zum Grundstück der Langenmantel, den Kopf voller hitzigen Fiebers. Wohin hätten ihn seine Hände geführt, wenn nicht …? Diese Wenn-nichts. Wie sie ihn anödeten. Wenn ihn der Bischof von Salzburg nicht zur Demission gezwungen hätte ... Wenn nicht die Bürger in Augsburg so kreuzteufelsprovinziell gewesen wären ... Wenn ihm nicht der Oheim auf die Finger gesehen hätte, als hätte er etwas geahnt ... Wenn nicht das Bäsle sofort ins Haus und ins Bett geschickt worden wäre ... Wenn nicht dieser Kurzenmantel einen solchen Dalk an Sohn gezeugt hätte ... Mit jedem Wenn-nicht stampfte er auf den Boden, dass der Dreck nur so spritzte. Dumm durfte man sein, ungeschickt, vielleicht sogar tölpelhaft, aber nicht unbegabt und dennoch voller Dünkel. Selbst das Bäsle hatte ihm heute eines ihrer Talente offenbart, dass ihm die Hitze aufstieg, wenn er daran dachte. Unwillkürlich schlich sich ihm eine Melodie ein, dazu Takt, Begleitung. Die fingernden Hände, die weiche Haut, die feinen Härchen, die tiefen Atemzüge, das Zittern, ja, so musste es sich anhören, so musste all das klingen, das man wie nannte? Lust? Begehren? Gier? Begierde? Hätte er Papier bei sich getragen, auf der Stelle hätte er es niedergeschrieben. Wolfgang tastete seinen Rock ab. Kein Papier, keine Niederschrift. Er summte die Melodie vor sich hin, ließ sich von ihr bis vor das Haus der Langenmantel tragen und hüpfte im Takt die Treppe hinauf. Summte gegen die ausdruckslos starren Gesichter der Lakaien an, die ihn höflich, aber teilnahmslos begrüßten.

Ein Verbrechen, das Menschen dazu zwang, ihr ureigenstes Denken hintanzustellen, sich zu buckeln, devot zu lächeln. Verfluchte Zeit der Kriecher und Nicker, der Bittsteller und Maulhalter.

Die Gedanken an Maria Anna beflügelten ihn. Sie trieben ihn vorwärts, gaben ihm Luft, ließen ihn mehr schweben denn gehen. Er drückte einem Lakaien seinen Degen in die Hand, als dieser ihn aufforderte, ihn abzugeben. Vor ihm öffnete sich eine Flügeltür. Die Lakaien davor verbeugten sich. Dahinter blendete Kerzenschein, herrschte Stimmengewirr. Wie dunkle Schatten huschten die Menschen vor seinen Augen hin und her. Sein Gehör war eindeutig feiner als sein Gesichtssinn. Wolfgang presste die

Augen zu Sehschlitzen, versuchte das verschwommene Interieur scharf zu stellen, was ihm nicht gelang. Zu hell, zu laut. Verhaltenes Gelächter, Gezwitscher von Frauenstimmen, Männerbariton dazwischen, Bass, ein Geruch nach Frankreich, Paris, nach Ohrenschmalz und Haarfett, vermischt mit dem matten Duft von Haarpuder und über allem Kerzenwachs und Suppenbrühe und Bohnerwachs und Bratenaroma. Er blieb auf der Schwelle stehen, wartete, hörte und roch sich um. Unterschied die Stimmen, filterte die des jungen Langenmantel aus dem Gewirr heraus, hörte, wie dieser Laffe ihm den Kopf zuwandte, lächelte in diesem Moment, sah ihn an, ohne ihn wirklich zu sehen. Dankte Gott in diesem Augenblick für seine Kurzsichtigkeit.

»Unser Musikus!«, begrüßte ihn die näselnde Stimme. »Ach nein, ich sollte ja sagen unser Künstler, oder besser der Cavaliere Herr Sporn.« Sie übertönte den Lärm der Gespräche. »Begrüßt den wahren Künstler und Spornträger Mozart in des Bürgermeisters Heimstatt!«

Zuerst klatschte nur einer, dünn, kraftlos, als fürchtete er, sich dabei die Finger zu brechen, dann fielen alle ein. Die Gesichter wandten sich Wolfgang zu, der etwas benommen vom Beifall in der Tür stand. Mit erhobenem Kopf nahm er diesen entgegen. Während er noch unentschieden darüber war, wie er auf den Applaus reagieren sollte, hörte er wieder den näselnden Singsang, dessen Hochmut dabei hintenüberzukippen drohte. Ein Flüsterer, Wisperer, der wollte, dass man hörte, was er unter dem Siegel der Verschwiegenheit und Heimlichkeit an den Nächsten weitergab.

»Er verbeugt sich nicht, weil er befürchtet, man sieht ihn dann gar nicht mehr!«

Lachen. Gläserklirren. Hände, die den Mund verdeckten, weil sie ein Grinsen verbergen wollten. Wolfgang suchte zwischen all den Gästen den Sprecher. Den jungen Langenmantel.

»Gesellt Euch zu uns, Ritter Sporn!« Mit einer gelassenen Geste winkte der junge Langenmantel Mozart heran, und Wolfgang folgte der Stimme. »Das Ritterkreuz schmückt Euch ungeheuer. Es macht Euch tatsächlich größer. Man sollte sich eins nachmachen lassen, nicht wahr?«

In unmittelbarer Nähe verschwand für Wolfgang alles Schattenhafte und Undeutliche. Die Umstehenden, mit ebenso blassen und talgigen Gesichtern wie dem des jungen Hausherrn, nickten eifrig, führten ihre Gläser zum Mund. Mit ihren hochhackigen Schuhen ragten sie über die Köpfe der anderen weit hinaus. Wolfgang verbeugte sich, und bereits im Aufstehen hatte er den Fehdehandschuh des jungen Langenmantel aufgenommen.

»Aber dann würdet Ihr doch himmelhoch über alles hinauswachsen, meine Herren«, konterte Wolfgang, »und wer hielte das aus, ist es doch jetzt bereits schmerzhaft genug, Euer langes Elend zu betrachten.«

Pikiert rümpfte der junge Langenmantel die Nase über diese Antwort, wandte sich ab.

»Er wird uns etwas spielen?«, fragte er fordernd über die Schulter hinweg.

»Wenn Ihr mit Er den Wolfgang Amadé Mozart meint, so lasst Euch sagen, dass Er zwar Komponist und Musikus ist wie Künstler, aber kein Lakai. Er wird nicht spielen, aber der Künstler Mozart gibt Euch gern eine Kostprobe seines Könnens.«

»Oh.« Dem Hausherrn fiel offenbar weiter nichts ein, und die Stille hätte eine peinliche Länge erreichen können, obwohl einige der Damen dazwischenkicherten, wenn nicht polternd und bestens gelaunt der alte Langenmantel in die Gesellschaft gebrochen wäre.

»Potztausend. Diese Schwellen!«, stolperte er zur Tür herein und stieß Wolfgang beinahe in den Rücken. Dieser drehte sich geistesgegenwärtig um und griff zu. Der Alte roch nach Wein und Enzian und Erbrochenem. Mühsam schob er ihn von sich, bis der alte Langenmantel wieder von selbst stand.

»Mein Kind, Mozart. Ihr seid mein Rettungsanker unter all dem geistlosen Gesindel hier. Die Bande versammelt sich, weil sie gemeinsam untergehen will, und das auf meine Kosten. Herrgott, Mozart, spielt mir etwas – und verzeiht, wenn ich beim Hören die Augen schließe. Ich schlafe nicht. Versprochen. Ich muss mich nur konzentrieren, auf Eure Noten konzentrieren.«

Ohne Wolfgangs Zustimmung abzuwarten, griff er nach dessen Arm und zog ihn hinüber ins Musikzimmer, zu einem steinschen Pianoforte.

»Jetzt lasst Euch nicht bitten, Mozart. Fangt an. – Einen Sessel für mich. Eilt Euch.«

Wolfgang setzte sich auf den Klavierstuhl, drehte ihn etwas in die Höhe, ließ seine Finger über die ersten Tasten gleiten. Der steinsche Anschlag war phänomenal, kurz, präzise und doch kräftig und durchdringend. Kein Nachhall, kein Reißen. Das verheerende Zupfen fiel weg, das Scheppern und Hacken des Spinetts, das die Akkorde verzerrte. Er führte seine zweite Hand nach, nachdem er sich bequem zurechtgesetzt hatte, dachte ans Bäsle und begann ihre Formen auf die Tasten zu zaubern, all seine Empfindungen ihr gegenüber in Noten zu gießen, zu bilden, die Berührungen nachzuzeichnen. Ihm war, als würde er mit seinen Fingern ihren Körper berühren und das erregende Kitzeln sich ihm mitteilen. Er gab es an die Clavis weiter und ließ damit die Saiten erzittern, als wären sie Härchen auf Maria Annas Haut. Das wussten sie nicht, diese Erzignoranten hinter ihm, die alle wieder zu ihren Gesprächen zurückkehrten, diese Ahnungslosen. Er spielte nicht für sie. Er spielte für sich. Nur für sich selbst.

»Gut so, Mozart, so kennen wir Ihn.«

Ein Lakai brachte dem Alten einen Sessel, in den er sich fallen ließ. Mit geschlossenen Augen lauschte er der Musik, und Wolfgang erkannte an seinem Lächeln, dass dieser alte Magistrat – möglicherweise selbst vollkommen unmusikalisch und vielleicht zu sehr von seiner Einbildung von Macht und Geld besessen – seine Musik erlebte. Das genügte ihm. Lieber einer, der ihm zuhörte und zu verstehen suchte, als hundert Langohren, die man begießen musste, und deren lecke Gefäße wieder leer liefen. Musik fristete dort ein karges Leben. Gerade ihnen wollte er Maria Annas Thema nicht vorwerfen.

Ein Gong riss ihn aus seinen Träumen, die alle um die Cousine kreisten. Wütend fuhr er auf, weil er ihn gestört hatte. Einen Mozart störte man nicht, wenn er dabei war, sein Innerstes über die Tasten zu kippen. Er saß allein im Zimmer. Selbst der Alte hatte sich entfernt, ohne dass es ihm aufgefallen wäre. Wie lange improvisierte er bereits? Eine halbe Stunde, eine Stunde? Diese Zeitlücken machten ihn nervös. Wie aus der Welt gerückt fühlte er sich danach. Nur die Musik blieb in ihm, wie eingraviert, als hätte der Große Weise sie mit einem Metallgriffel in seine Seele gestochen. Wieder ertönte der Gong, und jetzt folgte auch Wolfgang seinem Ruf. Es wurde serviert. Zwei Tischreihen füllten den Saal, an die sich die Gäste des Bürgermeisters bereits verteilt hatten. Wolfgang sah sich um. Nur gegenüber dem jungen Bürgermeisterssohn war eine Lücke frei. Der Alte, über seine Speise gebeugt, winkte ihm heftig.

»Nur her, nur zu, Mozart. Ihr wart ja wie in einer anderen Welt. Als wäre das Diesseits für Euch abgestorben!«

»Aber nicht doch. Was sollte ein Künstler ohne Diesseits. Wer sollte sein Werk bewundern?«

Der junge Laffe lächelte ihn mit einer Falschheit an, die zum Himmel schrie, und tupfte sich mit einem Tuch den Mund ab. »Nicht wahr, mein lieber Mozart?«

»Ich bin offenbar in beiden Sphären zu Hause, während es Menschen gibt, die finden nicht einmal Zugang zum Diesseits.«

Wolfgang setzte sich, aber sein Stuhl erwies sich als zu niedrig. Er reichte kaum mit den Schultern über den Tischrand hinaus.

»Größe bedarf oft der Unterstützung!«, feixte der junge Kurzenmantel und warf ihm einen amüsierten Blick zu. »Nicht alle Menschen verfügen über ausreichend Format, sich das Essen selbständig vom Teller zu greifen.« Er winkte einem Lakaien, der einen höheren Stuhl brachte. Wolfgang setzte sich wieder, musste auf diesen Stuhl jedoch hinaufklettern, da er um eine Kleinigkeit zu hoch war, als dass er die Beine hätte auf den Boden stellen können. Außerdem hatte man ihm den Stuhl eine Idee zu weit vom Tisch weggestellt. So pendelte er wie auf einer Orgelbank mit den Beinen und suchte mit den Zehenspitzen Halt, während er mit den Händen zu verhindern versuchte, dass er vom Sitz rutschte.

Hinter Wolfgangs Rücken kicherte und prustete es. Er war ein ausgemachter Spaß der Tischgesellschaft um den jungen Bürgermeisterssohn. Aber er würde sich diese Behandlung nicht bieten lassen. Ein Mozart hatte das nicht nötig. Bevor er aufbrausen konnte, traf ihn die Frage des Laffen von gegenüber.

»Ihr seid vom Papst ausgezeichnet worden. Gratuliere. Was hat Ihm der Sporn gekostet? Drei Dukaten? Doch sicher nicht mehr.«

Wolfgang biss sich auf die Lippen, wollte ernst bleiben, und doch wühlte in ihm die Erregung. Den schwerfälligen Späßen des jungen Langenmantel musste er etwas entgegensetzen.

»Er wurde mir von Seiner Heiligkeit überreicht.«

»Tatsächlich. Muss man die Erlaubnis haben, ihn zu tragen? Vermutlich nicht. Oder kostet die Erlaubnis auch etwas?«

Wolfgang versuchte, ruhig zu atmen. Molto furioso dachte es in ihm. Vor seinen Augen begannen die Gesichtszüge des jungen Langenmantel zu verschwimmen und sich mehr und mehr in langweiligste Doppeltaktpausen zu verwandeln.

Halb zu seinem Nachbarn, einem bayerischen Offizier, halb zu ihm, Mozart, gewandt, sagte der junge Laffe, den Mund hinter einer Serviette verborgen, als wollte er seinen Nachbarn vor dem Unrat schützen, den er ausspuckte: »Wir wollen uns das Kreuz nämlich kommen lassen, nicht wahr?«

Tränen der Wut schossen Wolfgang in die Augen. Sein Hunger war wie verflogen. Ein säuerlicher Geschmack stieß ihm auf.

»Was tätet Ihr denn mit dem Kreuz, mein werter Langenmantel?«, fragte er laut. »Ihr müsstet Euch morgens beim Anlegen sagen lassen, wie herum es getragen wird. Das wäre lästig.«

Die Gespräche um sie her verstummten. Alle Köpfe drehten sich nach ihnen um. Wolfgang legte den Kopf schief. Dieser hockenden Dreifachpause würde er es zeigen.

»Nehmt!«, versuchte sein Gegenüber einzulenken und zog die Schnupftobakdose heraus. »Einen Tobak drauf.«

Wolfgang rührte sich nicht. Das wäre das Letzte, sich von diesem Schnupftobak zu bedienen, in den dieses langhaxige und krummnasige Ungeheuer bereits seinen Rotz gestreift hatte. Niemals.

Mit einem schiefen Lächeln nahm der junge Langenmantel selbst eine Prise und steckte den Tobak wieder weg. Wolfgang saß steif da und beobachtete jede seiner Bewegungen. Dieser Kerl bewegte sich tatsächlich in C-Dur, mit einfachen, nachvollziehbaren Gesten, mit durchsichtigen Gebärden. Leicht zu durchschauen, ohne Geheimnisse, ohne Modulationen, ohne Sprünge.

»Morgen, werter Mozart, werde ich zu Ihnen schicken. Haben Sie doch die Güte, Maestro, oder soll ich lieber Herr Künstler sagen, mir den Sporn für einen Augenblick zu leihen.«

»Wozu?«, presste Wolfgang durch seine Zähne. Seine Hände umkrampften die Lehne des Stuhls.

»Nur damit ich mit dem Goldschmied reden kann. Ich bin zuversichtlich, dass, wenn ich ihn frage, wie hoch er das Schmuckstück schätzen würde, er es auf – sagen wir – einen billigen bayerischen Taler taxieren würde.«

Die ganze Zeit über hatte sein Gegenüber ihn nicht aus den Augen gelassen. Erwartete der Langenmantel von ihm, dass er losheulen oder losschlagen würde? Vermutlich nicht, dazu fühlte er sich zu sicher. Allein wenn er die Hand gegen ihn erhöbe, würde er in den Hungerturm gesperrt und erst wieder in hundert Jahren darin entdeckt werden.

»Er ist sicher nicht mehr wert als diesen bayerischen Taler!«

Das posaunte Langenmantel in die Runde, das warf er ihm an den Kopf, beleidigte ihn, den Cavaliere de Mozart. Über den Titel spottete er seiner Kunst. Sogar das Geldstück hielt er hoch und zeigte es der Runde, die hinter Wolfgangs Rücken kicherte.

»Ja«, erwiderte Wolfgang, »der Sporn ist sogar nur aus Blech. Billigst. Deshalb wundere ich mich, dass Ihr ihn so heiß begehrt. So muss er etwas haben, nach dem Sie vergeblich verlangen.«

Verhaltenes Lachen rundum. Er freute sich, während der junge Laffe überrascht und ein wenig verärgert um sich blickte. Streit zu beginnen war das eine, ihn durchzufechten und als Sieger daraus hervorzugehen, ohne eine Faust geballt zu haben, war das andere.

»Ihr braucht doch keinen Sporn, werter Langenmantel.« Wolfgang hüpfte von seinem Stuhl, trat von der Tafel fort, sprach zu Langenmantel über die Schulter hinweg. »Ihr habt doch schon einen – in Eurem Kopf.« Ein Raunen lief durch die Anwesenden. Das war gewagt. Aber auf einen groben Klotz gehörte ein grober Keil. »Nun, auch ich habe einen solchen im Kopf. Aber mit dem Euren wollte ich wahrhaftig nicht tauschen.« Sprach's und zog seine eigene Schnupftobakdose hervor und bot dem Sohn des Langenmantel eine Prise an. »Einen Tobak drauf, mein Freund!«

Dieser erhob sich hastig, als wollte er über den Tisch springen, was Wolfgang zu einem Lächeln reizte. Gleichzeitig wich dem jungen Langenmantel alle Farbe aus dem Gesicht. Bleich wie die Wand stand er ihm gegenüber.

»Neulich«, begann der junge Langenmantel wieder, gefasst, aber mit brüchiger Stimme, die Zorn und Demütigung erahnen ließ. »Neulich gab es den Orden billigst zu haben, als Schmuck für reiche Westen.«

Was war das? Nichts! Nichts war das. Jedenfalls keine Erwiderung, die ihn hätte straucheln lassen. Darauf musste er nicht einmal antworten. Die Provokation blieb ebenso blass wie die Gesichtshaut des Kurzenmantel. Wenn er, Mozart, nichts sagte, verletzte das mehr als jeder brillante Gedanke.

»He, Lakai!«, rief der junge Langenmantel, in der Stimme eine heisere Verzweiflung, weil niemand seine Idee auch nur mit einem Räuspern bedacht hatte. »Dass Ihr mir nächstens mehr Respekt entgegenbringt, wenn ich dem Herrn Mozart seinen Sporn trage.« Zumindest die ihm zunächst Sitzenden lachten hinter vorgehaltener Hand, was ihn bereits zufrieden stimmte, denn großzügig holte er seine Tobakdose aus der Westentasche. »Drauf einen Tobak, Mozart!« Er reichte seine Dose Wolfgang hinüber.

Dieser hörte aber nicht auf die Stimme des jungen Langenmantel, die sich jetzt, da sie den Erfolg sicher glaubte, ins Hysterische hochschraubte, sondern der Maria Annas, die in seinem Kopf einen Satz formte, der ihn selbst zum Lachen brachte. Lauthals prustete er heraus, noch bevor er ein Wort sagen konnte – und als er innehalten musste, um Luft zu holen, sah er, dass alle Welt auf ihn blickte und sich fragte, warum er nur lachte und nichts sagte.

Wolfgang ging auf den jungen Langenmantel zu, der sofort zurückwich und sich ängstlich hinter einem Stuhl verschanzte. Aber der Schranze hätte sich keine Sorgen zu machen brauchen. Niemals hätte er, Wolfgang, seine Finger gefährdet. Klavierspielen war ihm wichtiger als Recht zu behalten.

»Das ist doch kurios«, begann Wolfgang, ganz ruhig und gelassen. Er hatte das Gefühl, als gäben ihm die Worte wirkliche Größe, als würde er in seinen Schuhen wachsen, bis er dem langhaxigen Elend vor ihm in die Augen sehen konnte. Dessen Frau erhob sich, um sich vor ihn zu stellen. Allein der Anblick der beiden dürren Stangen brachte ihn beinahe um den Verstand. Wieder musste er sich das Lachen verbeißen. »Ihr habt ein Wort genannt, das in Eurem Wortschatz eine merkwürdige Wandlung durchgemacht hat. Das Wort *Respekt*. Respekt muss man sich verdienen. Durch Können oder Verstand. Beides verteilt der Herrgott höchst ungleich unter seinen Schafen. Hört, Langenmantel, ich kann noch eher alle Orden, die Ihr bekommen könntet, bekommen, als dass Ihr werdet, was ich schon bin.« Jetzt sollte er sehen, wo die Begabung lag. Noch war er nicht fertig. »Und wenn Ihr zweimal sterbt und wiedergeboren werdet. Hier, habt drauf einen Tobak!«

Die Hand der Gastgeberin fuhr an den Mund. Ein erstickter Schrei. Viele erhoben sich. Verlegenheit überall. Die Damen hüllten ihre Schnütchen in seidene Tücher, die Herren griffen vorsorglich zu den Degen, die aber allesamt an der Garderobe abgegeben worden waren. Wolfgang steckte seine Tobaksdose wieder weg, da der junge Geck nicht zugriff.

»Morgen, werter Langenmantel, werden wir uns noch sehen. Bis dahin gebe Euch Gott ausreichend Verstand, die Dinge der Welt zu begreifen.« Wolfgang verlangte nach Degen und Hut und schritt dem Ausgang zu.

»Ihr werdet doch nicht schon gehen, Mozart?« Die Stimme in Wolfgangs Rücken klang keineswegs bitter oder ängstlich. Sie münzte eben die Niederlage zum Sieg um. Triumph lag darin. »Morgen bin ich nicht im Haus.«

»Dann komme ich halt übermorgen vorbei ...«

»Und wenn ich ...«, setzte Langenmantel an.

»... wenn ich ...«, unterbrach Wolfgang den jungen Langenmantel und drehte sich zu ihm um. Eine Verbeugung deutete er an, mit spöttisch gespreizten Beinen und gedrehter Hand. »... wenn ich dann noch in Augsburg weile.«

Ein Raunen lief durch die Anwesenden. Auch der Abgang gehörte ihm, Wolfgang Amadé Mozart. So schnell hatte offenbar niemand mit seiner Weiterreise gerechnet, und der eine oder andere zumindest auf eine kleine Akademie in der Herrenstube gezählt.

»Ach, Ihr werdet ja doch ...«

»Ich werde nichts, werter Langenmantel! Hier in Augsburg ist es eine Bettelei. Lebt unterdessen wohl!«

Seine Schöße flogen, als er die Gesellschaft hinter sich ließ und die Treppe hinabsprang. Zwei, drei Stufen auf einmal nahm. Erhitzt vom Disput strauchelte er beim letzten Schritt am Fuß der Treppe, eine Unsicherheit, als wäre er über eine Zeitfalte gestolpert. Dahinter wurde es mit einem Schlag still. Erschrocken verharrte er auf der Stelle. Ein Lakai trat an ihn heran.

»Fehlt Euch etwas, Herr? Ihr seid bleich wie der Tod.«

Seine Musik – sie hatte ihn verlassen.

14

Maria Anna wusste sofort, wer unten stand. Sie zog ihre Decke bis übers Kinn, betrachtete den hellen Flecken Mondlicht an der Decke. Schatten zogen durch ihn hindurch, ließen ihn flackern. Eine kalte Flamme. Wolken jagten über den Himmel. Der Regen hatte aufgehört, dafür war es empfindlich kalt geworden. Eisiger Wind. Wenn sie ihren Atem in den Raum blies, konnte sie ihn sehen. Nur die Bettpfanne unter der Decke wärmte.

Wenn es ruhig war im Haus, wenn nur die Balken redeten, wenn die Mäuse in den Zwischendecken raschelten und die Schindeln im Wind leise vor sich hin klapperten, glaubte sie, das ganze Haus wäre nur ein großes Ohr, das alle Geräusche einfing und verstärkte.

Nebenan schliefen die Eltern, der Herr Vater schnarchte tief. Sie mochte das Geräusch, es lief ihr wohlig über den Rücken dabei, es vermittelte Sicherheit. Sie konnte die Frau Mutter nicht verstehen, die oft zeterte, wenn der Herr Vater zu schnarchen begann, bevor sie eingeschlafen war, und sich über die unerträglichen Schlafgeräusche beschwerte, die ihr die Nachtruhe raubten. Ihr Ehemann würde schnarchen müssen. Pfaffen schnarchten und gut bestallte Handwerker. Musiker? Sie konnte sich nicht vorstellen, dass Wolfgang schnarchte. In welcher Tonart, mit welchem Ton?

Wieder hörte sie das Klicken eines Steinchens, das gegen den Holzladen geworfen wurde und dann das Fachwerk hinabfiel. Tagsüber wäre es ihr nie aufgefallen. Um diese späte Stunde aber verstärkte die Nacht das Geräusch. Es war wie ein feines Tippen, als würde jemand mit einer Stange den Laden berühren.

Kurz schloss sie die Augen, lauschte, lächelte. Sie wurde begehrt.

Der Abend hatte sie unruhig zurückgelassen, erhitzt von all den Heimlichkeiten im Komödienstadel. Vater hatte offenbar etwas bemerkt, denn seine einsilbige Art, seine Blicke, die er ihr nach dem Ende der beiden Vorstellungen zugeworfen hatte, die schroffe Zurechtweisung, dass sie sich zurückzuziehen habe, all das hatte sie darin bestätigt. Womöglich hatte er sie beobachtet, oder noch wahrscheinlicher war, dass ein »Freund« der Familie ihm die Spiele ihrer Hände verraten hatte. Neider. Sie bereute nichts. In dem Kindskopf von Vetter ein Feuer zu entzünden, ihn hasig zu machen, hatte ihr gefallen, wenn sie auch bedauert hatte, dass sie nicht allein gewesen waren.

Diesmal klickten zwei Kiesel in kurzem Abstand gegen den Laden.

Wenn er nicht aufhörte, würde er Vater und Mutter wecken. Vielleicht lag die Frau Mutter sogar noch wach. Aber von ihr befürchtete sie wenig. So viel Verständnis würde sie für die Tochter aufbringen, dass sie ein Geflüster zwischen Garten und Fenster duldete.

Langsam schlug sie die Decke zurück. Sofort griff die Kälte nach ihren Schenkeln, fuhr ihr unters Hemd. Sie fröstelte. Barfuss schlich Maria Anna zum Laden, spitzelte durch die Öffnung, die das Mondlicht einließ, nach draußen.

Zunächst entdeckte sie niemanden. Dunkel lag der Garten vor ihr, von Obstgehölz verschattet, auf dessen letzten Blättern die Lichtflecken des Mondes einen Herbsttanz mit dem Wind aufführten. Dann, zwischen Beerensträuchern, ein weißes Blinken. Sein Gesicht. Dort stand er. Noch im Konzertmeisterrock. Er musste über die Mauer gestiegen sein. Kindskopf, weil ihn das Kopf und Kragen hätte kosten können.

Sie rieb ihre Fußsohlen abwechselnd an den Beinen, damit sie nicht zu Klumpen gefroren. Es war auch zu kalt. An seine warmen Hände dachte sie, an den heißen Atem in ihrem Nacken. Sie wollte den Laden aufstoßen, um sich zumindest an seiner Stimme zu erwärmen. Nebenan schnarchte der Herr Vater laut auf. Wenn der schlief, dann weckte ihn nicht einmal der Anbruch des Jüngsten Gerichts. Sie zögerte. Wenn sie jetzt öffnete, zeigte sie nur, dass sie leicht zu haben war. Sie wollte nicht leicht zu haben sein. Sie wollte umworben werden. Beim Gedanken an sie sollte dem Vetter das Wasser im Maul zusammenlaufen. Andererseits musste sie befürchten, dass er sich anderen Gespielinnen zuwandte. Einen Filou wie ihn konnte man auf die Dauer nicht halten. Dazu schwirrte es zu sehr in seinem Schädel. Man konnte ihn nur befeuern, ihn sich warm halten, ihn wie einen Fisch an die Angel nehmen, ohne dass man ihn aus dem Wasser zog. Das Geschick dabei war, dass man sein Gesicht nicht verlieren durfte, vor allem den Städtern gegenüber. Wenn Wolfgang wieder abreiste, musste sie sich womöglich ein Ehegesponst aus dem hiesigen Angebot erwählen. Und die einheimischen Männer würden sie nicht mehr anrühren, wenn sie ins Gespräch gekommen war. Also durfte sie nicht öffnen.

Sie stand, bis sie die Beine nicht mehr spürte, und sah Wolfgang zu, wie er sich unermüdlich bückte, vom Weg Kiesel aufsammelte und sie gegen ihr Fenster warf. Einer Eingebung folgend, streckte sie drei Finger durch die Öffnung des Ladens und winkte mit ihnen, bis sie sicher sein konnte, dass Wolfgang sie gesehen hatte.

Dann schlüpfte sie zurück unter ihre Decke. Die Bettpfanne war noch warm und brannte regelrecht an ihren Beinen, die völlig gefühllos waren. Sie begann, sie warm zu reiben und dachte an Wolfgang, der jetzt sicherlich enttäuscht draußen stand, weil er erwartet hatte, sie würde ihn erhören. Das Klicken der Steinchen endete. Vermutlich schlich er sich durch die Büsche zurück zur Mauer. Maria Anna versuchte ihre Gedanken zu sammeln. Drängende Sehnsüchte erfüllten sie. Wie ihm zumute war, ahnte sie, denn ihr erging es ebenso. Es war ein Schmerz, der sich vom Bauch aus durch den gesamten Körper bohrte, sich in den Brüsten und zwischen den Beinen festsetzte, und den sie nicht einfach wegdenken konnte, und der ein brennendes Gefühl auf der Haut, ein Prickeln und Stechen hinterließ. Sie musste sich kratzen. Wenn seine Hände heute Abend nur ein wenig von dem mitgeteilt hatten, was ihn bewegte, dann musste es ihm ähnlich ergehen. Ein Häufchen Elend vor ihrer Kammer. Beinahe wäre sie wieder aufgestanden, hätte sich aus dem Fenster gelehnt, hätte ihn in die Arme geschlossen. Aber nein, sie war kein leicht zu habendes Mensch. Sie nicht.

15

»Ich kann verstehen, Mozart, wenn Sie sich akkommodiert fühlen.«

Stein legte ihm die Hand auf die Schulter.

»Es ist einfach ungeheuerlich!«

Direktor Graf hustete und genehmigte sich dann einen kräftigen Schluck Roten direkt aus der Flasche. Sein Gesicht glänzte.

»Politik der Papisten«, knurrte der Fabrikant neben ihm, seine Hände über dem Bauch gekreuzt. In Gignoux' Gesicht mischten sich die unterschiedlichsten Grimassen. Sein Unbehagen verursachte beinahe ein körperliches Jucken.

Wolfgang vernahm die Stimmen der Freunde wie aus weiter Ferne. Er fühlte sich unendlich müde, wie ausgebrannt, eine Kerze, die mit den letzten Wachstropfen geizt und zu verlöschen droht. Er saß bei Graf. Das erklärte den Schlafrock des Gastgebers. Aber wie war er dorthin gekommen?

»Zuerst macht man Ihnen das Maul wässrig, und dann lässt man Sie fallen.«

Stein tigerte auf und ab. Die Holzbohlen des Hauses knarrten.

»Das heißt die Leute zum Narren halten.«

Gignoux nickte zustimmend.

»Ist nicht Augsburg die Vaterstadt des Papa? Und da affrondiert man den Sohn derart?«

»Es sind die Papisten, werter Graf. Die Papisten wohlgemerkt. Ich kann mir nicht vorstellen, dass die werten protestantischen Patrii, wenn sie je davon gehört haben, dass der hochberühmte Wolfgang Amadé Mozart zwischen den Mauern weilt, sich die Gelegenheit hätten entgehen lassen, sich ihm zu empfehlen.«

Ein wenig amüsierte Wolfgang der Zorn, der die drei Männer umtrieb. Stein lief umher wie ein Uhrwerk, der Fabrikant Gignoux, den Mozart nur flüchtig kannte, der ihm aber als Liebhaber der Musik vorgestellt worden war, schnitt die köstlichsten Grimassen. Ihm hätten sich die Kaumuskeln verkrampft, hätte er seine Mimik derart beansprucht. Und der Musikdirektor Graf schwitzte und rötete sich, dass man befürchten musste, er platze bald.

Graf schlug mit der Faust in seine flache Hand.

»Es ist abscheulich. Eine Schande!«

»Wenn Langenmantel gewollt hätte, hätte es gehen müssen, Mozart. Es hätte einfach gehen müssen.«

Wolfgang nickte Stein zu, fühlte aber keinerlei Emotion in sich. Er fühlte sich, als wäre er ausgelaufen, hohl und hallend das Innere. Zum ersten Mal war die Musik ausgeblieben. Er hatte keinen Ton mehr gehört, seit er von Langenmantel zu Maria Anna und dann zurück in den Gasthof *Zum Weißen Lamm* geschlichen war. Wie die Schwärze der Nacht lag die Stille in ihm. Als hätte ihm jemand die bislang stetig plätschernde und murmelnde Quelle abgegraben und trockengelegt. Wie ein Schreck war ihm die Erkenntnis in die Glieder gefahren. Er hörte nichts mehr. Und weil er nichts mehr hörte, trat die Welt zurück.

»Hören Sie uns zu, Mozart! Wir brauchen Langenmantel nicht. Wir geben die Akademie hier.«

Wolfgang nickte. Gern. Aber nicht mit ihm. Er konnte nicht spielen. Als er heute aufgewacht war, hatte er sich ans Reiseklavier gesetzt und Fingerübungen gemacht, in der Hoffnung, dass die Quelle wieder sprudelte. Es hatte nichts geholfen. Selbst die Frau Mama hatte bemerkt, dass mit ihm etwas nicht stimmte, war zu ihm ins Zimmer getreten, im Nachthemd noch, und hatte ihm über die Haare gestrichen.

»Vielleicht ist der Kopf einfach zu müde«, hatte sie ihn getröstet, sie, die gewohnt war, von seinen Improvisationen geweckt zu werden. Mütter besaßen dieses untrügliche Gefühl. Lange hatte sie mit den Fingern in seinen Haaren gewühlt, als wüsste sie um den Schmerz, der ihm in dieser Nacht zugefügt worden war, diesen doppelten Schmerz: Langenmantel und Maria Anna. Beide hatten sie ihn abgewiesen.

»Mein lieber Mozart, Sie dürfen uns deshalb nicht verlassen. Warten Sie ab. Meine Augsburger sind nicht die Holzköpfe, als die sie Ihnen erscheinen. Es gibt darunter durchaus verständige Menschen«, drang Direktor Graf in ihn. In seinem Schlafrock, dessen verschlissener Purpur leicht mit dem seines Gesichts mithalten konnte, und der überall bereits spannte, verstärkte sich der Eindruck eines zum Explodieren bereiten Pulverfasses.

»... wenige verständige Menschen ...«, ergänzte Gignoux.

Sollte er etwas sagen? Nein. Kein Wort. Die drei Herren unterhielten sich mit ihm, über ihn, ohne dass er genötigt war, auch nur eine Silbe zum Gespräch beizutragen. Seine Anwesenheit genügte. Dass sie das protestantische Patriziat aufbieten wollten, um ihn zu halten, dass sie ihn anbettelten, doch länger in Augsburg zu bleiben, dass sie sich abmühten, einen Termin für eine Akademie zu finden, all das amüsierte ihn, da sie so über seinen Kopf weg redeten und dabei nicht bemerkten, dass er nicht konnte, selbst wenn er wollte. Seit gestern Nacht war seine musikalische

Stimme verstummt. Einen bloßen Mechanikus, der wie eine Metallrolle sein Stück herunterklimperte, wollte er nicht abgeben. Man hatte schließlich seine Würde. Tränen traten ihm in die Augen, wenn er an Maria Anna dachte und ihre drei Finger, die sich ihm aus dem Holzladen entgegengestreckt hatten. Kein Laden war geöffnet, keine Silbe des Trostes gesprochen, kein neckisches Wort gewechselt worden. Unverrichteter Dinge hatte er abziehen müssen. Ihre Stimme hätte ihm genügt, sie hätte in ihm den Quell wieder zum Sprudeln gebracht. Bestimmt. Stimmgabel für den Tauben.

Ein jäher Schmerz zuckte durch seine Eingeweide. Eine Magenkolik krümmte seinen Körper. Essen. Er musste etwas essen. Wie lange hatte er nichts mehr gegessen? Er wusste es nicht mehr. Gestern Abend jedenfalls nicht, denn während sich die Damen und Herren Patrizier die Bäuche voll geschlagen hatten, hatte er dem Alten aufgespielt.

Besorgt standen die drei Herren um ihn herum.

»Sie haben zu wenig geschlafen, Mozart. Gehen Sie ins Bett. Ruhen Sie sich aus. Überschlafen Sie Ihre Entscheidung.«

Gignoux half ihm in seinen Rock, Stein führte ihn die Treppe hinunter. Von oben rief Graf ihnen nach, er werde sofort die Lutheranischen benachrichtigen. Ein Langenmantel vermöge zwar viel in dieser Stadt, aber nicht alles. Wolfgang knickten die Beine weg, als hätte er zu viel getrunken. Aber er war nüchtern, so klar wie selten. Nein. In dieser Stadt hielt ihn niemand mehr. Sollte der Vater noch so ein starkes Interesse daran haben, hier verschwendete er Zeit und Kraft.

Wie einen Betrunkenen schleppten ihn die beiden Männer zum *Weißen Lamm*, und wenn er ehrlich war, dann fühlte er sich auch, als hätte Wein ihm den Kopf vernebelt.

Die Frau Mama saß beim Frühstück und sprang auf, so dass der Stuhl hinter ihr polternd zu Boden fiel, als sie ihn hereintrugen.

»Ich dachte schon … ich dachte schon … ich dachte schon …«, stammelte sie immerfort, ohne zu sagen, was sie dachte. Stein und Gignoux setzten ihn an den Tisch, hoben den Stuhl der Frau Mama auf, holten sich zwei weitere und bedienten sich. Der Wirt brachte Deftiges, und seine Mutter schob ihm die Häppchen geradezu in den Mund.

»So blass, so blass«, murmelte sie.

Wolfgang schien es, als hätte sie die Sprache verloren und könnte sich nur noch mit wenigen Brocken verständigen. Oder in einer fremden Sprache. Sein Magen knurrte so vernehmlich, dass ihn alle anstarrten.

»Bub, du bist ja völlig ausgehungert!«, bemerkte seine Mutter, nahm Brot und ein Stück Quarkkäse und stopfte es ihm in den Mund, bevor er sich wehren konnte, bevor er ihr sagen konnte, dass ihm der hiesige Quarkkäse widerstand. Gehorsam kaute und schluckte er, weil sich die Miene seiner Mutter verfinsterte, ihre Augenbrauen sich zusammenzogen, als spürte sie den keimenden Widerspruch. Beim Essen hatte sie immer Recht. Und er war ihr Kind. Wolfgang seufzte. Erwachsen wurde man erst, wenn die Eltern starben. Sie hielt ihm sogar ein Glas mit durch Wasser verdünnten Wein an den Mund und flößte ihm das Getränk mit einer Hartnäckigkeit ein, dass ihm schwummrig wurde.

Die gesamte Zeit über redeten die beiden Männer auf seine Frau Mama ein, sie solle doch auf ihn, Wolfgang, einwirken, länger zu bleiben. Sie würden eine Akademie zusagen, sie würden sich dafür sogar verbürgen. Morgen schon, in der Geschlechterstube. Was gäbe es für ein Bild, wenn es in späteren Jahren hieße, man habe sich eines berühmten Sohnes der Stadt nicht angenommen.

Doch seine Mutter blieb hart. Mit ihm habe sie es abgesprochen, freitags abzureisen, und dabei bleibe es. Sie seien nicht darauf angewiesen, log sie, in einer Stadt zu verweilen, die sich der Kunst gegenüber derartig abweisend verhalte. Männer wie der junge Langenmantel seien schließlich nichts weiter als das Abbild derer, die sie gewählt hätten.

Gignoux schlug vor Verzweiflung die Hände über dem Kopf zusammen, während Wolfgang mit Übelkeit kämpfte.

Der Quarkkäse stieß ihm auf. Sein Bauch blähte sich, als würde er mit dem Käse schwanger gehen.

»So haben Sie ein Einsehen, werte Frau Mozart. Graf stellt eine Akademie auf die Beine. Noch heute.«

Endlich entlud sich der Druck. Lautstark stieß Wolfgang auf. Ein übler Geruch verbreitete sich wie von faulen Eiern.

»Ich kann nicht spielen«, flüsterte er mit matter Stimme. »Ich bin ...«, taub wollte er nicht sagen, weil es nicht stimmte. Er selbst wusste nicht, wie er zu seinem inneren Verstummen sagen sollte. Ihm war die Musik abhanden gekommen, wie man einen Schlüssel verliert. Er betrachtete seine Hände. Sie hatten Macht besessen über die warmen und gewaltigen Töne der Instrumente, und jetzt waren die Hände mit ihren Finger allenfalls noch dafür gut, Löffel und Messer zu halten.

Die Magenschmerzen ließen nach. Wolfgang nahm einen letzten Schluck Wein, diesmal unverdünnt, stand auf, schwankte. Er wollte hinauf in sein Zimmer.

»Ich lege mich hin. Ein wenig nur.«

In der Mimik der Mutter las er eine stille Ergebenheit in das Schicksal. Sie unterwarf sich zu sehr seinem Willen, was ihm nicht zusagte. Ohne sich umzudrehen oder sich von Stein und Gignoux zu verabschieden, die ihm eine gute Besserung hinterherriefen, ging er zur Treppe.

Er schleppte sich die Stufen hinauf, warf sich oben aufs Bett, versuchte die Augen zu schließen, aber seine Müdigkeit war kein fehlender Schlaf, es war eine Erschöpfung aller Nerven. Sobald er die Augen schloss, war er hellwach und blickte in die Leere, die sich hinter den Augenlidern öffnete. Keinen Laut empfing er mehr, keinen Akkord. Jeder Blick wie der Nachhall eines stummen Echos. Ein Grauen stieg in ihm auf. Was hatte dieses Augsburg aus ihm gemacht?

Nach einem traumlosen Hin- und Herpendeln zwischen Wachsein und Dämmern, nach einem mühsamen Erwachen, als müsste er aus der Tiefe eines endlosen Schachtes aufsteigen, weckte ihn ein Gedanke: Dem Herrn Vater musste er schreiben. Ohne Umschweife, ohne Ausreden. Damit quälte er sich aus dem Bett, setzte sich an den Tisch.

»Schreib endlich dem Herrn Papa. Du weißt, wie er darauf sinnt, was wir treiben«, hatte ihn die Mutter bereits gestern gemahnt. Oh ja, das wusste er. Er fühlte bereits die Hand in seinem Nacken, wenn er nur daran dachte. Haarklein berichten über das, was dem Herrn Vater allemal leichter von der Hand gegangen wäre. Er schielte hinüber zum Klavier, aber das Instrument zog ihn nicht an. Er stand auf, stellte sich das Schreibzeug zurecht, spitzte eine Feder, holte einen Bogen Papier aus der Mappe. Seine Hand zitterte, als er den Kiel ins Tintenfass tauchte.

»Mon trés cher Père«, setzte er aufs Blatt mit leichtem Ton.

Er wollte mit dem Satz beginnen »Eigentlich will ich mich von den Herren Patrii im Arsch lecken lassen und weiterreisen«, aber mit dem Ansetzen der Feder verließ ihn der Mut. So furios durfte er nicht beginnen, sonst würde der Herr Papa ihn zurück nach Salzburg beordern. Er wollte mit seiner Meinung aber nicht hinterm Berg halten. Sollte der Vater sehen, wie schimpflich ihn seine Vaterstadt behandelte.

16

Maria Anna erschrak, als sie Wolfgang zur Kirchentür hereinschlüpfen sah. Seine Augen waren eingefallen, die Nase thronte übergroß und spitz und wie ein Furcht erregender Hammer im Gesicht, während seine Pockennarben je nach Gemütslage entweder kalkweiß fleckten oder feuerrot glühten. Sie nahm ihn stumm bei der Hand und zog ihn in die letzte Stuhlreihe der Heilig-Kreuz-Kirche.

Hand in Hand saßen sie dort, starrten auf den Hauptaltar, stumm. Durch den Stoff ihres Kleides hindurch fühlte

Maria Anna die Wärme seiner Schenkel, fühlte deren Nachgiebigkeit, fühlte, dass er nicht von ihr wegrücken wollte, sondern sich an sie schmiegte.

Seine Finger schlossen sich fester um die ihren. Sie erwiderte den Druck. Er begann, ihr eine Melodie in die Hand zu trommeln, bis sie kicherte, es aber weiter zuließ, dass er sie so kitzelte. Die Fingerkuppen begannen ihre Handfläche zu streicheln und in ihr zu kreisen. Er lockte sie mit seinen Fingerspitzen. Sie spürte dem Tremolo der Fingerkuppen nach, das sich langsam ausbreitete, den Körper durchzog, das Rückgrat hinauf- und hinunterschwirrte und auch vor den beiden Gesäßbacken nicht Halt machte, dort kitzliger wurde, verwirrender, dass es ihr warm aufstieg im Mieder, ihr die Brüste schwollen. Sie genoss es.

»Bist du dem Gottseibeiuns begegnet? Du siehst danach aus«, flüsterte sie, den Kopf gesenkt, als sei sie in Andacht versunken.

Wolfgang nickte eifrig. »Bin ich. Dem Vater einen Brief zu schreiben hat ein wenig davon.«

Maria Anna musste sich mit der Hand den Mund verschließen. Sie gluckste.

»So schwer?«

»Ein Kreuz ist es. Viel lieber würde ich …«

Er verstummte, und seine Miene verdüsterte sich.

Rasch blickte sie ihn von der Seite her an. Sofort begann ihr Herz in der Kehle zu schlagen. Sie konnte nicht mehr sprechen, musste sich räuspern. Warum stockte er? Sie versuchte ihre Stimme sanft klingen zu lassen, aber ihre Stimmbänder waren wie ausgedörrt. Sie rutschte eine Idee näher an Wolfgang heran.

»Was würdest du lieber?«

Maria Anna überlegte sich, wohin sie sich in diesem nasskalten Herbst zurückziehen könnten, aber es fiel ihr nichts Rechtes ein. Der Schuppen hinterm Haus des Vaters mit den Gartengeräten, Wolfgangs Zimmer. Wenn Sommer wäre, Sommer, dann könnte man sich in den Lechauen verlieren oder die Wertach entlang streunen. Dort kannte sie einige Lichtungen, verschwiegen und geeignet.

»Komponieren!«, hauchte Wolfgang, und im selben Augenblick flammte Maria Annas Gesicht in Purpurrot auf. Sie fühlte es wie ein Brennen auf den Lippen und unter den Lidern.

»Ach«, kam es tonlos über ihre Lippen, »komponieren. – Und warum tust du's nicht?«

Wolfgang zuckte mit den Schultern und schien noch weiter in sich zusammenzufallen. Es fiel ihm schwer, darüber zu sprechen.

»Vielleicht ist es der Nebel in dieser Stadt. Hier brennt kein Feuer. Nicht einmal die Gedanken glühen. Es ist, als hätten sie sich hinter den Ofen verzogen und warteten darauf, dass jemand einschürt«, sagte er.

Wieder kicherte Maria Anna. Sie musste bei dem Gedanken einfach lachen.

»Von wegen kein Feuer«, flüsterte sie. »Fühl, wie feurig alles ist.«

Entweder ergriff sie jetzt die Gelegenheit, oder Wolfgang würde tatsächlich mit seiner Frau Mama am Freitag abreisen. Sie nahm seine Hand und führte sie bis unter ihre Brust, drückte sie dagegen und musste gleichzeitig flacher atmen, weil sie ein heißes Gefühl packte, das sie zittern ließ.

Wolfgang zog seine Hand zurück, sobald sie diese losließ.

Hatte er nicht bemerkt, was sie getan hatte? Gleichgültig stierte er vor sich hin. Maria Anna war zu verblüfft, als dass sie gekränkt sein konnte. Hatte er nicht bemerkt, dass sie sich ihm gerade selbst angeboten hatte?

Vielleicht überforderte sie ihn. Schließlich saßen sie in einer Kirche. Sie bekreuzigte sich rasch und schielte zum Hauptaltar hinüber. Gott der Herr würde sie schon verstehen, schließlich hatte er die Liebe in diese Welt getragen, jetzt sollte er mit deren Folgen zurande kommen.

Sie wollte weiter in Wolfgang dringen, ihn ausfragen, was seine Gleichgültigkeit zu bedeuten habe, ob er denn nicht dieselben Gefühle für sie hege wie sie für ihn, ob er nicht wissen wolle, wie sie unter der Kleidung … Sie konnte den Gedanken nicht zu Ende denken, denn das Schlagen einer Tür und ein leises Tappen von Ledersohlen ließ sie auffahren.

»Wenn das nicht das Fräulein Mozart ist, und wenn ich recht sehe, dann sitzt neben ihr der verehrte Vetter, Wolfgang Mozart.«

Maria Anna stieß Wolfgang an, aber der sah noch immer mit finster verschlossener Miene vor sich hin, ganz abwesend, nicht bei sich.

»Das ist der Dechant Ludwig Zöschinger, Wolfgang. Jetzt grüß ihn schon.« Sie stieß ihm den Ellenbogen in die Seite. Damit hätte sie sogar einen Stier zur Räson gebracht, aber Wolfgang rührte sich nicht. »Er will dir die Orgel zeigen.«

Beim Wort Orgel hob Wolfgang erstmals den Kopf. Seine Augen blickten an dem Prälaten vorbei ins Leere.

»Mein lieber Mozart«, begrüßte ihn Dechant Zöschinger, »Ihr müsst unbedingt unsere Orgel bespielen. Sie ist wie ein …«, mit einem Blick auf Maria Anna korrigierte er sich rasch, »wie ein junges Reh, sanft und doch kräftig anregend – und reif. Bitte, kommt mit auf die Empore.«

Wolfgang erhob sich. Alles an seinen Bewegungen wirkte mechanisch, als wäre er einer der Automaten, die ab und an in Augsburg von durchreisenden Schaustellern gezeigt wurden.

»Jetzt sei nicht so«, flüsterte Maria Anna hinter Wolfgangs Rücken und kitzelte ihn in der Nierengegend. Aber Wolfgang tat, als fühlte er nichts.

Was war nur los mit ihm? Maria Anna betrachtete seine hölzernen Bewegungen. Sonst sprang er über Tisch und Stuhl, und heute widersetzten sich Arme und Beine dem Willen, als hielte sie jemand fest. Hinter Dechant Zöschinger her stolperte Wolfgang mehr die Treppe hinauf, als dass er ging. Maria Anna, die als Letzte lief, befürchtete, dass Wolfgang rückwärts fallen und sie mit sich hinabreißen könnte. Aber nichts dergleichen geschah.

Der Geruch des Dechanten, den er vor ihnen hertrug, belebte auch Wolfgang. Ludwig Zöschinger haftete nicht nur der Duft nach Weihrauch und Kerzenbrand an, wie er bei Kirchenmännern üblich war, sondern darunter oder vielmehr darüber mischte sich eine Note, die wie Frühlingsveilchen roch, süßlich frisch, anregend im Aroma. Maria Anna schloss immer wieder die Augen, wenn sie der Geruch zwischen Holzduft und Männerausdünstungen traf. Sofort fühlte man sich zu dieser Person hingezogen, wollte ihr nicht mehr von der Seite weichen. Woher hatte der Dechant das Duftwasser? Aus Paris?

»Soll ich sie Euch zeigen, oder kennt Ihr Euch aus, Mozart?«

Die Stimme des Dechanten klang eigenartig erregt, als erwarte er von Wolfgang ein Wunder, sobald sich dieser an die Orgel setzte. Doch Wolfgang weigerte sich, auf dem Orgelstuhl Platz zu nehmen. Er schüttelte den Kopf.

»Was ist mit dir?«, flüsterte Maria Anna.

Ihre Augen trafen sich, und sie konnte sehen, wie diese sich mit Tränen füllten.

»Ich bin leer«, flüsterte Wolfgang. »Verstehst du? In mir ist keine Musik mehr. Woher soll ich sie nehmen?« Er starrte auf seine Hände, deren Finger sich abspreizten wie bei einem Krampf.

Sie musste erst begreifen, was Wolfgang da gesagt hatte. Hatte er ihr nicht erzählt, dass er voller Musik stecke, dass er alles und jedes in Akkorde verwandle, und jetzt fühlte er sich leer? Warum?

»Versuch es«, sagte sie nur, hielt sich an seinem Arm fest, zog ihn an sich und gab ihm einen leichten Kuss auf die Wange. Wolfgang sah sie kurz an, lächelte gequält, rührte sich aber nicht von der Stelle. Erst als Maria Anna seine Hände nahm und sie an ihre Wangen presste, fühlte sie, wie sich der Krampf löste, wie die Finger geschmeidig wurden und sich bewegen ließen.

Dechant Zöschinger hatte keine Augen für die beiden. Mittlerweile war er auf den Orgelstuhl geklettert und hatte begonnen zu spielen. Maria Anna wunderte sich. Irgendwo im Hintergrund mussten Messdiener darauf gewartet haben, die Blasebälge zu treten, ohne dass sie es bemerkt hatte. Wieder feuerte ihr das Rot übers Gesicht.

Wolfgang musterte sie eindringlich. Die Hände hatte er an ihren Wangen gewärmt, und jetzt, als sie wieder aufglühten, glaubte er sicherlich, dass er der Grund für ihre Verlegenheit sei. Hinter ihnen brauste das Orgelprospekt auf. In ihrem Bauch wummerte der Bass behäbig. Dechant Zöschinger grinste zu ihnen herüber und schrie:

»Ist das nicht eine Stimme zum Lobe Gottes?«

»Versuch es«, flüsterte Maria Anna. »Mir zuliebe!«

Wolfgang räusperte sich. Ihr fiel auf, dass er beim ersten Ton der Orgel gezuckt hatte. Etwas war in ihm aufgebrochen.

»Jetzt Ihr, Mozart. Ich bin ein Holzklotz gegen Euch.«

Wolfgang nickte, kletterte auf den Stuhl. Maria Anna sah, dass seine Bewegungen geschmeidiger und sicherer wurden, sobald er mit Fußspitzen und Fersen die Basspedale zu treten begann. Tatsächlich glaubte sie zu hören, wie die Orgel von Heilig Kreuz tief einatmete, als Wolfgang in die Tasten griff. Sie streckte sich, räkelte sich genüsslich, als erwachte sie aus einem tiefen Schlaf, und dann brauste sie auf, dass sie den Mauern Jerichos gewiss gefährlich geworden wäre. Wolfgang saß nur auf dem äußersten Rand des Stuhls, schien über die Pedale zu gehen, sich mit den Händen abzustützen, die andererseits wieder über die Manuale wanderten, sich überkreuzten, parallel und gegenläufig sich verfolgten, einander fingen, sich verwirrten und entwirrten. Ohne auf die Musik zu achten, verfolgte Maria Anna nur die Bewegungen der Hände und Beine Wolfgangs und sah darin plötzlich, als würden die Gliedmaßen zu ihr reden, etwas anderes. Es war das Spiel der Zweisamkeit. Wolfgangs Gliedmaßen verhielten sich wie zwei Menschen, die sich fanden und wieder verloren, die sich ineinander verschlangen, sich trennten und wieder vereinigten.

Maria Anna schluckte. Wolfgang spielte für sie, nur für sie. Im selben Moment hörte sie die Musik selbst – und stutzte. Improvisierte er? Nein, er spielte nicht von sich, er ließ sich nicht von eigenen Gedanken leiten, er spielte – Bach. Das Stück hatte sie bereits gehört, von ihm selbst.

Der Dechant stand neben ihr, den Mund offen, als verhinderte eine geheime Macht, dass er ihn schließen könne.

Sein Gesicht verklärte sich. Wolfgang gewährte ihm im Augenblick sicherlich einen Einblick ins Paradies.

Warum spielte er nicht seine Stücke? Was hielt ihn davon ab zu improvisieren?

Maria Anna beobachtete Wolfgang genauer, und beim zweiten Hinblicken erkannte sie, dass seine lockere Fingerführung, dass die geschmeidig über die Basspedale laufenden Beine nichts Freies, nichts Offenes hatten. Was er zeigte, war Technik, nicht Gefühl. Er beherrschte das Orgelspiel, aber er legte keine Empfindung hinein, keine Stimmung. Die Musik wirkte kalt und herzlos, auch wenn sie überwältigend klar war.

Einer Eingebung folgend betrat sie den Orgelboden und legte eine Hand auf Wolfgangs Arm. Er sah sie an, und sein leerer Blick bestätigte ihr, was sie sich gedacht hatte.

»Es genügt«, flüsterte sie und war sich sicher, dass er ihre Worte im Klangraum der Orgel nicht hatte vernehmen können. Nur ihre Lippenbewegungen konnte er gelesen haben. Wolfgang löste den Akkordteppich, den er geknüpft hatte, wieder auf und trennte die einzelnen Pfeifentöne voneinander, um in einer letzten, sich aufbäumenden Kaskade die Orgel brüllen zu lassen.

Erschöpft sank er über das Manual, atmete schwer.

Maria Anna, die nicht mehr von seiner Seite gewichen war, legte ihm eine Hand über die Schulter und küsste ihn auf den Hals.

»Vortrefflich, mein Mozart, unvergleichlich. Ich glaube, niemals ist ein Instrument derart geprüft und für gut befunden worden.«

Aus dem Kirchenraum unter ihnen hallte ein Klatschen herauf, dort hatten sich offenbar die Patres des Klosters versammelt, als Wolfgang zu spielen begonnen hatte. Maria Anna aber sah nur Wolfgangs Hände. Die zitterten wie im Fieber.

17

»Du musst es dem Herrn Papa schreiben, Wolfgang.«

Sie hatte ihn zum Hotel begleitet und war ihm hinauf in sein Zimmer gefolgt. Bereits auf dem Weg dorthin hatte sie überlegt, ob sie sich nicht besser nach Hause bringen lassen sollte. Aber es war hellichter Tag, und sie waren niemandem begegnet, der sie kannte.

Die Tür zur Kammer der Tante stand offen. Sie saß vermutlich bei den Eltern am Mittagstisch, und alle warteten sie auf die Kinder. Die Kinder!

»Was hast du in Augsburg komponiert?«, fragte Maria Anna, nachdem sie eine ganze Zeit verlegen in dem Raum herumgestanden waren, ohne sich anzusehen, ohne sich zu berühren, und Wolfgang deutete auf das Bündel Noten. Auf dem Schreitisch am Fenster lag ein ganzer Stapel Papier. Mit der Zeilenfeder waren einzelne Bögen sorgfältig vorgezeichnet. Neugierig beugte sich Maria Anna über die Bögen, während Wolfgang sich setzte, blätterte sie durch. Sie waren leer. Kein Notenkopf war darauf zu sehen.

»Du hast also noch nichts komponiert, seit du hier bist?«

Er schüttelte den Kopf. Wie ein Häufchen Elend saß er auf dem einzigen Stuhl im Zimmer und starrte sie an.

Sie drehte sich zu ihm um und stemmte die Arme in die Hüfte. Mit einem Anflug von Traurigkeit im Blick beobachtete er sie. Sie sah genau, wohin seine Augen wanderten: Er blickte ihr jedenfalls nicht in die Augen.

»Soll das heißen, dass dir zu mir kein einziger Akkord im Kopf herumgegangen ist? Wie darf ich das verstehen? Fällt dir zu mir nichts ein?«

Sie näherte sich ihm mit einem bedrohlichen Gesichtsausdruck, als wollte sie ihn beißen, aber dann ließ sie einen

Arm vorschnellen und begann, ihn zu kitzeln. Wolfgang verhielt sich gleichgültig.

»Ich bin nicht kitzlig«, sagte er nur, als ginge ihn das alles nichts an. Sie versuchte es trotzdem weiter.

»Jeder Mensch ist kitzlig!«, antwortete sie und versuchte mit der anderen Hand zuerst unter der Achsel und dann hinter den Ohren ihr Glück.

»Wirklich jeder?«, wollte er wissen und zog die Augenbrauen hoch. Maria Anna ahnte, was das zu bedeuten hatte. Bevor sie reagieren konnte, hatte er sie bereits gepackt, warf sie aufs Bett und fuhr mit der Hand unter die Achsel. Sie versuchte ihren Schreckensschrei zu dämpfen, aber seine Finger verhinderten dies gründlich. Sie lachte Tränen. Wolfgangs Finger fuhren wie hundert Ameisenbeinchen über ihren Rücken, unter die Achsel, an ihren Hals, dass ihr die Luft ausging. Das Mieder verhinderte ein freies Atmen.

»Lass mich«, keuchte sie und kicherte wie drei Mädchen zusammen, aber Wolfgang ließ nicht locker. Immer wieder kehrten die Hände zurück, strichen den Rücken hinauf, fanden die offenen Stellen unterm Hals, die sie beinahe verrückt werden ließen, bis sie nur noch japste. Sie wälzte sich hin und her, versuchte zu entkommen, aber seine Arme waren schneller, seine Hände griffen zu, seine Finger krabbelten und zappelten über ihren Körper. Sie fühlte, dass er mehr berührte, als nur ihren Rücken oder die Achseln oder den Hals, konnte aber nichts sagen, wollte es auch nicht. Sie krümmte sich, stöhnte vor Qual und lachte sich die Lunge aus dem Leib.

»Bitte!« Sie kicherte und keuchte. »Bitte!«

»Was bekomme ich dafür?«, versuchte Wolfgang zu verhandeln, und als sie »Nichts!« sagte, verstärkte er das Krabbeln und Kreisen der Finger.

Sie gab allen Widerstand auf. Sie war erschöpft, kämpfte mit Luft und Atem. Seine Hand begann über ihr Gesicht zu streifen, die Wangen nur mit den Fingerspitzen zu berühren. Wie hart sie waren, diese Fingerspitzen, und doch so unglaublich empfindsam. Sie teilten ihr das Pochen seines Herzschlages mit, der ebenso wie der ihre raste.

Sie schloss die Augen, genoss es, dass die Finger über ihre Oberlippe glitten, den Lauf der Lippen nachzogen, sich bis zum Ohr tasteten und von dort über die Augenlider den Hals hinabglitten. Sie wartete, wartete auf den Kuss, den er von ihr fordern würde, und überlegte sich, ob sie ihn gewähren lassen durfte. Ein wohliger Schauer durchlief sie. Wolfgangs Hand glitt über ihren Hals zum anderen Ohr hinüber, fand zurück, lief, diesmal etwas tiefer. Dann fühlte sie, wie sich sein Atem ihrem Hals näherte, wie er ihr Kinn küsste. Sie wollte schlucken, aber es gelang ihr nicht. Seine Finger glitten über den Ansatz ihrer Brust, ließen die Härchen dort zittern, fuhren den Ausschnitt entlang. Es schüttelte sie. Sein Mund folgte dem Weg der Hand, während sie überlegte, wann sie Halt sagen musste.

Wolfgangs Mund küsste den Ansatz ihrer Brust. Sie spürte die Lippen, ein wenig rau und spröde, auf der weichen Haut, die speichelnde Feuchtigkeit seiner Zunge, die sich unter das Mieder drängte.

Obwohl sie noch immer erschöpft nach Luft rang, war sie von einem Augenblick auf den anderen plötzlich völlig klar bei Verstand. Die Erregung, die Spielfreude, das Zittern, all das wich einer klaren und kühlen Überlegung: Du musst ihn bremsen.

»Bitte, Wolfgang. Hör auf!«, flüsterte sie und versuchte sich aufzurichten. Sie wusste, dass sie sich jetzt überwinden musste, denn nichts wäre ihr im Augenblick lieber gewesen, als sich gehen zu lassen. Aber ihr Verstand bremste. Es durfte nicht sein. »Nicht jetzt!«

»Willst du nicht?«, fragte er. In seiner Stimme klang die ganze Irrung dieses Augenblicks mit.

Wie gut sie ihn verstand, wie gut sie seine Enttäuschung nachfühlen konnte. Aber in ihrer Lage durfte sie nicht nachgeben.

»Bitte!« Maria Anna setzte sich auf. Wolfgang blieb in ihrem Rücken liegen. Automatisch griff sie nach ihrer Frisur, drückte sie zurecht. Sie musste unbedingt in einen Spiegel sehen, bevor sie nach Hause zurückging. »Wie stellst du dir das vor, Wolfgang?«, sagte sie nur und spielte mit dem Gedanken, dass seine Hände nicht von ihr ließen, dass sie weiter forderten, suchten, griffen. Sie musste schlucken.

Seine Hand berührte ihren Rücken, streichelte langsam ihr Rückgrat hinauf und hinunter. Wieder schluckte sie trocken.

»Zumindest ein Kuss steht mir noch zu«, schmollte er hinter ihr. Maria Anna musste lächeln. Sie schwitzte, fühlte die Feuchtigkeit unter den Achseln, aber auch die Erregung zwischen den Schenkeln. Sie drehte sich zu Wolfgang um, sah ihn an. Seiner Miene entnahm sie, dass er sich mehr erwartet hatte, dass er gehofft hatte – wie weit mit ihr zu gehen? Sie lächelte ihn an und beugte sich zu ihm herab, gab ihm einen Kuss, auf die Stirn zuerst, dann auf die Wange, zuletzt auf den Mund. Kurz nur, aus Angst davor, sich wieder bremsen zu müssen und nicht stark genug zu sein. Ihre Lippen blieben einander nah, obwohl sie sich wieder etwas entfernen wollte. Aber eine Kraft zog sie aneinander, der sie unmöglich widerstehen konnte. Seine Zunge berührte ihre Lippen, sie schmeckte seinen Speichel, der süß schmeckte, leckte ihn ab, berührte seine Lippen, und dann versank sie in seinen Lippen, weil er sie an sich presste.

Wie lange dieser Kuss gedauert hatte, konnte sie nicht sagen, sie wusste nur, dass es ein endloses Fühlen und Geben und Nehmen gewesen war, ein Forschen und Suchen im Mund des anderen. So hatte sie sich einen Kuss nicht vorgestellt, so atemlos und nass, so hungrig und satt machend.

Maria Anna wälzte sich auf den Rücken, starrte an die Decke. Niemals mehr wollte sie dieses Gefühl vermissen.

»Ich höre wieder Akkorde«, flüsterte Wolfgang. »Ein wenig verzerrt, aber …«

Auch er starrte zur Decke. Ihr Kopf lag auf seinem Oberarm. Sie musste, um ihn zu sehen, die Augen verdrehen und ihren Kopf überstrecken.

»Was heißt das, du hörst wieder Akkorde?«

Wolfgang ließ eine ganze Weile verstreichen, in der er sich weder rührte noch sonst ein Lebenszeichen von sich gab. Maria Anna fühlte den warmen Arm in ihrem Nacken. Sie glaubte bereits, er sei eingeschlafen, als er plötzlich zu reden begann:

»Mein Ohr ist wie ein riesiger Schalltrichter, an dessen Ende eine Überempfindlichkeit sitzt, ein Gespür, feiner gewoben als jedes Spinnennetz. Es reagiert auf die geringste Berührung.« Wolfgang stützte sich wieder auf einen Arm, sah sie von oben herab an, streichelte dabei ihre Wangen. »Die göttliche Sphärenmusik verklingt niemals. Weißt du, wie das ist? Keinen Schritt machen zu können, ohne an Akkorde zu denken, Akkorde zu hören, Akkorde zu fühlen?« Er zog seine Ohrmuschel in die Länge. »Ich sehe mit diesen Krüppelohren.« Wolfgang ließ sich auf die Matratze zurückfallen und starrte mit großen Augen die Decke an. Seine Stimme wurde leiser. »Und plötzlich verstummt diese beständige Untermalung der Welt und macht einer hallenden Stille Platz. Das ist zugleich Marter, Pein, Schmerz und langsame Zerstörung, der man nicht entrinnen kann. Die unglaublichsten Gedanken schießen einem durch den Kopf. Bin ich krank? Verrückt vielleicht? Hat mir der Herr die Begabung wieder genommen, die er mir ungefragt aufgebürdet hat?«

Maria Anna hatte Wolfgang zugehört, ohne ihn zu unterbrechen. Sie glaubte, ihn zu verstehen und eine Antwort auf seine Angst zu haben.

»Ich …!«, sagte sie nur, verschluckte das »liebe dich«, weil ein Mädchen das nicht sagte. Sie schloss die Augen. Er würde wissen, was sie hatte sagen wollen. Wenn er sie jetzt küsste, würde sie sich ihm nicht verweigern. Sie verstand, warum er wie gelähmt war. Auch er musste sich erst an diesen einen Gedanken gewöhnen. »Erzähl mir«, flüsterte sie.

»Wovon?«

»Von dir hier in Augsburg, von mir, von deiner Furcht vor dem Herrn Papa. Er steht hinter dir, nicht? Manchmal kann ich ihn regelrecht sehen. Du drehst dich nach ihm um oder schüttelst ihn von deiner Schulter. Unwillkürlich. Als legte er seine Hand darauf und drückte dich.«

Wolfgang schwieg. Sie wusste, dass sie einen wunden Punkt getroffen hatte.

»Ich kann nicht!«, sagte er nur.

»Dann wird dein Gehör verkümmern«, flüsterte sie.

18

Wolfgang schnupperte. In kurzen Abständen stieg ihm ihr Geruch in die Nase, der Duft ihres Kusses, vermischt mit dem ihrer Haut am Hals unterhalb des Kinns. Er roch nicht das kölnische Wasser, das sie verwendete, er roch ein Aroma, das zu ihr gehörte, ihr eigenes war, ihr ursprüngliches, unverfälschtes. So roch ihre Haut, wenn die Duftwässer die Dünste von Tag und Tätigkeit nicht überdeckten. So roch sie zwischen ihren Brüsten ein wenig nach Talg, nach Schweiß und … er fand dafür keine Sprache, konnte es nicht beschreiben, allenfalls hätte er dafür Noten gefunden, eine musikalische Stimmung, eine Melodie. Auch ihr Kussspeichel roch. So süß, so stark, dass er eine atemlose Gier verspürte, wenn ihm der Duft in die Nase stieg, wenn er ihn mit der Zunge von den Lippen leckte.

»Ich kann dich riechen«, hatte er ihr gesagt, als er hinter ihr die Treppe hinabgestiegen war, und zuerst schien sie darüber erschrocken gewesen zu sein. Erst als er »gut riechen« hinzugesetzt hatte, hatte sich ihre aufgeschreckte Miene in eine zufriedene verwandelt. Auf der Straße hatte sie sich dann untergehakt, und beide waren sie stumm nebeneinanderher gelaufen. Am Dom vorbei zum Marktplatz vor dem Rathaus. Immer wieder hatte er in die Luft geschnuppert und ihr Aroma eingefangen, das so eigen war. So intensiv hatte es ihn die letzten Tage nicht gelockt.

»Ich sehe deinen Duft«, hatte er endlich zu ihr gesagt.

»Du siehst ihn?«

»Ja, er ist bläulich und flüchtig wie der Morgennebel. So huscht er über die Notenzeilen, die ich mir hier«, er tippte an seine Stirn, »eingraviert habe. Leichte Akkorde, schwebende Harmonien. Ich kann das Aroma unter deinem Hals sehen.«

»Wolfgang, Wolfgang, du bist einfach zu verrückt«, tadelte sie ihn und lachte verschämt. Dabei beugte sie sich vor und zog ihn fort wie einen Karren. Aus ihrem Mieder stieg ihr Aroma auf.

Vor seinem inneren Auge färbten sich Notenlinien. Jede Tonart besaß ihre eigene Farbe, ihre unverwechselbare Nuance.

»Glaub mir, ich kann jeder Note, ein Viertel, Achtel oder Sechzehntel, jeder Tonleiter, jeder Zeile eine eigene Farbe geben. Die Welt ist bunt, warum sollte die Musik tintenfarben sein?«

Sie blieb stehen und sah ihn an, als wäre er in den letzten Minuten ein Fremder geworden. Um sie herum strömten die Menschen. Die Annastraße war voller Fußgänger, die ihnen neugierig nachsahen.

»Und welche Farbe hat die Liebe?«, fragte Maria Anna nach einer Weile. Wolfgang wäre die Frage beinahe entgangen, weil eine Kutsche an ihnen vorüberrasselte.

»Welche Liebe, Maria Anna?«, versuchte er seine Antwort hinauszuzögern. Er war überrascht, musste nachdenken. »Was ist denn Liebe?«

Sie senkte den Kopf, dann zog sie ihn weiter. Sie hatte ihre andere Hand so um ihren Unterarm gelegt, dass sein Arm wie in einer Schlinge gefangen saß. Er musste ihr folgen. In einem Bogen führte die Straße auf die Annakirche zu und zum Tor hinaus.

«Was ist Liebe?«, wiederholte sie, ging ein paar Schritte, dann stieß es aus ihr heraus, als hätten diese Sätze darauf gewartet, ausgesprochen zu werden. »Ich kenne die Liebe nicht und bin mir nicht einmal sicher, ob ich sie erkennen würde, wenn sie mich berührte.«

Sie sprach leise. Wolfgang musste sich ganz zu ihr hinüberbeugen, um alles zu verstehen.

Sie spazierten durchs Gögginger Tor. Die Wertachebene breitete sich vor ihnen aus, durchbrochen von Feldgehölzen, die das Land in Parzellen unterteilten. Auf den Wiesen und Feldern lag eine Nässe, die im Sonnenlicht, das zwischen den rasch ziehenden Wolken hindurchbrach, zu Nebel verdampfte. »Wie flüchtig alles ist«, sagte er. »Wenn man Regen und Sonne ließe, würden sich die Wege in Seen verwandeln, in Schlammlöcher, die mit den Jahreszeiten zuwachsen und verschwinden würden – und irgendwann bliebe nichts von der Wagenspur übrig, die jetzt andeutet, dass dort die Straße ins Schwäbische hinüberführt.« Maria Anna hängte sich fester an seinen Arm. Offensichtlich gefiel ihr der Vergleich nicht. »Memento mori«, flüsterte er. »Nur die Liebe verleiht dem Augenblick Dauer.«

»Wie soll das denn gehen?«, spöttelte Maria Anna, aber ihr Tonfall klang in seinen Ohren nicht überzeugend. Wie Tänzer bewegten sie sich von Grasbüschel zu Grasbüschel. Sie hatte seinen Arm freigegeben und sprang voraus, die Schnürschuhe bereits feucht und nassdunkel.

»Liebe, das ist nicht nur ein Gefühl. Es ist …«, er zögerte, weil sie beide einem großen Schlagloch ausweichen mussten, das bis an den Rand mit Wasser gefüllt war. Wer dort hineinrutschte, der versank.

»Was ist es? Sag's mir! Bitte!«

Statt zu antworten, begann Wolfgang zu summen. Er summte eine Melodie vor sich hin, die plötzlich da gewesen war, als er Maria Annas Duft erstmals wahrgenommen hatte. Ebenso leicht und flüchtig wie dieser.

»Hör zu«, sagte er einfach und trällerte ihr seine Melodie vor. »Das ist Liebe. Dieses Schwebende, dieses Leichte, das einen Schauer auslöst, wenn es dich berührt. Es nimmt dir Angst und Unsicherheit, und es schafft ein Verlangen nach Nähe.«

Wolfgang blieb stehen. Die Mauern der Stadt lagen hinter ihnen. Rechts und links zweigten kleinere Wege, die von Gehölz überwuchert wurden, zu einzelnen Feldern ab.

Von fern hörte man das Schnaufen von Ochsen, die einen Karren zogen, das Peitschen des Ziemers, die Schreie des Fuhrwerkers. Ein kalter Wind fuhr unter die Kleidung, wenn man sich in den Schatten begab.

»Liebe ist …«, Wolfgang ließ sich von Maria Anna in einen der Seitenwege zwischen zwei niederen Gehölzen hineinziehen,

»… Humbug«, ergänzte sie den Satz mit einer Heftigkeit, die ihn überraschte. »Das sag ich dir. Sie soll uns Mädchen die Augen verschließen und uns willig machen. Es gibt sie nicht. Sie ist – eine Erfindung der Männer! Und eine schlechte dazu.«

Bevor Wolfgang reagieren konnte, hatte sie sich von ihm losgerissen und sprang den Weg hinauf, über den zwei riesige Haselsträucher ihre langen Arme breiteten.

»Sie ist mehr«, rief er ihr hinterher, wollte aber nicht auf ihr Spiel eingehen. »Sie ist ein großes Wollen, ein Warten, ein Wirken. Sie ist die eigentliche Musik der Herzen.«

»Was du nicht sagst«, spöttelte es aus dem Gezweig vor ihm.

War sie den kleinen Hang dort hinaufgestiegen? Jetzt beschleunigte er seine Schritte, suchte sie. Der Weg beschrieb eine Biegung, lief leicht einen Anstieg hinauf bis auf eine Wiese hinaus und endete an einem Gehölz. Maria Anna war verschwunden. Sie hatte sich zwischen den Büschen und Bäumen versteckt. Er drehte sich, hielt nach ihr Ausschau, konnte sie aber nirgends entdecken. Die Sonne flutete plötzlich aus den Wolkenbergen herab und schüttete eine glitzernde Helligkeit über die nassen Blätter der Wegsträucher.

»Ich singe dir von der Liebe«, rief er in die Büsche hinein und begann ihr Thema zu intonieren, von ihrer Duftfarbe zu singen. Trällerte, sang, summte, brummte, pfiff, flötete, piepste, zirpte, zwitscherte und horchte auf jede Bewegung, die in den Büschen am Wegrand Maria Anna verriet. »Liebe ist auch Erwartung«, sagte er endlich, »sie ersehnt, erhofft, erträumt – und lässt alles Imaginierte zur Wirklichkeit gerinnen.«

»Sie macht vor allem blind«, hörte er sie hinter sich aus nächster Nähe sagen und fuhr herum.

Sie stand keine zwei Schritte von ihm entfernt, mit losen Blättern im Haar und auf dem Kleid. Ein Blatt war ihr ins Dekolleté gefallen und lag dort wie eine ganze Note zwischen zwei Notenzeilen. Wolfgang fasste Maria Anna bei den Schultern, bückte sich nach vorne und holte das verirrte, gelblich verfärbte Laub mit den Lippen aus ihrem Ausschnitt. Er fühlte ihr Herz schlagen, er hörte ihren Atem als Bläseruntermalung, er vernahm das Rascheln der Spitzen über dem Ausschnitt. Sie rührte sich nicht, in ihm brausten Akkorde auf; sie sagte nichts, in ihm schlugen Zimbeln und Pauken; sie stand unbeweglich, in ihm arbeiteten die Geiger, formten und hoben und längten, bis er das Blatt ausspuckte. Rote Flecken überzogen ihren Hals, als er sich wieder aufrichtete. Wolfgang war wie betäubt von ihrem Frauenduft.

»Es hat auch mit Vertrauen zu tun, das Vertrauen, Grenzen nicht zu überschreiten.«

»Wenn es denn Grenzen gibt«, flüsterte sie, und erst jetzt sah Wolfgang, dass Maria Anna die Augen geschlossen hielt.

Langsam näherte er sich ihren Lippen, feuchtete die seinen an, da er sah, wie trocken ihre vor Aufregung waren, wie kleine weiße Hornhautstücke abstanden. Mit der Zunge zuerst berührte er diese Lippen, die ihm nicht auswichen, strich sanft darüber, rieb seine Lippen an den ihren. Geigen zirpten, dass ihm ein Schauer über die Arme jagte.

Maria Anna zuckte, langte mit der Hand an den Hals, zuckte wieder. Ihre Lippen kräuselten sich.

»Was krabbelt da?«, fragte sie, bereits den Schrecken in der Stimme.

Wolfgang, dessen Motiv zusammenbrach, schaute auf.

»Wo?«

»Am Hals. Hier!« Sie deutete mit einem Finger auf eine Stelle, an der Wolfgang tatsächlich ein kleines Tierchen mit Flügeln entdeckte, das er versuchte mit den Fingerspitzen abzuzupfen, das sich ihm aber mit seinen nach innen gebogenen Krallen lange verweigerte, bis er es packen konnte, knackte, wegschleuderte. »Sag, was ist es?«

»Eine Zecke«, informierte er so ruhig wie möglich, aber gleichzeitig erfüllte ein hysterischer Schrei den Blätterdom. Wie wild schlug Maria Anna um sich, streifte den Hals entlang, kreischte, fuchtelte, stampfte mit den Beinen und ließ sich nur langsam beruhigen.

»Ich will zurück, bring mich zurück!«, keuchte sie atemlos, mit erstickter Stimme, mit Furcht, bis er sie so weit hatte, dass sie ihm gewährte, sie abzusuchen. Mit Zeige- und Ringfinger pflückte er drei Tierchen aus ihrem Haar und weitere vier vom Kleid. Er drehte sie langsam, betrachtete sie, streifte Blätter und Zweigwerk vom Kleid, durfte auch unter den Spitzenbesatz des Dekolletés sehen, den Rücken hinabtasten. Es schüttelte sie. Überall verspürte sie ein Jucken und scheuchte ihn von Körperteil zu Körperteil. Wolfgang wusste nicht mehr, ob es Spiel war oder Ernst, ob sie Vergnügen dabei empfand oder es nur aus Ekel zuließ. Unter ihren Duft mischte sich eine herbere Note, die Angst.

»Man sollte dich untersuchen, ob womöglich eine Zecke unter das Kleid geschlüpft ist. Sie beißen sich gern in den Leisten und unter der Achsel fest«, sagte er.

Maria Anna beruhigte sich und sah ihn mit einem merkwürdigen Blick an. Ihr Gesicht glühte.

»Das müsste man«, gurrte sie.

19

Wolfgang saß vor ihr und kaute auf dem Federkiel herum. Aus der Küche drangen die Stimmen der beiden Mütter herüber wie ein beschwörender Singsang, ein mystisches Raunen, als würden Delphis Priester das Orakel befragen.

Wolfgang legte den Kopf schief, lauschte. In seinen Augen lag eine glasige Abwesenheit, ein Spiegeln, das Maria Anna zeigte, dass er mit den Gedanken nicht bei der Sache war.

Sie trat hinter ihn, massierte ihm den Hals. Er legte den Kopf zurück, genoss ihre Hände.

»Warum sperrst du dich so gegen den Brief an den Herrn Papa?«

»Ich sperre mich nicht«, sagte er, und schmeichelte sich mit der Feder um den Mund. »Papa sperrt sich. Er will wissen, wie es uns geht, ob wir Geld genug verdienen, ob wir sparsam sind mit den Reisekosten, ob wir uns bei Fingerlin gemeldet haben und bei Gignoux, bei Langenmantel und Graf. Alles will er wissen. Ob das Bäsle nett ist und wie es der Frau Tante geht, wie die Geschäfte des Oheims laufen und ob der Verleger Lotter seine Violinschule gut verkauft, wie der Frau Mama die Reise bekommt und ob ich eine Akademie spiele, womöglich zweie, damit wir unsere Kosten tragen. Zu viel will er. Einfach zu viel.«

Wolfgang seufzte tief. Sie strich ihm über das gepuderte Haar, das sein eigenes war und sich dennoch mehlig und hart anfühlte. Er litt.

»Um all das in den wenigen Tagen unterzubringen, womit er uns von Salzburg aus beauftragt, müsste ich im Eilschritt durch die Stadt springen und könnte kaum verschnaufen. – Dabei ist das Springen doch so eine Lust.«

Sie hatte nicht bemerkt, dass seine linke Hand sich bis zu den Waden hinuntergestohlen hatte und sie jetzt ins Bein zwickte. Sie schrie kurz und hell und sprang beiseite. Wolfgang beugte sich über seinen Brief, als wäre nichts geschehen.

»Du Sapperment!«, fuhr Anna Maria auf.

Wolfgang drehte sich zu ihr um, sah sie mit einem Blick an, der einen Erzengel zum Einsehen gebracht hätte.

»Was denn, Bäsle-Häsle? Warum springst du so hirschisch und langöhrisch durchs Gehäus?«

Sie musste ihre Zähne zusammenpressen, um nicht laut aufzulachen. Diesem Filou würde sie es zeigen. Der würde etwas erleben.

»Schreib, Kasper und Sappermentskerl. Wenn du den Brief beendet hast, lass mich ein paar Zeilen an den Herrn Oheim anhängen, damit er die wahren Gründe erfährt, nach denen sein missratener Herr Sohn sich schöne Tage in Augsburg macht, die Verwandtschaft piesackt und selbst unnütz herumlümmelt. Gerade dass er ein wenig seine Finger und das Mundwerk traktiert, sonst würde beides einrosten.«

Sie setzte sich wieder Wolfgang gegenüber, nahm ihren Stickrahmen auf und begann die geometrischen Muster darauf fortzusetzen. Ein Schnupftuch für ihre Aussteuer sollte es werden, ein grobes für den zukünftigen Ehemann. Sie konzentrierte sich auf den Kreuzstich und beobachtete gleichzeitig aus den Augenwinkeln heraus den Vetter, der sich die Zunge zwischen die Lippen steckte und tatsächlich zu formulieren schien. Schweißperlen standen ihm auf der Stirn, die Tinte kleckste. Federkratzen, Schaben, das harte Eintauchen des Kiels in das Tintenfass.

Die Eintönigkeit des Schreibens hätte sie beinahe getäuscht, aber eine merkwürdige Bewegung ließ sie neugierig werden. Wolfgang schrieb nicht von links nach rechts, er führte seine Feder mindestens ebenso häufig von oben nach unten.

Rasch erhob sie sich und ließ ihm keine Zeit, das Blatt unter dem Briefpapier verschwinden zu lassen.

»Was machst du denn? Die Frau Tante hat gesagt, du solltest an den Oheim schreiben, aber du ...« Wolfgang grinste sie frech an. »... du komponierst!«

»Psst!« Er hob seinen Finger an den Mund. »Für dich!«

»Für mich?« Maria Anna drehte das Blatt, las Notenzeile um Notenzeile. Zwar spielte der Vater hinlänglich Klavier, auch sie hatte Unterricht genossen, aber eine Partitur aus dem Stegreif nachzusingen, gelang ihr nicht. Sie konnte nur leidlich singen, keinen Ton halten, nur mit Begleitung überhaupt einen Ton treffen. »Was ist das?«

»Ein Kanon. Vierstimmig.« Wieder drehte sie das Blatt fachmännisch, ohne zu wissen, ob das, was er sagte, stimmte. »Auf deinen Namen: Maria Anna. Hör zu.«

Er summte leise vor, sang ihren Namen. Entzückt lauschte sie der aufsteigenden Tonfolge.

Das Gespräch in der Küche zwischen den beiden Frauen verstummte, und sofort verstummte Wolfgang. Rasch schob er das Blatt unter den Stapel und tauchte seine Feder in das Tintenfass.

Mit der Zunge fuhr er über den seidigen Kiel, setzte die Feder an. Wolfgang schrieb und sprach sich seine Worte vor: »... wer würde sich das vom Langenmantel einbilden – Pardieu, wenn er gewollt hätte, so hätte es gehen müssen ...«

»Wie weit, Wolferl?«, fragte die Frau Mama und steckte den Kopf zur Tür herein.

Maria Anna saß wieder vor Wolfgang, die Stickarbeit über den Schoß gebreitet. Nur sie sah, dass er die Augen verdrehte, eine Grimasse schnitt, während er antwortete:

»Es geht, wie's gehen muss. Langsam. Die Tage her hab ich viel zu erzählen.«

Er streckte ihr die Zunge heraus, fuhr mit ihr, der spitzen, langen, bis hoch zu seiner Nase, als wollte er dort bohren.

Maria Anna versuchte beiseite zu blicken, um nicht loszukichern, aber es gelang ihr nicht. Wolfgangs Mienenspiel hielt sie im Bann. Als würde er sich ein zweites Gesicht überstülpen. Was steckte in diesem Kerl noch alles? Ein Hanswurst obendrein. Ein Hallodri und Possenreißer neben dem Komponisten und Musikus.

»Wenn du fertig bist, will ich dem Vater noch einen Satz darunter schreiben!«, sagte die Mutter. »Wir gehen auf den Markt, die Tante und ich.«

»Ich werd den Brief heute noch fertig machen«, antwortete Wolfgang. Seine Mutter zog den Kopf zurück, unterhielt sich wieder in diesem leichten Plauderton mit ihrer Schwägerin, hustete zwischendurch. Wolfgang fuhr auf. »Ich werde dich fertig machen!«, deutete er einen Schrei an, begann mit einem gedachten Degen zu fechten, machte einen Ausfallschritt, spießte den Brief auf, wirbelte ihn durch die Luft, zerfetzte ihn mit drei, vier gezielten

Hieben und trat dann mit dem Absatz gegen die Fetzen. Maria Anna kämpfte gegen das Lachen.

»Ist etwas?«, fragte die Frau Mama nach, der das Herumspringen wohl zu Ohren gekommen war.

»Nein!«, beeilte sich Wolfgang zu versichern und schlitterte wieder auf seinen Platz, zurück zu Papier und Tintenfass und Feder. »Ich kämpfe mit den Formulierungen.«

»Du bist doch ein Springginkerl!«, flüsterte Maria Anna und zog einen Faden durch den Stoff.

»Wenn du so weitermachst, dann wird es nie etwas mit dem Brief – und der Herr Oheim wird geharnischt mahnen. Vielleicht kommt er ja auch selbst.«

Sie hörten, wie die beiden Frauen das Haus verließen.

»Du hast Recht. Aber kann ich neben so einem Feger wie dir sitzen und ruhig nachdenken? Das kann ich nicht.«

»Soll ich gehen?«

»Ob du gehst oder bleibst, meine Gedanken halten dich fest, es ist also einerlei.«

Wolfgangs Stimme blieb tonlos. Maria Anna war verblüfft. Spielte er mit ihr? Das Kratzen der Feder war das einzige Geräusch, das für Augenblicke zwischen ihnen stand.

»Einerlei also! Noch vor zehn Minuten hast du in meiner Anwesenheit geträllert und gepfiffen und mich als Muse benutzt, und jetzt ist es dir einerlei, ob ich im Zimmer bin oder nicht.«

Maria Anna stand auf, legte ihren Stickrahmen beiseite.

Wolfgang rührte sich nicht, schrieb weiter, den Kopf aufs Papier gesenkt, damit er genug sah.

Er beachtete sie tatsächlich nicht. Sie tat einen Schritt vorwärts, Wolfgang tauchte die Feder ins Tintenglas, streifte sie ab, schrieb weiter. Rasch wollte sie an ihm vorbei und das Zimmer verlassen. Mit solch einem Dalg in einem Raum, das hielt sie nicht aus.

Aber kaum war sie auf seiner Höhe, schnellte sein Arm vor, fing sie ein. Er schlang sich um ihre Beine, um ihre Hüfte, zog sie zu sich heran. Sie wehrte sich, hämmerte mit ihren Fäusten auf den Arm ein, bis sie auf seinem Schoß saß. Mit ihrem bauschigen Rock durfte sie das Tintenfass nicht umstoßen, dachte sie noch, als sich Wolfgangs Kopf bereits zwischen ihre Brüste wühlte.

»Was soll das?«, fragte sie, bereits nicht mehr so energisch. »Frauen erobert man anders. Ich bin kein Mensch von der Straße, das alles mit sich machen lässt.«

»Alles musst du dir nicht gefallen lassen!«, flüsterte Wolfgang und küsste ihr Mieder, rieb beide Wangen an ihrem Kleid, beschnupperte ihren Ausschnitt. Von unten sah er sie an.

»Ich habe dir ein Lied geschrieben. Du musst es singen.«

Sie lachte verlegen. »Singen? Nein, ich singe nicht gut genug für dich.«

»Lass es mich vorsingen und spielen!«

»Aber«, warf Maria Anna ein, die das halb leere Blatt mit dem Kanon auf ihren Namen unter dem Brief erinnerte, »es ist doch nicht fertig.«

Sie spürte Wolfgangs Lachen, weil er versuchte, mit den Zähnen die Schnürung des Kleids vor ihrer Brust zu lösen.

»Hier ist es längst fertig. Im Kopf. Ich muss es nur niederschreiben.«

Sie wand sich aus seinem Arm, drückte ihn von sich, blieb aber auf Wolfgangs Schoß sitzen. Sie nahm seinen Kopf in beide Hände, sah ihm in die Augen.

»Spiel es mir vor, Wolfgang«, flüsterte sie, und ihre Stimme klang dabei rau und heiser.

20

Wolfgang konnte nicht anders. Er musste springen. Jetzt stritten sie sich um ihn, jetzt forderten sie eine Akademie, jetzt fühlten sie sich von ihrer Ignoranz beschämt. Er eilte von Musikdirektor Graf zur Mutter ins *Weiße Lamm*. Er hatte ihr versprochen, dass sie heute zusammen zu Mittag aßen. Er hatte Hunger. Sein Kopf voller Gedanken, die Finger kribbelig, die Beine juckten. Fingerlin war da gewesen, Stein, Graf ohnehin. Auf ihn eingestürmt waren sie, hatten ihn bekniet, doch heute am späten Nachmittag eine Akademie in der Geschlechterstube zu geben, den protestantischen Patriziern zuliebe. Fingerlin hatte ihn nicht nur gebeten, er war vor ihm auf die Knie gefallen, hatte ihm dafür Geld in Aussicht gestellt.

Seine Faust schoss in die Höhe. Es drehte ihn. So musste man es machen, nicht wie der Vater, der bettelte und bat und diese ganze Schranzenwirtschaft umschwänzelte. Hart musste man bleiben, wie er, Wolfgang, seine Abreise ankündigen – dann zuckten sie, diese trägen Kaufmannsärsche, dann zwackte das Gewissen – und dann musste man seinen Sieg einfahren. Zwei Akademien würde es geben, heute gegen Abend und am 22., das war nächsten Mittwoch, öffentlich, in den Räumen der Herren Fugger. Wolfgang drehte sich, sprang beherzt über einen Ablaufgraben, pfiff und tanzte und drehte sich mit weit ausgebreiteten Armen. Die Menschen auf der Straße sahen ihm nach, und er streckte ihnen die Zunge heraus. Übermut quoll aus ihm, und er musste irgendwohin damit. Er war nicht irgendwer, er war Mozart, Wolfgang Amadé Mozart, *der* Wolfgang Amadé Mozart, Komponist, Musikus, Künstler. Mit ihm musste man rechnen, mit ihm musste man sich gut stellen. Er kuschte nicht, nein, er wollte hofiert werden, er nahm keine Befehle entgegen, wurde nicht gegängelt. Er ließ sich allenfalls herab, gewährte, ließ die Langohren an seinem Wunder Musik teilhaben. Die Herren Patrii der Stadt und die von und zu hinten und vorn würden sich daran gewöhnen müssen. Jetzt herrschte ein anderer Ton, und den jauchzte er lauthals hinaus.

Das Bild stand ihm noch lebhaft vor Augen, als Stein und Graf und Fingerlin ihn anstarrten, ihn geradezu bedrängten, ja zu sagen. Er war im Ohrensessel gesessen, die Beine angezogen, vielleicht zu sehr gekränktes Kind in diesem Augenblick, aber wirksam in seinem Unmut, in seinem Trotz, und als Fingerlin ihm die Hand auf den Arm legte, gab er nach. Sie bettelten, nicht er. Mit dem versprochenen Geld würde er die Unterkunft bezahlen.

Das Gesicht der Frau Mama stellte er sich vor, wenn er ihr nachher beim Mittagstisch eröffnen würde, dass er gleich mit zwei Akademien aufwarten konnte, einer privaten in der Geschlechterstube und einer öffentlichen bei den Fuggern.

Er sprang in die Höhe und wäre beinahe von einer Kutsche gerempelt worden, die gerade vom Gögginger Tor hereingeknattert kam und jetzt zu den *Drei Mohren* abbog. Der Schwager fluchte gotteslästerlich wegen dieses Hanswursts, aber Wolfgang nahm es gelassen. Woher sollte er auch wissen, wen er vor sich hatte. Vermutlich hatte er außer einer Hirtenflöte und dem Schallen des Posthorns noch niemals Musik gehört. Schon gar nicht eine, die seiner gleichkam. Ach was, gleichkam. Seiner Musik konnte keine gleichkommen. Er schimpfte der Kutsche nicht hinterher. Solche Tage sollte es zuhauf geben.

Hunger meldete sich. Wolfgang konnte nicht sagen, wann er zuletzt mit Appetit gegessen hatte, wann er sich den Bauch hatte voll schlagen wollen. Heute musste er fressen, schlingen, würgen. Solche Tage musste man in sich hineinstopfen.

Ihm war, als würde alles in ihm schäumen, sein Blut kochen, als würden sich die Blasen aus Nase und Ohren stehlen. Ja, das würde er dem Vater berichten. Zwei Akademien in der Stadt, wo der ihm nicht einmal eine einzige zugetraut hatte. Wie gut, dass er den Brief noch nicht weggeschickt hatte.

Jetzt wusste er, wie er vorgehen musste, wie er sich zu verhalten hatte. Nur nicht mit seinem Künstlertum geizen, es auf die Gosse werfen in der Absicht, dass es jemand auflesen und reinigen würde. Vorbei, vorbei, vorbei, die Bettelei.

Mit hoch erhobenem Haupt stolzierte er durch das Tor des *Weißen Lamms*, betrat die Gaststube. Die Frau Mama saß bereits in einer Ecke, den Blick hinaus auf den Hof. Vor sich eine Suppe.

»Wolferl, endlich. Setz dich. Wir müssen miteinander reden. Den Brief an den Herrn Vater …?« Sie sah ihn mit großen, verwundbaren Augen an. In solchen Momenten liebte er sie.

Wolfgang kramte den Brief aus seiner Rocktasche, legte ihn auf den Tisch.

»Hier, Mutter. Aber ich muss etwas hinzusetzen. Er ist noch nicht fertig.«

Ihre Stimme senkte sich zu kaum hörbarem Flüstern.

»Du musst den Vater um Geld bitten. Wir können dem Oheim nicht länger auf der Tasche liegen.«

»Aber Mutter …«, warf Wolfgang ein und wollte ihr von der guten Entwicklung erzählen. Heute Vormittag hatte sich die Welt für ihn gedreht, aber sie winkte ab.

Ein Mädchen hatte die Gaststube betreten, gekleidet in der Tracht, die Langenmantels ihren Lakaien verordneten.

»Wo finde ich Herrn Ritter von Mozart?«, fragte sie schüchtern, aber laut genug, dass Wolfgang und die Mutter sie verstanden.

Der Wirt, der hinter seinem Tresen gerade abwusch, deutete auf die Ecke, in der Mutter und Sohn Mozart saßen.

»Vielleicht wendet sich das Glück«, flüsterte Wolfgangs Mutter. In ihrer Stimme lag trocken ein Hauch von Verzweiflung.

»Lass mich nur machen, Mutter«, wehrte Wolfgang ab und drehte sich dem Mädchen zu.

»Verzeihung, dass ich beim Mittagsmahl störe«, wandte sich das Mädchen an Wolfgang, »aber der Herr Langenmantel lässt bitten, dass Sie ihn nach dem Essen aufsuchen mögen und hernach zur Akademie in der Geschlechterstube begleiten wollen.«

Wolfgang lächelte. Wie mit Grisam salbte ihm die Stimme der Dirn die Ohren, und erst ihre Bitte. Das war herzallerliebst geflötet. Er schloss kurz die Augen, leckte sich die Lippen – und hätte beinahe seinen Auftritt verpasst, denn die Frau Mama räusperte sich und wollte in ihrer Verzweiflung der Einladung zustimmen. Aber Wolfgang legte ihr rasch eine Hand auf den Arm, stoppte sie so.

»Mein Kind, wie heißt du denn?«, wisperte Wolfgang, dem die Kleine bereits Leid tat.

»Birgitta«, antwortete das Mädchen schüchtern.

»Birgitta«, setzte Wolfgang erneut an, »geh zurück zu deinem Herrn, dem jungen Lecker von Mantel. Ich lasse mich gehorsamst empfehlen, aber ich kann weder zu ihm kommen noch ihn zur Akademie begleiten, derweil ich bereits engagiert worden bin. Setz bitte hinzu, sein ganzes katholisches Patriziat möge mich doch, bei allem gebührenden Respekt und der Ehre, die ich ihm zolle, im Arsch lecken. Ein Mozart hat das nicht nötig.«

Wolfgang weidete sich an den erschrocken aufgerissenen Augen des Mädchens.

»Aber ...« warfen das Mädchen und seine Mutter gleichzeitig ein, doch Wolfgang, dem der Wirt eben den Teller Suppe auf den Tisch stellte, winkte ab.

»Ich habe keine Zeit für Lamentationen und bin hungrig. Erzähl deinem Herrn nur alles genauso im Wortlaut und in der Reihenfolge, mein Kind. Jetzt geh mir aus den Augen.«

Den letzten Satz fand Wolfgang dem Mädchen gegenüber ungerecht, aber sie wäre ihm vermutlich bis ins Zimmer hinauf nachgegangen, bis er zugesagt hätte. Allein aus Furcht vor ihrem Herrn. Er beugte sich über seine Suppe, sah aber, wie sich die klaren Augen der Dirn mit Wasser füllten, wie sie auf dem Absatz kehrtmachte und die Gaststube hinauslief.

»Was hast du gesagt?«, fragte seine Mutter, tonlos, ein leichtes Vibrieren in der Stimme. »Du lässt es auf einen Affront ankommen. Uns fehlt es an Geld – und mein Herr Sohn will seinen stolzen Kopf durchsetzen.« Sie zischte wie eine Schlange. So energisch kannte er sie selten. »Jeden Kreuzer müssen wir umdrehen, und du lässt diese Gelegenheit aus, nur weil du angeblich gekränkt worden bist. Merk dir, wo du stehst, Wolfgang. Mit dem Wunderkind ist es ein für alle Mal vorbei. Du bist nichts weiter als ein ...«

»Mutter!«, unterbrach Wolfgang sie. »Iss. Wir haben einen langen Tag vor uns.«

»Mir ist der Appetit vergangen.«

»Das sollte nicht sein. Immerhin bin ich heute für zwei Akademien engagiert worden. Heute gegen Abend und am nächsten Mittwoch. Das müsste genügen, um unsere Finanzen aufzubessern. Ohne dem Langenmantel in den Arsch kriechen zu müssen. Was versteht dieser Geldsack schon von Kunst?«

»Du hast …« Seine Mutter schnappte nach Luft.

»Ja, ich habe«, bestätigte Wolfgang und lehnte sich zurück, tupfte mit der Serviette den Mund ab.

»Wie viel haben sie dir zugesagt? Für heute Abend? Für nächste Woche?«

»Mutter. Ausreichend. Glaub mir.«

»Wo ist der Vertrag? Akademien brauchen eine schriftliche Form. Vater hatte immer …«

»Ich bin nicht der Herr Papa …«

Wolfgang konnte nicht verhindern, dass er verärgert klang.

»Du hast keine Abmachung? Mit wem hast du verhandelt?«

»Mutter!« Wolfgang schlug mit der flachen Hand ärgerlich auf den Tisch. »Lass uns essen. Ich habe einen Bärenhunger!« Der Wirt hatte den Schlag offenbar als Aufmunterung verstanden, neuen Wein und die Hauptspeise aufzutragen, und bat um einen Moment Geduld.

»Keinen Vertrag? Nur mündliche Absprachen? Der Herr Papa hätte das niemals geduldet! Das ist geradezu wie auf Sand gebaut.«

Kaum hatte sie das gesagt, fuhr Wolfgang hoch. Warum müsse sie jetzt in einem fort mit dem Herrn Vater kommen, fuhr er sie an? Der hätte auch nicht mehr als zwei Akademien in Augsburg veranstalten können. Und mit wie viel Katzbuckeleien dazu! Da wäre sein Sohn ein anderer. Ihm liefen sie nach, die Herren Patrizier. Ihn würden sie hätscheln und tätscheln. Sie solle nur sehen. Und jetzt kein Wort mehr darüber und her mit dem Essen.

»Potztausendsapperment!«

»Potztausendsapperment!«, echote es von der Tür her.

Unter dem Türbogen stand das Bäsle, frische Gesichtsfarbe und Laternenaugen, die Haare nach neuester Mode hochtoupiert zu einer Aureole. Wolfgang jauchzte innerlich. Sie kam ihm gerade recht, das Bäsle-Häsle. Und hinter ihr winkte Stein.

21

»Dort oben steht sie, wie ein Schwalbennest auf die Westempore gebaut.« Stein deutete hinauf zur Orgel von St. Ulrich und Afra. Alle drehten sich um, legten den Kopf in den Nacken. Das himmelaufragende Gewölbe machte Maria Anna schwindlig. »Vom Fugger selig gestiftet, dem Nachfahren des berühmten Jakob, der sich selbst Jakob nennen durfte.«

Wolfgang rümpfte die Nase.

»Liegt sie nicht zu hoch? Das gibt doch keinen Ton.«

Das Bäsle kannte die Orgel ohnehin, sie beobachtete lieber Wolfgang, der heute voller Schalk war, überschäumend wie ein Gefäß gärenden Biers.

»Ich bitte, lieber Mozart. Sie hat ihren eigenen Klang und füllt das Kirchenrund, als würde man die Lunge voller Luft pumpen. Bis in den hintersten Winkel.«

»Und jammert und schlickert, dass man glaubt, das fuggersche Handelshaus heule zu seinem Untergang.«

»Setzen Sie sich, spielen Sie!«

»Dort hinauf? Ich habe keine Flügel, werter Stein.«

»Es genügt ein Schlüssel. Pater Aemilius Angermayr wartet sicherlich … da ist er ja schon. Sie sollten die Orgel ausprobieren.«

Der herbeigewünschte Pater Aemilius trabte heran, mit einem Gang, der Maria Anna bereits das Lachen in die Kehle trieb, gefolgt von vier schüchternen Chorknaben, offenbar den Kalkanten, die sich hinter seiner Fülligkeit zu verbergen suchten. Etwas dicklich unter seiner Kutte, schien er beinahe hintüberzufallen, so weit hob er die Nase in die Luft. Eine bläuliche Nase, ein rotes Gesicht, feurige Wangen, in Wasser schwimmende Augen. Diese Augen sahen nur den Himmel, der irdische Weg ihres Herrn war ihnen unbekannt. Dabei schwänzelte er mit den Hüften, ließ einen eisernen Schlüssel um die rechte Hand kreiseln und hielt in der linken einen Halter mit drei brennenden Kerzen …

»Was ist denn das für eine Schrulle?«

Wolfgang war hinter Maria Anna getreten und flüsterte ihr ins Ohr. Gleichzeitig versuchte er, ihr ins Gesäß zu zwicken.

»Lass das, du Unhold«, flüsterte sie, drängte einen Schritt zurück und trat ihm so auf die Zehen, dass er aufstöhnte.

»Lieber Stein, nett Sie zu sehen«, begrüßte der Pater den Orgelbauer, schien aber sonst niemanden wahrzunehmen. »Schade, dass Sie sich diesem Irrglauben verschworen haben. Allein durch Ihr Geschick, die Stimme Gottes zu reinigen, würde Ihnen die ewige Seligkeit zuteil werden. Überlegen Sie es sich, wenn Sie zurückkehren wollen in den Schoß der versöhnenden Mutter Kirche.«

Stein schien das Lamento zu kennen, denn er ging mit keinem Wort auf den Pater ein.

»Wie ich sehe, haben Sie den Schlüssel. Dann hinauf. Lassen wir die Stimme Gottes sprechen! Das hier ist übrigens der Mann, dessen Hände …«

Der Pater ließ Stein nicht ausreden und sah an Wolfgang vorbei.

»Ach, Sie können also Musik machen. Hübsch. Ich mache auch gern Musik. Sie erhellt den Geist und lässt mit ihrem Fluidum spüren, dass es etwas anderes geben muss als unser irdisches Jammertal. Na dann …«

Maria Anna konnte beobachten, wie sich Wolfgangs Miene verdüsterte, wie es hinter der Stirn zu arbeiten begann. Solche Missachtung vertrug der Vetter nicht.

Trotzdem folgten sie dem Pater, der mit einem Schlüssel eine schmale Tür zur Empore aufschloss. Der Einstieg zu einer engen, düsteren Wendel öffnete sich vor ihnen. Der Pater hielt ihnen den Halter hin. Wolfgang, Stein und sie selbst brachen sich je eine der Kerzen ab.

»Ich werde unten warten. Schließlich bin ich mir nicht sicher, ob ich nicht stecken bleibe und darin verhungere. Das gibt immer so einen scharfen Geruch während des Gottesdienstes.«

Er lachte lauthals über seinen Spaß, ohne sich darum zu kümmern, dass niemand sonst in seine Heiterkeit einstimmte.

»Ein launiger Geist, dieser Pater. Einer der besonderen Sorte«, knurrte Wolfgang, als er Maria Anna im Treppenschlauch den Vortritt lassen wollte.

»Nach dir, Vetter, das bewahrt mich vor blauen Flecken«, flüsterte Maria Anna.

In die dunkle Röhre hinein hallte ihre Stimme ungewohnt laut. Steil führte die Wendel hinauf, so eng, dass sich Maria Anna mit der Linken an der Spiralseele festhalten musste. Feuchter Atem entströmte der Mauer, die Stufen, die schief und krumm waren, bröckelten unter den Tritten. Es ging nur langsam vorwärts. Der Schein der Kerzen verbreitete ein flackerndes Licht, das kaum mehr als den Gesichtskreis erhellte.

»Durch die Nacht zum Licht, durch die Hölle zur Stimme Gottes«, murmelte Wolfgang.

Wortlos stapften sie himmelan.

»Wo hinaus willst du?«, rief Wolfgang. Er trat hinter Stein aus der Spindel und riss Maria Anna, die an ihm vorbei höher stapfte, aus ihren Gedanken. Beinahe wäre sie am Ausgang vorbeigestiegen.

»Dort oben kommt nur noch der Dachboden«, erläuterte Stein und stieß die Tür zum Orgelrückraum auf. Mächtige Blasebälge begrüßten sie. Sie durchquerten den Raum, wieder öffnete Stein eine Tür, und dann standen sie draußen auf dem Orgelprospekt. Vor ihnen wuchs mächtig das Pfeifenwerk empor, vor dem der Orgeltisch beinahe verschwand.

Hinter ihnen stiegen die Kalkanten in die Tretwerke der Blasebälge und füllten den Windkasten.

Stein deponierte seine Kerze rechter Hand auf einem völlig mit Wachs überzogenen alten Notenständer, trat an die Balustrade, winkte nach unten. Wolfgang und Maria Anna taten es ihm nach. Maria Anna sah hinüber zum Hauptaltar. Ihr wurde von der Höhe schwindlig, alles verschwamm. Sie musste sich umdrehen, hochschauen, die Malereien beiderseits der Flügelseiten betrachten. Dort fand sie Halt. Sie durfte nicht an die Tiefe unter ihr denken, daran, dass die Empore womöglich brüchig war, jeder Tritt der letzte sein konnte.

»Viel wert sind ihnen die Organisten nicht. Die Stiege ist abscheulich«, maulte Wolfgang.

»Man steigt durch die Dunkelheit ans Licht«, widersprach Maria Anna, die gerade die wildesten Gedanken in ihrem Kopf zurückdämmen musste.

»Pfaffengeschwätz!«, konterte Wolfgang. »Halb blind, die Noten feucht und die Beine müde. Den Organisten möchte ich sehen, der nach dieser Erfahrung eine Messe spielen möchte.«

Von unten ertönte ein aufmunterndes Klatschen und dann ein bellender Befehl.

»Der Musikus soll jetzt anfangen!«

Wolfgang presste die Lippen zusammen. Maria Anna legte ihm die Hand auf den Unterarm, um ihn zu beruhigen.

»Er meint es nicht so.«

»Was soll ich hier?«

Wolfgang wischte verärgert den Staub vom Stuhl. Die Kalkanten hatten den Luftstrom stabilisiert. Die Orgel begann zu leben, zu atmen. Maria Anna hörte ein Schnaufen wie aus schwindsüchtigen Lungen: die Blasebälge, die Ventile.

»Spiel. Bitte.«

Er blickte sie von der Seite her an. Kletterte auf den Schemel und wippte.

»Was ist? Ich höre nichts! Sind die Bälge undicht oder

hat Er Angst vor der Macht der Stimme des Herrn?«, hallte es vom Hauptschiff herauf.

»Wenn dieser Pater Aemilius nicht seinen Rand hält, werfe ich ihm ...«, knurrte Wolfgang und zog einen Notenständer heran, der neben dem Stuhl stand.

»Für mich, Wolfgang, Wolf, Wolferl. Ich will es«, lockte Maria Anna und fühlte, wie Wolfgangs Finger zitterten, als müsste er sie zwingen, die ersten Tasten zu drücken. Dann aber rauschte plötzlich eine Pfeife auf, eine zweite folgte, begann zu atmen, stockend zuerst, dann tiefer, mächtiger, bis der Ton schwamm, sich wie ein Teppich über den Raum legte. Ihr war es, als stünde sie auf ihm, sicher jetzt und geborgen, die Welt zu ihren Füßen. Kurz musste sie nach unten sehen, ihre Füße betrachten, den Boden, weil sie glaubte, sie schwebe.

Wolfgang ließ nur drei Töne variieren, schuf einen Klangteppich aus Bässen, auf den er eine Stimme setzte, die tänzelte, schritt wie in einem Menuett, in zierlichen Arabesken voranglitt, Kratzfüße machte, sich verbeugte, eine zweite Stimme aufnahm, an der Hand mit sich führte, und dann drehten und wirbelten beide plötzlich umeinander, ineinander, umkreisten, trennten und vereinigten sich. Das wirkte auf Maria Anna alles sehr kunstvoll, aber auch künstlich. Während Stein anerkennend nickte, verzog sie nicht die Miene. Wolfgang schien sie zu beobachten, denn er wandte immer wieder den Kopf nach ihr um, versuchte sie mit seinem Blick zu fangen. Aber ihre Blicke verfehlten sich, entglitten einander. Die Musik bewegte sich in einem starren Korsett, das sich nicht aufschnüren ließ. Wolfgang ließ die Pfeifen aufrauschen, jubilieren, aber sie blieben der geleierte Rosenkranz alter Weiber, seelenlos heruntergehaspelt, mehr geklappert und geplappert, als mit Gefühl und Inbrunst gebetet. Als hätte das Manual die Krätze, riss Wolfgang die Hände hoch, die Pfeifen verstummten.

»Sie macht gar keinen Effekt!«, schnappte Wolfgang und sprang vom Stuhl. »Man hört hier oben alles nur schwimmen und wummern. Ich möchte einmal hinuntergehen und hören, wenn Sie, Herr Stein, die Güte hätten ...«

Auf Steins Gesicht sammelte sich Erstaunen. Er schüttelte den Kopf und wollte eben zu einer Gegenrede ansetzen, als ihn das Bäsle unterbrach:

»Einmal noch, Wolfgang. Ich hatte das Gefühl, als müsstest du erst mit der neuen Orgel warm werden. Als würde sie sich noch ein wenig sperren.«

Sie lächelte ihn an, und als er sie forschend betrachtete, senkte sie die Augen.

»... als würde sie sich sperren ...« wiederholte er, »... mag sein, Bäsle, dass es das war ...«

»Das klingt ja ganz ordentlich von dem Jungen. Der soll sich noch einmal hören lassen! Nur etwas Mut, das wird schon. Ich höre das. Etwas flotter die Läufe vielleicht und mehr Ausdruck«, hallte es durchs Kirchenschiff. Aemilius Angermayr hatte sich vom Hauptschiff aus gemeldet. Maria Anna spähte vorsichtig nach unten, sah ihn feist in einer der Bänke sitzen und auf eine Wiederholung drängen. Dabei hielt sie sich an Wolfgangs Arm fest. In ihrem Kopf stürzte alles beim Blick nach unten. Nur er rührte sich nicht.

Wolfgang ballte die Hände zu Fäusten.

»Denk nicht an ihn, er hat keine Ahnung von Musik«, tröstete sie ihn und küsste ihn auf die Wange. »Als Hilfe«, flüsterte sie ihm ins Ohr.

Die Bälge atmeten regelmäßig im Hintergrund, die Ventile der Kanäle pfiffen, sie gaben der Orgel etwas von einem Tier, das schlief, einem Drachen mit seinen Flügeln, den Zähnen aus Orgelpfeifen. Und der Ritter von Mozart der Einzige, der dieses Untier in Zaum halten, es bezwingen konnte.

Wolfgang suchte ihre Augen, blickte hinein und trat einen Schritt vor. Maria Anna glaubte, er wäre gestolpert, aber er hatte nur um sein Gleichgewicht gerungen.

»Ist Ihnen gut, Mozart?«, fragte Stein, der sofort herbeigesprungen war. »Sie werden uns doch nicht schwach werden?«

»Es ist nur die Anstrengung vom Treppensteigen.«

»Fall mir nicht, Wolfgang«, sagte Maria Anna.

»In diese Augen? Gern!«, flüsterte Wolfgang und drehte sich weg.

Wieder kletterte er auf seinen Schemel, stellte die Füße auf die Pedale und begann zu laufen. Diesmal fühlte Maria Anna, dass der Rhythmus einen Herzschlag besaß, dass der Grundton lebte, ein Geflecht aus Akkorden zu weben begann, das wie eine Haut über dem Gerüst einer Grundmelodie gespannt wurde. Die eigentliche Variation setzte ein, eine Variation auf A, die ihr behagte, die Wolfgang mit Leben füllte. Nicht das steife Schreiten des Menuetts hörte sie heraus, sondern ein Wiegen, ein Umarmen, Klammern und Heben und Senken, als schaukelte man auf einem See oder dem Meer. In Wellen spülte die Melodie … was, konnte sie im Augenblick noch nicht sagen, etwas Warmes, Lebendiges, etwas komplex Einfaches, das alle sofort verstanden, Stein jedenfalls sofort verstand, denn er sah zu ihr hin, erstaunt und verschmitzt.

Wolfgang, der sie die ganze Zeit beobachtet hatte, schloss die Augen, senkte den Kopf gegen das Manual, spielte blind, öffnete sie nur für wenige Augenblicke, wenn er ein anderes Register zog, damit aus den Trompeten von Jericho Flötentöne wurden, damit das Hämmern und Kreischen des Handwerkerfleißes in Augsburg sich zu Lust und Tanz wandelte. Und dann brach ein Damm, es strömte, die Orgel strömte, die Musik strömte. Maria Anna fühlte eine Beklemmung im Hals, so wuchtig fuhr die Musik in sie. Ein heftiger, stürmischer Kuss, eine Gier vibrierte in den Akkorden mit, die sie im ersten Moment unsicher werden ließ, ihr aber bald wohlig behagte. Was jetzt vergossen wurde, war Herzblut, war reinstes Gefühl, war … sie fand keine Worte mehr dafür, starrte nur auf Wolfgang, der auf den Basspedalen lief, als tanzte er darauf. Ihre Knie zitterten. Sie musste sich einhalten, um nicht niederzusinken. Ja, jetzt hatte die Musik an Gewalt gewonnen, jetzt zupfte sie an den Fäden des Gefühls.

Wolfgang, dachte sie, für welche Welt bist du geboren?

Abrupt brach die Variation auf A ab, Wolfgang sprang vom Stuhl, und noch bevor sie ihn aufhalten konnte, floh er an ihr vorüber durch die Tür die Treppe hinab, vergaß seine Kerze mitzunehmen.

»Wir konnten Gott sprechen hören«, krächzte Stein, der mühsam schluckte, weil seine Kehle ebenso trocken zu sein schien wie die ihre. »Da haben Sie ein kleines Wunder vollbracht, Mademoiselle Mozart. In Ihrer Hand ist er geradezu geschmolzen.«

Unwirsch winkte Maria Anna ab. Zwar dachte sie dasselbe wie Stein, aber sie wollte nicht, dass darüber getratscht wurde.

»Sie sollten für ihn spielen, Stein, die Orgel gibt wirklich nicht den Effekt, den der Kirchenraum vermuten lässt.«

»Ihr gehorsamster Diener«, verbeugte sich Stein vor ihr und erklomm den Orgeltisch.

Noch bevor er in die Tasten griff, befand sich Maria Anna bereits auf dem Weg nach unten, zwei Kerzen in der Hand. Mitten auf der Treppe traf sie auf ihn. Er saß im Halbdunkel auf den Stufen, den Kopf in die Hände gestützt.

»Wolfgang!«, sagte sie nur, reichte ihm seine Kerze über die Schulter und strich ihm durchs Haar. »Was hast du? Es war wundervoll!«

»Es war mehr als das, Bäsle, viel mehr. Ich habe …«

»Ich weiß, was du hast, Wolfgang. Bis hierher habe ich deinen Herzschlag gespürt«, sie legte ihre Hand unter den Busen auf ihr eigenes Herz.

»Du weißt nichts!«, widersprach er.

»Dann erklär es mir«, sagte sie sanft.

Er stand auf, drehte sich zu ihr um. Die Flamme flackerte ein Feuer in seine Augen, dass ihr unbehaglich wurde. Wolfgang stand eine Treppe unter ihr, reichte ihr gerade bis an den Busen. Maria Anna hatte das Gefühl, als würden sie ewig so stehen. Wolfgang nahm seine Kerze und blies sie aus. Noch standen sie nicht im Dunkeln, ihr Stumpen brannte. Das unruhige Licht zeichnete verzerrte Schatten gegen die Mauer. Er nahm sie behutsam an der Hüfte und zog sie zu sich her. Sein Kopf grub sich in ihr Mieder, seine Lippen suchten, die Zunge leckte jede freie Stelle ab, die sie erreichen konnte.

»Die Dunkelheit lässt uns so viel weiter blicken. Tief in die Welt hinein, als gäbe es nichts, was verborgen werden könnte vor den Augen der Nacht.«

Die Orgel über ihren Köpfen fing an zu rauschen, zu wimmern, zu dröhnen.

»Ich habe dich ausgezogen«, flüsterte Wolfgang nahe ihrem Hals. »Langsam entkleidet, und als die letzte Schleife gefallen war, hat sich mir die Orgel verweigert. Verstehst du? Sie hat diesen letzten Gipfel der Entzückung nicht wiedergeben wollen. Sie hat mir den Dienst versagt.« In seiner Stimme lag eine Verzweiflung, die sie stolz machte und ein wenig verlegen.

Maria Anna legte den Kopf zurück und lachte leise. Dann blies auch sie ihre Kerze aus. Sie standen im Dunkeln. Nur langsam gewöhnten sich die Augen an das dumpfe Licht, das durch schmale Lichtschächte von draußen einfiel.

»Das kann dir auch nur mit einer Orgel widerfahren.«

22

»Sie traktieren die Tasten wundervoll«, begrüßte sie der Pater, nachdem sie alle drei wieder auf Gottes Erdboden standen und ihr überirdisches Intermezzo beendet hatten. Der Pater warf einem der Chorknaben, die völlig verschwitzt hinter Stein als Letzte aus der Wendel traten, den Schlüssel zu. »Jetzt einen Schluck. Wunderbar, diese Orgel, nicht wahr, Musikus?«

Wolfgang lächelte den Pater schief an.

»Ein Traum. Wirklich.« Aber Maria Anna, die noch über und über rot war und ihre hektischen Flecken am Hals mit einem Tuch zu verbergen suchte, flüsterte er zu, als sie an ihm vorüberwischte: »Ein Albtraum!«

»Ein herrlich klarer Klang«, dozierte Aemilius Angermayr und lenkte Stein, Maria Anna und ihn selbst durch die Kirche hinüber zum Kloster und dort in ein Gastzimmer.

»Ja«, bestätigte Wolfgang, dem nicht entging, dass der Pater Maria Anna von hinten musterte, die Zunge über die Lippen gleiten ließ, regelrecht schmatzte, als hätte er eine Köstlichkeit im Gaumen. »Der Ton schwimmt sozusagen im Raum!«

»Gut beobachtet, Musikus. Ich habe ja auch ein feines Gehör. Es klingt wie das Rauschen des Meeres.«

»Bei Sturm«, bestätigte Wolfgang. Ihn beunruhigte und amüsierte die Gier, die sich in den Gesichtzügen des Paters spiegelte. Maria Anna schien für Pater Aemilius etwas von einem saftigen Braten an sich zu haben. Sogar als der Pater hinter Maria Anna das Gastzimmer betrat und sie an der Schulter zu fassen bekam, rieb er Daumen und Zeigefinger rasch aneinander, als müsste er sich zuerst die Finger wärmen, bevor er die Haut des Mädchens berührte.

Wolfgang ließ dem Pater wenig Zeit. Er zog Maria Anna mit sich in die Stube. Dort stand ein Spinett, das Wolfgang sofort für sich beanspruchte. Er schob sich zwischen Pater und Musikinstrument, schlug den Deckel auf, ließ seine Finger darüber gleiten, sah den Pater an. Es war lange nicht gestimmt worden, klang etwas schräg und verbogen, klirrte.

»Na, Jungfer, nach dem Generalbass, der uns die Eingeweide durcheinander gebracht hat, zupft dieses Instrumentlein doch regelrecht an den Miederbögen!«

»So tragen Sie Miederbögen, weil Sie das Gefühl kennen?«, konterte das Bäsle.

Wolfgang lachte und schlug auf die Tasten ein, dass der Raum nur so vibrierte. So gefiel sie ihm, seine Base. Nur nicht auf den Mund gefallen sein. Dem geilen Bock vor ihm Paroli geboten. Seine Musik ließ die Gespräche verstummen. Das Spinett krachte und wimmerte, dass es Wolfgang Leid tat. So viele schräge Töne hören zu müssen, bereitete ihm Schmerzen. Abrupt brach er ab.

»Können Sie auch zum Singen aufspielen, Mozart?«, entfuhr es dem Pater nach einer Weile. Er hatte sich von der anderen Seite her Maria Anna genähert, ließ sich neben ihr nieder, legte eine Hand auf ihr Knie. Seine Finger trommelten auf Maria Annas Schenkel. Sie versuchte, sich ihm zu entziehen.

»Ich? Woher denn? Aber wenn Sie mir eine Melodie vorsummen, dann will ich versuchen, sie nachzuspielen.«

Pater Aemilius holte aus einem Schrank in der Ecke drei Gläser, schenkte diese an einem Fässchen in der Ecke voll. Dabei summte er ein Kinderlied: »Hänschen klein ging allein ...«

»Kennen Sie es?« Er fiel mit einer Stimme ein, die irgendwo zwischen Bariton und Tenor lag, und trällerte das Lied mit allerlei falschen Noten. Weder konnte er den Ton halten noch traf er den Rhythmus eindeutig.

Wolfgang nahm exakt die Notenwerte auf, die der Pater ihm vorgab, falsch wie sie waren.

»Sie sind ein Talent, Pater Aemilius.«

»Ja«, bestätigte dieser, hob das Glas, prostete in die Runde, und trank es auf einen Zug leer. »Eine gewisse Begabung ist sicherlich vorhanden. Die Mutter war sehr musikalisch. Ich liebe die Musik. Vor allem die selbst gemachte.«

»Darauf sollten wir noch einen trinken, Pater Aemilius!«, schlug Maria Anna vor.

Ihre Stimme gurrte. Sie hob das Glas, im gleichen Augenblick rutschte der Pater wieder heran, beugte sich zu ihr, legte erneut die Hand auf ihr Knie. Sie prosteten sich zu. Wieder stürzte der Pater das eben neu voll geschenkte Glas in einem Zug hinunter.

»Lassen wir das alberne Hänschen weg, singen wir unseren eigenen Text. Jeder Tag, an dem ich singe, ist ein Wonnetag.«

»Gern, Pater«, sagte Maria Anna.

»Na dann«, beteuerte Wolfgang, »müssten wir daraus auch einen Kanon machen.«

Maria Annas Gesicht, das Wolfgang nicht aus den Augen ließ, glühte rot vor Anstrengung, nicht laut loszuprusten.

Wolfgang spielte eine Melodie, die zu diesem Satz passte: »Jeder Tag, an dem ich singe, ist ein Tag der Wonne.«

Sie trällerten das Lied vierstimmig und derart schräg, dass sich Wolfgang die Härchen auf den Armen aufstellten. Mit der Hand deutete Wolfgang das Leeren eines Glases an. Maria Anna verstand: »Jeder Tag, an dem ich trinke, ist ein Tag der Wonne«, fiel sie mit Wolfgang falsch in den Kanon ein. Atemlos brachen sie ab, lachten über das misslungene Stück.

Wolfgang stand auf, trat zwischen sie, klopfte dem Pater auf die Schultern.

»Das oben in diesem Schwalbennest, das ist die Fugger-Orgel, nicht?«

»Natürlich. Prost!«

In rascher Reihenfolge leerte der Pater ein Glas nach dem anderen. Immer in einem Zug, ohne einmal abzusetzen. Wenn er vom Fass kam, griff der Benediktiner dem Bäsle an den Rock. Maria Anna wehrte sich erfolgreich. Wolfgang sah es erfreut, und doch störte es ihn, dass Maria Anna nicht energischer dazwischenging. Das Gesicht Pater Aemilius' begann zu glänzen, die Nase leuchtete in einem dunklen Violett, die Augen blinkten wässrig. Seine Bewegungen verwischten. Mit einem Schnupftuch tupfte er die Tränen von den Wangen.

»Woher kommt der Name Fugger-Orgel, Pater Aemilius?«

»Der selige Jakob Fugger hat sie gestiftet. Ja, der alte, der reiche«. Selbst beim zehnten Glas merkte man dem Pater nichts an der Stimme an. Er sprach klar und deutlich. Wenn man die körperliche Veränderung nicht gesehen hätte, man wäre nie auf den Gedanken gekommen, dass er soff wie ein Wasserspeier.

»Jakob der Reiche also?«

»Sic! 1580 gestiftet.«

Wolfgang wunderte sich. Was war das für ein Holzkopf, dieser Pater Aemilius Angermayr? Singen konnte er kaum, trank übermäßig und wusste nicht einmal, dass Jakob Fugger der Reiche die Orgel unmöglich hätte stiften können, da er zu dieser Zeit längst tot gewesen war. Es war der Enkel seines Bruders, der die Stiftung getätigt hatte, soviel er vom Herrn Papa erfahren hatte.

»Und jetzt einen Kanon«, forderte der Pater. »Alle zusammen! Vor allem Sie mit Ihrem Stimmchen, verehrte Jungfer, müssten jedes alte Herz erweichen können.«

»Manchmal kommt es vor, dass die Herzen schon zu ranziger Butter vergoren sind, bevor sie zu mir gelangen.« Wolfgang lachte über den Spaß des Bäsles. Hinter seinem Rücken streckte er dem Pater die Zunge heraus. Maria Anna kickste und quiekste.

Ohne auf die anderen zu achten, stimmte der Pater einen Kanon an, den Maria Anna und Stein im Hintergrund halbherzig mitsangen, Wolfgang aber in ein regelrechtes Wolfsgeheul ausbrechen ließ.

»Wahrlich, Musikus, Sie spielen besser, als Sie singen«, tadelte ihn der Pater.

»Ich kann nicht intonieren, Pater. Verzeihen Sie. Eine große Schwäche von mir.«

Stein hielt sich bedeckt. Wartete ab. Er wollte sich an dem Spaß nicht beteiligen. Entweder fürchtete er den Pater selbst, oder er fürchtete die Folgen. Er, Wolfgang, fürchtete nichts, und der Pater erschien ihm ein zu großer Lapp unter den Augen des Herrn zu sein. Er setzte sich wieder ans Spinett und spielte. Etwas Herzrühriges, etwas Feuriges, das den Pater aufheizte, das seine Säfte strömen ließ.

»Einen Kanon, einen weiteren Kanon!«, befahl der Pater wieder, nachdem er Wolfgang ganz verzückt und aus der Welt getreten zugehört hatte. Maria Anna hatte die Rolle der Aufwärterin übernommen, besorgte das Weinglas, das sich nicht mehr leerte. »Lassen Sie mich vorsingen!«, entschied der Pater und stürzte Glas für Glas in sich hinein. Sah dem Mädchenrock nach, wenn er sich spannte, weil Maria Anna sich zum Auslass hinabbeugen musste.

»Wer denkt schneller? Ein Dummkopf oder ein betrunkener Dummkopf?«, flüsterte Wolfgang. »Keiner von beiden, denn beide bleiben Dummköpfe.« Maria Anna lachte, prostete dem Pater zu.

»Dann ein Liedchen, Pater Aemilius. Mir zuliebe!«

»Zuvor aber müssen wir uns stärken. Wir alle«, drängte Wolfgang und goss dem Pater wieder ein, der beinahe willenlos das Glas eine Weile anstierte und schließlich ohne Hemmungen hinabstürzte.

»Nun«, meinte Pater Aemilius und starrte Maria Anna aufs Mieder. »Manche sind schon stark genug. Da könnte man etwas verderben.«

Während sich seine Wangen erhitzten und ihm der Schweiß an den Schläfen herabrann, begannen seine Finger eine eigene Lebendigkeit zu entwickeln. Der Raum war zu klein, als dass Maria Anna dem Benediktiner hätte ausweichen können. Er verfolgte sie durch den Raum, langte ihr an die Hüfte, streichelte ihr über den Hals, berührte ihre Arme, das Gesicht, die Hände, den Oberschenkel und tapste in seiner schwerfälligen Art sofort hinter ihr her, sobald sie ihm entfloh. Es ging rund um den Tisch, der Geistliche weinschwer, mit immer gierigeren Augen, die ihm vor lauter Lust aus den zölibatären Höhlen quellen wollten. Misstrauisch und immer bereit einzugreifen, verfolgte Wolfgang die Anstrengungen des Paters.

Pater Aemilius ließ sich schließlich, als er die Elfe nicht zu fangen vermochte, auf einen Stuhl nieder, bekam von Wolfgang sofort wieder das Glas voll geschenkt und intonierte einen weiteren Kanon, den die schwere Zunge nur unzulänglich zuwege brachte: »Kommt das Ännchen her zu mir ...«

Wolfgang zwinkerte Maria Anna zu, die ihren Spaß an der Verfolgung gehabt hatte und sich jetzt dem Pater provozierend gegenüber niederließ. Sie setzte ebenfalls ein, obwohl sie den Text nicht kannte.

Wolfgang selbst machte sich einen Witz daraus, den Kanon auf seine Weise zu singen: »Hängt der Bock bald über ihr ...«, plärrte er laut hinaus, ebenso falsch, ebenso schräg wie der Pater, der weder die Tonart noch einen Ton richtig traf und halten konnte.

»Hausmusik«, lallte der Pater, als der Gesang verstummte, »Hausmusik rührt mir das Herz.«

»Darauf einen Schluck. Ein Hoch auf die Hausmusik und alle willigen Geister«, prostete Wolfgang Pater Aemilius zu, der ihn mit schielenden Augen betrachtete, denen die Lider zufielen.

»Dass Ihr einen Zwillingsbruder mitgebracht habt, erstaunlich. Deshalb sind Euch die Läufe so außerordentlich gelungen. Wenn man zu zweit spielt, ist das leicht. Ihr wolltet mich hinters Licht führen, Musikus.«

»Das könnte mir nicht gelingen. Wer so viel von Musik versteht, Pater, der hört diese Feinheiten heraus. Sicherlich habt Ihr die dritte und vierte Hand auf dem Manual vernommen.«

Dem Pater stieß der Wein sauer auf, denn er verzog das Gesicht. Dann nickte er heftig.

»Natürlich!«, sagte er und verfiel in ein starres Schweigen, das ebenso plötzlich endete, wie er darin versunken war. »So viele Noten können zwei Hände nie und nimmer greifen.«

Nach dem Wort »greifen« hielt er sich beide Hände vor die Augen, drehte sie, krümmte die Finger und krallte so schnell nach den Oberschenkeln Maria Annas, dass er vornüber vom Stuhl kippte und der Länge nach hinschlug.

Bevor Stein und Wolfgang bei ihm waren, um ihm aufzuhelfen, stemmte er sich bereits wieder in die Höhe.

»Dass die jungen Dinger so wendig sind. Wie die Häsinnen. Mit langen Beinen schlagen sie Haken und Bögen.«

»Noch einen Schluck, Pater? Einen letzten, zumindest einen vorletzten!«

»Nun, einen vorletzten, warum nicht. Auf einem Bein steht der Mönch schlecht. Her mit dem Tropfen. Er rinnt wie Wasser, nicht?« Tatsächlich rann es wie Wasser aus der Kutte des Paters, in einem starken Strahl, der quer über den Stuhl spritzte.

Maria Anna quiekte vor Schreck und lachte dann unmäßig.

Wolfgang, der sich angewidert abwandte, das Glas des Paters aber weiter voll schenkte, begann einen neuen Kanon, in den der Geistliche einstimmte, zu langsam, mit einer Stimme, die Silben verschluckte oder falsch aussprach.

Zuletzt brüllte Wolfgang mehr als er sang: »O du Schwanz du, leck du mich im Arsch, zeig mir deine Klöten, das ist nicht verböten.«

Das Bäsle kreischte wieder. Der Pater hob das Glas, das Wolfgang eben noch gefüllt hatte, leerte es in einem Zug, setzte es so auf den Tisch, dass der Fuß brach, und sank unter einem diabolischen Grinsen in den Stuhl und von dort aus zu Boden, nicht ohne zu versuchen, dem Bäsle unter den Rock zu sehen. Sein Kopf blieb auf dem Sitzpolster liegen. Das Kinn sank ihm auf die Brust. Der Pater hatte der Anstrengung eines neuen Kanons nicht mehr standgehalten. Er schlief.

Wolfgang und Stein, die angewidert den Leib des Benediktiners betrachteten, nahmen ihn unter die Achsel und legten ihn auf den Teppich des Empfangsraums.

»Schlaft gut, Pater!«, wünschten sie und verließen die Stube.

Draußen atmete Wolfgang mit tiefen Zügen die Stadtluft ein.

»Was für ein Gestank!«

23

Wolfgang lag in seinem Zimmer auf dem Bett. Neben ihm kniete Maria Anna.

»Ich bin der andere Papa. Ich geb auf alles Acht«, flüsterte er ihr zu.

Mit gespitzten Lippen blies er ihr in den Ausschnitt. Maria Anna schloss die Augen und streckte den Kopf zurück.

»Ob er es ahnt, der Herr Papa?«

»Ahnt? Er weiß es. Manchmal glaube ich, er kennt mich besser als jeden sonst. Sogar besser als sich. Als wäre er mein Schatten, der mir überallhin folgt und all meine Bewegungen vorwegzunehmen scheint.«

»Ein grässlicher Gedanke. Mein Vater weiß nichts von uns.«

»Er schaut nur geschickter weg. Was brauchen sie schon zu wissen, Mariannerl? Seit Jahrtausenden geht es immer denselben Gang.«

»Und ist doch jedes Mal reizvoll.«

Sie beugte sich weiter vor. Die beiden Wölbungen im Ausschnitt füllten sich, quollen. Ihr war, als würde alles Blut dort hineinschießen.

Wolfgang hob den Kopf, küsste den Busen, schnupperte an ihrer Haut.

»Was riechst du?«

»Ich bin zum Nasentier geworden«, murmelte er zwischen ihren Brüsten. »Sie riechen verführerisch wie reife Äpfel. Man möchte reinbeißen.«

Maria Anna lachte. Sie versuchte sich vorzustellen, was sie empfände, würde Wolfgang in ihre Brust beißen, sanft natürlich, vorsichtig, aber fest. Ob sie es wollte?

»Dann beiß zu«, flüsterte sie, »aber vorsichtig. Tu mir nicht weh.«

Sie brachte die Worte kaum über die Lippen, so zitterte ihre Stimme. Wolfgang drückte gegen das Mieder, sie fühlte, wie ihre Brust hochgedrückt wurde, sich aus dem Mieder befreite, wie sie …

Benommen kehrte sie zurück in die Welt, in das Zimmer im Hotel *Zum Weißen Lamm*, auf das Bett, neben Wolfgang. Was war mit ihr geschehen? Das Mieder drückte. Sie lag auf dem Rücken. Maria Anna sah an sich herab. Ihre Brüste lagen bloß, das Mieder war aufgeschnürt, sie atmete schwer.

Den Rock hatte er ihr nicht hochgeschoben. Sie schluckte vernehmbar. Hatte sie den Verstand verloren? Den Verstand wohl nicht, aber die Kontrolle über sich. Sobald sich Wolfgangs Zunge ihrer Brust genähert hatte, war sie wie eine Lunte gewesen, die man entzündet hatte – sie hatte gebrannt wie eine heiße Flamme, ein Feuer, das sich mächtig und rasch verzehrte. Sie musste sich zusammennehmen.

Wolfgangs Hände glitten über ihre Hüfte, sein Mund hatte den Bauch erreicht, glitt tiefer.

»Nein!« Sie richtete sich auf, schob Wolfgang von sich weg. »Bitte! Musst du nicht zur Akademie?«

Sie erahnte in seinem Blick sofort die Lust, die dort ebenso loderte, wie sie in ihr brannte. Aber für heute musste es genug sein.

»Es ist schon spät, Wolfgang.«

Wolfgang richtete sich auf. Auch ihm schien es schwer zu fallen, sich von ihr zu lösen. Hinter seinen Bewegungen lag noch ein zweites, weniger deutbares Verhalten. Er bewegte sich, als wäre er nicht ganz Herr seiner Sinne. In Maria Anna sprudelte für einen kurzen Augenblick ein Gefühl auf wie eine Quelle und überschwemmte sie mit Angst. Was passierte, wenn er sich nicht mehr aufhalten ließ? Aber rasch begriff sie, dass es etwas anderes war, was ihn gepackt hatte, das ihn riss und daran hinderte, hierher zu ihr ins Zimmer im *Weißen Lamm* zurückzukehren.

»Was hörst du?«, murmelte sie?

»Jericho«, hauchte er und richtete den Blick nach innen. »Die Trompeten.«

Maria Anna wagte es nicht, ihn für dieses Bild zu verspotten, was sie ansonsten getan hätte. Ihre Brüste mit den Mauern der Stadt Jericho zu vergleichen, war wenig schmeichelhaft. Vor allem mit deren Sturz. Musiker! Komponisten! Verrücktes Pack.

Sie erhob sich, ordnete ihre Kleidung, verbarg wieder, was nicht an die Öffentlichkeit gehörte.

»Ist das Liebe, Maria Anna?«, fragte Wolfgang, der sich auf den Rücken gelegt hatte und noch immer mit diesen merkwürdig glasigen Augen an die Decke starrte.

»Liebe? Eher nicht. Rausch. Trunkenheit. Verzückung. Ja. – Liebe muss anders sein.«

»Aber es könnte Liebe sein!«, beharrte Wolfgang, lehnte sich auf einen Arm und sah ihr zu, wie sie den Rock glatt strich, das Mieder knüpfte, ihren Busen zurechtrückte. Sie wusste nicht, ob sie sich von ihm abwenden oder ihn zusehen lassen sollte. Wie verhielt sich eine Ehefrau in dieser Situation? Bot sie dem Ehemann ein zusätzliches Schauspiel, oder waren diese Handlungen zu intim, als dass man sie fremden Augenpaaren aussetzte? Wie fremd waren die Augen des Ehemannes? Ihre Beziehung zu Wolfgang war zu jung, als dass sie ihn an ihren intimsten Handlungen teilnehmen lassen wollte. Sie drehte sich beiseite, griff von oben in das Mieder und zog die letzten Falten glatt.

»Wir werden bleiben«, verkündete Wolfgang. »Bis nächste Woche. Ende nächster Woche.«

Maria Anna lächelte.

»Dann hast du noch eine gute Woche, um an mir zu riechen«, sagte sie.

Sie trat an sein Bett. Er hatte sich so gelegt, dass sein Kopf über die Bettkante hinausragte, nach hinten fiel. Sie beugte sich über ihn, küsste ihn aufs Kinn. Sie wusste, wohin sich seine Blicke bohrten, sie ahnte, dass er sich die Lippen ableckte, vielleicht all das, was er sah, in Töne umsetzte und vor sich hin sang. In seinem Kopf.

Worauf sie nicht vorbereitet war, war der Stoß, den er ihr versetzte, und der sie aufs Bett warf, vielmehr auf ihn warf, so dass sein Kopf, sein Gesicht, von ihrem Rock verdeckt wurde und sie mit ihrem Schoß direkt auf seinem Mund landete. Bis sie reagieren konnte, hatte er seinen Kopf dorthinein vergraben.

»Wolfgang, bitte!«, fauchte sie, musste aber, um sich von ihm herabwälzen zu können, die Beine spreizen.

»Der Liebreiz der Frauen ist ein göttliches Geschenk. Man muss sich wundern, dass sich die Mutter Kirche unseren Gott männlich denkt. Ich für meinen Teil hätte ihn lieber weiblich. Alles wäre einfacher. Die Auferstehung, die Empfängnis. Das ganze Wie ist ein Wunder. Gott muss weiblich sein.«

Wolfgang hielt sie fest, drückte sich an sie. Sie hörte seine Stimme nur durch den Stoff ihres Kleides hindurch.

Sie wollte sich den Empfindungen nicht aussetzen, die sie überfluteten. Nicht auf diese Art.

Endlich kam sie frei, drehte sich weg mit brennendem Schoß, und verpasste Wolfgang eine Ohrfeige, dass es im Zimmer hallte.

»Bist du des Teufels?«

Wolfgang grinste. Hielt sich die Wange.

»Noch ein Beweis. Wenn wir Männer Teufel wären, blieben nur die Frauen als göttliche Wesen übrig.«

»Was denkst du dir eigentlich?«

»Das willst du nicht wissen, Maria Anna.«

»Du ungehobelter Kerl. Da sind mir meine Augsburger lieber.«

»Warte, bis ich dir den Salzburger Tanz beibringen kann. Er wird mit der Zunge getanzt!«, spöttelte Wolfgang und erhob sich. »Auf zur Akademie. Dem Stein hab ich's versprochen.« Er nahm sie in den Arm, drückte sie an sich, küsste sie auf den Nacken.

Maria Anna musste sich zusammennehmen. Für einen Augenblick steigerte sich ihr Bedürfnis, Wolfgang gewähren zu lassen in seinem Verlangen. Eine Bewegung jetzt, nur ein Wink mit den Augen, eine Berührung mit den Fingern, und sie wäre sofort wieder aufs Bett gesunken und hätte sich vergessen.

»Die Mutter wird mich vermissen«, flüsterte Maria Anna und strich mit der Hand über den Rock.

Wolfgang drehte sie, flüsterte ihr in den Nacken.

»Ich vermisse dich.«

Sie lehnte ihren Kopf zurück, ließ sich liebkosen, wehrte aber seine forschen Hände ab. Plötzlich ließ Wolfgang los. Bevor Maria Anna reagieren konnte, saß er bereits am Tisch und spielte auf der Holztastatur, die er immer mit sich führte. Es klapperte, schepperte. Ob er die Musik hören konnte, die er spielte? Vermutlich. Langsam entspannte sich Maria Anna. Auch Wolfgang wurde ruhiger.

»Spielst du das Konzert von heute Nachmittag?«

Wolfgang sah sie überrascht an.

»Nein. Hörst du es nicht? Ich erzähle dich. Deinen Geruch, deine Haut, deine Küsse. Alles setze ich um in Akkorde. Ich spreche über dich.«

»Das geht?«

»Es ist wie ein Alphabet. Wer es beherrscht, kann mit ihm alles sagen.«

»Sag, dass du mich liebst!«

Wolfgang zögerte mit der Antwort.

»Das kann man nicht sagen.«

Maria Anna wurde ernst.

»Oh, ich dachte man kann alles sagen.«

Ein Misston lag plötzlich zwischen ihnen, eine Verzerrung der Schwingungen, die sie zusammenspannte.

»Man muss es fühlen«, sagte er.

»Und du fühlst nichts?«

»Ich fühle so intensiv, dass ich nicht weiß, ob es Liebe ist oder nur Begierde.«

»Und deine Musik? Sagt sie nichts dazu?«

Wolfgang sah zur Decke, als stünde die Antwort dort oben in den verwitterten Balken des Plafonds.

»In diesem Fall ... ist sie stumm.«

»Wozu taugt sie, wenn sie nicht in der Sprache der Liebe reden kann? Dann ist sie ein leeres Gehäuse. Unbrauchbar.« Maria Anna raffte ihr Kleid, zupfte da und dort noch herum und ging zur Tür.

»Bleib«, sagte Wolfgang mit heiserer Stimme. Er musste vor Verlegenheit husten. »Bitte. Ich werde es versuchen. Heute. In der Akademie.«

Maria Anna nickte, drehte sich aber nicht mehr zu Wolfgang um. Sie durfte es ihm nicht zu leicht machen.

24

Niemand erkannte sie, als sie die Treppe hinaufstiegen. Die eisige Luft setzte sich im Gebäude fort. Überall weiße Atemfahnen, vermummte Gestalten, rote Nasen. Seidenschals raschelten. Männer schlugen ihre Handschuhe gegeneinander. Bis hinauf in den Saal begleitete sie die Herbstkälte und ließ sie zittern.

»Ist das nicht des Buchbinders Tochter?«, flüsterte es hinter ihnen. Wolfgang spitzte seine Ohren, lauschte auf das Geflüster und Gewisper, das sie begleitete. Die Gäste standen im Eingang, auf der Treppe, im Vorraum zur Geschlechterstube. Blasse Gesichter überall, blasiert, wie Wolfgang feststellte, mit ausdruckslosen Augen, niederen Stirnen. Ihre einzige Begabung bestand darin, ihre Kleidung dem Anlass entsprechend auszusuchen. Wolfgang hätte gerne mit dem Finger auf sie gezeigt, sie ausgelacht ob ihrer zur Schau getragenen Wichtigkeit, ihrer durch Geburt zugesprochenen Würde, deren Fassade bröckelte und zusammenbrach, sobald daran gekratzt wurde.

»Kennt jemand den Kerl?« – »Was ist der hässlich!« – »Warum verbietet niemand dem Gesinde, sich hier zu zeigen.« – »Was wollen die hier?« – »Heute soll ein Mozart spielen.« – »Wer ist das?«

Wolfgang ließ sich trotz der Ignoranz der Menge nicht davon abhalten, die Geschlechterstube zu betreten. Ihn trug ein Gefühl, wie er es selten kannte. Ein beschwingtes, erhabenes Kribbeln unter den Fingernägeln, ein angenehmes Ziehen in der Leiste, eine erwartungsvolle Trockenheit der Lippen, die nicht durch Lecken beseitigt werden konnte. Nur die Temperatur im hohen Saal beunruhigte ihn. Mit klammen Fingern konnte er unmöglich spielen.

Maria Anna, die leicht wie eine Feder neben ihm eingehakt lief, hatte, seit sie das Gasthaus verlassen hatten, nichts mehr gesagt.

Wie sollte es ihm gelingen, »Ich liebe dich!« auf dem Klavier zu sagen, wenn man es nicht einmal überzeugend über die Lippen brachte? Auf dem Weg hierher hatte er auf sie eingeredet, sie zu überzeugen versucht, dass es unmöglich war, aber sie war stumm und abweisend geblieben, hatte ihn nicht einmal angesehen, sondern nur seine Führung zugelassen.

»Mozart!«

»Wolfgang!«

Sein Name hallte ihm doppelt entgegen, als er die Stube selbst betrat, und hätte ihn in seiner Deutlichkeit beinahe wieder vertrieben.

Kerzen erhellten den Raum und sorgten für etwas Wärme. Sessel waren so gestellt, dass sie sich allesamt um einen Flügel herum gruppierten. Einige wenige Honoratioren in der ersten Reihe erhoben sich, klatschten. Es hörte sich dünn und kraftlos an. Wolfgang erkannte kaum etwas, hörte aber umso deutlicher, wie sich die Menschen aus ihren Stühlen erhoben. Hinter ihnen schob sich ein Gemurmel in den Saal, als die Wartenden von Vorraum und Treppe den Raum betraten.

Mit auf dem Parkett laut klackenden Schuhen eilte Stein herbei. Es war sein Rhythmus zu gehen. Von der anderen Seite winkte die Frau Mama. Ob der Oheim neben ihr stand, konnte er nicht erkennen. Er winkte zurück, konzentrierte sich auf Stein.

»Mozart. Schön, dass Ihr Euch doch habt überwinden können. Wir sind untröstlich, was den Affront Euch gegenüber anbelangt. Trotzdem hoffen wir inständig, dass Ihr von Eurer Kunst zum Besten gebt.«

Wolfgang schüttelte Hände. Plötzlich waren Menschen um ihn, drängten heran, bedrängten ihn. Alles redete auf ihn ein, eine Wolke aus Geplapper und Geschwätz, die auf ihn niedersank. Maria Anna hatte seinen Arm losgelassen, so dass sie durch die Menge weggetragen wurde. Er spähte nach ihr aus, aber seine Kurzsichtigkeit ließ ihn ins Leere schielen.

»Mozart!«, vernahm er die vertraute Stimme Steins an seinem Ohr. »Sie werden doch etwas spielen, nicht?«

»Aber Stein«, versuchte Wolfgang durch das ansteigende Gewäsch um ihn herum die Laune Steins zu dämpfen. »Vielleicht. Wenn der Longotabarro hier ist, dann nicht.«

Jetzt hatte er ins Schwarze getroffen. Das Gewisper und Gesumse verstummte schlagartig.

»Mein lieber Mozart. Was soll ich dem jungen Langenmantel sagen? Er sitzt bereits in der ersten Reihe! Zügeln Sie Ihren berechtigten Zorn. Sie bestrafen uns alle, wenn Sie sich an ihm rächen.«

»Stein, sagen Sie ihm: Einen Tobak drauf. Er wird es verstehen.« Wolfgang freute sich diebisch über diese Formulierung. »Sie könnten ihn aus dem Saal entfernen lassen.« Wolfgang hörte Stein allein bei dem Gedanken daran schwerer atmen. »Und jetzt lassen Sie mich durch die Stube flanieren.«

Wolfgang suchte Maria Anna. Aber nicht er fand sie, sie fand ihn, hakte sich wieder bei ihm unter, ließ sich in ihrer federleichten Art durch den Raum dirigieren.

»Siehst du die Wappenschilde an den Wänden? Und die steifen Geschlechterstühle? Nur die Mitglieder der Stube dürfen sich dort hineinsetzen. Wehe, es untersteht sich ein Fremder ...«

Wolfgang zuckte mit den Schultern.

»Über die Zeit gerettete Aufgeblasenheit. Damit kann man mir nicht imponieren«, versetzte Wolfgang so laut, dass die Umstehenden es mithören konnten. Übers ganze Gesicht grinsend widmete er sich einer Lieblingsbeschäftigung. Leidenschaftlich gern studierte Wolfgang die Physiognomien der Konzertbesucher, fragte sich, was sie hierher gelockt hatte, oder warum sie sich die Mühe gemacht hatten, sich in sündhaft teure Garderoben zu zwängen.

Die Antwort war natürlich einfach, so einfach, dass er selbst lachen musste. Sie erwarteten ihn. Ihn. Ihn. Ihn.

Nicht den langhaxigen, schlaksigen Unholdssohn von einem Langenmantel.

Wieder und wieder durchquerten sie den Raum. Wolfgang machte sich einen Spaß daraus, zu erraten, ob eine der heftig diskutierenden Gruppen, denen sie auswichen, aus Protestanten oder aus Katholiken bestand.

»Das sind zu spitze Gesichter, die Arme in ewiger Unruhe, um nach dem Irdischen zu fassen. Sie beratschlagen Gottes Segen und schielen nach dem Nachbarn, der sich noch um einiges prächtiger herausgeputzt hat als er selbst, von Gott also eher geliebt und womöglich bevorzugt wird. Es werden Protestanten sein«, spekulierte er, und Maria Anna lachte, wenn er wieder ins Schwarze getroffen hatte.

»Und dort, die selige Ruhe der mit Lust Leidenden. Ihr verklärter Jenseitsblick, die verdrehten Augen, die nach innen schauen lassen, das eine Buch auf ihren Stirnen. Katholiken mit einem Wort«, foppte er die Menschen um sich herum. Dabei versuchte er Maria Anna zu imponieren. Wolfgang erfand Namen, und je exotischer die Person, desto freizügiger der Name. »Ach du Schreck, die Duchesse Arschbömmerl und die Gräfin Brunzgern!«, stöhnte er auf, als wären die beiden hellhäutigen, beinahe durchscheinenden Alten eine Last, die ihm aufgebürdet wurde. Maria Anna prustete los. Sie konnte sich nicht mehr halten und lachte frei heraus und in einer Lautstärke, dass sich die Anwesenden nach ihnen umdrehten. Wolfgang nahm sie und drehte mit ihr eine Pirouette. Übermut packte ihn, er fühlte seinen Zorn sich wandeln in die Bereitschaft, die Ernsthaftigkeit der Besucher in Humor aufzulösen. Er verbeugte sich vor einer Dame mit ihren zwei Töchtern, die sich glichen, als wären sie der Mutter aus dem Gesicht geschnitten worden. Halblaut kommentierte Wolfgang: »Begrüßen wir die Fürstin Riechzumdreck, wertes Bäsle, mit ihren beiden Töchtern, die mit den Prinzen Mussbauch vom Sauschwanz verheiratet sind!«

Das Bäsle kickste schrill, hielt sich den Bauch, presste ihre Faust auf dic Lippen und versuchte zu atmen, aber ein Krampf schüttelte sie. Wolfgang nahm sie sanft am Arm und drehte seine Runde weiter. Die Umstehenden schüttelten die Köpfe. Er schüttelte mit seinem Kopf zurück, so dass sich ein kopfschüttelndes Kopfschütteln ergab. »Sogar die beiden Studiosi sind anwesend, ganz hinten.« Er winkte in eine der Ecken. »Hab ich dir die beiden schon vorgestellt? Saufinetfrissibloß und Frissinetsaufibloß.«

Tränen rannen Maria Anna die Wangen hinab. Sie kämpfte mit Atemnot, hochrot im Gesicht und musste sich setzen.

»Achtung, meine Liebe, Noblesse ohne Ende und Ansehen. Sogar Baron von Zipfel mit seiner Gattin, der Baronin Furzinet-Stinkibloß sind anwesend.«

»Wolfgang, lass gut sein«, japste Maria Anna. »Ich muss mich erholen.«

»Dann werde ich die Akademie eröffnen, wertes Fräulein. Aber ich setze Euch zuvor zwischen die beiden Lecker von Mantel und den Freiherrn von Sacklaus mit seiner Gattin Ursel zum Kaltenloch.«

Wolfgang blieb selbst völlig ernst. Er führte Maria Anna, die sich mittlerweile unter Lachkrämpfen wand, zu einem freien Stuhl am Rande der Reihe. Nahe genug bei ihm, damit er sie während des Spielens beobachten konnte. Er musste und wollte auf ihre Reaktionen antworten. Er brauchte heute ihre Nähe, auch wenn sie sich anfänglich so unnahbar gezeigt hatte.

»Ritter von Mozart?«

Wolfgang drehte sich um, während Maria Anna in ihrem Stuhl zusammensank und sich die Tränen von den Wangen wischte.

»Derselbe.«

»Baron von Rehlingen!«, grüßte dieser und streckte ihm die Hand entgegen. »Eine Bitte, Maestro!«

Wolfgang zögerte, diese anzunehmen. Er hasste es, wenn Menschen zudrückten, als hätten sie einen Schmiedehammer in der Hand. Baron von Rehlingen, wieder so ein Bürgermeister, so ein Langohr und angeblicher Kunstkenner. Wolfgang seufzte.

»Was wollt Ihr?«

Der Baron räusperte sich, als würde es ihm Ungemach bereiten, sein Anliegen zu formulieren.

»Wenn Ihr doch eine Akademie geben könntet. Auch wenn der Bürgermeister der katholischen Fraktion ... Wir Protestanten haben uns zumindest ... Nun wir freuen uns ... Es ist Ihnen ins Belieben gesetzt, welches ... Nur enttäuschen Sie uns nicht ... Wir wissen ... Verärgerung ... Zorn ... Beleidigung ... soll zumindest symbolisch honoriert ...«

Wolfgang winkte ab. Das war ja grauenhaft. Konnte dieser Bürgermeister und Baron von Rehlingen keinen vernünftigen Satz formulieren? Man musste sich ja die Hälfte denken.

»Ich ...«, murmelte Wolfgang, »...etwas irritiert ... muss überlegen ... kann noch nicht ... Zeit ... natürlich ... spielen ... womöglich ...«

Baron von Rehlingen räusperte sich, lief rot an. Wolfgang hatte die Hände in die Hüfte gestützt, sah dem Baron herausfordernd ins Gesicht. Entstammte die Röte der Anstrengung, seinen Wunsch vorzutragen, oder hatte er mitbekommen, dass Wolfgang ihn auf den Arm nahm. Als der Baron wiederum ansetzte, verwarf Wolfgang die letztere Möglichkeit.

»... wirklich sehr ... bemüht ... Kenner allesamt ... untertänigst ...«

Ein Husten schüttelte den Baron. Wolfgang beugte sich zu Maria Anna hinunter.

»Sogar der Baron Spaltlippe von Stotterbart beehrt sich, mich zu bitten. Da lassen wir uns doch gern darauf ein, oder?«

Wolfgang richtete sich auf, sah über die Menge hinweg, die noch immer in kleinen Grüppchen zusammenstand und sich unterhielt. Maria Anna musste zweimal Luft holen. Ihre quellenden Augen sagten Wolfgang, dass sie beinahe platzte vor Amüsement. Jetzt war der rechte Zeitpunkt gekommen.

Ohne auf den Baron von Rehlingen zu achten, der ihm dicht auf den Fersen folgte, schritt er auf das steinsche

Hammerklavier zu und setzte sich. Schon wollte dieser ansetzen, um ihn einzuleiten, womöglich einige wenige betuliche Worte – zu stottern. Aber Wolfgang war es leid. Ohne Umstände begann er mit einer Sonate, ließ den Baron etwas hilflos zurück. Dieser stand eine Weile, lächelte unbeholfen ins Publikum und ging dann zu seinem Stuhl.

Wolfgangs Finger begannen wie von selbst die Tasten entlangzulaufen. Eher erstaunt sah er ihnen zu, wunderte sich, mit welcher Treffsicherheit sie Clavis um Clavis schlugen, Akkorde griffen, staccato und glissando über die Klaviatur glitten. Kaum dass er selbst hinhörte. Wie bei einer mechanischen Puppe führten die Hände ein Eigenleben, hatten sie sich vom Kopf losgesagt und begannen zu tanzen und zu springen.

Für Wolfgang besaß diese Erfahrung einen eigenen Schrecken, von dem er sich erst erholen musste. Bislang hatte er geglaubt, er könne nur dann spielen, wenn er sich auf die Musik konzentriere, wenn er sich einfühle und hinuntertauche in den Ozean der Akkorde. Jetzt wurde ihm bewusst, dass es ein rein mechanisches Element seines Könnens gab, das völlig unabhängig von seinem Willen existierte. Die Finger, die Hände lebten nach eigenen Gesetzen. Er sah auf, fühlte, dass seine Augen großen runden Tellern glichen, die erstaunt einer Erfahrung hinterherblickten. Vor ihm, direkt in seinem Sichtfeld, so dass sich der Blick ihrer Augen kreuzen musste, saß Maria Anna. Die Flecken waren verschwunden, ihre Heiterkeit hatte sich ausgetobt. Sie hatte die Augen geschlossen, lauschte der Sonate. In ihrem Gesicht lag eine gelöste Spannung, wie man sie auf Kindergesichtern kurz vor dem Einschlafen fand. Aber Maria Anna schlief nicht, sie lächelte, ließ sich auf die Musik ein, war hellwach – und Wolfgang las in ihrem Gesicht wie in einem Buch. Sie konnte nicht verstehen, welcher Aufgabe er sich stellte. Sie hörte – hörte eine Musik, die mechanisch brillant war, aber leblos. Genau das war die Formulierung, die ihm selbst immer auf der Zunge gelegen hatte. Sie war leblos und starr. Ihr fehlte der Odem, der den Dingen eine Seele gab. Wolfgang löste den Blick von Maria Anna, ließ ihn weiter schweifen, betrachtete den weit aufgerissenen Rachen des jungen Leckermantel, der einen Dirigentenstab quer hätte verschlingen können. Jetzt gähnte ihn dieses blasierte Gesicht eines Langweilers auch noch an. Am liebsten hätte er ihm ... einen Tobak angeboten.

Der junge Laffe hatte Recht behalten. Sein Spiel war mechanisch klar. Wolfgang wurmte es, dass dieser Nicker und Plapperer Recht behielt. Ihm fehlte die Seele. Woher nahm man eine Seele, wenn das Publikum vor höflicher Langeweile beinahe von den Stühlen fiel? Manche der betagten Damen und Herren hatten ihre Köpfe zurückgelehnt und schliefen in veritabler Lage. Dazu schnarchten sie leise.

Zu einer anderen Zeit, an einem anderen Ort hätte Wolfgang dieses Verhalten maßlos erzürnt, hätte er Gift und Galle über die Langohren und ihre Unmusikalität verspritzt. Heute hielt er sich an Maria Annas Gesicht fest. In ihrem Ausdruck suchte er seinen Weg. Eine Mischung aus Leichtsinnigkeit und klaren Vorgaben. Ihre Entzückung, ihre Verrückung konnte er nicht verstehen. Verhieß sein Spiel doch keinerlei Genuss, sondern lediglich das Abarbeiten einer Erinnerungsaufgabe.

»Ah, seht ihr, er spielt ohne Noten. Aus dem Kopf. Erstaunlich«, solche Ausbrüche gab es zuhauf aus dem Publikum. Ihnen war die Gedächtnisleistung offenbar der gewaltigere Akt.

25

Maria Anna entging nicht, dass Wolfgang ständig zu ihr herübersah, dass er sie musterte, als suchte er eine Bestätigung. Doch welcher Art sollte die sein? Sollte sie ihm sagen, dass seine Musik klang wie die Spielwerke, die an

Festtagen vor dem Bischofspalais zu hören waren? Mechanisch, kühl, seelenlos. Sie fühlte Distanz, sie fühlte eine Trennung zwischen ihm und der Musik. Papieren wirkte sie, als wäre sie nur hingeschrieben und nicht durch menschliche Wärme und Hingabe belebt.

Sie schreckte hoch, als die Musik verstummte.

Wolfgang saß da, über die Tastatur gebeugt, als hätte man ihm auf den Rücken geschlagen. Zuerst herrschte eine bedrückende Stille, eine Erwartung, die forderte. Als sich Wolfgang nicht rührte, begannen die Zuhörer zu klatschen, allen voran Stein. Zögerlich, erstaunt über die Kürze des Vortrags, honorierten sie dennoch Wolfgangs Bemühen. Kaum einem war Wolfgangs seelenloser Vortrag entgangen. Vielleicht lag es daran, dass er die steinschen Klaviere noch nicht recht beherrschte.

Von ihrem Platz aus sah sie sein Gesicht. Es zuckte in ihm. Die unterschiedlichsten Gefühle kämpften darin miteinander. Ärgerte er sich, weil die Langohren, wie er sie nannte, seine Kunst nicht würdigen konnten? Maria Anna klatschte nicht. Sie saß da, die Hände im Schoß verschränkt. Wolfgang vermied es, sie anzusehen. Wie versteinert hockte er vor dem Flügel, blickte auf seine Hände.

»Ich danke dem Musikus Mozart für seinen Vortrag. Dank meiner Bemühungen ist es mir gelungen, dieses Konzert im kleinen Rahmen für die Kenner der Musik in Augsburg …« Der junge Langenmantel war aufgesprungen, hielt eine Rede, brüstete sich wie ein Gockel. Er hüstelte. »Ich hatte natürlich gewusst, dass unser Mozart heute hierher kommen und spielen würde. Schließlich habe ich mit ihm …« Beifall unterbrach ihn.

Maria Anna verblüffte die Eitelkeit dieses Wichts, der die Lorbeeren für die Akademie einheimste, die andere ermöglicht hatten. Wie ein Pfau stellte er seine Federn. Seine Frau glänzte regelrecht in der Aura ihres Mannes.

»… habe ich ihm zugeredet. Selbstverständlich wusste ich von der Anziehungskraft der Öffentlichkeit, der kein Künstler, und als solchen bezeichnet sich Herr Mozart neuerdings, widerstehen kann.«

»Still, Langenmantel!«, zischte es vom Flügel her. Wolfgang hatte sich aufgerichtet und war neben das Klavier getreten. »Ich spiele nicht aufgrund von Langenmantels Gnaden. Ich spiele ...«, Wolfgang zögerte. Seine Miene verdüsterte sich. Sein Blick fegte das Parkett entlang. Dann aber – als hätte ihn eine Muse berührt – flog ein heller Streifen über seine Lippen. Als er sich aufrichtete, den Blick geradeaus lenkte, blickte er Maria Anna in die Augen. »... ich spiele heute aus anderen Gründen. Sicherlich nicht, weil Sie, Herr Langenmantel, mich dazu verführt haben. Nehmen Sie sich nicht so wichtig. Ich spiele ...« Er ließ den Schlusssatz für die Zuhörer offen, beendete aber für Maria Anna den Satz mit dem Heben einer Augenbraue. »Es folgt ein Klavierkonzert.«

Langenmantel ließ sich in den Sessel plumpsen. Von blass zu zornesrot changierend. Alle Kraft war aus ihm gewichen. Offenbar hatte man noch niemals so mit ihm geredet.

Wolfgang rückte sich den Stuhl zurecht, legte die Hände auf die Tasten – und mit dem ersten Ton schluckte der Augenblick alle Zeit. Verwundert betrachtete Maria Anna diese Hände. Welch eine Wandlung. Das Gemurmel, das nach der Zurechtweisung Langenmantels den Saal erfüllt hatte, verstummte. Alle hörten wie gebannt hin. Wie konnte dasselbe Instrument solche Unterschiede hervorbringen? Wolfgang blickte keine Sekunde auf die Tasten. Er las seine Noten von der Innenseite der Augenlider ab, improvisierte und trug mit seinen Harmonien ein Meer von Klängen mit sich.

Maria Anna fühlte die Erlösung, in die sich Wolfgang hineinspielte. Als wäre ein Damm gebrochen, und die Wärme der Klangflut würde sich über den Pianisten und über das Publikum ergießen. Ein Atem füllte den Raum, der im Nu die kalten Fahnen aus den Mündern der Zuhörer vertrieb, die Kerzen flackern ließ und ein Kitzeln verursachte, das die Haut hinauf- und hinunterlief. Ein Kitzeln, das sich unterm Mieder fortsetzte, sich zwischen die Schenkel stahl und Maria Anna zittern ließ. Er berührte sie.

Ihr war, als legten sich Wolfgangs Hände auf ihre Schultern, massierten ihren Nacken und strichen ihr den Rücken hinab. Die Akkorde tasteten sich vorwärts, verwandelten sich in das sanfte Tasten von Fingerkuppen, in das erregende Berühren junger Lippen. Die Klänge verwandelten sich, sie glitten wie Geistererscheinungen durch den Raum, raunten, heulten, pfiffen, um wieder zurückzufallen in ein ruhiges Beben, einen stummen Aufschrei.

Es dauerte eine Weile, bis Maria Anna begriff, dass Wolfgang mit ihr redete, dass er zu ihr sprach. Seine Stimme war die Stimme der Akkorde – und er redete in einer Sprache, die in aller Welt dieselben Worte fand. Sie wagte nicht, sich zu rühren, weil sie befürchtete, das Rascheln des Kleides könne ihr einen Ton stehlen, ihr die Sinnlichkeit rauben, mit der die Wogen der Klänge an sie anbrandeten. Die Töne glitten, scherzten, hüpften, sprangen, schlitterten durch den Raum, um wieder in eine langsame, gemessene, nachdenkliche Gangart zu verfallen, eine Gangart, die sie um die Hüfte griff, in den Arm nahm, zurücklehnte und langsam, aber genussvoll zu küssen wagte, bis ihr die Luft knapp wurde und sie mit einem Seufzer einatmen musste. Sie ließ sich necken und schmeicheln, streicheln und betasten, bis sie erschöpft in sich zusammensank.

Wie lange sie in Wolfgangs Klangwolke eingehüllt saß, konnte sie nicht sagen. Sie wusste nur, dass der letzte Ton in einer vibrierenden Traurigkeit verklang.

Langsam klärte sich ihr Blick. Wolfgangs Augen suchten die ihren und krallten sich dort fest. Jetzt hatte er es ihr gesagt, jetzt hatte er ihr gestanden, dass er sie liebte. Nichts anderes war es gewesen als eine Liebeserklärung in Akkorden, die sie beben ließ.

»Wir danken Ritter von Mozart für den ... außerordentlichen ... intensiven Genuss ...«

Lauter Beifall. Die Augsburger erhoben sich. Ein älteres Ehepaar erwachte aus tiefem Schlummer, sah verstört um sich, fiel ins allgemeine Klatschen ein. Maria Anna musste lächeln. Sie wussten nicht einmal, was ihnen entgangen war. Andere gähnten, was sie zornig machte, wieder andere reckten ihre eingeschlafenen Beine, schüttelten sie. Die Kälte kehrte in den Saal zurück, die Atemfahnen, das Gefühl klammer Finger.

Wolfgang saß regungslos am Klavier, betrachtete seine Hände, suchte ihren Blick, kehrte zu seinen Händen zurück. Erschöpft sah er aus, mit tiefen Augenringen und schmalem Kopf. Er erschien ihr ungeeignet für diese Welt. Was hatte er diesem gewalttätigen, ungerechten Diesseits schon entgegenzusetzen? Seine Musik, sofern sie ihm gehorchte wie heute. Ansonsten war er ihm schutzlos ausgeliefert. In ihr keimte das Gefühl, diese zarte Pflanze, dieses zerbrechliche Geschöpf behüten zu müssen, ihm Sicherheit und Schutz zuteil werden zu lassen, wie nur Frauen dies vermögen.

Maria Anna stellte sich hinter Wolfgang, massierte ihm den Nacken.

»Ich habe dich verstanden«, flüsterte sie ihm zu.

»Hoffentlich nicht«, antwortete Wolfgang, was Maria Anna überraschte.

Sie konnten aber nicht mehr als diese wenigen Worte wechseln, denn Wolfgangs Mutter stürmte zum Klavier.

»Wolferl, großartig!«

Sie zog ihn vom Klavierstuhl, nahm ihn in den Arm, drückte ihn an ihren Busen, dass er beinahe darin versank. Er ließ es willenlos mit sich geschehen. In diesem Augenblick wirkte er wie ein kleines Kind, dem man diese Welt zugemutet hatte, ohne ihn mit der nötigen Härte auszustatten.

»Mein lieber ... mein, also Mozart!« Auch Baron von Rehlingen steuerte auf Wolfgang zu. Mit ausgestrecktem Arm deutete er auf Wolfgang, damit dieser ihm nicht entsprang, während er sich wie ein Pflug durch die Menge kämpfte, die sich aus dem Raum drängte. »Wirklich ... Ohrenweide. Wir können gar nicht ... Ich weiß gar nicht ... Wir sollten nicht ...«

Wolfgang sah bedeutungsvoll zu Maria Anna und verzog den Mund, ließ die Zunge heraushängen.

»... ob allen Zuhörern ... Intensität Ihres Spiels ... genug danken ... Genuss!« Der Baron räusperte sich, schluckte. »Wir stehen … Schuld.« Er zog aus dem Täschchen seiner Weste zwei Münzen hervor. Wieder räusperte er sich: »… kleines Dankeschön.« Er drückte Wolfgang die Goldstücke in die Hand.

Der stand wie erstarrt. Langsam öffnete er die Hand, die Münzen schimmerten, tanzten im Kerzenlicht einen aufgeregten Tanz, schienen zu brennen. Er ließ die Hand offen, damit alle Umstehenden die beiden Dukaten betrachten konnten. Wolfgang selbst beachtete sie nicht, sah jedoch dem Baron von Rehlingen fortwährend auf das Wams, dort, wo ein Knopf abgerissen war und die Weste aufklaffte, so dass dieser nervös die Stelle zu schließen versuchte. Ein paar Mal öffnete sich sein Mund, schloss sich aber wieder, als könnte er keine Worte hervorbringen, als verweigerte ihm die Stimme ihren Dienst.

»… nicht bedanken, Mozart … gerne … und Selbstverständlichkeit.«

Maria Anna hatte ihren Vetter noch niemals so sprachlos gesehen. Als hinderte ihn ein Krampf daran, die Finger zu schließen, hielt er auf der ausgestreckten Hand dem Baron die beiden Dukaten entgegen.

Auch seine Mutter warf einen Blick auf die Entlohnung. Ihr Teint wurde aschfahl. Maria Anna legte ihr beruhigend die Hand auf den Arm, aber sie entzog sich ihr ruckartig. Sie sah von den Münzen zu Wolfgang und von Wolfgang zu den Münzen, in immer rascherer Folge, bis sie sich umdrehte und aus der Geschlechterstube stolperte.

»Frau Mama!«, rief Wolfgang ihr hinterher, aber die Mozartin hörte ihn nicht oder wollte ihn nicht mehr hören. Nur ihre schwarzen Bänder sah man um die Ecke streichen.

»Zwei Dukaten sind neun Gulden wert!«, hörte sie Wolfgang flüstern.

Maria Anna ahnte, was Wolfgang hatte erstarren lassen. Neun Gulden, das war üblicherweise etwas mehr als der Wochenlohn für einen Handwerker. Ihr Vater verdiente einen halben Gulden täglich. Damit Wolfgang mit seiner Mutter weiterreisen konnte, damit er ausreichend Geld verdiente, bis nach Paris oder weiter zu kommen, musste er mehr einnehmen, viel mehr. Hatte Wolfgang nicht angedeutet, dass er über einhundert Gulden erspielen musste, damit es sich lohnte?

»Glaubt Ihr, Baron Rehlingen, damit könne man mich zufrieden stellen?« Wolfgang sagte das ruhig, beinahe gelassen, aber es lag ein unausgesprochener Vorwurf darin. »Ihr mögt Euch Eurer Verantwortung entzogen haben. Ihr mögt glauben, Kunst sei vor allem eines, nämlich kostenlos. Aber ich sage Euch, Baron von Rehlingen. Wer an der Kunst spart, der spart am Ruf. Wer sich seinen Ruf vergibt, der wird aus dieser Welt verschwinden, ohne Nachhall. Keine Spur wird bleiben.« Wolfgang schloss die Hand, steckte die beiden Dukaten weg. Maria Anna suchte nach seiner freien Hand. Sie schloss sich fest um die ihre. Wolfgang schwitzte. Seine Innenfläche war noch nie feucht gewesen. Jetzt fühlte sie sich erregt und nass an. Er drückte zu, so dass sie kurz aufstöhnte, damit er bemerkte, dass er keinen Stock in der Hand hielt, sondern sie.

»Verzeih!«, murmelte Wolfgang. Dann sah er Rehlingen wieder an, dem zu Wolfgangs Vorwürfen bislang nichts eingefallen zu sein schien. »Salzburg hat mich vertrieben, aber man wird Salzburg erinnern als die Stadt, die einem Wolfgang Mozart die Musik erschlossen hat. München hat mich weitergeschickt, aber man wird München erinnern als die Stadt, in der ein Mozart willkommen war. Was glaubt Ihr, wird von Augsburg gesprochen werden? Was in den Erinnerungen verbleiben? Die Stadt des mittelmäßigsten Bürgertums? Die Stadt der Dampfplauderer und Zögerer? Die Stadt, die gerne groß sein möchte, aber die Kleingeisterei zum Prinzip erhebt? Ihr seid ein Wicht; Ihr und Eure Stadtregierung, alles Wichte.«

Baron von Rehlingen wechselte seine Gesichtsfarbe von blass zu rot und weiter zu einem aschfahlen, kränklichen Gelb. Wolfgang, der Maria Anna noch immer festhielt, zog sie hinter sich her und ließ den Baron einfach stehen. Selbst Stein, der sich ihm in den Weg stellte und gratulieren wollte, wies er mit einer rüden Handbewegung zurück.

»Ich möchte niemanden mehr sehen. Ihr Augsburger seid

ein Volk von … von …«, ihm fiel offenbar kein Schimpfwort ein, das treffend genug gewesen wäre. »Es ist ein Fehler gewesen, hier zu erscheinen. Wir sollten aufbrechen. Jeder Fürstenhof ist mir lieber als dieser Ort voller Philister und Krämerseelen ohne Horizont, denen gepflasterte Straßen und gut gebaute Brücken wichtiger sind als die Schöpfungen der Kinder dieser Stadt. Diese Hauptstadt der Abderiten.«

Maria Anna stolperte hinter Wolfgang her, die Treppe hinunter. Er nahm immer zwei Stufen auf einmal, ohne darauf zu achten, dass sie bei ihrem langen Rock nicht auf den Saum treten durfte. Aber er ließ sie nicht los, zog sie nach, so dass sie das Gefühl hatte, die Stufen mehr hinabzufliegen als zu laufen.

»Wolfgang, bitte!«, rief sie ihm hinterher, doch er hörte nicht, stellte sich taub.

Vorbei an den Honoratioren der Stadt bahnten sie sich ihren Weg hinaus auf die Straße vor dem Rathaus. Erst dort, in der Kälte, verlangsamte Wolfgang seinen Schritt, ohne seinen eisernen Griff zu lockern. Maria Anna wunderte sich darüber, wie sie es ohne zerrissenes Kleid und gebrochene Knochen bis hierher geschafft hatte.

Wolfgang, der vor Atemlosigkeit keuchte, dampfte in der Kälte. Aus seinem Mund, aus seiner Kleidung stiegen Wolken auf, die ihn unwirklich erscheinen ließen, als wäre er eben erst der Erde entstiegen, ein Rachegeist der Musik, diese Stadt zu strafen.

26

»Wolfgang?«

Wolfgang zog die Decke über den Kopf. Jetzt niemanden. Er wollte niemanden sehen, sprechen, hören. Unter dem Laken war es nicht ganz dunkel. Das Morgenlicht schien durch die dünn gewetzten Stellen. Dort konnte er es aushalten. Die Welt aussperren. Außerhalb dieses Halbdunkels war alles zu grell, zu laut, zu fordernd.

»Wolfgang!«

Die Stimme seiner Mutter klang hart. Sie würde seine Untätigkeit nicht länger dulden. Morgens früh aus den Federn und an den Schreibtisch. Noten waren zu kopieren, Briefe zu schreiben, der Tag zu besprechen. Der Brief an den Vater erst aufgesetzt, noch lange nicht bereit, abgeschickt zu werden. Jetzt wollte er ihn auch nicht mehr abschicken. Es wurmte ihn, dass er sich von Stein hatte überreden lassen, eine Akademie in der Geschlechterstube zu geben. Er hätte auf seiner Weigerung bestehen müssen. Nur so hätte er diesen jungen Langenmantel blamieren können.

»Wolfgang, jetzt aber raus aus den Federn!«

Die Angeln schrien. Seine Mutter betrat das Zimmer. Wolfgang überlegte sich, was sie sehen würde: die Kleidung, die er voller Wut durchs Zimmer geschleudert hatte, den geschlossenen Laden, obwohl es eben schon neun Uhr geschlagen hatte, den Berg aus seiner Bettdecke, unter dem er sich verbarg. Er hörte sie einen Stuhl heranziehen, sich darauf setzen. Die Bespannung knarrte. Ihr Seufzen. Ihr Husten. Er hörte eine Müdigkeit aus ihren Bewegungen heraus, die fremd klang.

»Was soll das, Wolfgang?«

»Ich stehe nicht auf.«

»Du kannst nicht einfach liegen bleiben!«

»Du siehst, dass ich es kann. Sogar noch länger, Mutter.«

»Kindskopf!«

»Dann eben auch das: Kindskopf, Rindskopf, Sauertopf. Alles in einem. Gut durchgemischt.«

»Wir müssen miteinander reden.«

»Wir reden miteinander, Mutter.«

Seine Mutter ging die Dinge immer ein wenig umständlich an, statt geradeaus darauf zuzusteuern. Da konnte es geschehen, dass man ahnungslos über den Kaffee oder über Seidenstrümpfe sprach, und plötzlich landete man bei …

»Wir brauchen Geld. Der Wirt ist ungeduldig. Zwar kann ich den Herrn Vater in einem Brief noch einmal um eine Summe angehen, aber die beiden Dukaten von gestern sind nicht einmal geeignet, dein Zimmer allein auszulösen. Geschweige denn beide.«

Jetzt war sie dort, wo sie hinwollte, und wohin er ihr nicht folgen konnte. Heute nicht. Hatte sie denn nicht gehört, wie er gespielt hatte? Hatte sie nicht gehört, wohin ihn seine Improvisation geführt hatte? Unter der Decke hielt er sich die Ohren zu, drehte sich zur Seite.

»Ich will nichts hören! Nichts! Nichts! Nichts!«

»Du hättest ein Honorar aushandeln sollen«, fuhr seine Mutter unbeirrt fort, und Wolfgang konnte nicht verhindern, dass er ihr zuhörte, obwohl er sich eine Melodie vorsummte, obwohl er an Maria Anna dachte. »Dein Vater hat Verträge geschlossen, Rechnungen gestellt, Angebote eingeholt. Vierzig, sechzig, achtzig Gulden sind immer übrig geblieben. Und das bei jedem Konzert. Das waren die Summen, die wir brauchten, um weiterreisen, um in anderen Städten auftreten zu können.«

Der Herr Papa. Wieder dieser Spiegel. Wieder das Vorbild. Ihm wurde übel davon. Natürlich wäre das dem Herrn Papa nicht passiert. Nur zwei Dukaten. Er hätte natürlich Erfolg gehabt. Wie ein Schatten kroch ihm die Gestalt des Vaters unter die Decke. Die dünn geschabten Stellen des Bettlakens verwandelten sich zu Augen, Mund, Ohren, die ihn angrinsten, auslachten, mahnten. Er schloss die Augen, aber wie eine rote Maske folgte ihm das Gesicht des Vaters sogar in diese Dunkelheit hinein.

»Ich bin nicht der Herr Papa. Ich bin Wolfgang Amadé Mozart«, versuchte er sich zu rechtfertigen.

Seine Mutter schwieg. Nur ihr schweres Atmen hörte er, ihr Pfeifen, das sich in den letzten Tagen verschlimmert hatte. Ihre Bronchien waren angegriffen. Er roch unter der Decke sich und ein wenig vom Duft seiner Mutter, dem aber alles Salzburgische abhanden gekommen war. Fremd war sie ihm geworden.

»Jetzt steh auf. Ich geh zum Oheim, und ich möchte,

dass du in der Zwischenzeit den Brief an den Vater fertig schreibst. Wenn wir uns zum Essen treffen, dann sind diese Dinge erledigt!«

Sie hustete, hustete, dass es sie würgte. Sie wollte noch etwas sagen, aber ihr Belfern hinderte sie daran.

Wolfgang schüttelte den Kopf. Natürlich wusste er, dass seine Mutter ihn nicht sehen konnte. Heute wollte er einfach nicht aufstehen.

»Ich denke nach. Ich komponiere!«, rief er der Mutter nach, aber die lief aus dem Zimmer, übergab sich draußen in den Nachttopf. Würgte. Spuckte. Sie spülte sich den Mund aus, erleichtert, atmete schwer. Selbst unter seiner Decke vernahm er ihren ziehenden Atem. Sie sollte sich ausruhen, im Bett bleiben.

»Ich spreche mit Stein, wegen der Akademie nächste Woche«, rief sie ihm ins Zimmer, matt. Dann hörte Wolfgang das Schlagen der Türen. Stille.

Er wollte nicht, dass sie begann, seine Akademien auszuhandeln. Er wollte nicht, dass sie an die Stelle des Herrn Papas trat. Schließlich war er reif genug, frei genug. Er hätte sie aufhalten, ihr nachspringen, sie zurückholen müssen. Sein Körper hielt ihn wie ein Stück Blei in diesem Bett. Unfähig war er, sich zu bewegen, unfähig, die Decke zurückzuschieben.

War er noch derselbe, der gestern Abend einen Gipfel erklommen hatte? Wie leicht es ihm gefallen war, wie sicher seine Hand getroffen hatte – wie er Maria Anna beeindruckt hatte. In ihren Augen hatte er es gesehen. Wie sich ihre Pupillen erweitert hatten, wie sich ihr Mund leicht geöffnet hatte. Seine Musik hatte sie besessen. Alles Mechanische war abgefallen und hatte einem Fühlen Platz gemacht, das er so noch nicht gekannt hatte, das er aber aus den Augen des Bäsles hatte ablesen können. Erstmals – und dafür zwei Dukaten. Handwerkerlohn! Jeder Maurer, jeder Zimmerer verdiente mehr.

Er fühlte einen Zorn hochkochen, einen ohnmächtigen Zorn, der sich gegen alles richtete, was diese Welt bereithielt, vor allem aber gegen die Heimatstadt seines Vaters.

Wenn er nur in die Zukunft blicken könnte. Was, wenn alle Welt sich seiner erinnerte, mit Stolz und Würde – und nur dieses armselige Nest sich sagen lassen müsste, dass es sein Genie verkannt hatte. Wenn alle Welt mit Fingern auf dieses Augsburg zeigen würde. Es wäre ihm eine Genugtuung ...

Ein Klopfen riss ihn aus seinen Träumereien. Schon wieder seine Mutter. Die Angeln kreischten, tappende Schritte, ein Rascheln. Wer stand im Zimmer? Sofort überlegte Wolfgang, wo seine Geige stand. Auf alte Geigen hatten es viele abgesehen. Geigen waren wertvoll. Er überlegte sich, ob er seine Bettdecke zurückwerfen, sich zeigen sollte. Aber er fand nicht den Mut. Die Person im Zimmer lief hin und her, als suchte sie etwas. Sie raschelte mit den Kleidern, sie tastete sich im Halbdunkel durch den Raum, näherte sich dem Bett – und dann roch er, wer ihn heimlich besuchte.

»Maria Anna?«, flüsterte er, erhielt aber keine Antwort. Täuschte er sich? Unmöglich. Diesen Frauengeruch gab es nur einmal.

Statt einer Antwort begannen zwei Arme unter die Bettdecke zu fahren. Sie tasteten seinen Rücken entlang, strichen sanft über sein Hemd, vom Nacken bis zu den Schenkeln. Die Hände fuhren gleichzeitig auf und ab, trennten sich, gingen eigene Wege, begegneten, überkreuzten, verschränkten sich, um wieder selbständig seinen Rücken zu erkunden. Wolfgang atmete seine Wärme ein, vermischt mit dem Duft Maria Annas, die immer noch stumm nur ihre Hände sprechen ließ.

Er lag eingerollt wie ein Kind im Mutterleib, kehrte ihr den Rücken zu. Die Hände beanspruchten immer mehr Raum, eroberten sich seine Brust, sein Gesicht, seine Arme und belebten alles an ihm. Seine Lenden regten sich. Maria Annas Hände tasteten sich vorwärts, ihre Finger glitten über sein Hemd, das sein Geschlecht verbarg, berührten es zaghaft. Verließen den Ort, kehrten wieder, fordernder, drängender. Wolfgang keuchte, dachte an gestern. Seine Improvisationen, Variationen hatten eben diese Berührungen zum Thema gehabt. Jetzt erfuhr er, dass sie noch intensiver erlebt wurden, als er sie in seiner Musik hatte schildern können. Maria Anna hatte ihn verstanden. Sie wusste, was er ihr erzählt hatte, schüchtern noch, nicht von dieser treibenden Intensität, mit der ihre Finger ihn bedachten. Er fand nicht mehr genügend Atem unter der Decke, schwitzte.

Mit einem Ruck schlug er die Decke zurück, drehte sich zu Maria Anna um.

Diese ließ von ihm ab, stand auf und trat zwei Schritte von seinem Bett weg. Wolfgang schluckte. Sie war nackt.

»Was …«, stotterte er. Schluckte wieder. Fand keine Worte mehr. Musste diesen Körper betrachten, der ihm schöner erschien als jede Symphonie, harmonischer als jedes Konzert. »Du bist … wunderschön …«, brachte er heraus und fühlte, wie banal das alles im Moment klang. So einfallslos, dass er sich am liebsten dafür geohrfeigt hätte.

»Ich hole dich ab. Wir wollten zu Heilig Kreuz hinauf«, sagte Maria Anna und sah ihn mit runden Augen an.

Er konnte keine Verlegenheit erkennen. Sie stand wie eine dürersche Venus, ebenso verführerisch, ebenso begehrenswert und selbstbewusst überzeugt von ihrer Einzigartigkeit. Über allem lag ein Schleier, wie ihn der Meister seiner nackten Göttin übergeworfen hatte, ein Hauch von Nichts, das ihm wie ein Sehfehler erschien und wohl darin begründet lag, dass er einfach vergessen hatte zu blinzeln. Denn mit dem Schlag des Lids verschwand diese Gaze, und sie stand in einer Offenheit und Klarheit vor ihm, die ihn beschämte. Er wusste nur nicht, was er tun sollte.

»Was …?«, versuchte er eine Frage, aber Maria Anna ging mit seiner Verlegenheit besser um als er, denn sie lächelte ihn an, kam einen Schritt auf ihn zu, setzte sich neben ihn aufs Bett.

»Ich wollte, dass du siehst, was du angerichtet hast.«

In Wolfgangs Kopf schwirrte es. Er glaubte, den Verstand zu verlieren. Maria Anna so nahe, zum Greifen nahe. Er streckte seine Hand aus, berührte die Haut auf ihrem Bauch.

»Was habe ich angerichtet?«

Sie lachte ein wenig, nahm seine Hand und drückte sie an ihre Lippen.

»Du hast mich begehrt, nicht? Du hast mich in deiner Musik nicht nur geküsst, mir nicht nur zugeflüstert, dass du mich liebst, du hast mich – ausgezogen!«

Wolfgang schloss die Augen, fühlte Maria Annas Hand auf seinem Bauch.

»Das war Musik«, versuchte er sich zu rechtfertigen.

»In der Musik kann nur sein, was in der Wirklichkeit war«, sagte sie. »Niemand kann Erfahrungen vorwegnehmen. Niemand kann glaubhaft schildern, was er selbst nie erlebt hat.«

Wolfgang wollte etwas erwidern, aber Maria Anna legte ihm ihren Finger auf den Mund. Sie beugte sich über ihn, küsste ihn leicht.

Dann erhob sie sich, warf ihr Hemd über, schlüpfte rasch in ihr Kleid.

»Die Patres warten nicht gern. Und der Wirt unten hat schief geschaut, als ich nach deiner Mutter hier heraufgeschlichen bin. Ich möchte nicht, dass er sich etwas denkt«, sagte sie schelmisch.

27

Wolfgang schlug sich auf seinen Bauch.

»Wenn ich weiter so futtere, bin ich bald bereit für den Abdecker.«

Maria Anna betrachtete ihn von der Seite.

»An dich darf ruhig etwas hinwachsen, sonst klappern die Knochen zu sehr.«

Wolfgang warf sich in Positur, schritt aus, so dass sich das Bäsle beeilen musste, um mitzuhalten.

»Ihr, Bäsle Mozart, wisst ja gar nicht, was Mode ist in Salzburg.«

»Nun, ich weiß, mein lieber Maestro, dass Salzburg nicht eben der Nabel der Welt ist, sondern eher dessen Brustwarze – und von daher scheint Euer Geschmack doch etwas rückständig zu sein.«

»Lieber einen rückständigen Geschmack«, konterte Wolfgang, »als gar keinen.«

»Lieber gar keinen Geschmack als einen, der zu Kopfe steigt.«

Wolfgang blieb stehen, legte die Hand auf den Mund, lauschte. Auch Maria Anna lauschte auf das Rauschen des Regens um sie her, den Wind, der durch die bereits lockeren und bunt verfärbten Blätter pfiff. Dann ließ Wolfgang mit einer donnernden Lautstärke einen Wind fahren.

»Es donnert, hörst du's?«

»Wolfgang! Du bist eine Wildsau!«

»Schronk, schronk!«, äffte Wolfgang eine Bache nach und begann, an ihr herumzuschnüffeln.

»Lass das. Puh, das stinkt ja wie in der Latrine. Komm.«

Sie zog ihn weiter, die Straße hinauf bis zum Kreuz, dann hinunter in Richtung Lueginsland.

»Warst du schon einmal auf dem Lueginsland?«

»Nein«, sagte Mozart und zog Maria Anna enger an sich. Sie trugen beide Schauben mit Filzkapuzen, die das Wasser einigermaßen abhielten. Es regnete nicht allzu stark, aber auf den Straßen fand sich niemand. Wer nicht aus dem Haus musste, verkniff sich einen Spaziergang. Maria Anna genoss das Alleinsein auf der Straße, wo es bei jedem Schritt pitschte und patschte.

»Regen hat etwas Herrliches«, sagte sie und kroch unter seinen Arm. »Wenn ich weiß, dass zu Hause eine warme Stube wartet, genieße ich den Gang durch Kälte und Nasse. Es ist ein reinigendes Bad, das alles fortspült, was man die Wochen über an Schmutz angesammelt hat.«

»Und der Regen lässt die Menschen näher aneinanderrücken.«

Sie lachten, sprangen übermütig über kleine Lachen

hinweg, versuchten sich gegenseitig in größere Pfützen zu stoßen – und halfen einander doch, wenn das Gleichgewicht verloren zu gehen drohte. Unter einer Buche, die das Wetter abhielt, und unter der sie die Kapuzen abstreiften, begann er ihr eine Melodie vorzusummen, leise. Maria Anna fühlte ihre vor Kälte roten Wangen, sah dieselben Flecken auch auf seinem Gesicht. Fand es aber verändert. Wolfgang sah sie an und durch sie hindurch. Er sah etwas anderes in ihr, vielleicht die Frau, die ihm im Zimmer entgegengetreten war: Eva.

»Man müsste den Regen zählen können, in feinen Achteln oder Sechzehnteln, hinauf- und hinunterlaufen. Das Wasser am Stamm entlanggluckern lassen können …«

»… und den Kuss schmatzen«, setzte sie hinzu und bot ihm ihre Lippen an. In ihr wuchs ein unerklärliches Verlangen, ihn zu halten. Sie fühlte, dass hinter seinem Blick mehr lag als nur die Phantasien, die Männer hatten. Diese Phantasien konnte sie sich ausrechnen, wenn sie sie mit den ihren verglich. Maria Anna und Wolfgang verkrallten sich regelrecht ineinander, als stillten sie einen frisch entfachten Hunger.

»Komm weiter«, gebot sie, als sie wieder voneinander ließen. Luft holten. »Dort hinauf.«

Sie stiegen auf den Wehrgang hinauf, der an manchen Stellen schon etwas brüchig zu werden begann. Das Holz war glatt und schmierig. Sie mussten sich fest aneinander klammern, um nicht auszurutschen. Zwar gab es noch Wärter, die alle Tore verschlossen, aber Schutz bot die Mauer nur noch gegen Gesindel und Herumtreiber. Im Kriegsfall wäre die Wehr in kurzer Zeit zusammenkartäscht worden. Also beließ man es bei den nötigsten Reparaturen. Für sie beide hieß das, sie waren hier oben allein und konnten im Halbdunkel schwer ausgemacht werden, sollte es wider Erwarten eine Menschenseele hier herauf verschlagen. Maria Anna drängte vorwärts, hinauf zum Lueginsland, der Bastion im Nordwesten.

»Was ist Liebe, Wolfgang? Sag es mir!«, setzte sie ihm zu. Sie wusste sehr wohl, dass ihm die Antwort schwer fallen musste, aber sie wollte von ihm hören, was nicht zu sagen war.

»Sie ist unerreichbar«, versuchte sich Wolfgang aus der Affäre zu ziehen, aber Maria Anna ließ es nicht gelten. Das war zu einfach gedacht. Sie widersprach, drängte erneut. »Wer kann es sagen? Ein Paris glaubte, er könne die Liebe erringen, wenn er der Göttin Aphrodite einen goldenen Apfel zuspreche und sie ihm im Gegensatz dazu die schönste Frau Griechenlands verschaffe. Aber Liebe, Liebe war das nicht. Es war ein Geschäft, bei dem man vergessen hatte, die Vertragsbedingungen sauber auszuhandeln. Vielleicht kann niemand sagen, was Liebe ist, selbst wenn man von ihr gefangen wurde.«

»Du bist so wenig gefühlvoll!«, schmollte Maria Anna. »Wenn man im anderen aufgehen möchte, kann das Liebe sein?« Sie drängte sich an ihn. Endlich standen sie am höchsten Aussichtspunkt der Stadtbefestigung. Über ihnen schoben sich gewalttätig riesige schwarzgraue Wolkenbänke übers Land und drohten den gesamten Landstrich unter sich zu begraben.

»Wie soll das möglich sein, im anderen aufgehen? Das ist nur eine Illusion. Ein Trugbild, das sich verflüchtigt, sobald uns die Welt die Augen öffnet.«

Sie drehte sich zu ihm um. Männer, dachte sie. Lieber würden sie sich die Zunge abbeißen, als über die Liebe reden, über ein Gefühl, das einen mitspülte, als sei man ein Haufen Kies im reißenden Herbstgeschiebe eines Flusses. Wo der sich aufwarf, schuf er Hindernisse, verlagerte er den Fluss, lenkte das Wasser um, bis es wieder in ruhigere Bahnen fand. Wie im Leben gelang es manchen Kiesbänken, bestehen zu bleiben, sich zu festigen, während andere wieder vom Ungestüm des Wassers mitgerissen wurden und an anderer Stelle ihre Hindernisse bauten.

Maria Anna fühlte, wie sich langsam der Regen durch ihre Kleidung stahl, wie er sich einen Weg auf ihrem Rücken bahnte und jetzt in einem feinen Rinnsal dort hinunterrann, sich aufwärmte und ihre Schenkel entlang bis in ihre Stiefel hineinlief. Lange würden sie hier nicht bleiben können.

»Wir werden uns erst wieder morgen sehen!«, eröffnete sie Wolfgang.

Sie hielten sich eng umschlungen. Maria Anna fühlte, dass sich die Lebensgeister in Wolfgang regten. Ob er auch ihr Pochen in den Brüsten fühlte, das Kribbeln in ihrem Bauch?

»Warum?«, fragte Wolfgang und suchte ihre Lippen.

»Waschtag«, sagte sie nur zwischen einzelnen Küssen, die sich regennass und kalt anfühlten. Sie froren beide. »Ich habe mich den Vormittag schon weggestohlen. Aber heute Nachmittag und morgen muss ich helfen. Waschen, putzen, wringen, kochen, scheuern …«

Sie verstummte wieder unter einem Kuss, den sie ihm gewährte. Langsam wärmten sie sich gegenseitig die Lippen. Sie drängte sich an ihn, fühlte, spürte. Ihre Hände glitten unter die Schauben. Sie lösten ihre Lippen voneinander.

»Heute früh habe ich meinen Brief an den Herrn Vater beendet. Und dich darin erwähnt.«

»Mich?« Maria Anna sah ihn an, als wollte sie ihn mit ihrem Blick in die Dunkelheit ihrer Augen hinabziehen. »Was hast du geschrieben?«

»Ich weiß es nicht mehr.«

Maria Anna drückte sich enger an ihn. Ihre Hand, die unter der Schaube auf seinem Bauch kreiste, rutschte abwärts.

»Was? Sag schon!«

Wolfgang schluckte. Sein Blick wanderte unruhig umher.

»Hier oben sind wir allein«, sagte sie und legte ihre Stirn auf Wolfgangs nassen Mantel. »Heute kommt niemand hier herauf.«

Unter ihnen lagen die Lechauen mit ihrem wogenden Grün und dem grauen Band des Flusses.

»… dass ich froh bin, nach Augsburg wieder an einen Ort zu kommen, wo ein adliger Hof ist.«

»Du Schelm!«, unterbrach ihn Maria Anna, forderte einen weiteren Kuss von ihm und ließ ihre Hand tiefer sinken. »Muss ich dich noch mehr bitten?«

»Ich habe geschrieben …«, Wolfgang versagte die Stimme.

Maria Anna wusste genau, was sie tat. Sie wusste, dass sie ihn heute weit gereizt hatte. Als Mädchen musste man vorsichtig mit Männern umgehen, die sich nicht erleichtern konnten.

»Erzähl es mir«, sagte sie nur, während sie in Wolfgangs Gesicht sah, dass er ihren Rhythmus der Hände bereits wohltuend empfand. Es war wie ein Entrücken in eine andere Welt, das Wolfgang widerfuhr. Dorthin konnte sie ihm nicht folgen.

»… dass es mich reute, so viel als ich Haare auf dem Kopf habe, nach Augsburg gekommen zu sein, wenn nicht ein so schönes, vernünftiges, liebes, geschicktes und lustiges Bäsle hier auf mich gewartet hätte.«

Maria Anna fühlte, dass ihre Hand, ihr Arm zu lahmen begannen.

»Ist dir nicht kalt?«, fragte sie nach.

Wolfgang schüttelte den Kopf, atmete schneller.

»War das alles?«, flüsterte Maria Anna. »Alles über mich?«

»Nein. Ich habe auch geschrieben, dass du … unter die Leute gekommen bist … und Erfahrungen hast.«

Sie lachte ein wenig. Wolfgang zuckte. Stockte.

»… und ich habe geschrieben«, kam es wie aus weiter Ferne, »dass wir zwei recht zueinander taugen, denn das Bäsle ist auch ein bisschen schlimm. Wir foppen nämlich die Leute miteinander, dass es lustig ist!«

»Ich möchte einen Satz darunter schreiben, wenn du den Brief an den Oheim noch nicht abgeschickt hast.«

Sie zog ihre Hand unter dem Mantelfilz hervor, bückte sich, wischte sie mit einer Hand voll Blätter ab.

»Was willst du schreiben?«

»Dass du dich wohl befindest unter meinen Händen. Ist es nicht so?«

28

Seine Finger krampften. Wolfgang warf den Federkiel neben das Tintenfass, massierte die Hand. Er brauchte eine Unterbrechung.

Vor dem Fenster dämmerte es bereits. Er hatte sich gestern den Tisch vors Fenster geschoben, um bei Mondlicht und nur einer Kerze zu schreiben. Jetzt sah er den Tag aufgrauen. Er hatte die Nacht durchgeschrieben, durchkomponiert. Diese Nacht hatte ihre eigene Musik geboren.

Wolfgang blies die Kerze aus. Der Tagesanbruch tat den Augen wohl. Das matte Licht einer heraufdämmernden Helligkeit war ihm lieber als das Flackern der Kerze, die bei jeder Bewegung, bei jedem Atemzug andere Schatten warf. Er sah auf den Stapel beschriebener Bögen. Wie leicht ihm die Musik von der Hand gegangen war. Selbst jetzt, wenn er die Feder aus der Hand legte, hielt sich das Kratzen des Kiels in seinen Ohren. Sieben Uhr dürfte es sein. Die ersten Amseln pfiffen. Tauben gurrten. Er schüttelte die Hand aus, die sich erneut verkrampfte. Er brauchte einen Schluck Wein. Auf dem Fensterbrett stand eine halb volle Karaffe, abgedeckt mit einem Tuch gegen die Fliegen. Er holte sie sich an den Tisch, schenkte sich einen Becher voll ein, trank. Langsam ließ der Krampf in der Hand nach.

Eine ganze Nacht durchkomponiert. Die Arie für Maria Anna, zwei Klavierstücke begonnen, eine Messe weitergeführt. Wie ein Born hatte er sich gefühlt, ein Quell reinster Melodien, die wie von selbst zueinander gefunden hatten. Ekstase. Überwille. Er hatte für diese Anfälle keine Bezeichnung. Sie waren ihm unheimlich und doch vertraut. Ja, es beunruhigte ihn, wenn sie ausblieben, und es ängstigte ihn, wenn er sie herannahen fühlte, weil sie ihn auszehrten. Irgendwann mitten in der Nacht hatte er sich vom

Wirt Kerzen besorgt. Fünf Stück, die allesamt niedergebrannt waren. Und wo sich noch vor wenigen Tagen ein Stapel leerer Blätter wie eine Anklage befunden hatte, türmten sich jetzt beschriebene Notenblätter.

Wolfgang streckte sich, gähnte, ging einige Schritte durchs Zimmer. Bewegung brauchte er. Sein Hintern tat ihm weh vom Sitzen. Zu Hause hatte er wenigstens ein Stehpult.

Die Bohlen knarrten unter seinen Schritten, er öffnete das Fenster. Die Kälte verschlug ihm fast den Atem. Sofort fror er, empfand aber das Einströmen der eisigen Luft als angenehme Berührung. Sie erfrischte ihn, weckte ihn. Er blickte auf die Gasse hinunter, sah und hörte erste Fuhrwerke vorbeifahren, die Mägde mit hellem, schnellem Holzschuhgeklapper zum Brunnen laufen.

Kälte und Wein trieben das Wasser. Wolfgang überlegte, ob er hinauslaufen sollte, unter den Bogen. Ihm war zu kalt. Er holte das Nachtgeschirr unter dem Bett hervor, schlug sein Wasser darin ab, während er aus dem Fenster sah, und fühlte sich leichter.

Er besah seinen Urin, der dick und gelb in der Schüssel schwamm, sah in den klaren Tag und schüttete den Inhalt des Nachtgeschirrs mit Schwung auf die Gasse hinaus. Dann trat er zurück, schloss das Fenster bis auf einen Spalt.

Von unten drangen Flüche herauf, Mägde kreischten. Wolfgang musste grinsen. Er sah sie unten, wie sie die Front absuchten, um den Übeltäter zu erhaschen. Da hatte er den braven Stadtbürgern auf den Kopf gemacht.

Wolfgang stellte das Nachtgeschirr zurück, setzte sich wieder an den Schreibtisch. Maria Anna würde ihm die Arie vorsingen. Er freute sich auf das, was er in sich hörte. Es waren zwei unterschiedliche Erfahrungen, und nicht immer zog er die Stimme einer Frauenkehle der in seinem Kopf vor.

Langsam setzte er auf jedes Notenblatt eine Seitenzahl und legte sie auf einem zweiten Stapel ab. Ein guter Tag – eine fruchtbare Nacht.

»Du hast komponiert?«

Wolfgang zuckte zusammen. Er hatte die Frau Mama nicht gehört.

Es dauerte, bis er sich zurechtfand. Vor dem Fenster war es taghell. Sein Arm kribbelte. Er war offenbar eingenickt, wenn auch nur ein wenig. Er drehte sich zu ihr um. Sie stand im Morgenrock vor ihm, blass, dunkle Ringe unter den Augen, barfuß. Sie hustete, räusperte sich in einem fort, zog Schleim aus den Bronchien.

»Es sieht fast so aus, als hättest du mitgeschrieben. Fühlst du dich nicht wohl, Mutter?«

»Ein wenig schwach.«

»Bleib im Bett. Erhole dich.«

»Ich kann mich in einem Bett nicht erholen, von dem ich weiß, dass ich jeden Tag darin weniger bezahlen kann.«

»Ich höre immer bezahlen, bezahlen. Hör dir lieber die Musik an, die ich geschrieben habe.«

Wolfgang setzte sich an sein Reisespinett, begann. Er setzte dem bittren Zug um den Mund der Mutter ein Lächeln entgegen, das er in Akkorde gepackt hatte. Drei Läufe lang kicherte, hüpfte und sprang es über die Tastatur, bis er sich zur Mutter umwandte. Die hielt sich am Rahmen der Tür fest. Sie wirkte alt, verbraucht – und einsam. Wolfgang ließ die Töne versanden. Ohnehin klopfte über ihnen ein Gast gegen den Boden. So früh fand er selten Zustimmung zu seinem Spiel.

»Was ist?«

Mit kleinen, schwachen Schritten durchquerte sie den Raum, setzte sich auf den Stuhl beim Schreibtisch.

»Wir brauchen Geld, Wolfgang. Ich habe noch einen Wechsel hier, auf den wir Geld leihen können. Auf Anton Herzog, einen Geschäftsfreund des Vaters. Du musst zu ihm und dir das Nötige borgen, ansonsten müssen wir die Stadt in Schimpf und Schande verlassen.«

Wolfgang stand auf, richtete sich zu seiner ganzen Größe auf, die – wie ihm urplötzlich bewusst wurde – so gar nicht groß war, sank wieder in sich zusammen. Wieder betteln gehen. Er wollte nicht wieder betteln gehen.

»Wofür schlage ich mir ganze Nächte um die Ohren?

Nur deshalb, um tags darauf einen dieser Geldsäcke um einige Gulden anzubetteln. Was sind sie wert, diese voll geschmierten Seiten, wenn sie nicht genügen, einem Sohn und seiner Mutter ein Dach über dem Kopf zu verschaffen, geschweige denn, sie beide zu ernähren?«

Seine Mutter nestelte einen Brief aus ihrem Morgenrock. Sie zog ihre Zehen nach innen, versuchte so der Kälte zu entkommen.

»Hier, der Kreditbrief. Du musst ihn einlösen. Bitte.«

»Ich will ihn nicht. Meine Musik muss genügen.«

»Wolfgang, sei nicht so störrisch. Deine Musik ist herrlich, das wissen wir beide. Das ahnen einige wenige hier zwischen den Stadtmauern, aber darüber hinaus kennt sie niemand.«

»Dann muss sie bekannter werden. Ich werde spielen.«

»Vor Bauerntölpeln?« Sie hustete lange, bevor sie, mit einem tiefen Atemzug, wieder Luft in die Lungen bekam. Mit der Hand wischte sie sich die Augen aus. Wolfgang gefiel dieser Husten gar nicht. Sie musste bei dieser Kälte doch nicht fürbass durch das Zimmer laufen.

»Geh ins Bett. Ich kümmere mich. Du wirst sehen, wir werden Augsburg ohne Schulden verlassen.«

Seine Mutter nickte, erhob sich. Schwankte. Hielt sich an der Stuhllehne fest. Wie eine alte Frau schlurfte sie aus dem Zimmer. Den Kreditbrief hatte sie auf seine Noten gelegt. Obenauf. Als beschwerte er seine Arbeit.

Wolfgang steckte ihn zu sich, band sich die Hose, schnürte die Beinlinge, schlüpfte in seinen Rock. Kurz klopfte er seine Perücke aus, puderte sie, setzte sie auf und sprang die Treppen hinab, immer zwei auf einmal, in einem harten, ein wenig verzögerten Zweivierteltakt.

»Wohin des Wegs?«, riss Stein ihn aus seinem Rhythmus. Beinahe hätte er ihn über den Haufen gerannt.

»Der Musik zu, Stein.«

»Das trifft sich, Mozart. Ich habe mit Ihnen zu reden.«

»Begleitet mich.«

»Wohin?«

»Hierhin, dorthin, wohin der Pfeifton dieser Welt den

Musikus treibt, Stein. In einer Stadt voller Musik, zwischen lauter Künstlerfreunden, weiß man das nie so recht.«

Stein zog die Stirn kraus, und Wolfgang ergötzte sich daran, dass er ihm kopfschüttelnd nachsah. Er versuchte sich zu seinen Zweitreppensprüngen zu drehen und musste dafür den Takt ändern, tatatam, tatatam.

»Beeilt Euch, Stein, sonst weht es euren Trazom über die Stadtmauer, und er verschwindet auf der Ebene zur Donau hin auf Nimmerwiedersehen.«

»Ihr wollt abreisen? Schon wieder?«

Seine Stimme klang alarmiert, was Wolfgang amüsierte. Am Ende der Treppe ließ er sich ausdrehen, breitete die Arme aus.

»Wundert es Euch? Bei der üppigen Apanage für ein zugegeben kleines Konzert! Wären die Frau Mama und ich weitergereist nach Wallerstein, hätte ich längst die Taschen voller Gulden und müsste niemandem nichts schulden!«

»Bleibt bis nächste Woche.«

Wolfgang hörte ein Flehen in der Stimme Steins, eine Bitte, die keine Bitte sein wollte, sondern ein Beschwören, ein Verlangen.

»Nur Sie spielen meine Klaviere, als würden Engelshände sie berühren. Allein das zu hören, Mozart, versüßt mir das Alter.«

»Ihr übertreibt!«

Wolfgang fühlte, wie die Schmeichelei ihn nicht ganz unberührt ließ. Er hatte Recht, dieser Stein. Niemand schätzte das Hammerwerk seiner Klaviere derartig. Nur er, Mozart, hörte den Unterschied, hörte die Überlegenheit dieser Mechanik – und nur er konnte sie zum Leben erwecken. Aber für wen? Für dieses …

»Ich stelle drei Klaviere. Ich werde eines spielen. Graf hat ebenfalls zugestimmt. Dazu Orchestermusiker aus dem Dom.«

»Dilettanten. Bis auf Sie und Demmler.«

Wolfgang lehnte sich mit der Schulter gegen die Wand, betrachtete Stein, wie er langsam die Treppe herabkam, die Hände ineinander verschränkt.

»Der Ort wird das Fuggerhaus sein. Der Saal hat Charme …«

»… und das Publikum ist arm.«

»Mozart, bitte. Nehmen Sie mich ernst. Für einmal. Ich verstehe Ihre Verärgerung, Ihren Unmut. Zabuesnig wird das Konzert vorankündigen. Die Honoratioren kaufen Karten. Es wird ausreichend Geld in Ihre Kasse fließen. Demmler und ich spielen ohne Honorar. Die Musiker sind zu bezahlen …«

»… und spielen trotzdem schauderhaft. Sehen Sie, Stein. So gern ich Ihr Angebot annehmen würde, allein der Gedanke, dass meine Werke oder die anderer Komponisten von unbegabten Kratzern und Pustern verunstaltet werden, lässt mich in mein Schneckenhaus zurückzucken.«

»Demmler spielt, Mozart. Der Domorganist. Der ist nun wahrlich kein Scharlatan.«

»Dennoch hat er seine Seele nicht dem Teufel verschrieben, wie es für jeden anständigen Musikus und Kompositeur selbstverständlich ist.«

Wolfgang lachte. Er hatte seine Freude an dem Wortwechsel mit Stein, dessen Unruhe körperlich spürbar wurde. Der Orgelbauer bog seine Finger derart nach hintenüber, dass Wolfgang befürchtete, er würde sie nur seinetwegen abbrechen. Jeden Augenblick erwartete er ein unwiderrufliches Knacken und Krachen, aber sie hielten stand.

»So machen Sie es mir doch nicht so schwer, Mozart. Wir bitten Sie.«

Sie bogen in die Annastraße ein, in der Anton Herzog wohnte. Wolfgang öffnete den Mund, wollte etwas sagen, aber das wüste Gebell seiner Mutter hallte zwischen den Gebäuden wider. Sie hustete, hustete, hustete. Er hörte ihr Würgen, ihr Keuchen, und wieder ihr Husten, Husten, Husten. Er fühlte, wie ihm alles Blut aus dem Gesicht wich. Sie erstickte beinahe. Sie gehörte ins Bett und nicht vor das Haus des Bankiers.

»Mutter!«, rief er den Weg entlang, aber nur ein Würgen antwortete ihm.

Er begann zu laufen, sah sie an der Hauswand lehnen, sich abstützen. Sie musste nicht für ihn betteln gehen. Bevor er sie erreichte, blieb er stehen.

»Stein! Ihretwegen.« Er deutete mit dem Finger auf seine Mutter. »Wir bleiben.«

29

»Was, mein lieber Mozart, hat Sie denn geritten, sich vom Salzburger Bischof suspendieren zu lassen? Ist das nicht eine allzu nachlässige Haltung?«

Es war der Witwer Gasser, der Wolfgang ansprach, ein junger Kaufmann mit einem Zug von Traurigkeit um den Mund, der von einer einzigen Längsfalte herrührte. Seine junge Frau war ihm im September gestorben, zusammen mit dem Kind. Zwei Jahre Glück waren mit der Geburt dahin. Maria Anna hatte Wolfgang diese schmerzliche Geschichte auf dem Weg mitgeteilt. Sie hatten darüber gescherzt. »Wir Frauen«, hatte sie auf dem Weg zu ihm gesagt, nachdem sie ein wenig Abstand von der Tante gewonnen hatten, »sind vom Herrn auf eine besondere Weise gestraft. Zum einen tragen wir die sichtbare Schande, wenn wir uns den Männern nähern, zum anderen zerreißt uns der Geburtsschmerz auch noch den Lebensfaden.«

Wolfgang hatte gelacht und erwidert, dass es die Männer so gesehen wirklich leichter hätten. Einmal bekämen sie ein Vergnügen ohne Reue, zum anderen würde es weniger Ehestreitigkeiten geben: Die Frauen lebten nicht so lange. Sie hatte ihn in die Seite geknufft. Dann waren sie lachend und hopsend und singend in die Karolinenstraße eingebogen, an deren Ende Gasser sie mit seinen Gästen erwartete.

Jetzt sah sie Wolfgang das Unbehagen an, das sich seiner bemächtigte. Was sollte er auf diese aufdringliche Frage sagen?

Sie saßen um einen runden Tisch, Wolfgang, Gasser, der Domkapellmeister Philipp Gerbl, Abbé Henri, Hofmeister bei den Söhnen des Erblandmarschalls Ernst Maria Joseph Nepomuk Graf Lodron, ein Herr Wieshofer, den sie nur dem Namen nach kannte, die Tante, kurzatmig und still, wenn sie nicht hustete, und sie selbst.

Maria Anna versuchte Wolfgang zu ermutigen, indem sie ihn unterm Tisch mit den Zehen berührte. Sie schlüpfte aus ihrem Schuh, fuhr seine Waden entlang hoch und kitzelte ihn in der Kniekehle, drückte, kratzte, lockte.

»Die Freiheit meiner Kunst war mir wichtig, Gasser. Einmal die Woche ein Stück zu komponieren, ist das eines Mozarts würdig? Ich brauche die Herausforderung, ich will Opern schaffen, nicht mich damit herumschlagen, dass zur nächsten Messe wieder ein Bläser weniger spielen darf und zwei Streicher den Sparbeschlüssen zum Opfer gefallen sind.«

»Kann es sein, Mozart, dass Sie – wie soll ich sagen – allzu kritisch mit denen umgehen, die kein Interesse an Musik bekunden? Sparen tut Not. Man spart leichter an der Musik als am Militär, leichter an der Literatur als am Essen.«

Ihr Fuß bedeutete ihm, dass er sich zurückhalten sollte, dass er ein wenig vorsichtig sein musste. Gasser fiel seit dem Tod seiner Frau in die merkwürdigsten Seelenzustände. Er war nachtragend, wenn sie auch wusste, dass er die Musikalien des Oheims, die Leopold Mozart'sche Geigenschule, kostenlos nach Frankfurt transportierte und das Geld vom Verkauf derselben ohne Abzüge an ihren Vater auszahlte, der es dem Bruder nach Salzburg weiterschickte. Sie betrachtete den Witwer, der sich wieder ganz auf seinen Kapaun konzentrierte, beide Ellenbogen aufgestützt, ein Glas Wein in der Hand. Seine Hautfarbe hatte etwas wächsern Durchscheinendes, unter dem ein wenig cholerisches Rot lag. Seine Hände, sehr feingliedrig, sehr schmal, versuchte sie sich auf ihrer Haut vorzustellen und erschauerte dabei ein wenig. Beinahe haarlos die Arme, das Kinn. Vermutlich auch die Brust glatt und angenehm. Modisch gekleidet in Schwarz und Gelb mit roten Abnähern. Ihr gefiel der Kaufmann, ihr gefiel die wie aufgetupfte Trauer um die Augen und auf den Wangen.

»Wenn es nützlich wäre, wäre ich der Erste, der dieses Sparen befürwortete«, entgegnete Wolfgang. »Was gewinnen wir mit dem Militär mehr als mit der Musik? Es schafft nichts, es zerstört nur. Ziehen wir deshalb einen größeren Nutzen daraus als aus der Musik? Ist es nicht vielmehr so, dass Menschen, nehmen sie an einem Konzert teil, keinen Krieg führen!«

»Mozart, Ihre Logik ist etwas verquer geraten«, warf der Domkapellmeister Gerbl ein, ein aus der Schweiz Vertriebener, soviel wusste Maria Anna, der viel mit Jesuiten Umgang hatte und sich bestens mit der Domgeistlichkeit verstand. Hier in Augsburg hatte er eine Zuflucht gefunden, nachdem ihm in der Schweiz die Jesuitenverfolger nachgesetzt hatten. Ein Schicksal, mit dem er immerfort haderte. Das sah man ihm an seinen beinahe fehlenden Lippen an, die wie nach innen gestülpt wirkten. Seine schlanke Gestalt, das habichtförmige Gesicht mit der schmalen hohen Stirn, hackte regelrecht zu Wolfgang hinüber. »Wenn man mit Musik Kriege verhindern könnte, gäbe es nur Musiker auf dieser Welt, glauben Sie mir, und wenn man mit Geigen die Feinde eines Landes erschlagen könnte, dann würden sich auf den Exerzierplätzen Europas Violinisten tummeln. Leider ist der Mensch böse, und mit Noten lässt sich, wie mit guten Worten, nicht einmal der Wind aufhalten. Sie sehen, Mozart. Ein schiefer Vergleich. Aber eine noble Geste, wenn Sie die Tonkunst über alles stellen.«

Wolfgang war nicht bei der Sache. Sie musste ihn mehrmals antippen, bevor er bemerkte, dass der Domkapellmeister geendet hatte.

»Ich stelle die Musik nicht über alles. Ich bin der Meinung, dass Musik die quinta essentia des Lebens ist. Was wären wir ohne sie? Tiere, sage ich, elendes Vieh, das sich auf der Weide anmuht oder in den Gassen zubellt. Und nichts weiß von der einzigartigen göttlichen Schöpfung der Töne.«

»Schießen Sie nicht übers Ziel hinaus, Mozart«, mischte sich Wieshofer ins Gespräch. Er hielt sich eine Serviette vor den Mund, weil er gleichzeitig kaute, während er sprach. Wieshofer schwitzte selbst bei dieser Kälte beim Essen. Er war der Einzige aus dieser Tafelrunde der vom Schicksal geprüften, den Maria Anna nicht kannte. Dass es das Leben nicht eben gut mit ihm gemeint hatte, zeigte der weiße Schorf auf Stirn und Wangen. Die Haut besaß eine ungesunde, entzündete Röte, von der sich Schuppen lösten. Zudem sprach er in einer Geschwindigkeit, als ließe ihm das Leben nicht mehr viel Zeit. Er verschluckte ganze Silben am Ende der Wörter. »Natürlich ist Musik ein angenehmer Zeitvertreib, gehört oder selbst gespielt. Aber daraus abzuleiten, dass die Musik den Menschen mache – ich weiß nicht.«

Maria Anna sah vom Wein erhitzte Gesichter, sah die kauenden und schmatzenden Herren, die, während sie sich über Musik unterhielten, einen Kapaun zerteilten und zwischen die Zähne schoben, nachtranken, sich zuprosteten, ein Brot obendrauf legten und wieder kauten und würgten und schmatzten, dass es eine ganz ungehörige Melodei war. Sie sah vor sich von den Zeitläuften an diesen runden Tisch gespülte gescheiterte Existenzen, die sich ansonsten mit ihren Niederlagen arrangiert hatten.

»Musik machen auch die Vögel. Wer je dem Gesang einer Nachtigall gelauscht hat, der weiß, dass es kaum etwas Schöneres zu hören gibt.«

Wolfgang sank in sich zusammen. Das letzte Argument Wieshofers hatte ihn getroffen.

Unter den gestrengen Blicken der Tante getraute sie sich nicht, Wolfgangs Hand zu nehmen. Nur mit den Zehen streichelte sie seine Kniehose, schob sich zwischen Socken und Hosenbein. Er schien verwirrt. Wolfgang aß wie ein Spatz, nahm sich dort ein Stück Fleisch, hier eine Ecke Brot, kaute lustlos und wirkte wie abwesend. Dann wieder musterte er langsam und ausführlich jeden in der Runde, als müssten sie alle in sein Gedächtnis eingehen.

Auch ihr war unwohl in der Runde. Sie hatte Wolfgang nicht erzählt, wie sehr sich der Vater echauffiert hatte. Gestern. Beim Abendbrot. Man habe sie beide gesehen. Arm in Arm. Wie ein Liebespaar. Ob sie sich nicht schäme? Sie habe einen Ruf. Und den zu verlieren. Außerdem – er wolle nicht darüber reden – sei ihm das eine oder andere zu Ohren gekommen. Herrgott noch mal. Eine Jungfer wie sie müsse doch ... könne doch nicht zum Vetter ins Zimmer schlüpfen, wenn dieser alleine ...

Nur in Andeutungen hatte der Vater getobt. Krebsrot im Gesicht. Mit erhobener Hand.

Jetzt sei es aus mit dem Herumscharwenzeln. Hier lecken, da schlecken. Den Vetter dürfe sie nur mehr zusammen mit der Mutter oder der Frau Tante sehen. Keine Ausnahme, kein Widerspruch. Und jetzt solle sie ins Bett. Basta. Amen.

Deshalb saß die Tante mit am Tisch, obwohl sie sich kaum aufrecht halten konnte. Ihre Augenringe reichten bereits hinunter auf die Wangen. Das Gesicht wirkte, als würde ihm die Spannung fehlen. Ihre Wangenmuskeln zuckten in unregelmäßigen Abständen, nur der Mund behielt ein aufgenähtes Lächeln, das die oberen Schneidezähne sehen ließ.

»Diese Hand«, unterbrach Wolfgang die entstandene Stille und hob seine rechte Hand in die Höhe, »kann kein Holz spalten, kein Seil ziehen, kein Eisen schmieden. Aber sie kann verzaubern. Wie die Kraft des Schmiedes das Eisen biegt, dient dieses zarte, untüchtige Gebilde hier dazu, die Stimme des Herrn hörbar zu machen. Wenn Gott zu den Menschen geredet hat, dann in der Stimme der Musik. Wenn Gott die Welt erschaffen hat, dann mit der Stimme der Musik. Ist nicht die Welt erfüllt vom Klang des Äthers, von Sphärenmusik? Aber die Töne existieren nicht von sich aus. Sie brauchen Vermittler. Einmal den mechanischen Transporteur, das Instrument, und dann das Medium, das die Stimme unseres Herrn vernimmt und wiedergibt. Ist es nicht unsere Pflicht, diese Gnade unter die Menschen zu tragen?«

Fasziniert hörte Maria Anna zu, betrachtete aber ernüchtert Wolfgangs Hand. Wenn der Herr solche Hände erschuf, dann musste etwas mit der Schöpfung nicht stimmen. Dicke, kurze Finger, die viel zu blass und zu runzlig waren. Außerdem stand der kleine Finger zu weit ab, als gehörte er eigentlich an eine größere Hand und habe sich nur an diese eher zu klein geratene zufällig angehängt. Wenn Wolfgang die Handfläche öffnete, standen die Finger in einer Art auseinander, als hätte er bereits einmal eine Folter durchstanden und ihm seien die Finger gebrochen worden, so weit konnte er sie spreizen.

»Der Enthusiasmus der Jugend«, warf Gerbl ein. »Die Erfahrung zeigt – und da dürfte ich in dieser Runde offene Türen aufstoßen –, dass Begabung, dass der göttliche Odem, den Sie, lieber Mozart ins Felde führen – nichts wert ist.«

Wieshofer nickte. Ein feiner Regen weißer Schuppen ging auf seinen Teller nieder.

»Begabung!«, warf er ein, wobei er das Wort mit vollem Mund aussprach wie Bgbung! »So viel wert wie das Papier, das wir auf dem Abtritt benutzen. Es mag einmal eine Zeitung gewesen sein, jetzt aber dient es zum Abwischen des Hinterns. Ihr, lieber Mozart, seid auf der Suche nach einem neuen Herrn. Ihr glaubt, Eure außergewöhnliche Begabung müsse Euch eine Stelle verschaffen.« In seiner Erregung erhob sich Wieshofer aus seinem Stuhl, beugte sich zu Wolfgang hinüber. »Lieber hättet Ihr weniger Kunst in Eurem Kopf und weniger Fertigkeit in Euren Händen und dafür desto mehr Körpergröße und ein paar Narben weniger im Gesicht. Wenn Ihr bei Hofe als Beau auftreten könnt, braucht Ihr keine Begabung – und wenn nicht, dann nützt sie Euch herzlich wenig.«

Maria Anna sah, wie Wolfgang das Blut aus den Wangen wich, wie er sich auf der Tischplatte aufstützte, als wollte er aufspringen.

»Meine Herren, sie ziehen alles ins Negative«, warf sie

dazwischen. »Liegt es daran, dass jeder von Ihnen selbst ein Gescheiterter ist? Wenn man das Leben beständig von unten betrachtet, mag der Hals steif werden, und man beklagt sich über Rückenschmerzen.«

»Wir sollten uns unserem eigentlichen Thema widmen«, forderte Gasser vermittelnd die Aufmerksamkeit. »Mein lieber Mozart, das letzte Honorar des Vaters habe ich bereits vor zwei Wochen an den Oheim angewiesen. Die nächste Sendung wird erst in vier bis sechs Wochen aus Frankfurt einlangen. Aber das sind private Geschäfte.«

»Richtig«, unterbrach Abbé Henri, der bislang geschwiegen hatte. Auch er ein Flüchtling, ein ehemaliger Jesuit, den Zeiten der Verfolgung hierher verschlagen hatten. »Begabungen muss man zeigen. Wer sie besitzt, sollte andere daran teilhaben lassen. Wir bestehen auf einer weiteren Akademie, Mozart.«

Wolfgang schüttelte den Kopf. Das Bild, das Wieshofer ihm ausgemalt hatte, stand für Maria Anna sichtbar in seinen Augen. Er sprach langsam.

»Stein hat mich zu überreden versucht. Nicht, solange sich dieser Longotabarro nicht entschuldigt. Man hat eine Ehre im Leib.«

»Eben darauf wollte ich hinaus, Mozart«, ergriff Gasser wieder das Wort. »Er wird über seinen Schatten springen. Heute Nachmittag treffen wir uns bei Stein. Langenmantel muss persönlich erscheinen und sich für sein Tun und für das peinliche Verhalten Rehlingens entschuldigen. Höchstpersönlich.«

Maria Anna stupste ihn mit den Zehen. Nachgeben sollte er. Seinen Sturkopf etwas bewegen.

»Wenn es so ist, dann zeigen Sie mir einen Kopisten. Ich habe neue Stücke geschrieben. Vielleicht …«

Ein Hustenanfall der Mutter unterbrach das Gespräch. Sie zog heftig die Luft ein, keuchte sie aus und spuckte etwas Blut in ihr Seidentuch, das sie sich vor den Mund hielt.

»Wann findet sie statt?«

»Mittwoch. Im Fuggerhaus. Schlagt ein.«

Er suchte Maria Anna. Sie nickte, lächelte.

»Mittwoch!«

Wolfgangs Mutter schloss die Augen, ihr Mund entspannte sich zu einem Lächeln.

30

Der Regen fiel aus dem Nichts. In ihrer Schwärze hatte die Stadt keine Höhe mehr. Alle Geräusche wirkten gedämpft. Selbst das Schweigen leistete der Dunkelheit Gesellschaft. Die Nacht hatte alle Zeichen von Zeit abgestreift. Wolfgang fror in der Kälte. Er getraute sich aber nicht, aus der Tordurchfahrt herauszutreten und sich zu bewegen, aus Angst, gesehen zu werden. Überall lauerten neugierige Augenpaare; die Straßen waren bewacht von den misstrauischen Blicken der Bürger. Vor dem Kirchenportal brannte eine Laterne, die einen kaum sichtbaren Kegel in die Nacht schnitt. Über ihm läuteten matt die Glocken von Heilig Kreuz zur Abendmesse. Sicher eine halbe Stunde harrte er bereits darauf, dass sich etwas tat. Dabei hatte sich an diesem Samstag einiges getan, das ihn in eine euphorische Stimmung versetzt hatte. Langenmantel, der junge Geck, hatte sich bei ihm entschuldigt, ihm die Hand gedrückt und tatsächlich die Stirn gehabt zu behaupten, seine Spötterei sei nur ein Spaß gewesen. Nicht ernst gemeint. Zu keiner Zeit. Ein wenig hatte er den Langenmantel zappeln lassen, bis ihm die Schweißperlen auf die Stirn getreten waren. Stein hatte ihm erklärt, dass der junge Langenmantel in der Pflicht sei. Der Herr Papa hätte ihn gemahnt – und die Patrizier seien wie die Wölfe über ihn hergefallen, als sie von seiner Erzschufterei gehört hatten. Hätte er ihn nicht zu einer Akademie überredet, wäre er vermutlich vor den Mauern gesteinigt worden. Also war er ein wenig vor ihm hin und her stolziert, hatte den Beleidigten gespielt, sich echauffiert, sich geplustert, bis es selbst für ihn unerträglich geworden war – und hatte dem Halunken und Erzschurken von einem Nichtsnutz einen Tobak angeboten und die Akademie zugesagt, zur Besiegelung des Kontrakts. Der junge Longotabarro hatte annehmen müssen und sich an seinem scharfen Tobak beinahe seine Riechzier verätzt und den gesamten Nachmittag in einem fort geniest.

Danach hatten sie musiziert. All die Spannungen waren von ihm abgefallen. Er hatte variiert, eine Fuge gespielt, ein kleines Konzert, Klavierstücke. Es war ein ausgelassenes Treiben gewesen, das ihn zuletzt dazu veranlasst hatte, wie ein Teufelsanbeter um den Longotabarro herumzuspringen und ihm Beschwörungsformeln zuzurufen. Genossen hatte der es nicht. Schweiß war ihm dabei über das ganze Gesicht gelaufen und hatte helle Hautstraßen auf den gepuderten Wangen hinterlassen.

Jetzt stand er hier und wartete auf Maria Anna, die jeden Moment aus der Kohlergasse herauskommen musste. Kohlergasse, bei dieser Tintenschwärze der passende Name. Zum Abendgottesdienst durfte sie …

»Wolfgang?«

»Mariannerl? Hier, in der Einfahrt.«

Sie hielt ihre Laterne hoch und leuchtete das dunkle Loch aus. Der Lichtschein erreichte ihn nicht.

»Da wird's mir recht gruselig. Ich kann dich nicht sehen!«

»Du sollst mich spüren.«

Sie kreischte leise auf, als er ihre Hüfte umfasste und sie zu sich ins Dunkel zog. Die Laterne stellte sie auf den Boden, deckte sie ab. So standen sie wieder in völliger Regendunkelheit.

»Du weißt doch, was der Herr Papa gesagt hat, Wolfgang.«

»Ich weiß, was du mir gesagt hast. Ob es der Oheim gesagt oder wer sonst gesagt hat, das kann ich nicht sagen.«

»Quatschkopf!«, lachte Maria Anna verhalten.

Er nahm ihren Kopf in beide Hände, ließ sich vom Geruch ihrer Lippen führen, küsste sie. Ihre Lippen berührten sich dabei nur ein wenig. Die Maria Annas fühlten sich eiskalt an auf den seinen.

»Wir haben Zeit bis zum Ende der Abendmesse, Wolfgang. Danach muss ich sofort nach Hause, sonst sehen wir uns die nächsten Tage gar nicht mehr.«

»Den Oheim sehe ich ohnehin kaum.«

Er drückte sie an sich. Maria Anna ließ es geschehen. Ihre Wärme tat ihm gut.

»Wohin?«, fragte Wolfgang. In seiner Frage verbarg sich ein Verlangen. Seine Stimme hakte. Sie wirkte spröde und trocken, wie aufgeraut. »Die Frau Mama ist nicht im *Weißen Lamm*!«

»Wo sonst?« Maria Anna legte ihren Kopf auf seine Schultern.

»Sie ist hinauf zu Stein, will mit ihm über den Kontrakt verhandeln. Sie traut mir nicht.« Seine Stimme klang ungewollt hart. Ihn ärgerte es, dass die Frau Mama ihm nicht vertraute. Brauchte es eine schriftliche Zusage, wo auf Handschlag vereinbart worden war? »Selbst das Honorar wird geklärt. Sie ist so misstrauisch.«

Maria Anna drückte ihn, aber er hatte das Gefühl, dass sie das Verhalten seiner Mutter nicht verurteilte. Sonst hätte sie ihm zugestimmt. Sie sagte nichts darauf.

»Gehen wir«, flüsterte sie.

Wolfgang entfernte das Tuch von Maria Annas Laterne. Ein schwacher Lichtschein spiegelte sich in den Pfützen aus Wasser, die die Gasse bedeckten. Er schritt vorneweg, hielt das Licht so zur Seite, dass er genug sehen konnte und es auch Maria Anna den Weg leuchtete. Wer sie so sah, dachte Wolfgang, der müsste sich seinen Teil denken: Beide in schwarzen Schauben, beide stumm, die Kapuzen über den Kopf gezogen, die Häupter gesenkt, stapften sie durch den Regen. Hinter ihnen schlug die Turmuhr zur Viertelstunde.

Wolfgang führte Maria Anna zum großen Tor, hieß sie mit ihm hindurchschlüpfen und dann im Schatten der Durchfahrt warten, bis er geprüft hatte, ob der Durchgang frei sei. Alles trug den Charakter einer Verschwörung. Sie genossen es beide, auch wenn ihm Maria Anna ständig die Hände drückte und ihr Atem zitterte.

»Du musst dich ohne Hast bewegen, als gehörtest du hierher«, mahnte er sie.

Dabei kam ihm der Gedanke, dass sie zwar beide wussten, dass ihr Ziel sein Zimmer im *Weißen Lamm* war, dass sie aber nicht darüber geredet hatten, was dort geschehen sollte. Ihr stilles Einverständnis verursachte ihm Herzklopfen. Er beschloss, den Dingen ihren Lauf zu lassen.

Der Wirt beendete sein Grübeln. Sobald Wolfgang die Tür öffnete, schoss dieser aus einem Nebenraum auf ihn zu, musterte ihn.

»Bei diesem Elendswetter unterwegs, Maestro?«

»Man kann sich das Wetter nicht immer aussuchen.«

»Aber man kann es meiden. Der Kamin ist angeheizt. Die Frau Mama hat es so angeordnet. Soll ich nachlegen lassen?«

»Danke, das werde ich selbst besorgen«, lächelte Wolfgang etwas gequält. Der Wirt hatte ihn abgepasst. Die Blicke, mit denen er den Hof hinter ihm musterte, zeigten auch, dass er eine Begleitung erwartet hatte. »Eine recht gute Nacht!«, dankte Wolfgang noch und nahm die Treppe.

Der Wirt brummte etwas von »Gott behüte Sie«, dann verschwand er auch. Wolfgang versuchte zu erraten, wohin der Wirt ging, ob nur in den Nebenraum oder hinter ins Haus, wo er selbst mit seiner Familie einen Hausstand hielt. Tatsächlich tappte der Wirt zur Familie in den Hinterhof. Sein Misstrauen schien zerstreut.

Für Wolfgang war es wie der Auftakt eines Konzerts, das mit einem Lautenschlag einsetzte, überraschend und freudig. Die Musik begann sich zu formen, zu strukturieren.

Vorsichtig, damit die Treppen nicht knarzten, schlich er wieder zurück, öffnete die Tür, hielt die Laterne aus der Öffnung. Maria Anna huschte, ein schwarzer Schatten, über den Hof, schlüpfte an ihm vorbei und war schneller auf der Treppe, als er die Laterne zurückziehen und die Tür schließen konnte. Als Wolfgang die Stufen erreichte, stiegen sie im Gleichschritt die Treppen hinauf. Beide mussten sie ein Kichern unterdrücken.

Moderato lief ihm der erste Satz von der Hand, während sich dazwischen bereits die hektischen Herzschläge einer Aufregung schoben. Auf dem Weg hinter Maria Anna her überschlugen sich seine Gedanken. Was sollte er tun, wenn sie vor ihm stand? Was durfte er tun? Sie war mit ihm allein. Ein Unbehagen machte sich in ihm breit. Wolfgang schloss die Tür auf, sie schlüpften beide in den Raum, legten die Schauben ab. Er entzündete an der Laterne eine Kerze. Während er diese auf seinen kleinen Schreibtisch stellte, bemerkte er im Augenwinkel, dass sie sich französisch gekleidet hatte.

Largo. Ein tiefes Durchatmen der Instrumente. Klavier, Cello und Violine sammelten sich, tasteten einander ab, begannen, sich gegenseitig zu stimulieren, bis ein schnelles, heiseres Tremolo durchbrach und eine neue Stimmung setzte.

»Du bist wunderschön«, versuchte er zu sagen, aber seine raue Stimme gab nur etwas wieder, das klang wie: »Du … st wun … r … ön.« Der Rest verbrauchte sich in der Kraftanstrengung des Sprechens.

Sie standen eine ganze Zeit wortlos einander gegenüber. Er berührte ihre Schultern, küsste sie auf den Mund, auf den Hals. Aber eine nicht zu beschreibende Hemmung befiel ihn. In ihm stritten die Instrumente, tobten Klavier und Geige in einem Wettstreit, forte, fortissimo.

Die Kerze brannte ruhig hinter Maria Annas Rücken und warf starke Schatten, so dass er nur eines ihrer Augen richtig sehen konnte. Es war tiefschwarz. Sie betrachtete ihn ernst. Eine steile Falte hatte sich auf ihrer Stirn eingegraben.

Langsam fanden die Instrumente unter der Führung des Cellos wieder zusammen, tauschten sich aus, begannen miteinander zu sprechen, ja sie berührten sich kontrapunktisch, bis sie gemeinsam eine Melodie im Wechsel wiederholten.

»Einer muss beginnen«, sagte Maria Anna plötzlich und begann die Schleife ihres Kleides aufzuziehen. Sein Mund trocknete aus. Die Musik stockte eine Viertelpause, setzte wieder ein. Staccato.

Langsam, ohne sich von ihm abzuwenden, schlüpfte sie aus ihrem Kleid, stand im Hemd vor ihm. Wolfgang schluckte, wusste nicht, wohin er seine Hände tun sollte.

Jetzt schüttelte Maria Anna den Kopf, trat zwei Schritte auf ihn zu, nahm eine Hand, legte sie auf ihre Brust. Wortlos begann sie, die Schleifen an ihrem Hemd zu lösen, bis er selbst weitermachte. Danach schlüpfte sie aus ihrem Hemd. Ein Duft nach Frau füllte den Raum. Süßlich herb. Betäubend.

Hell und schattendunkel ihr Körper. Dunkle Höfe um die Brustwarzen, ein helles Haardreieck zwischen den Schenkeln. So stand sie, wartete, bis er sich ausgezogen hatte, über die eigene Hose stolperte, sich in den Schnüren seines Hemdes verfing, beinahe das Gleichgewicht verlor und insgesamt einen Höllenlärm veranstaltete. In seinem Kopf schossen die Motive der einzelnen Instrumente durcheinander. Endlich hatte auch er sich befreit, betrachtete sie kurzatmig. Ein spöttisches Lächeln für seine Unbeholfenheit huschte über ihr Gesicht.

Die Glocke von Heilig Kreuz schlug die halbe Stunde.

»Wir haben nicht alle Zeit der Welt«, mahnte sie. Maria Anna rührte sich nicht, bis er ihren Körper mit seinen Blicken ganz in sich aufgenommen hatte. Die Wellenbewegungen ihrer Formen glichen dem Auf und Ab der Cellomelodie in seinem Konzert. Ein sanftes Wiegen des Bogens, das die Saiten nur leicht erzittern ließ.

Sie streckte die Hand nach ihm aus, holte ihn aus seiner Starre, zog ihn zu sich her. Ihre harten Brustwarzen berührten seine Brust. Sie fühlten sich kalt an. Ein Schauer überlief ihren Körper, als er sie in die Arme schloss.

Das Klavier in seinem Kopf fuhr auf zum Crescendo, hackte staccato einen Lauf um den anderen, so dass sich Linien ins Gehör zeichneten, aufstanden, sich kräftigten. Zwei Motive klangen auf, wuchsen und verwoben sich miteinander, umschlangen und berührten sich, drängten sich eng aneinander und wiegten sanft in einem langsamen, lustvollen Takt, der magnetisierte und prickelte.

Maria Anna und Wolfgang begannen, eng aneinander geschmiegt, sich zu einer imaginären Musik zu bewegen, die nur sie beide hörten.

31

Maria Anna sah Wolfgang die Erregung an, wagte aber nicht, ihn nach der Ursache zu fragen. Sie entschied sich dafür abzuwarten.

In ihrem Rücken spürte sie die neugierigen Blicke, die sie aus dem Fenster des Salons im ersten Stock trafen. Sie spazierten beide ein wenig im Hof hin und her. Die Sonne schien, wenn es auch kalt war. Aber in windgeschützten Ecken konnte man noch die Kraft der Sonnenstrahlen auf der Gesichtshaut fühlen. Sie genoss solche Augenblicke, vor allem dann, wenn sie sich selbst unwohl fühlte. Das Ziehen in ihrem Bauch ließ sie die Lippen zusammenpressen. Die Wollbinde zwischen den Beinen scheuerte.

Mit hastigen Schritten durchquerte Wolfgang das Gärtchen, machte kehrt, durchmaß es erneut, kehrte wieder um und kümmerte sich nicht um sie, bis sie einfach stehen blieb und darauf wartete, dass er von selbst anfing. Die Sonne beschien Gesicht und Hals.

»Ein Hundsfott, dieser Herzog«, platzte es endlich aus Wolfgang heraus, als er wieder an ihr vorübereilte. Maria Anna überlegte, ob sie ihn ermuntern sollte, aber da war Wolfgang bereits weitergegangen, ruderte mit den Armen, ballte seine Hände zu Fäusten. »Diese Kanaille!«

Er blieb an der Mauer zum Nachbarn stehen, starrte sie minutenlang an und drehte sich plötzlich zu ihr um.

»Mariannerl?« Das Wort klang wie ein Hilferuf. Der Ton schmerzte sie, fuhr ihr bis in den Bauch hinein und vermischte sich mit den Schmerzen ihrer Tage. »Ach, da bist du.« Er lief zu ihr, stellte sich vor sie hin.

Maria Anna sah zum Vorhang hinauf. Sie wusste dahinter ihren Vater, der sie beide beobachtete, der bei der geringsten unziemlichen Vertraulichkeit die Flügel aufreißen und sie ins Haus zurückrufen würde. Aber sie standen sich nur gegenüber. Wolfgang, das wandelnde Elend, und sie blass und mit zusammengebissenen Zähnen.

»Erzähl mir, was geschehen ist«, drängte sie ihn sanft, und er sah ihr erstmals, seit er völlig aufgelöst bei ihnen erschienen war und nach der Tante, seiner Mutter, gefragt hatte, in die Augen.

»Ein Schweinepriester, dieser Herzog, ein Leuteschinder. Die Bürger sind schlimmer als der Adel. Sie kennen nur sich und ihr Fortkommen.«

»Wen meinst du, Wolfgang?«

»Anton Herzog. Den Bankier. Den Geldsack.«

»Was hast du mit Herzog zu schaffen?«

Wolfgang warf die Arme in die Luft, begann wieder zur Mauer und zurück zu laufen. In der kalten Luft sah sie seine Atemfahne. Stoßweise blies er weiße Wölkchen vor sich her. Seine Wangen leuchteten rot.

»Sie sitzen auf ihren fetten Pfründen und sehen in die Welt hinaus, als wäre diese nur dazu da, ihnen die reifsten Äpfel über den Zaun zu werfen. Dabei schwimmen sie allesamt nur als Fettaugen auf der Suppe dieser … dieser …«

»… Welt«, ergänzte Maria Anna. Sie vermied es, ihn in den Arm zu nehmen. Wie gern hätte sie sein überhitztes Gemüt beruhigt, indem sie ihn an ihren Busen gedrückt hätte. Ihr wären durchaus Mittel und Wege eingefallen, sein überschäumendes Temperament, seinen erregten Geist zu glätten und in sanftere Bahnen zu lenken. Aber der Vater hinterm Vorhang hinderte sie daran. Wie ein böser Geist schwebte er über der Situation und verdarb alles. Sie konnte plötzlich Wolfgangs Unbehagen nachempfinden, wenn er den Oheim, seinen Herrn Vater, immer im

Hinterkopf mit sich trug, ihn fortwährend mitsprechen, mitkommentieren hörte.

Wolfgang langte wieder bei ihr an.

»Jetzt bleib endlich stehen, Wolfgang. Man bekommt das Gefühl, als würdest du am liebsten vor dir selbst davonlaufen.«

»Wenn das ginge. Aus der eigenen Haut schlüpfen und über die Wiesen tollen. Wundervoll. Zurück bliebe eine Hülle, die meinetwegen ein anderer versuchen könnte. All die Erwartungen, all das Angesammelte, das wir unser Ich nennen und vor uns hertragen, wäre weg. Endlich frei. Man könnte von vorne beginnen.« In seinen Augen zündete etwas wie ein Funken, der sich langsam zu einem Glosen weitete. »Ein anderer übernähme all die Verpflichtungen, die dieser Hülle zugemutet werden, und man selbst wäre frei für einen neuen Menschen. Wie eine Raupe könnte man die Vergangenheit hinter sich lassen und die Zukunft als Schmetterling fortsetzen.«

Wolfgang fasste sie an den Schultern und wollte sie in seinem Überschwang küssen, aber sie entwand sich dem stürmischen Begehren.

»Was ist? Wendest du dich jetzt auch ab?«

Maria Anna deutete verstohlen hinauf in den ersten Stock.

»Vater steht hinter der Gardine und beobachtet uns.«

Aber Wolfgang wollte ihre Warnung offenbar nicht hören. Das Glimmen in seinen Augen erlosch.

»Was sollte man deiner Meinung nach tun, wenn die Welt gegen einen steht wie ein fortdauernder Strom?«, fragte er.

»Schwimmen lernen«, fiel ihr ein. Der Satz war schneller ausgesprochen, als ihr lieb war. Aber es war geschehen.

»Was hast du gesagt? Schwimmen lernen? Nein! Nicht ein Mozart. Habe ich mich vom Salzburger Bischof losgesagt, um wieder unter die Steine derselben Mühle zu geraten? Dieser Ratschlag von dir!«

Vor Aufregung sprang Wolfgang regelrecht durch den Garten, hüpfte über die Beete und jagte von einer Seite zur anderen. Mittendrin stand sie und beobachtete ihn. Was für ein Zappler, was für ein Sitzfleischloser, was für eine Hummel, Wespe, was für ein Flatterer und Ruhnichtgut er war, wenn er kein Instrument zur Hand hatte, wenn ihn die Welt nicht liebte. Das war es wohl. Sie musste ihn lieben. Wie von der Tarantel gestochen rannte und sprang er durch den Garten, bis Maria Anna ihn am Arm erwischte und zu sich herzog.

»Bleib endlich stehen und sag mir, was geschehen ist.«

»Hier!«, sagte er nur, zog einen Brief aus seinem Rock, und wieder: »Hier!« Das Papier flatterte in seiner Hand.

»Ich kann der Frau Mutter nicht mehr unter die Augen treten. Sie wird mit den Zähnen knirschen und mit den Augen rollen.«

»Was dich nicht umbringen wird, Wolfgang.«

Seine Verzweiflung war nicht gespielt, das fühlte sie. Sie konnte diese trotzdem nicht ernst nehmen. Zu sehr erinnerte sie das Dramatische an seinem Verhalten an einige seiner Musikstücke.

»Hier«, sagte er wieder und deutete auf den Brief. »Das ist eine Empfehlung an den Mannheimer Bankier Schmalz.«

Maria Anna konnte es nicht fassen. Das sollte der Grund für seine schlechte Laune sein? Eine Empfehlung. Jeden Tag durchpflügten Väter mit ihren Söhnen, Scholaren, Geistliche und sonstiges Gesindel die Stadt nach Empfehlungsschreiben. Ihrem Vetter wurde ein solches angetragen – freiwillig wie es schien –, und es stürzte ihn in Verzweiflung.

»Ein guter Grund, Wolfgang, die Welt über sich einstürzen zu sehen!«

Wolfgang stutzte. Nahm das Papier an sich. Drehte sich um, entfernte sich zwei Schritte von ihr, kehrte zurück. Sein Gesicht wirkte erhitzt. Die Lippen waren blau vor Kälte, aber die Wangen glühten.

»Verstehst du denn nicht?«

»Was soll ich verstehen? Das, was du mir vorenthältst? Nein, das verstehe ich nicht. Verstehst du es denn?«

Wieder war er zu verblüfft, als dass er sofort antworten konnte. Er sah sie eine Zeit an, blickte durch sie hindurch auf die leeren Beete. Dann sagte er unvermittelt:

»Wenn ich am Mittwoch nicht genügend Geld einnehme, müssen wir zurück nach Salzburg. Anton Herzog, dieser feine Mensch, hat meinen Wechsel nicht eingelöst. Er hat uns nach Mannheim weitergeschickt. Aber wir müssen hier Rechnungen bezahlen. Das Gasthaus. Die Musiker vom Dom. Den Saal. Die Kopisten für die Noten. Die Träger, die uns die Klaviere in den Fuggersaal hinauftragen. Die Kerzen. Die Blumen ...« Er redete immer lauter. Schrie die letzten Satzbruchstücke regelrecht heraus. »Wir haben keinen Gulden mehr.«

Er schlug sich mit der Faust gegen die Stirn. So hatte Maria Anna ihn noch nie erlebt. Er gebärdete sich wie ein Rasender und hätte sie vermutlich verletzt, wenn sie nicht vor ihm geflüchtet wäre.

»Wolfgang. Besinn dich!«, rief sie, beinahe unter der Türe zum Haus. »Der Oheim wird dir aushelfen. Am Mittwoch werden die Bürger ins Konzert strömen. Deine Akademie wird Aufsehen erregen. Und«, sie sagte es leiser, damit es der Vater oben nicht mithören konnte, »ich werde dir helfen, Wolfgang.«

Statt sich zu beruhigen, tobte Wolfgang weiter.

»Ich«, schrie er sie an, »ich brauche keine Hilfe. Von keinem von Euch. Nicht vom Oheim, nicht von Herzog, und von meinem Vater schon zweimal nicht!«

Er schlug die Hände vors Gesicht, sackte zusammen, setzte sich auf seine Unterschenkel.

»Warum können sie mich nicht einfach meine Musik machen lassen?«, hörte sie ihn schluchzen. »Warum können sie nicht einfach zuhören und sich dafür bedanken, dass ich ihren grauen Alltag ein wenig färbe? Ich hasse diese Welt, in der nur Titel zählen und Geld. In der adelige Geburt den Menschen erst zum Menschen macht, während alle anderen Tiere vorstellen, die man für seine Zwecke verwendet. Wenn man sie nicht mehr braucht, entlässt man sie wieder auf die Weide, oder man übergibt sie dem Abdecker.«

In sein Weinen mischte sich ein bitteres Lachen. Maria Anna dachte an ihren Vater, der von oben das Schauspiel mit ansehen musste und sich sicherlich keinen Reim darauf machen konnte. Wenn sie Wolfgang jetzt tröstete … Sie wandte sich zu ihm um, trat näher.

»Ich kann meiner Mutter nicht mehr unter die Augen treten. Sie wird mich … wird mich nach Hause schicken.«

»Einen Wolfgang Amadé Mozart schickt man nicht nach Hause«, versuchte sie Wolfgang zu trösten, der noch immer die Hände vors Gesicht hielt.

Langsam trat sie näher, immer im Zwiespalt mit sich, ob sie damit nicht den Zorn des Vaters heraufbeschwor, der sie trennen würde. Der Kies unter ihren Schuhen knirschte. Sie stand jetzt direkt vor ihm. Wolfgang blickte auf, erhob sich. Sein Gesicht befand sich dicht vor dem ihren. In ihm keine Spur einer Träne. Er lachte sie sogar an. Dann, bevor sie noch reagieren konnte, nahm er ihren Kopf in beide Hände, zog sie zu sich her, küsste sie wild.

Maria Anna war zu überrascht, als dass sie sich wehrte. Aber sie begriff, dass er ihr eine Komödie vorgespielt hatte, dass sie ihm auf den Leim gegangen war.

Jetzt erst, als sie das verstanden hatte, schob sie Wolfgang von sich.

»Du bist … du bist …«

»Ein liebenswerter Mensch? Schön, geschickt, lustig? Ein Tausendsassa? Ein Hanswurst oder Till Uhlenspiegel?«

»Ein unmöglicher Kerl! Hast du denn nicht bemerkt …«

Im selben Augenblick öffnete sich im ersten Stock das Fenster. Maria Annas Vater steckte den Kopf heraus. Maria Anna betrachtete Wolfgang, der verblüfft nach oben sah und den Oheim mit einer Verbeugung begrüßte.

»Du bist mehr als das alles, Wolfgang«, sagte Maria Anna tonlos. »Wir haben uns das letzte Mal allein zusammen gesehen. Du bist ein Trottel!«

Wolfgang schluckte. Hilflos ließ er den Blick zwischen ihr und ihrem Vater hin und her pendeln. Maria Anna schloss die Augen, denn sie wusste, was kommen würde.

»Maria Anna! Komm ins Haus. Wolfgang, die Frau Tante will dich sehen.«

»Danke!«, flüsterte sie Wolfgang zu. »Als Schauspieler bist du überragend, als Mensch bist du zu kurzwillig und unbedarft.«

32

Wie zwei geschlagene Pudel saßen sie im Salon, die Köpfe gesenkt, die Hände im Schoß. Wolfgang grübelte darüber nach, ob er es hätte lassen sollen, den Ernst der Lage so ins Lächerliche zu ziehen. Natürlich brauchten sie Geld, aber das ließ sich beschaffen. Die Akademie am Mittwoch würde genug einbringen, um den Augsburger Aufenthalt zu finanzieren, und dann würden sie aus dieser Stadt fliehen, dorthin, wo Fürstenhöfe Musiker brauchten. Er mochte sie nicht, die Herren von Adel, aber sie besaßen zumindest ein Gefühl der Verpflichtung gegenüber ihrem Land, gegenüber ihren Untertanen und gegenüber den Künsten. Natürlich betrachtete der Adel alle Nichtadligen als Menschen zweiter Klasse, wenn überhaupt als solche. Aber konnte man es ihnen verdenken? Nach Jahrtausenden, in denen sie es nicht anders gelernt hatten? Die Bürger aber entstammten demselben Stall. Sie gehörten derselben Schicht an, waren nur zu Geld gekommen. Ihnen fehlte jegliche Moral. Noch grausamer als ein Adliger konnte nur ein Bürger handeln, denn seine Moral war, dass es keine moralische Schranke für ihn gab, solange ihm das nützte. Dieses Verhalten machte ihn zu einem Blutsauger und Parasiten.

Wolfgang wurde aus seinen Gedanken gerissen, als der Oheim das Zimmer betrat, die Frau Mama im Schlepptau. Wolfgang erhob sich, wollte alle Schuld an dem, was der

Oheim im Garten gesehen zu haben glaubte, auf sich nehmen. Er hatte sich bereits eine Verteidigung zurechtgelegt:

»Lieber Oheim«, würde er beginnen, »das Bäsle kann nichts für mein Ungestüm und hat sich stattlich gewehret, wie es einer Jungfer ihres Standes geziemt ...«

»Wolfgang!«, unterbrach ihn seine Mutter etwas schrill. »Wolfgang!«

Sie brachte ihn etwas aus dem Konzept, da er die Standpauke von Seiten des Oheims erwartet hatte. Die Mutter hatte er einfach vergessen. Ein Fehler. Unverzeihlich. In seinem Kopf arbeitete es. Für die Frau Mama hatte er keine fertige Entschuldigung. Ihr konnte er auch nichts vormachen. Für sie war er ein offenes Buch, das wussten sie beide. Flunkern oder Schöntun halfen bei ihr nicht.

»Lies. Ein Brief des Vaters. Setz dich, und das Bäsle auch.«

Wolfgang hatte gar nicht bemerkt, dass Maria Anna mit ihm aufgestanden war. Überrascht sah er sich um. Sie stand ebenso verloren da wie er selbst, mit derselben Leidensmiene. Sie besaßen beide etwas Lächerliches in ihrer Zerknirschung. Maria Anna schien dies auch zu bemerken, denn ein kecker Anflug von Grinsen überlief ihr Gesicht.

»Jetzt setz dich doch, oder willst du den Brief nicht hören? Ich habe die besten Stellen markiert.«

Der Verlauf dieser Aussprache verwirrte ihn. Was sollte der Brief des Vaters dabei? Stand darin etwas über den Kuss, den er mit Maria Anna ...? Unsinn. Das war unmöglich.

Sie ließen sich nieder, der Oheim, der sich ein unergründliches Lächeln ins Gesicht gesetzt hatte, warf sich in einen Fauteuil. Zuerst hörte Wolfgang nichts, sah nur die Lippenbewegungen der Mutter, bis er begriff, dass nicht der Kuss im Garten verhandelt werden sollte, sondern etwas ganz anderes. Möglicherweise hatte der Oheim gar nichts ... er sah zu Maria Anna hinüber, die ihn mit großen Augen musterte und ebenfalls überrascht schien. Sie zuckte mit den Schultern, dann nahm sie eine Hand an den Mund, lächelte ihn an. Er sah, wie sie sich die Lippen leckte, die er eben noch mit den seinen berührt hatte.

»… und jetzt kommt es, Wolfgang. Es ist zum In-die-Hosen-Brunzen!« Seine Mutter lachte unmäßig, konnte nicht weiterlesen. Erst musste sie tief Luft holen, sich beruhigen. »… Sooft ich an deine Reise nach Augsburg dachte, ebenso oft fielen mir Wielands Abderiten ein. Man muss doch, was man im Lesen für pures Ideal hält, Gelegenheit bekommen, in Natura zu sehen … oder hier Wolfgang, das ist auch köstlich … Der Stadtpfleger in Augsburg ist aber ihr regierender Schellenkönig. Das sind die Leute schon gewohnt, sie haben den erstaunlichsten Respekt, weil sie keinen größeren Herrn kennen.«

Seiner Mutter liefen Lachtränen übers Gesicht, und auch er konnte sich eines Grinsens nicht erwehren. Selbst der Oheim, dem der Bruder in diesem Brief ebenfalls die Leviten las, hielt sich den Bauch.

Wolfgang saß hilflos da. Er fand diese Bemerkungen keineswegs lustig. Rasch blickte er zu Maria Anna hinüber. Selbst ohne Worte verständigten sie sich blindlings. Sie hatte dasselbe gehört. Der Herr Papa redete in Wolfgangs Worten. Das Bild von den Abderiten hatte er, Wolfgang, geformt, aber dem Vater nichts davon geschrieben. Der Schellenkönig war auch sein Gedanke gewesen. Und jetzt hörte er seine Stimme aus dem Brief des Vaters herüberschallen, über hunderte von Meilen hinweg aus Salzburg zu ihm reden. Es war gespenstisch.

»Es kommt noch besser«, prustete die Mutter bereits in der Erwartung dessen, was sie lesen wollte. »Als hätte er den Gecken persönlich getroffen. Oh, dein Herr Papa ist ein ausgezeichneter Menschenkenner. Ihm entgeht so schnell nichts. Aber hör: Was den jungen Longotabarro anbelanget, hat er die Liebhaberei zum Foppen und der Spöttelei nicht gestohlen, denn sein cher père war auch ein Liebhaber davon. Folglich fehlt es an der Erziehung, und das ist auch all das Vorrecht, dessen sich die Patriziatsbuben jederzeit angemaßt und also noch anmaßen …«

Wolfgangs Lippen trockneten aus, wurden spröde. Wie bei einem Echo hörte er seine Worte aus dem Brief widerhallen. Maria Anna nickte nur ein wenig, gab ihm zu verstehen, dass sie ihn wiederum verstand. Was war diese Welt doch für ein Narrenschiff! Man rief in den Wind – und der Wind antwortete.

Wolfgang wusste nicht, wie er sich verhalten sollte. Musste er sich den Brief weiter gefallen lassen? Durfte er der Mutter ihren Spaß rauben, wenn selbst der Oheim, ein gebürtiger Augsburger, über die Charakterisierungen des Bruders lachte?

»Könnte er nur hier sein. Alles würde anders laufen. Er kann sich mit den Stadtbürgern gemein machen, ohne sich dabei zu verlieren.«

Seine Mutter rief das aus, blätterte dabei weiter im Brief, suchte die nächste Stelle.

Fassungslos sah Wolfgang seine Mutter an. Bemerkte sie nicht, wie sehr sie ihn damit verletzte? Auch er war durchaus in der Lage, sich sein Auskommen auf der Reise zu verdienen. Auch er konnte mit den Obrigkeiten. Nur wusste er eben um seine Qualitäten und ließ sich nicht auf irgendwelche Buckeleien ein. Er wollte aufstehen, der Mutter seine Meinung sagen, aber Maria Anna schüttelte nur den Kopf. Ihre Hand hob sich beschwichtigend, und er fühlte, wie sich sein Zorn verflüchtigte.

Stattdessen setzte etwas anderes ein. Maria Annas Handbewegung war wie das Signal des Dirigenten gewesen, mit dem Concerto zu beginnen. Violinen setzten ein, die in raschem, eilendem Tempo über die Saiten strichen, eine Pauke fuhr dazwischen, die Stimme seines Oheims. Franz Alois machte ihn auf eine neue Passage aufmerksam, indem er ihn anstieß.

»Träum nicht, Wolfgang. Das ist für dich!«

»Du hast dich mit diesem Buben gemein gemacht«, las seine Mutter und drohte mit dem Zeigefinger und strahlte dabei übers ganze Gesicht. »Ihr wart miteinander in der Komödie! Ihr wart lustig! Du warst zu wenig zurückhaltend und zu vertraut! Kurz! Du warst für einen solchen Poppen zu natürlich, und er glaubte, nun dürfte er mit dir spaßen. Das mag dir zur Regel dienen, mehr mit erwachsenen Personen frei und natürlich umzugehen, als mit solchen ungezogenen unzeitigen Buben, die mit nichts großtun können, als dass ihr Vater Stadtpfleger ist.«

Wolfgangs Mutter schüttelte nur immerzu ihren Kopf und wischte sich die Tränen aus den Augen.

»Ist er nicht herrlich, der Herr Papa?«

In Wolfgang kochte es. Seine Wut über diesen Brief schäumte. Auf die bislang unterschwellig und jetzt deutlich hervorgekehrte Belehrung hätte er gerne verzichten können, aber der Herr Papa konnte es nicht lassen. Ermahnungen, Korrekturen, Vorschläge, seine Sicht der Dinge, all das stülpte er ihm aus der Ferne über.

Seine Mutter begann zu husten. Ihr war offenbar die Luft im Zimmer zu trocken. Im Kamin brannte ein niedriges Feuer, das angenehm wärmte. Sie musste aufstehen, hielt sich an der Wand fest, weil ihr schwindlig wurde. Der Brief rutschte zu Boden. Der Husten wollte nicht aufhören. Sie bellte und bellte und zog und keuchte, dass es ein Jammer war.

»Wasser!«, rief Maria Anna und sprang selbst in die Küche, wo sie aus dem Fass eine Kelle mit Wasser schöpfte und der Tante reichte.

Wolfgang griff nach der Korrespondenz, die seiner Mutter aus der Hand geglitten war. Er betrachtete die Passagen, die angestrichen waren. Das war nicht die Handschrift der Mutter. Jemand musste ihr die Seiten präpariert haben. In ganz Augsburg konnten dies nur zwei Männer unternommen haben: der Oheim und er selbst. Von sich wusste er nichts, also blieb nur der Oheim übrig.

Eine letzte Passage war rot unterliniert:

»... ich glaube«, stand dort, »du wirst nun auch eine öffentliche Akademie haben und dann abgereist sein, oder wenigstens jetzt reisen.«

Auch das ahnte er, der Herr Papa. Als hätte er ein übergroßes Auge, das auf alle seine Verrichtungen schielte. Ständig saß er ihm im Nacken, ständig wurde er mit Ratschlägen eingedeckt. Er hatte das Gefühl, dass er zwar körperlich die Reise unternahm, insofern, als er als Wolfgang Amadé Mozart glaubhaft auftreten konnte, der eigentliche Reisende aber sein Vater war. Und es gelang ihm einfach nicht, diesen Huckauf abzuschütteln.

Hilfe suchend blickte er Maria Anna an, beobachtete, wie sie der Frau Mama das Wasser in kleinen Schlucken einflößte, bemerkte, wie diese sich langsam erholte, ihre Hände vom Türstock löste. Maria Anna hielt ihn keines Blickes für würdig. Dachte sie womöglich ebenso wie der Herr Papa? Er würde es ihnen zeigen, allein zeigen. Die Akademie grub sich immer fester in seinen Kopf ein. Das musste ein Fest werden, das musste die Augsburger Hören und Sehen vergehen lassen. Mit Wucht wollte er auf sie eindreschen, sie aufwecken. Drei Klaviere. Unbedingt ein Konzert für drei Klaviere.

Wolfgang stand auf, ließ den Brief zu Boden gleiten und wollte in die Gaststube hinüber, ins *Weiße Lamm*.

»Wo willst du denn hin, Wolfgang?«

»Noten holen. Zum Kopieren.«

»Gelt, Wolfgang«, mahnte jetzt auch Maria Anna, die sich nicht zu ihm umdrehte, während sie mit ihm sprach. »Am Sonntag störst du nur. Lass den Montag anbrechen, dann werden wir beide zuverlässige Kopisten besuchen. Heute lass es bleiben.«

Es war derselbe Ton, wie er aus den Briefen sprach. Spöttisch, verletzend, selbstsicher.

»Ihr bleibt zum Essen!«, verkündete der Oheim. Auch sein Satz duldete keinen Widerspruch.

Wolfgang fügte sich.

33

Die Tage schlichen dahin wie die großen gefleckten Wegschnecken, die allenthalben die Straßen bevölkerten, als wären sie jetzt in dieser Herbstzeit aus dem Süden wieder zugewandert und suchten nun Unterschlupf und einen Platz zum Überwintern. Das Wetter hatte umgeschlagen. Ein hellblauer Himmel strahlte, angezündet von einer grellen Spätherbstsonne. Die Luft fühlte sich satt an auf der Haut und ein wenig fettig. Jedermann saßen die Schweißperlen auf der Stirn, da die dünne Sommerkleidung bereits in den Tiefen der Schränke verstaut war. Maria Anna genoss den Weg von der Jesuitengasse hinunter, am Hohen Dom vorbei, die Karolinenstraße hinein und von dort weiter bis zum Brotmarkt. Immer auf der Sonnenseite, immer das Gesicht in die letzte Herbstwärme gehalten. Sie begleitete Wolfgang, der vorgegeben hatte, den Weg zu den Kopistenbrüdern Maierl nicht zu kennen und deshalb Hilfe zu benötigen.

Der Vater stand in der Offizin, die Mutter besorgte den Haushalt, die Frau Tante ging der Mutter zur Hand, schließlich sollte ein üppiges Mittagsmahl auf den Tisch kommen. Sie waren allein.

»Du musst Geduld haben mit deinen Augsburgern.«

Maria Anna ließ sich von ihm führen, hielt die Augen geschlossen, damit sie direkt in die Sonne blicken konnte. Hinter den Lidern schimmerte es rot. Es war ein wunderbares Gefühl, sich so unbesorgt durch die Gassen ziehen zu lassen. Sie hörte ungleich weiter, als sie sehen konnte. Das Schließen der Augen stieß die Tore zu den Geräuschen im Hintergrund auf. War der Gesichtssinn ausgeschaltet, wirkte die Welt fremd und eigenartig offen.

»Es sind nicht meine Augsburger! Oder kann ich sie in die Tasche stecken und als Leckereien mitnehmen? Selbst wenn es ginge, würde mir davon übel.«

»Jetzt sei nicht verbittert. Sie kommen zu deiner Akademie. Du wirst sehen. Und die eine oder andere Süßigkeit findet sich auch unter ihnen. Oder nicht?«

Das sei nicht seine Sorge, redete Wolfgang los, ohne auf ihre Anspielung einzugehen, sie noch immer am Arm, mit geschlossenen Augen. Ihn störe das Gerenne, das Bitten und Betteln und Schöntun, das Geschwätz und Geschnäbel, das man veranstalten müsse, damit die Menschen willig wären. Die Musiker beispielsweise. Stein und Graf, die seien ebenso fanatisch wie er, mit denen gebe es keine Probleme, aber die Dommusiker. Ein Volk von Kratzern und Pustern, das seine unvollkommene Beherrschung der Instrumente Musik nannte, aber dafür wie ein König behandelt werden wollte. Einen Kratzbuckel hier, einen Kratzbuckel da, man könne sich regelrecht das Kreuz verbiegen bei dieser Kriecherei – und wofür? Damit für ihn eine Katzenmusik im Hintergrund spiele. Das sei absurd. Das reibe ihn auf. Das verleide ihm das Spiel. So wolle er nicht auftreten. Allein, Demmler, jung sei der, und ein Genie. Mit ihm könne er sich vorstellen zu spielen.

Maria Anna vernahm die Suada zwischen dem Geschrei der Kutscher, die sich freie Bahn peitschten, dem Ruf der Bäcker und Schuster, die ihre Waren feilboten, dem emsigen Geplapper der Städter, die überall in Grüppchen herumstanden und sich unterhielten. Fetzen erhaschte sie, die vom Wetter handelten, von Geburten, Todesfällen, von guten Geschäften und schlechten, vom eitrigen Bein der Mutter und den Bauchschmerzen des Vaters. All diese Stichproben der Sorgen, die auf der Straße durchgesprochen, angesprochen und ausgesprochen wurden, setzten das Lamento Wolfgangs wieder ins rechte Lot.

»Du bist ein kurzwilliger Mensch. Wem musst du noch etwas beweisen, Wolfgang?«

»Mir selbst!«

»Dann wirst du es schwer haben.«

Gehöre es nicht zu den Aufgaben eines Talentierten, seine Kunstfertigkeit zu gebrauchen? Wozu habe der Herrgott ihm, Wolfgang Amadé Mozart, diese Hände und diesen Kopf gegeben? Doch nicht nur, um sich bei Wind festzuhalten und bei Regen kein Wasser in den Hals zu bekommen.

Wolfgang beschleunigte unwillkürlich seinen Schritt und zog sie mit.

»Wenn ich alt bin, werde ich in der Einsamkeit meiner Erinnerung leben. Düster und dunkel vor mich hin brüten. Jetzt bin ich jung – und es ist eine Lust zu brennen wie ein Lüster voller Kerzen.«

Maria Anna fand es amüsant zu beobachten, wie ihn die

Erregung entzündete. Sie öffnete die Augen, dirigierte ihn unauffällig den Predigerberg hinunter. Je aufgebrachter er war, desto leichter konnte sie ihn lenken. Die Häuserzeilen rückten auseinander, die Sonne fand, trotzdem sie tief stand, bis hinunter auf den Gossengrund. Unten bogen sie ins Afrawäldchen ein und standen dann vor einem nur zwei Fenster schmalen, hohen Gebäude. Bis hierher hatten sie kein Wort mehr miteinander gesprochen. Wolfgang war regelrecht in sich versunken. Verstummt. Tobte wieder die Musik in seinem Kopf? Wie konnte man nur so viel Noten im Kopf haben? Wenn sie diesen Schädel betrachtete, konnte sie sich gar nicht vorstellen, dass in so einem kleinen Kopf so viel Großes steckte.

Erst als sie klopfte, erwachte Wolfgang. Erstaunt sah er sich um.

»Wo sind wir?«

»Vor dem Haus der Gebrüder Maierl.«

»Maierl?«

»Die Kopisten! Du hast doch die Noten dabei?«

Wolfgang nickte. Sie musterten das Haus. Im Erdgeschoss gab es nur die Tür und links davon ein Fenster. In den oberen drei Stockwerken war die Tür durch ein weiteres Fenster ersetzt worden. Das Gebäude neigte sich leicht zurück, als würde es sich schämen, so schmalbrüstig auf die Straße hinauszusehen. Ein Lächeln zeigte Maria Anna, dass er vermutlich dasselbe dachte wie sie, ein ebenso langes Elend wie der junge Longotabarro.

Hinter der Tür ein Schlurfen. Das Türblatt wurde zurückgerissen, weil es offenbar klemmte. Aus dem Dunkel des Hausinneren trat ihnen ein Männchen entgegen, das dem Kabinett eines Wanderzirkus entsprungen sein konnte. Das Kerlchen, das von tief unten zu ihnen heraufblinzelte und dabei das Gesicht zu einer Grimasse verzog, maß höchstens fünfeinhalb Fuß.

»Ja?«, tönte es gewaltig aus dem Brustkasten. Der Bass seiner Stimme schien seine Größe Lügen zu strafen. »Zu Diensten!« Dabei zuckte seine rechte Augenbraue ohne Unterlass nervös auf und ab.

Maria Anna übernahm sofort das Wort. In dieser Verfassung konnte sie ihn nicht selbständig verhandeln lassen. Mit einer drolligen Geste lud der Zwerg sie in die Wohnung ein. Die Decke hing niedrig und schief im Raum, der sich als langer Schlauch durch das Gebäude zog und auf einen Garten hinauslief. Ihn erfüllte ein Geruch von Schweiß, Papier und Tinte. Dabei war er unglaublich staubig und bis unter die Decke voll gestellt mit Büchern, Papieren und Stehpulten. Maria Anna zählte allein deren sechs. Vom hinteren Ende des Raumes ertönte eine hohe, piepsige Stimme.

»Wer ist da?«

»Kundschaft«, verkündete der Bass hinter ihnen.

Ein Wesen trat in die Helligkeit eines der Fenster, das nicht in diesen Raum passte. Es war so groß, dass es den Kopf beugen musste, um nicht damit gegen die Decke zu stoßen. Während der Bass hinter ihnen klein und dick war, dehnte sich der Kerl vor ihnen in die Länge und besaß eine Magerkeit, die an ein Gerippe erinnerte. Ein gewaltiger Schnurrbart bedeckte den gesamten unteren Teil des Gesichts. Erst nachdem sich Maria Anna dem Wesen näherte, erkannte sie, dass es dieselbe Krümmung besaß wie das Stehpult, von dem es sich entfernt hatte. Auch der Lulatsch verbeugte sich, was eher eigenartig wirkte, denn er lehnte sich ohnehin stark vor, und piepste sein »Zu Diensten!«.

»Die werden wir benötigen«, sagte Maria Anna forsch. »Der Herr hier ist der berühmte, unvergleichliche Wolfgang Amadé Mozart und …«

»Hubertus«, unterbrach sie der Kurze einfach und sprach den Langen an, ohne sich um die Gäste weiter zu kümmern, »haben wir schon etwas von einem Mozart gehört?«

»Aber sicher, Kaspar. Leopold Mozart. Wir haben Geigenstücke von ihm kopiert.«

»Ich erinnere mich flüchtig. Leopold Mozart. Aber wenn ich richtig gehört habe, dann ist das hier ein Wolfgang Amadé, kein Leopold.«

»Du hast richtig gehört, Kaspar. Wolfgang Amadé. Auch von dem haben wir gehört und gelesen. Klavierstücke, Sonaten, Divertimentos für Bläser. Weniges, aber vorzüglich.«

»Ich erinnere mich flüchtig. Heißt das auch, Hubertus, dass wir ihn nicht ablehnen?«

»Wir hören zuerst, was er zu sagen hat, Kaspar. Ablehnen können wir immer noch.«

Maria Anna hatte verblüfft aufgehört zu reden, und auch Wolfgang war stumm. Fasziniert hatten sie dem kruden Gespräch gelauscht, das in einer behäbigen, langsamen Gemütlichkeit geführt wurde, die einschläfernd wirkte. Erst jetzt wandte sich der Kurze wieder an sie.

»Was begehren Sie?«

Wolfgang griff in seinen Rock, holte Notenblätter heraus.

»Die Noten müssen kopiert werden. Nicht mehr und nicht weniger.«

Der Lange winkte ungeduldig mit der Hand, er solle ihm die Manuskriptmappen reichen. Er machte einen Schritt auf das Fenster zu, überflog dort die Noten.

»Ein Klavierkonzert, eine Serenade, Orchesternoten. Die Klavierstimmen zweimal.«

»Zweimal also«, wiederholte der Kleine. »Bis wann?«

»Bis bald. Morgen gegen Abend oder Mittwoch in aller Frühe.«

Missmutig schüttelte der Lange den Kopf. Die Kürze der Zeit behagte ihm nicht.

»Warum lassen Sie sich nicht Zeit? Musik wird nicht dadurch schöner, dass sie schneller gespielt wird. Alles erfordert Zeit in dieser Welt.«

»Genauigkeit. Präzision!«, ergänzte der Lange.

Jetzt mischte sich Wolfgang ins Gespräch ein. Das Hin und Her ermüdete ihn sichtlich.

»Können Sie es? Sie sind mir empfohlen worden.«

Sein Ton wirkte aggressiv und ungeduldig. Maria Anna bekam seinen Arm zu fassen, drückte ihn. Sie wollte nicht, dass er etwas verdarb. Die Antwort des Langen war entsprechend schnippisch.

»Die Frage ist nicht, ob wir können, sondern ob wir wollen.«

»Wollen Sie?«, hakte Maria Anna nach.

Wieder beäugte der Lange die Notenblätter, blätterte vor und zurück, verglich, prüfte.

»Dem Werk fehlt eine Klavierstimme«, schloss der Lange seine Prüfung ab. »Wir kopieren nur vollständige Werke.«

Wolfgang straffte sich. Das Werk sei vollständig. Die Partitur, die fehle, habe er hier im Kopf. Die brauche man nicht zu kopieren. Niemand brauche sie zu sehen. Man könne am Abend ja zuhören, dann werde man verstehen, wie die dritte Stimme zu allen übrigen passe, und ob dies so richtig sei. Und wenn sie noch so sehr bettelten, die dritte Stimme bekämen sie schon deshalb nicht, weil viele Kopisten eben nicht nur die bestellten Exemplare anfertigten, sondern eines oder gar zwei mehr und von deren Verkauf lebten. Er wolle aber nicht zur Wohlfahrt der Kopisten beitragen, sondern sein Werk selbst vertreiben.

Obwohl Maria Anna ihn heftig am Ärmel zupfte, ließ sich Wolfgang nicht aufhalten.

Er könne ja wieder gehen, setzte Wolfgang hinzu und wandte sich zur Tür, Kopisten gebe es in der Stadt genug, da sei er auf bestimmte nicht angewiesen.

»Haben wir gesagt, wir lehnen den Auftrag ab, Kaspar?«, fragte der Lange naiv.

»Manche Menschen verbreiten den Ungeist einer neuen Zeit, Hubertus. Eine Eile ist in diese Welt gekommen, die uns alle noch ersticken wird«, beschwichtigte der Kleine und zuckte nervös mit der Braue, und zu Wolfgang gewandt sagte er: »Natürlich finden Sie weitere Kopisten in der Stadt. Lassen Sie sich nicht aufhalten.« Er stieg auf einen Hocker, kletterte von dort aus weiter auf einen Reitstuhl und widmete sich wieder seiner Arbeit. Wolfgangs Drohung schien ihn nicht zu beeindrucken.

Wolfgang forderte von Hubertus Maierl die Manuskripte, drehte sich um und zog Maria Anna bereits wieder durch das Labyrinth der Papiere und Manuskripte hinaus.

»Kaspar«, beschwichtigte der Lange. »Wir sollten uns die Musik anhören. In meinen Ohren klingt sie sensibel und frisch. Ganz der alten Zeit entwachsen.«

Wolfgang hielt inne, und Maria Anna bekam Zeit, sich seiner Hand zu entwinden. Langsam drehte er sich um.

»Sie haben die Musik nicht gehört!«, sagte er betont langsam.

Maria Anna musterte die beiden, Wolfgang, den Zwerg, und den Langen, der sich wie ein Riese unter das Kreuz der geringen Deckenhöhe beugte.

»Es genügt, wenn ich sie lese.«

»Unsinn. Es fehlt der Klavierauszug der ersten Stimme. Das alles ist nur … nur …«

»… Begleitung?« Der Lange lachte dünn.

»Ich habe es doch gesagt, es liegt an dieser neuen Zeit. Niemand nimmt sie sich mehr, alle glauben, sie haben genügend davon, und verlieren sie«, keifte der Kurze hinter seinem Pult hervor. »Er ist wie alle anderen, Hubertus, wie alle anderen.«

Maria Anna konnte sich vorstellen, wie Wolfgangs Augenbrauen unruhig zuckten.

Der Lange wiegte bedenklich den Kopf: »In jedem Teil steckt das Ganze. Sie können nicht beliebig Töne hinzusetzen oder weglassen. Die Textur erfordert bestimmte Stimmungen. Es ist leicht, sich den Rest zu denken.«

Wolfgangs Hände zitterten. Maria Anna konnte nur ahnen, was ihn beschäftigte. Sicherlich nicht die Angst davor, dass der Kopist neben den Begleitstimmen die erste Stimme nach seinem Belieben ergänzte. Plötzlich wurde die Luft staubig und kratzte im Hals.

»Was hören Sie?«, fragte Wolfgang. »Sagen Sie es mir.«

Wieder lachte der Lange sein dünnes Lachen, das fein klang wie das Papier, auf dem der Kurze herumkratzte.

»Ich kann kein Instrument spielen, ich kann noch nicht einmal singen. Aber ich kann hören.«

Er drehte sich zu seinem Pult um, kramte aus dem überkippenden Berg von Blättern ein Notenblatt hervor und schrieb rasch einige wenige Noten darauf. Das reichte er

Wolfgang, ohne sich von seinem Platz zu bewegen. Der ging zögerlich auf den Langen zu, behielt ihn im Auge. »Was ist das?«

»Der Beginn Ihres Klavierkonzerts. Die erste Stimme. Ihr Teil.«

Wolfgang sah nur kurz auf das Blatt. Maria Anna bemerkte, wie sein Gesicht fahl wurde, wie alles Blut daraus verschwand und er sich für einen kurzen Augenblick an einem der Bücherstapel festhalten musste. Sie hörte ihn laut schlucken.

»Wollen Sie jetzt die Manuskripte bei uns lassen, Maestro Mozart? Mittwochvormittag, ich verspreche es Ihnen.«

Wolfgang schluckte erneut so trocken, dass es Maria Anna schmerzte. Wie verhext hing Wolfgang an den Lippen des Langen. Wie verzaubert ging er auf ihn zu und reichte ihm das Päckchen weiter.

»Ich muss mich darauf verlassen können.«

Ohne von seiner Arbeit aufzusehen, als wäre außer dem Bruder niemand im Raum, seufzte Kaspar Maierl.

»Warum machen wir das, Hubertus? Wir sind langsame Menschen, die jegliche Eile verabscheuen – und doch lassen wir uns hetzen.«

Der Lange nahm die Manuskripte entgegen und legte sie behutsam auf sein Pult.

»Vielleicht, weil wir alt werden, Kaspar. Vielleicht, weil kurzwillige Menschen bei uns den Langmut erlernen können.«

Er behielt dabei Wolfgang im Auge. Der hatte den Blick zu Boden gesenkt, so als wollte er etwas erwidern. Erst nach einem kurzen Zögern entschloss er sich anders und verließ das Haus.

34

Ihm gingen die beiden Kopisten nicht aus dem Kopf, vor allem Hubertus Maierl nicht. Er war ein Kopist, der sich seinen Unterhalt mit ermüdender Schreibarbeit verdiente, an die er keinerlei Begabung zu verschwenden brauchte, und dabei ... Er schüttelte den Kopf.

Sie liefen nebeneinanderher den Weg wieder zurück in die Oberstadt. Die tiefer liegenden Teile Augsburgs nahmen ihm den Atem. Er hatte das Gefühl, als müsste er dort unten immerfort gegen die Miasmen der Armut und der Krankheit ankämpfen. Maria Anna vermied es, sich bei ihm unterzuhaken. Überall lauerten Augenpaare, die aus versteckten Seitenfensterchen lugten oder über gehäkelte Gardinen spitzten. Sie wollte offenbar nicht wieder ein Stadtgespräch abgeben. Das unebene Kieselpflaster ließ sie schwanken, als wären sie mit einem Nachen unterwegs. Dabei berührten sie sich, am Arm, an den Schultern. Jede Berührung löste einen Klang in ihm aus, einen eigenen Akkord. Seine Haut schien überempfindlich auf die kurzen Berührungen Maria Annas zu reagieren. Er hörte sie, als würde sie Saiten anschlagen. Jeder Ton klang schmerzhaft in ihm nach. Verstört wich er aus. Aber das half nur für einige Schritte. Maria Anna wurde von ihm angezogen wie von einem Magnet. Sie suchte das Stoßen, das sanfte Tippen ihrer beiden Körper. In Wolfgangs Kopf tobte es, weil er sich einerseits nichts sehnlicher wünschte, als das Erlebnis der letzten Nacht zu wiederholen, andererseits aber die wirren Akkordfolgen in seinem Kopf nicht zusammenbrachte.

»Zabuesnig ist ein netter Mensch, wenn auch etwas eingebildet. Aber das sind sie ja alle, die Schriftsteller und Kritiker.«

»Und Musiker!«

Sie griff, weil sie beide an einer größeren Pfütze vorübermussten und sie leicht das Gleichgewicht verlor, nach seinem Arm. Ein Schauer rann ihm über den ganzen Körper und schüttelte ihn.

»Was ist Wolfgang? Frierst du?«

»Nein. Es war nur … wenn ich die Bezeichnung Kritiker nur höre.« Maria Anna lachte. Wolfgang konnte kaum einen klaren Gedanken fassen und hätte den Gang am liebsten vermieden. »Der Vater wünscht, dass ich Johann Christoph Zabuesnig besuche. Der könne etwas Schönes und Nachdrückliches in die Zeitung bringen, hat er mir geschrieben. Aber es kann ebenso gut etwas Hässliches und Verwerfliches werden. Steckt man in diesen Köpfen drinnen?« Er redete sich heiß. War endlich frei von den kleinen Berührungen, weil Maria Anna einen kleinen Regenwassersee auf der anderen Seite umging. »Selbst haben sie es nie zu etwas anderem gebracht als zu kleinen Aufsätzen in Intelligenzblättern oder zu Hausmusiken, bei denen sie ihr Talent erproben, aber natürlich wissen sie, wie man das Wort setzen sollte, und wo ein Ton falsch getroffen wurde. Philister und Pharisäer alle zusammen.«

Ihre Hand auf seinem Rücken traf ihn wie ein Schlag mit der Peitsche. Ihm war, als hörte er die Orgel von St. Ulrich und Afra aufrauschen und in einer Klangwolke verschwimmen.

»Beruhige dich. So wird es immer sein.«

Wolfgang bog den Rücken durch. Der Druck ließ nach, die Gewalt der Akkorde verebbte.

»Ich käme durchaus ohne diese selbstgerechten Kunstfledderer zurecht.«

Maria Anna verhielt den Schritt. Wieder standen sie vor einem Haus, hoch gebaut mit einladendem Tor, durch das geschäftig Stapel von Papieren getragen wurden. Breitnackige Hucker leerten das Fuhrwerk einer Papiermühle.

»Zabuesnig hat ein Sinngedicht auf mich geschrieben, hast du das gewusst?« Maria Anna gluckste. Der Ton tat ihm wohl. »Da war ich dreizehn!« Jetzt sah sie ihn an. Dabei zog sie ihre Unterlippe etwas nach innen, als täte ihr die Heiterkeit von eben Leid. »Ich habe damals kein Wort von dem verstanden, was er geschrieben hat. Er hat einen etwas … philosophischen Zug an sich.«

Beide grinsten sich an.

Aus der Toreinfahrt löste sich eine Gestalt in einem schwarzen Mantel.

»Mozart! Es freut mich, Sie zu sehen.« Der Mann durfte um die dreißig Lenze zählen, mit sauber gepuderter Perücke, einem französischen Kragen und Schuhen mit Silberschnallen. Elegant im Auftreten und weltmännisch der Blick, den Kopf leicht gehoben. Zabuesnig überragte Wolfgang um gut zwei Köpfe. Er beugte sich zu Maria Anna herab, küsste deren Hand und streckte die seine danach Wolfgang entgegen. Wolfgang sorgte sich etwas um seine Hautempfindlichkeit, zuckte zurück, aber der Händedruck ließ ihn kalt. Er fühlte nichts, im Gegensatz zu den feinen elektrisierenden Momenten, die Maria Anna bei ihm auslöste. »Die Jungfer Mozart war so freundlich, mir Ihre Ankunft hier bei der Staats- und Gelehrten-Zeitung anzukündigen. Ich konnte es nicht erwarten, Sie zu sehen. Da habe ich mir einfach unterm Torbogen die Beine vertreten. Und der Zufall wollte es …«

Wolfgang schwirrte der Kopf. Zabuesnig redete ohne Punkt und Komma, als befürchtete er, im nächsten Augenblick vom Schlag getroffen zu werden und deshalb sein Pensum an Wörtern für seine Lebenszeit nicht ausschöpfen zu können. Außerdem hörte er zum ersten Mal, dass Maria Anna für ihn … das musste er mit ihr klären. Er allein hatte sich um seine Akademien zu kümmern, keiner sonst. Nicht einmal Maria Anna.

»Ich habe bereits einen Text entworfen. Wenn wir ein wenig im Gehen plaudern.« Er zog aus seiner Jacke einen Zettel. »Wollen Sie hören?« Bevor Wolfgang sagen konnte, dass es ihn nicht interessierte, legte Zabuesnig im Tempo seiner Laufschritte los.

»Etwas für Kunst- und Musikliebende!« Stolz sah er über die Schulter Mozart an. »Nach Musikliebende habe ich ein Rufzeichen gesetzt, damit gleich die Spreu vom Weizen getrennt wird und sich so mancher noch entschließt, denn wer will kein Kenner sein?«

Er lachte keckernd wie ein Eichelhäher, dann vertiefte er sich wieder in den Text: »Ehre für uns, lieber Patriot! Einen Tonkünstler, einen Landsmann hier zu haben, um den uns ganz England, Frankreich und Italien beneiden. Wer ein wenig mit politischen Blättern bekannt ist, wird wissen, dass es niemand als Herr Chevalier Wolfgang Amadé Mozart sein kann, der in seiner zarten Jugend bei obigen Nationen so große Wunder getan. Lasst sehen, ob er's auch bei uns tut!« Erwartungsvoll sah er zu Wolfgang hinüber, der Mühe hatte, das Tempo Zabuesnigs mitzuhalten und bereits schwer atmete. »Wie finden Sie es?«

»Danach werde ich vermutlich heilig gesprochen!«, sagte Wolfgang und keuchte. »Wegen der vielen Wunder!« Er hatte nicht mehr genug Atem, um zu widersprechen.

»Äh, ja, äh«, war alles, was Zabuesnig herausbrachte. »Heißt das, es gefällt nicht?«

»Nein, nein«, beschwichtigte Wolfgang, dem langsam die Luft ausging, und der einfach stehen blieb. »Ich finde es ...«, er musste nach Atem ringen, »... nur etwas schnell ... ich meine, etwas übertrieben ... ich meine ...«

»Keine falsche Bescheidenheit. Ihre Musik kann in kein Superlativ gefasst werden, das nicht zu klein wäre, werter Maestro.« Wolfgang sah sich nach Maria Anna um, die weit hinter ihnen lief. Er hatte nicht bemerkt, dass sie verloren gegangen war. »Ja, die Frauenzimmer«, warf Zabuesnig ein, als er Wolfgangs Blick sah, und schüttelte den Kopf.

Wolfgang fixierte Zabuesnig von unten. Der zeigte nicht einmal Schweißperlen auf der Stirn, während seine eigenen Haare unter der Perücke trotz der Kälte schweißnass waren und ihm über die Schläfen Tropfen rannen. Sie blieben stehen, warteten. Wolfgang schnappte nach Luft.

»Was hätte sie Ihrer Meinung nach machen sollen, Zabuesnig, hätte sie fliegen sollen? Wir sind ihr doch davongesprungen wie zwei flüchtige Hirsche.«

»Flüchtige Hirsche«, Zabuesnig lachte, dass ihm die Perücke verrutschte. »Sie sind ein Spaßvogel, Mozart.«

»Nur mit der Musik kann man fliegen. Nicht im wirklichen Leben. Musik verleiht den Gedanken Flügeln – mehr: kräftige Schwingen, wie die eines Adlers, der mit ihr die Luft der Akkorde schlägt.«

»Sie schwelgen in den skurrilsten Bildern, mein lieber Mozart. Mit Ihnen lacht man sich ja einen Krampf in den Bauch.«

Wolfgang lächelte unsicher.

»Sie meinen, dass die Zeitung die Vorankündigung morgen im Blatt hat? Übermorgen wäre es zu spät.«

»Aber natürlich. Ich sorge dafür. Und ich werde über die Akademie berichten, Mozart. Das dürfen wir uns nicht entgehen lassen.«

»Wir?«

Sprach Zabuesnig von sich bereits in der Mehrzahl?

»Wir Augsburger.«

»Natürlich.« Wolfgang wusste nicht, ob er sich freuen oder ob er sich ärgern sollte. Die Schreiberlinge der Zeitungen schmierten sich ihre Berichte auf eine Art zusammen, dass man oft glaubte, eine andere Veranstaltung besucht zu haben, wenn man sie im Nachhinein las.

»Warum rennt ihr denn so?« Atemlos kam Maria Anna bei ihnen an. Ihr Gesicht glühte vor Anstrengung, die Brust hob und senkte sich schnell. Auf der Oberlippe stand Schweiß. Sie hielt sich an Wolfgangs Arm fest. »Für eine Frau ziemt es sich nicht, wie ein Fohlen zu springen.«

Wolfgang war überrascht. Die Berührung Maria Annas löste nichts mehr in ihm aus. Hatte ihn die Anstrengung unempfindlich gemacht? Selbst die Bilder der letzten Abende, die immer dann in sein Gedächtnis geschwemmt wurden, wenn sie ihn nur leicht berührte, blieben aus. Was war geschehen? Was hatte sich auf diesen wenigen Metern ereignet, dass seine Haut wieder zu dem zurückgeschrumpft war, was sie vorher gewesen war?

»Ich muss hier abbiegen«, verkündete Zabuesnig. »Geschäfte, die nicht unerledigt bleiben dürfen. Eine Bitte hätte ich noch.« Er kramte in seinem Mantel und holte aus einer Innentasche einen Notenbogen heraus. »Wenn Sie so nett wären, mir hier mit Ihrer Unterschrift zu dienen. Das Deckblatt eines Ihrer Konzerte. Der Name Mozart gäbe ihm eine ganz persönliche Note.«

Wolfgang sah Zabuesnig ein wenig hilflos an. Woher um alles in der Welt sollte er jetzt und hier ein Reiseschreibzeug bekommen?

»Einen Moment!« Zabuesnig schien seine Gedanken erraten zu haben. Er zauberte aus dem schier unerschöpflichen Taschenvorrat seines Mantels ein Etui hervor, klappte es auf. Darin lagen eine leichte, handliche Feder, ein Döschen, das vermutlich Tinte enthielt, und etwas Löschpapier.

»Für Notfälle wie diesen!«, kommentierte Zabuesnig.

Wolfgang nickte, nahm die Feder, während Maria Anna das Tintendöschen öffnete. Er tauchte die Feder ein und kratzte mehr schlecht als recht sein Wolfgang Amadé Mozart unter den Titeldruck des Deckblatts.

Wenn sie nur ebenso häufig meine Noten kaufen würden, wie sie diese von mir unterzeichnen lassen, dachte er noch. Als er fertig war, sah er, dass das Deckblatt vervielfältigt worden war. Als Kopisten zeichneten die Gebrüder Hubertus und Kaspar Maierl.

Zabuesnig löschte die Tinte, blies langsam über das Blatt, damit es trocknete. Mit einem Strahlen im Gesicht verkündete er:

»Sie werden von mir hören, Maestro. Ich verspreche es. Jetzt entschuldigen Sie mich bitte.«

Mit wehendem Mantel tauchte er in die Gasse zum Karmeliterkloster ein. Seine Schöße spreizten sich ab. Eine eilige Krähe.

»Ein komischer Vogel, nicht? Aber nett«, sagte Maria Anna und lehnte sich an Wolfgang.

35

Graf von Waldburg stand in der Tür zu Wolfgangs Zimmer im *Weißen Lamm* und schwenkte eine Zeitung. »Eine wundervolle Ankündigung!« Sein Gesicht strahlte, als hätte er gerade einen Sieg erfochten.

Wolfgang hatte den Grafen ganz vergessen gehabt, obwohl ihm Stein mitgeteilt hatte, dass sich von Waldburg unermüdlich für die Akademie am Mittwoch einsetzte. Die Bestuhlung des Fuggersaales, die Kerzen, die Teppiche, Blumen, alles liege in den organisatorisch geschickten Händen des Grafen, und der freue sich darüber wie ein Kind.

»Mozart«, verkündete der Graf stolz, »in dieser Form ist noch nie jemand angekündigt worden. Zabuesnig hat sich selbst übertroffen.« Er trat beiseite, um einen Lakaien durchzulassen, der eine Flasche Champagner im Kübel unter dem linken Arm und zwei Gläser in der rechten Hand trug. Er stellte die Utensilien auf Wolfgangs Arbeitstisch. Wolfgang schob den Brief an den Vater beiseite. Der konnte warten. Die Kompositionen, die versteckt darunter lagen, hatten Zeit. Jetzt musste erst einmal ein Sieg gefeiert werden.

»Sie meinen die Heiligsprechung? Hoffentlich lachen sich die Augsburger nicht tot. Sonst könnte es mit der Besucherzahl knapp werden«, stöhnte Wolfgang und versuchte die Euphorie des Grafen zu dämpfen. Er reckte den Hals, bemühte zu erlauschen, wie spät es war, aber keine der Kirchturmuhren schlug an.

Während der Graf die Flasche entkorkte, die übersprudelte, sprach er in einem fort davon, welcher Erfolg das Konzert werde, und dass sich niemand, der in Augsburg etwas gelten wolle, der Akademie entziehen könne, und welche Freude es für ihn sei, daran mitzuwirken.

Wolfgang, den diese Lobhudelei anstrengte, dachte an Maria Anna.

Seit dem Ereignis im Garten war etwas zwischen sie getreten. Wie bei zwei Magneten mit gleichem Pol spürte er die Abstoßung, das Auseinanderrücken, sobald sie sich einander näherten. Das hatte er bei einem Herrn Mesmer bereits erlebt, und das Bild der sich abstoßenden Magnete ging ihm nicht mehr aus dem Kopf. Hatte es mit Liebe zu tun? Vermochte die Liebe nicht zu binden, wie man es gemeinhin glaubte, sondern schuf sie vielmehr eine Sensibilität für die Kräfte, die Liebende auseinander streben ließen? Jedenfalls wartete er seit dem frühen Morgen auf Maria Anna, und sie ließ sich nicht blicken. Die Frühmesse hatte sie für ihn versäumen wollen. Jetzt ging es bereits auf Mittag zu.

Natürlich konnte der Oheim ihr den Besuch von Heilig Kreuz verboten haben, aber sie hatte bislang immer Mittel und Wege gefunden. Oder sie war der Frau Mama in die Arme gelaufen, die sich bereits zur Frühstückszeit zur Tante begeben hatte, während er sich die Decke noch einmal über den Kopf gezogen hatte.

Der Graf nötigte ihn aufzustehen. Er hielt ihm das Glas entgegen. Geräuschvoll stießen sie an. Wolfgang trank mit gierigen Schlucken. Die Flüssigkeit perlte die Kehle hinab, kitzelte im Bauch, ließ ihn sofort aufstoßen. Auf nüchternen Magen. Ein herrlich schwebendes Gefühl stellte sich ein. Beinahe sofort. Er hätte zuvor etwas essen sollen.

Graf von Waldburg schenkte nach, schwadronierte von der Einzigartigkeit eines Konzerts für drei Klaviere und Orchester, von der Ehre, ihn, Mozart, in den Mauern der Stadt beherbergen zu dürfen, bis Wolfgang dieser Superlative überdrüssig wurde und abwinkte.

»Wenn ich alleine im Fuggersaal sitze, können keine hundert Kerzen die Wärme zaubern, die nötig wäre, um meine Finger gelenkig zu machen, mein lieber Graf von Waldburg. Lassen Sie den morgigen Tag passieren, und dann werden wir sehen.«

»Sie sind ein Pessimist, Mozart.«

Wolfgang sprang auf. Das war so ziemlich das Letzte, was er sich sagen lassen wollte. Er stellte sich so, dass er zur Straße hinaussehen konnte.

»Ob Pessimist oder nicht. Von den Augsburgern erwarte ich – nichts!«

»Dann können Sie zumindest nicht enttäuscht werden. Lassen Sie sich gesagt sein, Mozart, dass auch der müdeste Gaul bei frischem Hafer die Ohren spitzt. Sie kommen, glauben Sie mir.«

Wieder stießen sie an, leerten die Gläser in einem Zug. Graf von Waldburg schenkte sofort nach. Der Champagner ließ Wolfgang schweben. Er versuchte ein paar Tanzschritte, nach einem Menuett, das ihm eben im Kopf spukte, drehte sich dabei zierlich, ließ die Arme fliegen, machte zwei Hüpfschritte und wäre beinahe gegen den Tisch gestürzt, weil der Boden unvermittelt nach oben kippte.

»Ver…, was ist das?« Das Zimmer schaukelte hin und her, als hätte es ebenfalls Champagner getrunken. »Oder haben Sie etwas von diesem Göttergetränk in die Ritzen der Bodenbretter laufen lassen, Graf?«

Graf von Waldburg trat besorgt auf ihn zu.

»Sie sollten sich besser hinlegen oder zumindest setzen. Vier Gläser Champagner! Auf nüchternen Magen. Das mag zu viel sein. Wir können eines nicht gebrauchen, dass Sie sich Ihre Hände verletzen. Drei Klaviere und keines davon von einem Mozart besetzt, das hielte die Augsburger vermutlich tatsächlich davon ab, unsere Akademie zu besuchen.«

Wolfgang ließ sich zu seinem Bett führen, setzte sich und sank dann langsam nach hinten um. Er wollte die Augen gar nicht mehr öffnen, obwohl sich alles drehte und er das Gefühl nicht loswurde, in einem Karussell zu sitzen.

»Ich spiele mit fünf Zehen allemal besser als Demmler mit zehn Fingern«, rotzte er hervor.

»Das kann ich nicht beurteilen. Weswegen ich aber gekommen bin, Mozart, das sind die Noten. Demmler und Stein müssen üben. Bislang haben sie nicht eine einzige Note gesehen. Wo sind sie?«

Wolfgang fand Gefallen an seiner Lage. Jahrmärkte beflügelten ihn seit jeher. Er ruderte mit den Armen, versuchte ein automatisches Glockenspiel zu dirigieren, das zum Takt seines Karussells eine Melodie blies und schlug, aber immer um einiges zu langsam war. Es klingelte und pingelte in seinem Kopf.

»Mozart, bitte. Bevor Sie einschlafen. Die Noten. Wo sind sie?«

Wolfgang öffnete für einen kurzen Moment die Augen. Graf von Waldburg hatte sich über ihn gebeugt, tätschelte ihm die Wangen.

»Buh!«, schrie Mozart, und der Graf schoss zurück wie eine Maus, die sich vor der Schlange zu retten versucht. »Hier sind sie!«, rief Wolfgang und tippte an seine Stirn. »Nur hier …«

Fassungslos betrachtete Graf von Waldburg Mozart, und Wolfgang weidete sich an seiner Verblüffung. Er lachte laut, bis der Graf wieder zur Besinnung kam.

»Die beiden müssen üben, Mozart. Sie können doch nicht einfach vom Blatt spielen!«

»… und bei den Gebrüdern Maierl!«, beendete er seinen Satz und grinste übers ganze Gesicht.

Es presste ihm die Augen mit einer Gewalt zu, gegen die er sich nicht wehren konnte …

Er hatte geschlafen. Das Karussell drehte sich nicht mehr. Eine Hand fuhr ihm übers Gesicht, strich seine Haare aus der Stirn. Ein Duft füllte den Raum, den er nicht beschreiben konnte. Einmal war es das Gewohnt-Frauliche Maria Annas, das aber überdeckt wurde von etwas Süßlich-Bitterem.

»Ich weiß, du bist wach«, schnurrte Maria Anna.

Wolfgang hielt die Augen geschlossen, wollte sich nur an den wenigen Hinweisen orientieren, die er hörte, fühlte, roch. Was, wenn ihm das Augenlicht plötzlich abhanden gekommen wäre? Sich in völliger Dunkelheit zurechtzufinden, sich tastend durch die Welt zu bewegen – langsam drehte er sich zu Maria Anna um. Wo war Graf von Waldburg? Vermutlich nicht mehr im Raum, sonst läge

Maria Anna nicht neben ihm. Mit seiner Nase, mit den Ohren versuchte er zu ergründen, ob sie angekleidet war oder nicht, hörte das Rascheln des Leinenstoffs. Keine französische Mode, grobe Tuchware für den Alltag. Sie hatte Duftwasser aufgelegt, roch dennoch anders, abweisender. Natürlich. Sie blutete. Frauen hatten ihre unpässlichen Tage, ihre monatliche Krankheit, wie die Mutter, die Schwester. Zwar versuchten diese, es zu verbergen, aber man erfuhr es am Geruch, an den Flecken auf den Laken, der Wäsche.

Er ließ seine Hand suchend über Maria Anna gleiten, die auf der Seite lag, längst mitspielte. Sie ließ ihn gewähren, während er ihren Körper entlangglitt, die Hüften hinauf, den Arm entlang zum Hals, über das Gesicht mit der breiten Basis ihrer Nase, über die Lippen, die ein kleines Herz erfühlen ließen, den Hals wieder hinunter, den Ausschnitt entlang über ihre Brust hin zum Bauch. Erst dort verweigerte sie sich.

Obwohl sie angekleidet war, entstand sie in seinem Kopf nackend – dabei hatte er nur die unterschiedlichsten Stoffe berührt: Leinen, Spitze, Wolle am Gürtel, Haut, Haar. So sehr er sich auch bemühte, es gelang ihm nicht, dieses Bild aus seinem Kopf zu entfernen.

»Es ist schön«, flüsterte sie. »Mach weiter. Gerade jetzt bin ich so empfindlich für Berührungen.«

Wolfgang bemerkte, dass doch mehr Champagner in ihm steckte, als er geglaubt hatte. Sein Kopf schmerzte dumpf, die Seitenlage wurde ihm unangenehm, weil er den Kopf nicht stützen konnte. Seine eigenen Empfindungen wirkten wie gedämpft. Ein Feuerwerk hatte er erwartet, während er Maria Anna berührte, aber die Fingerspitzen tasteten nur Haut. Kein Nerv regte sich sonst. Hätte er nicht die Augen geschlossen gehalten und sich ganz auf die Erregung seiner Sinne konzentriert, hätte er vermutlich gar nichts gefühlt. Nur dieses Bild gaukelte ständig durch seine Gedanken. Maria Anna als Dornröschen, als Venus. War es die Schuld des Champagners?

»Was ist, Wolfgang, willst du mich nicht mehr streicheln? Ich liebe es, wenn deine Hände mich berühren.«

Wolfgang ließ seine Hände wieder denselben Weg wandern, versuchte, sie sanfter zu berühren, hörte, wie Maria Anna schneller atmete, als er seine Fingerspitzen über ihre Brust gleiten ließ, dort verweilte, aber ihm war, als würde eine Mechanik arbeiten. Die Jahrmarktsorgel, die immer dasselbe Stück spielte, seelenlos und gleichmäßig, angetrieben von einer geschäftsmäßig bedienten Kurbel. Das war es, eine geschäftsmäßig bedientes Streicheln.

Als hätte ihm der perlende Tropfen Alkohol alles Gefühl aus dem Kopf gewaschen, radikal und vollständig.

Und wenn er die Augen öffnete, wenn er sich diesem zusätzlichen Reiz aussetzte? Würde sich etwas ändern? Er wollte es nicht einmal versuchen.

Matt ließ er sich zurückfallen. Sein Nacken schmerzte. Der Arm, auf dem er gelegen hatte, fühlte sich an wie taub.

»Du hattest früher kommen wollen«, sagte er, dachte jedoch daran, was geschehen wäre, wenn sie beide sich auf dem Bett gelümmelt hätten und Graf von Waldburg in der Tür gestanden hätte.

»Die Eltern lassen mich nicht mehr aus den Augen.«

»Nur weil der Herr Papa geschrieben hat, du seist ein rechtes Pfaffenschnitzel?«

»Was er damit gemeint hat?«, flüsterte sie ihm ins Ohr.

Wolfgang wusste, dass sie einen Kuss von ihm erwartete. Ihre Stimme. So dunkel. So weich und warm. Ihr Ton lockte. Aber er wollte nicht einmal den Kopf bewegen. Etwas war anders geworden, seit er ihr im Garten diese Komödie vorgespielt hatte. Warum er das getan hatte, wusste er nicht. Es war geschehen. Es trieb sie auseinander. Unaufhaltsam.

»Woran denkst du?«, fragte sie.

»Das fragt man nicht«, sagte er.

»Weil du an eine andere Frau denkst!«

»Nein. Ich denke an keine andere Frau«, sagte er und streckte seinen Arm aus, so dass sie sich in seine Armbeuge legen konnte. Wie schmiegsam sie war, wie gut sie in die Vertiefung zwischen Schulter und Arm passte, als wäre sie dafür geschaffen worden. »Ich denke mich.«

»Wie geht das?«, flüsterte sie, und er fühlte, wie sie den Kopf zu ihm hochdrehte. Jetzt sah sie ihn an, sah, wie unter seinen geschlossenen Lidern die Augen rollten, als träumte er.

»Es sind eigenartige Vorgänge. Ich denke nicht in Worten, sondern in Noten, oder zumindest teilweise in Noten. Es ist ein Sammelsurium aus Tönen und Wörtern, aus Bildern und Farben. Das kann ich nicht beschreiben.«

»Versuch es!«

In diesem Moment öffnete Wolfgang die Augen. Warum ließ sie ihn nicht in Ruhe? Er stützte sich auf. Sie rollte sich von seiner Schulter. Langsam näherte er sich ihren Lippen, verschloss sie. Zart fühlte sich alles an, verwundbar, und tatsächlich stellte sich ein Akkord ein, als er ihre Zunge auf seinen Lippen fühlte. Drängender wurde sein Kuss. Heftiger. Bis sie unter seinem Gewicht stöhnte, ihn von sich stieß, sich herauswühlte. Atemlos. Mit überrascht geweiteten Augen. Angst in der Stimme.

»Wolfgang!«, rief sie und stand auf.

36

Warum drückte Wolfgang die Noten nur so an sich?

Untergehakt liefen sie durch eine bittere Kälte, die der Nordwind in die Stadt blies. Eine kalte Sonne schien, blass und hart. Maria Anna fühlte, wie sich die eisige Luft unter ihr Kleid stahl, wie sie die Schenkel hochkroch und sie von unten her auskühlte. Sie musste darauf achten, sich keine Erkältung zu holen. Da die Mutter nicht wissen durfte, dass sie mit Wolfgang unterwegs war und nicht bei den Patres in Heilig Kreuz saß, hatte sie keine Möglichkeit besessen, sich dickere Hosen anzuziehen. Das rächte sich jetzt. Trotz des Sonnenscheins pfiff ein eisiger Wind durch die

Gassen, der einen Geruch von Schnee mit sich trug und den vorzeitigen Anbruch des Winters verkündete.

Mit steif gefrorenen Fingern waren sie in der Stube der Maierls gestanden, hatten Wolfgangs Noten abgeholt. Die Maierl-Brüder hatten Wolfgang in Erstaunen versetzt, weil der ältere, Hubertus, ihm auf einem Notenblatt einen großen Teil seiner Klavierpartitur hatte zeigen können, ohne sie jemals gesehen zu haben. Einerseits war Wolfgang erschüttert gewesen, andererseits zufrieden, denn alles hatte der Kopist nicht kontrapunktisch erschließen können. Trotzdem hatte Wolfgang, nachdem er überprüft hatte, wie sauber die Maierls gearbeitet hatten, das Haus verlassen, als wohnte darin der Leibhaftige selbst. Zeile für Zeile hatte er nachgesehen, mit der Nase dicht über dem Blatt, und tatsächlich keinen Fehler gefunden.

»Glauben Sie, wir verstünden unser Handwerk nicht?«, hatten die Brüder seine Prüfung kommentiert und ein Gesicht zum Fürchten gezogen. Geschimpft hatten die beiden Maierl über den Umstand, dass Stein jeweils einen Teil der Noten für zwei Stunden entführt hatte, zum Üben. Das, so hatten sie gewettert, habe den Abgabetermin beinahe unhaltbar gemacht.

Doch jetzt lagen die Noten in seinen Händen – und Wolfgang drückte sie an sich, als hätte er seine Liebe an sie verloren. Sie liefen hinauf zu Stein, schließlich wollte der zusammen mit Demmler alles noch ein paar Mal durchspielen. Auch Graf wollte kommen, zur Sicherheit, wenn Demmler ausfiele.

»Wer so krumme Finger hat wie Graf, der muss sie sich gelenkig spielen«, hatte Wolfgang gespottet, aber zugestimmt, dass er die Noten selbst vorbeibringen würde.

Ein wenig wollte Maria Anna den Weg verlängern, wollte sich an Wolfgang schmiegen, seine Nähe fühlen, obwohl sie elendiglich fror. Sie zog ihn zum Herkulesbrunnen, erklärte ihm, dass er Kraft und Stolz der Stadt versinnbildliche, und schob ihn in die Straße vor das Gasthaus *Zu den Drei Mohren*. Sie wollte wissen, in welchem Zimmer er damals gastiert hätte, als Kind, zusammen mit den Eltern.

Wolfgang blieb bei allem merkwürdig stumm, klammerte sich nur an seine Noten.

Sie fühlte, dass etwas anders geworden war zwischen ihnen. Wolfgang war einsilbiger, aber auch fordernder geworden. Gestern noch hatte sie sich beinahe gegen ihn erwehren müssen, und ihr Hinweis darauf, dass sie im Augenblick ihre monatliche Unpässlichkeit habe, hatte ihn zwar besänftigt, aber keineswegs beruhigt. Bedrängt hatte er sie wie niemals zuvor und statt der einfühlsamen Hände, die sie sonst streichelten und herzten, hatte er sie zweimal derart hart an den Armgelenken gepackt, dass sie vor Schmerzen laut aufgeschrien hatte.

Dick vermummt liefen die Augsburger durch die Gassen, den Kopf unter Schals und Mützen verborgen, die nur rote Nasen freiließen. Am Salzstadel wollten sie eben vorbei, als Wolfgang stehen blieb. Er sah hinüber zum Gasthof *Zu den Drei Mohren*. Beinahe unmittelbar vor dem Eingang hielt eine Kutsche französischer Bauart. Schwarz lackiert. Auf den Wagenschlägen prangte ein buntes Wappen.

»Kennst du den Wagen?«

Maria Anna versuchte vergeblich, Wolfgang zum Weitergehen zu bewegen.

»Der Baron. Dort steigt der Baron aus dem Wagen!«

»Der Baron?«, fragte sie.

»Ja doch!«

Tatsächlich kletterte ein schlanker, hoch gewachsener Adliger aus dem Fond des Wagens. Er achtete kaum darauf, dass die Gassenjungen sich vor ihm verbeugten, dass die Bürger ihren Kratzfuß machten, schaute die Straße auf und ab, als würde er jemanden erwarten, und sprach ohne große Eile einen Mann an, der aus der Durchfahrt auf ihn zutrat. Sie unterhielten sich ein wenig, lachten, und Maria Anna fiel auf, dass der Mann ohne das übliche eitle Gehabe und Gespreize auskam. Er sprach nicht von oben herab mit dem Herrn, der ihn offensichtlich abgepasst hatte, sondern unterhielt sich von Gleich zu Gleich. Dass er dabei seine Beine stellte, dass er seine freie Hand auf den Rücken legte, mit der Handfläche nach außen, dass er ein

Lorgnon an die Augen hielt und sein Gegenüber damit musterte, war für Maria Anna nur das Zeichen dafür, dass er weit gereist war und offenbar an den Fürstenhöfen herumkam. Solches Pfauengehabe, wie sie es nannte, kannte man hier nicht, wusste aber sehr wohl darum. Außerdem war er nach neuester französischer Mode gekleidet, was darauf schließen ließ, dass er tatsächlich aus Frankreichs Hauptstadt hier eingetroffen war: Die Ärmel waren an den Handgelenken zu breiten Krempen geweitet, aus denen die Rüschen des Hemdes aufblätterten wie Rosen. Die Krawatte verdoppelte seinen Brustumfang beinahe. Die zu Locken aufgerollten Haare wirkten echt, insbesondere deshalb, weil sie auf der Stirn bereits licht zu werden begannen. Unter den Arm geklemmt trug er einen Dreispitz.

»Ein schöner Mann«, entfuhr es Maria Anna. Gleichzeitig hätte sie sich am liebsten die Zunge dafür abgebissen. Es war nicht der richtige Augenblick, vor Wolfgang über andere Männer zu reden. Wolfgang versteifte sich.

»Ja. Und weltläufig. – Und begabt.«

Jetzt konnte sie nicht mehr zurück. Möglicherweise tat es ihm gut, wenn sie ihn ein wenig reizte. Schönheit war ein heikles Thema. Wolfgangs Blatternnarben entstellten sein Gesicht, hatten tiefe Krater und Schrunden hinterlassen, und der Nase fehlte ein passender, größerer Kopf.

»Ein Mann für die Frauen.«

Mit dieser Bemerkung versuchte sie sich selbst von ihrem Vergleich abzulenken, der für Wolfgang nur ungünstig ausfallen musste, obwohl er andere Stärken hatte, Stärken, die Männer sonst nicht zeigten. Allein seine Hände, sein zartes Streicheln … Sie schielte nach Wolfgang, versuchte aus seinem Gesicht eine Reaktion abzulesen, aber die Blässe um die Nase konnte ebenso von der Kälte stammen.

»Ein schöner Mann fürs Auge, Maria Anna. Das ist etwas anderes. Nichts für die Dauer. Ein eingefleischter Junggeselle, der sein Vergnügen sucht – und findet. Aber ich darf mich nicht beschweren. Ich habe ihm viel zu verdanken.«

»Er ist ein Virtuose? Ein Musiker?«

»Nein. Oder vielmehr, ja. Mit Worten. Mit Gesten. Er hat uns, den Herrn Vater und mich, unterstützt. Karten verkauft. Räume gemietet. Musiker bezahlt. Selbstlos.«

»So kennst du ihn mit Namen?«

»Baron Melchior von Grimm. Ja, ich kenne ihn.«

Ehrfürchtig wiederholte sie den Namen in ihrem Kopf: Baron Melchior von Grimm. Ein Gönner Wolfgangs.

»Du musst ihn zur Akademie einladen. Geh hin zu ihm, begrüße ihn. Lächle ...«

»Jetzt? Ich will nicht. Wie sehe ich aus?«

Überrascht ließ Maria Anna ihn los. Er wollte nicht? Sie sah zum Baron hinüber, aber dieser machte nicht den Eindruck eines wenig umgänglichen Menschen. Im Gegenteil. Hinter der Kutsche tauchten zwei Stadtarme auf, streckten ihm ihre Hände entgegen.

»Was hindert dich daran? Schau dort, die beiden Stadtarmen. Sie lassen es sich nicht nehmen und sprechen ihn an – und tatsächlich: Sie erhalten ein Zehrgeld von ihm.«

Wolfgang wurde ärgerlich.

»Ich bin kein Stadtarmer.«

Sie spürte seinen Widerwillen körperlich. Er verschränkte seine Arme, schloss sich regelrecht ab damit, verkrampfte sich, bis er sich die Hände abschnürte und die rechte in der Kälte blau anlief, weil sie über den Ärmel hinausragte. Sie nahm die Hand, drückte sie, rieb sie. Mit ihrem warmen Atem versuchte sie das Blut wieder zum Zirkulieren zu bringen.

»An einem Gönner spaziert man nicht einfach vorbei. Lade ihn ein. Du hast einen Grund, ihn anzusprechen. Vielleicht ist er überrascht, dich hier zu treffen. Ihr redet, esst zu Mittag, er begleitet dich am Abend in die Akademie, du lässt dich mit ihm sehen, Langenmantel wird grün vor Neid ... alles mit einigen wenigen Schritten zu haben. Wenn er zudem ein wirklicher Gönner ist, ein Freund deiner Musik ...«

Mit einer Handbewegung wehrte Wolfgang ihren Redefluss ab.

»Er ist ein Freund des Herrn Vater. Nicht unbedingt der

meine. Aber er liebt meine Musik und – er kennt sich aus. Er besitzt keine langen Ohren, sondern ein geschultes, ein feines Gehör für Nuancen.«

Maria Anna ahnte, warum Wolfgang den Baron nicht aufsuchte. Es war kein Widerwillen gegen den Adligen. Ihn störte die Vertrautheit des Barons mit dem Vater.

Baron Melchior von Grimm hatte sein Gespräch beendet und trug sich offensichtlich mit dem Gedanken, im Gasthaus *Zu den Drei Mohren* einzukehren, denn er befahl mit ruhigen Gesten dem Kutscher abzuladen, reichte ihm mit Worten die Örtlichkeiten weiter, denn bereits kurz nach dem Ausladen machte die Kutsche kehrt und fuhr hinter in Richtung Karmeliterinnenkloster. Dort lagen die Ställe des Gasthofs.

Melchior von Grimm blickte noch einmal die Straße hinauf und hinunter, bevor er unter dem Torbogen verschwand. Gleich drei Lakaien stürzten daraus hervor und sorgten für das Gepäck.

»Du hast ihn verpasst, Wolfgang. Ihn – und möglicherweise mehr als das.«

Wolfgang schüttelte sich und nahm seinen Spaziergang wieder auf. Er schien zufrieden darüber zu sein, dass ihn der Baron nicht gesehen hatte.

»Er hat Einfluss, nicht?«

»Sehr großen. Seine Berichte stehen in allen europäischen Blättern bis hinein nach Russland. Wen er lobt, der gehört zu den begehrtesten Musikern zwischen Neapel und Stockholm.«

Jetzt verstand Maria Anna gar nichts mehr.

»Und diese Gelegenheit lässt du verstreichen?«

Ohne weiter ein Wort darüber zu verlieren, schritt Wolfgang aus, die Noten vor der Brust, als gälte es, mit ihnen gegen die Welt anzurennen, als bildeten sie seinen Schutzschild gegen die Widrigkeiten seines Dasein. Auf der Seite des Salzstadels liefen sie bis hinauf zu Steins Haus am Platz vor der Ulrichskirche. Wolfgang mit den Noten vor der Brust, als müsste er sich damit vor der Welt schützen. Er führte sie wie einen Schild. Alles war anders geworden. Er suchte ihren Rat nicht mehr, wollte von ihr nicht mehr wissen, wie sie über bestimmte Dinge dachte, wollte ihr auch nicht mehr erzählen, was ihn bewegte. Hatte er das je getan, oder hatte sie sich das nur eingebildet?

Sie versuchte mit ihm Schritt zu halten, gleichauf zu schließen. Aber er wollte allein sein, lehnte ihr Angebot ab, ihren Arm wieder durch seine Armbeuge zu schieben.

»Eingebildetes Trazom-Ekel«, dachte sie sich, wagte es aber nicht, dieses Schimpfwort laut auszusprechen.

»Bleib bitte stehen, Wolfgang«, bettelte sie stattdessen und war erleichtert, als er tatsächlich seinen Schritt verlangsamte, so dass sie neben ihm herlaufen konnte. »Bevor wir zu Stein gehen, sollten wir noch einmal die Orgel besuchen.« Sie drängte sich an seine Seite. »Es gibt da kleine Winkel …«, flüsterte sie ihm zu.

»Nicht heute«, seufzte er, als wäre ihm alles zu viel.

Gekränkt ließ sich Maria Anna zurückfallen. Sollte er doch selbst zu Stein gehen. Abrupt drehte sie sich um und ging den Weg zurück. Mit jedem Schritt fühlte sie stärker, wie die Tränen in ihr hochstiegen, wie sie immer weniger gegen sie ankämpfen konnte, bis sie ungehemmt aus ihr herausbrachen.

37

Wolfgang saß mit seiner Mutter in einem Nebenraum, in dem sie sich umziehen und warten und in den sie sich zurückziehen durften. Er wollte nicht im Entree stehen und die Gäste empfangen. Dafür gab es Stein, Demmler und Graf. Die drei genossen das Händeschütteln und Scharwenzeln und das leere Gewäsch, das sich zwangsläufig einstellte. Diesem musste ein Lächeln geschenkt werden, jenem ein kleines Geheimnis verraten, dem Nächsten ein

Vorgeschmack auf das Programm zugeflüstert werden, damit sich in den nächsten Minuten ein Gespräch entwickeln konnte, bei dem jeder ein wenig Abweichendes zum selben Thema betragen konnte. Konversation machen hasste er. Lieber sprach er von der Musik und noch lieber von nichts. Über nichts konnte man nicht einmal mit dem jungen Langenmantel sprechen, denn dieser hielt sich allen Warnungen zum Trotz für gebildet und hatte zu allem und jedem etwas beizutragen. Das ließ Wolfgang zusätzlich verstummen.

»Kurz vor acht!« Seine Mutter hatte die Tür einen Spalt geöffnet und blickte sich im Saal um. »Noch kein Mensch da. Ebenso gut hätten wir eine Kammermusik im *Weißen Lamm* geben können. Auf deinem Zimmer.«

Wolfgang besah sich seine Finger. Klein und kurz. Sie zitterten nicht. Er war nicht nervös. Im Gegenteil. Müde fühlte er sich und erschöpft. Dieses Augsburg saugte ihm alle Kraft aus. Ihm war, als würde eine Schwermut auf der Stadt lasten, die allen Willen dämpfte und das Leben verlangsamte. Die Trägheit innerhalb dieser Mauern befiel einen wie eine Krankheit. Nichts hatte Augsburg von der prickelnden Atmosphäre der französischen Metropole oder von der gediegenen Würde Londons. Es war eine alternde Stadt, die müde vor sich hin dämmerte.

»Langenmantels kommen!«, rief die Mutter hinter sich ins Zimmer.

Nicht einmal deren Anwesenheit beflügelte ihn. Ihm fehlte heute das Übermütige. Es war wie abgeschnitten, seit … Ja, seit wann?

Wolfgang befürchtete, dass sich der Abend zu einer endlosen Geselligkeit ausdehnen würde. Er konnte sich zumindest ans Klavier flüchten, sich hinter die Klaviatur setzen, seiner Phantasie freien Lauf lassen und den ganzen Humbug vergessen.

Maria Anna. Der Name stand ihm plötzlich vor Augen, in Übergröße – und ließ sich nicht mehr aus seinem Verstand verbannen. Er hatte ihr wehgetan. Er hatte sie gekränkt. Darüber musste er sich jetzt keine Gedanken mehr machen. Es war geschehen. Aber sie hatte sich seither nicht mehr bei ihm gemeldet, war nicht vorbeigekommen, und er hatte auch keine Gelegenheit mehr gefunden, zum Oheim zu gehen und sie zu besuchen, sich zu entschuldigen. Die Tage reihten Besuche und Festessen, Einladungen und Musikabende aneinander wie Perlen auf einer Kette, dass ihm kaum Zeit blieb zu atmen: im Amt bei Heilig Kreuz, mit dem Bäsle, danach bei Stein, wieder in Heilig Kreuz zur Tafel bei Herrn Dechant Zöschinger mit Klavichord und Geigenspiel, danach wieder zu Stein, um dessen Tochter zu hören, die allerliebst die Augen verdrehte, während sie versuchte, dem Klavier Töne zu entlocken, später beim Grafen von Waldburg, beim Oheim, wieder in St. Ulrich und zurück nach Heilig Kreuz, dann zum Dom, das Orchester kennen lernen und mit Demmler spielen, dem jungen Wilden. Langsam konnte er die Tage und Treffen nicht mehr auseinander halten. Alles fiel ihm in Gedanken ineinander. Ein Drüber und Drunter und Holterdipolter, dass ihm ganz wirr davon wurde.

Er knetete seine Finger. Im Raum herrschte eine angenehme Temperatur, er war beheizt. Im Kamin flackerte ein Feuer. Auch der Saal erhielt seine Wärme über Kaminfeuer. Angenehm milde Temperaturen würden seine Finger tanzen lassen. Darauf freute er sich regelrecht.

Wo würde sie sitzen? Würde sie überhaupt kommen? Nachdenklich blickte er in das nachglühende Rot der Scheite. Sie musste kommen. Spielen konnte er nur für sie. Für sie hatte er seinen Klavierpart bestimmt, den der ältere Maierl so sicher hatte erarbeiten können.

Sollte er einen Schwur tun? Wenn das Bäsle nicht draußen stand, würde er sich nicht ans Klavier setzen! Nein. Das konnte er der Mutter nicht antun. Die war ohnehin ein Nervenbündel, brachte ihre Nase nicht aus dem Türspalt, zählte die Besucher, überschlug die Einnahmen und meldete ihm jedes bekannte Gesicht.

Von draußen hörte er die Orchestermusiker ihre Instrumente stimmen, ein wirres Durcheinander. Und das bereitete ihm Unbehagen, denn er hörte, dass so manche Geige eine Kleinigkeit danebenlag. Für die Ohren vieler nicht zu hören, aber für die seinen eine Marter.

»Wolfgang! Du wirst es nicht glauben. Wolfgang, so komm doch her. Ich träume. Meine alten Augen spielen mir einen Streich. Das ist ... das ist ...«

Vor Aufregung brachte sie kein Wort hervor, musste husten. Sie schloss die Tür, damit niemand ihre Neugier entdeckte. Wolfgang betrachtete sie besorgt. Wenn sie am Sonnabend weiterzogen, musste sie gesund sein. Sie sah jedoch blass aus, kränklich. Seit gestern klagte sie auch über Bauchschmerzen und erneut über Auswurf beim Husten. Als würde mit jedem Tag, den sie in der Stadt zubrachte, ihre Widerstandskraft sinken. Er fühlte dasselbe an sich und wäre wohl von diesem Miasma der Dumpfheit ebenso überwältigt worden, hätte ihn das Bäsle nicht mit Lebensmut versorgt. Maria Anna. Wieder ihr Name. Er konnte die Mutter unmöglich fragen. Der Oheim und sie hatten sich zugeschworen, die Kinder auseinander zu halten. War es der Vaterwunsch gewesen? Der Befehl aus Salzburg an den Bruder: Achte drauf, dass dein Pfaffenschnitzel meinen Buben nicht festnagelt.

»Wen glaubst du, habe ich gesehen, Wolfgang?«

Sie hatte aufgehört zu husten und stand jetzt vor ihm. Ihr Gesicht schimmerte unter dem Puder grünlich. Ihr war übel. In ihrem Staatskleid bekam sie kaum Luft. Sie presste eine Hand auf den Unterbauch.

»Setz dich. Wen hast du gesehen?«

»Den Baron von Grimm.«

Wolfgang lachte.

»Mutter! Hier in Augsburg? Du musst dich täuschen.«

»Nein. Glaub mir. Er stand im Eingang. Bezahlte.«

»Wir müssen tatsächlich weiterziehen. Du hast bereits Wahnvorstellungen. Die Luft zwischen diesen beiden Flüssen tut uns beiden nicht gut.«

Wolfgang wusste, was es bedeutete, wenn sie Baron Melchior von Grimm tatsächlich erkannt hatte. Er würde sich mit ihm unterhalten müssen. Möglicherweise würde sie der Baron begleiten. Melchior von Grimm würde das

Heft in die Hand nehmen, Akademien arrangieren, sie an den Höfen einführen – und er, Wolfgang Amadé Mozart, wäre wieder das Anhängsel eines anderen, das rechnende Pferd in der Zirkusvorstellung des Barons. Er musste ihr die Beobachtung ausreden.

Nein. Der Baron sei nicht anwesend. Sie habe sich getäuscht.

Er wusste, dass sie den Zuhörerraum nicht betreten würde. Das hielten ihre Nerven nicht aus.

Ein Gong ertönte. Die Stimmen, die sich draußen in den letzten Minuten vermehrt hatten, verstummten. Wolfgang stand auf. Ob Maria Anna unter den Gästen saß? Ganz hinten, oder seitlich am Klavier, wo er für sie einen Platz hatte reservieren lassen? Er hatte Graf instruiert. Demmler war dafür zu nervös, wie er selbst jung und ein Genie, aber zu jung, und daher ein Nervenbündel. Er wartete vor der geschlossenen Tür, atmete tief ein und aus. Ein wenig Nervosität stieg jetzt in ihm hoch. Gleich würde er die Tür öffnen, gleich würden sie klatschen. Seine Mutter würde den Flügel zurückziehen und ihn in die Menge draußen entlassen. Kurz schloss er die Augen, nickte dann. Er langte zum Sperrriegel hoch, ließ ihn aufschnappen. Seine Mutter deutete einen Kuss an, als er durch die geöffnete Tür hindurchschritt, mitten hinein in einen verhaltenen Beifall.

Die Kerzen blendeten ihn. Aber rasch hatte er sich daran gewöhnt, hatte einen Überblick über die Gäste. Voll war es nicht. Nur gut zwei Drittel der Plätze waren belegt. Ob es für die Deckung der Kosten ausreichte, konnte er nur überschlagen. Man würde sehen. Die Augen der Zuhörer waren jetzt alle auf ihn gerichtet. Er hörte sie tuscheln, hörte sie räuspern. Wolfgang ließ den Blick schweifen, suchte Maria Anna. Auf dem Platz, den er für sie reserviert hatte, saß sie nicht. Sofort stieg ihm ein Kloß in den Hals. Sie musste heute zuhören. Es war ihr Konzert, für niemanden sonst spielte er.

Er schritt durch die Zuhörer hindurch zu den drei Klavieren, die auf der Westseite standen. Demmler und Stein hatten bereits Platz genommen, standen aber auf, als Wolfgang zu ihnen trat. Ebenso das Orchester dahinter. Mit dem lodronschen Konzert würden sie beginnen. Wolfgang saß so, dass er das Publikum beobachten konnte. Aber er konnte nicht damit beginnen. Es war für Maria Anna gedacht gewesen, mit besonderen Improvisationen, nur für sie. Wenn sie nicht kam, musste er die Akademie absagen. Wolfgang setzte sich auf seinen Klavierstuhl, legte die Hände in den Schoß. Wartete. Er betrachtete seine Finger. Warm waren sie, leicht rötlich, bereit. Das Publikum begann unruhig zu werden. Die Orchestermusiker räusperten sich, harrten ungeduldig auf ihren Einsatz. Die Augen seiner Kollegen richteten sich fragend auf ihn, die Orchestermusiker rutschten ungeduldig auf ihren Sitzen hin und her, aber er rührte sich nicht, gab kein Zeichen des Beginns. Er beobachtete Demmler, wie er seine Finger in die Länge zog, die Gelenke knacken ließ, als wollte er sie brechen. Er bemerkte, wie die Damen in den hinteren Reihen bereits die Köpfe zusammensteckten, zu tuscheln begannen. Er ließ seinen Blick über die vor ihm Sitzenden gleiten.

In der zweiten Reihe erkannte er Baron von Grimm. Er saß etwas in seinem Rücken. Der Baron nickte leicht mit dem Kopf, als sich ihre Augen trafen. Wolfgang bemühte sich, den Gruß nicht zu erwidern, Gleichgültigkeit zu zeigen. Als hätte er ihn nicht erkannt. Dennoch ärgerte sich Wolfgang darüber, dass er trotz des kurzen Blickkontakts festgestellt hatte, wie interessant geschwungen dessen Lippen waren, und sein ebenmäßiges Gesicht wie aus Stein gemeißelt wirkte. Ein römischer Kopf, der die Aufmerksamkeit so mancher Dame auf sich zog.

Die vorderste Reihe räusperte sich. Beine wurden übereinander geschlagen. Im Hintergrund knackte ein Holzscheit im Feuer. Der Fugger hatte gut einschüren und dann die Flamme herabbrennen lassen. Jetzt gloste alles nur und machte keinen Lärm.

Stein zischte ihn an, was denn los sei, ob sie nicht beginnen sollten. Wenn schon nicht mit dem Trio, dann wenigstens mit etwas anderem. Das Publikum habe bezahlt. Auch Demmler rutschte unruhig auf seinem Sitz hin und her. Wolfgang lächelte nur. So viel Zeit musste sein. Er wusste, dass Maria Anna kommen würde. Er wusste es einfach. Die Beine der Musiker scharrten, während Wolfgang auf seinen Instinkt vertraute. Sie würde kommen.

Und tatsächlich. Beinahe lautlos öffnete sich die Tür zum Konzertsaal. Ihr Kopf lugte herein, dann schob sich Maria Anna durch die Tür. Ihr Kleid raschelte vertraut in seinen Ohren. Sie hatte sich französisch gekleidet. Sie reichte beinahe nicht zum Riegel hoch. Auf Zehenspitzen musste sie die Tür sperren. Blieb im Hintergrund stehen. Einige Damen aus dem Publikum drehten sich um, hatten den verspäteten Gast ebenfalls bemerkt. Zerrissen sich sofort das Maul über die Zuspätkommende.

Wolfgang hob die Hand. Alles verstummte.

Der Abend gehörte ihm und Maria Anna.

38

Wolfgang hatte auf sie gewartet. Maria Anna fühlte aller Augen auf sich ruhen, als sie sich in den Konzertsaal schlich. Jetzt stand er auf, gab das Zeichen. Das Orchester setzte ein, die Klaviere folgten. Im gleichen Augenblick wandten sich die Köpfe Wolfgang zu, der wieder saß, die Hände im Schoß liegen hatte und zu ihr herübersah. Kein Muskel bewegte sich in seinem Gesicht. Sie tauschten nur einen kurzen Blick. Alle Aufmerksamkeit galt seiner Musik.

Was war er nur für ein Holzkopf? Warum hatte er sich nicht gemeldet? Längst hatte sie ihm verziehen. Es waren so wenige Tage, die ihnen verblieben, bis sie wieder getrennt wurden. Möglicherweise für immer, sicher aber für ein ganzes Jahr, wenn Wolfgangs Reise nach Paris führte. Sie ließ sich auf einem Stuhl in der Nähe des Ausgangs nieder und begann der Musik zu lauschen, obwohl ihr keineswegs nach Zerstreuung oder Unterhaltung zumute war. Aber etwas in dieser Musik griff nach ihr. Sie suchte Wolfgangs Augen wie im Konzert in der Geschlechterstube, aber diesmal war es anders. Sie sah einen anderen, nicht den Mozart, der wie tollwütig durch den Raum tobte und alle und jeden zum Narren hielt. In seinen dunklen Augen, die alles Blau verloren zu haben schienen, lag das Kind, das Anerkennung wollte. Aber die Trauer in seinen Augen blieb den Menschen verborgen, denn diese sahen nur den Nasenzwerg, das Pockennarbengesicht, Blatterngesicht, Natterngesicht, Flattergesicht. Zu klein für seinen Konzertmeisterrock, zu wenig galant für seine Größe. Zu hässlich für die Welt. Wolfgang wich ihr aus. Nur der Anschlag, die Zärtlichkeit, mit der er die steinsche Klaviatur streichelte, verriet ihr, dass er an sie dachte. Das Orchester bemühte sich, aber selbst Maria Anna hörte, dass es sich mühte, dass das Spiel eher nach Zimmermannshandwerk denn nach kunstvoller Drechslerei klang. Stein spielte wie eine Maschine, genau, aber unpersönlich. Demmler besaß die Technik, kannte die Nuancen und überholte Stein an Ausdruck und Mitgefühl, Wolfgang aber sprach zu ihr. Er ließ sein Klavier reden. Es flüsterte ihr Liebesworte zu, kitzelte sie im Nacken. Selbst die schrubbenden Orchestermusiker nahmen seinen musikalischen Liebkosungen nichts von ihrer Sinnlichkeit. Im Gegenteil, sie hatte das Gefühl, als wäre Wolfgang wie ein Fremdkörper in dieses Augsburg eingebrochen, würde dort von den Honoratioren nur widerwillig empfangen und triebe sich mit der Stadtjugend herum, die erkannt hatte, welch ein Gewinn er für sie war. Dieser Gegensatz zwischen Beherrschen und Können, zwischen Technik und Wunder ließ die Münder vieler Zuhörer offen stehen. Es war eine Offenbarung, Wolfgang zu hören. Maria Anna fühlte sich berührt, erregt. Ihr Hals färbte sich rot, die Innenseiten der Arme kitzelten, und Schweiß lief ihr den Rücken hinunter. Seine Akkorde flüsterten ihr zu, dass er sie liebte, dass er sie begehrte, dass er sie küssen wollte ... Meinte er wirklich sie? Sie biss die Lippen aufeinander. Meinte er wirklich sie?

Wolfgang ließ keinen Blickkontakt zu. Er sah auf seine Finger oder hinauf zur Stuckdecke, schloss die Augen oder blickte einfach ins Nichts. Trotzdem liefen Maria Anna Schauer über den Körper, die Akkorde streichelten sie. Sie empfand das Stück als einzige Liebkosung, als Beweis … ja, wofür eigentlich? Neugierig geworden, versuchte sie genauer hinzuhören, sich nicht nur von ihren Gefühlen führen, verführen zu lassen. Wolfgangs Spiel hörte man vor allem das Neue an. So hatte er das Klavier noch niemals traktiert. Unter die Intensität des Gefühls mischte sich Neues, Intensives – und es dauerte eine kleine Weile, bis Maria Anna begriff, was es bedeutete. Deshalb sah er sie nicht an. Deshalb zog er aus ihrer Anwesenheit keinen Nutzen. Er spielte für sie, das hörte sie heraus. Er huldigte ihr. Er küsste und koste sie, aber zugleich sprach er vom Abschied. Von der bevorstehenden Trennung. Er teilte ihr mit, dass er sie nicht mehr brauche. Vielleicht war ihm dies selbst nicht bewusst. Vielleicht hatte er tatsächlich darauf gewartet, dass sie den Raum betrat, um ihr seine Liebe zu gestehen. Aber mit jedem weiteren Akkord, den er anschlug, machte er ihr klar, dass er weitergegangen, dass er an ihr vorübergeschritten war und jetzt einen anderen Weg einschlagen würde.

Maria Anna musste schlucken. Sie war für Wolfgang eine Episode gewesen.

Ihr war, als würde sie ein Panzer umschließen. Plötzlich hörte sie nichts mehr von der Musik. Ihr Blick verengte sich, bis sie nur noch Wolfgang darin fangen konnte. Maria Anna saß allein im Konzertsaal, vor ihr Wolfgang, der sich auf seinem Klavier abmühte, um das Klavier herumsprang, sich auf den Korpus legte und die Klaviatur von oben bediente, sich gebärdete, als wäre der Veitstanz in ihn gefahren. Ein Gefühl von Schwindel ergriff sie. Sie musste sich festhalten, damit sie nicht vom Stuhl fiel. Ein ganzes Feuerwerk an Gefühlen bombardierte sie, drang aber nicht tiefer, nichts gelangte unter die Haut. Als wäre sie eine Winterfigur, ein Schneemann, der durch und durch gefroren war und deshalb die Welt nicht an sich heranlassen konnte.

Wie aus weiter Ferne hörte sie das Publikum Beifall klatschen und Bravo rufen. Es gelang ihr nicht, sich vom Stuhl zu erheben. Ihre Beine ließen sich nicht bewegen. Ihr Schwindel hielt an. Erst als kurz das Fenster aufgerissen wurde, um etwas frische Luft in den Raum zu lassen, veränderte sich ihr Zustand. Sie erwachte aus einer Lethargie, die ihr selbst unangenehm war. Hatte sie den ersten Teil – verschlafen? War sie ohne Bewusstsein gewesen? Nein, denn sie hatte Wolfgang spielen sehen und hören.

Auf schwachen Beinen versuchte sie zu stehen. Sie schwankte, hielt sich aber an der Stuhllehne fest. Es waren ihre Tage, die sie manchmal blutleer werden ließen, und dann fiel sie in Ohnmacht. War sie ohnmächtig gewesen? Offenbar nicht ganz.

Sie lief auf und ab. Die Musiker unterhielten sich, stimmten ihre Instrumente neu. Die Zuhörer liefen zwischen den Stuhlreihen hin und her, beredeten das Ereignis, nickten oder schüttelten die Köpfe. Stein und Demmler standen zusammen und besprachen die Notenblätter. Nur Wolfgang war nicht zu finden.

Maria Anna musste schwer atmen. Sie hätte zu Hause bleiben sollen.

Nur langsam strömte das Blut wieder durch die Adern, nur langsam kam sie wieder zu sich. Wo war Wolfgang? Sie drehte sich um sich selbst, musterte die Gruppen, ob sie womöglich den wild gestikulierenden und hüpfenden Kerl darin entdeckte, der sie in diesen Zustand versetzt hatte. Endlich gewahrte sie den hellen Schopf der Mozartin durch einen Türspalt im Zimmer am anderen Ende des Saals. Ihrer Beine noch unsicher, schlurfte sie darauf zu.

»Tante!«, rief sie. »Bitte, lassen Sie mich zu ihm hinein.«

»Warum?«, fragte diese durch den Spalt. »Er muss ausruhen.«

»Ich muss ihn sehen. Wir haben seit zwei Tagen nicht miteinander gesprochen.«

»Gut so!«, sagte die Mutter. Trotzdem öffnete sie die Tür, und Maria Anna konnte hineinschlüpfen. »Er wollte es, Kind!«, sagte sie, als Maria Anna an ihr vorüberging.

»Wolfgang!«, rief sie in den Raum. Am anderen Ende stand er, den Blick hinaus auf den Innenhof gerichtet, die Hände hinter dem Rücken verschränkt. »Das Konzert war großartig.«

»Du hast geschlafen!«, konterte er, ohne sich umzudrehen. »Ich habe gesehen, dass du die Augen geschlossen hattest und dein Kinn auf die Brust gesunken war.«

»Ich habe verstanden, was du mir gesagt hast!«, flüsterte sie.

Die Tante stand verlegen neben ihr, berührte sie leicht am Arm und deutete mit den Augen hinaus. »Ich komme gleich wieder.«

Maria Anna lächelte die Tante an und strich ihr über die bleichen Wangen. Frauen halten zusammen, war ihr erster Gedanke, als die Tür hinter ihr ins Schloss fiel.

»Mir sind die Sinne vergangen. Ich habe nur noch dich gesehen.«

Langsam drehte er sich um, wirkte wie ein großer Schatten, weil ihn die Illumination draußen von hinten beleuchtete. Sie sah kein Gesicht, keine Augen. Alles war schwarz, bis er einen Schritt ins Kerzenlicht trat und plötzlich alles wieder war wie zuvor. Im ersten Augenblick hatte sie einen Schrecken bekommen, weil alles so bedrohlich aussah. Sie schwankte leicht.

»Ich brauche einen Stuhl«, flüsterte sie. Die Schwäche in ihren Beinen drohte wiederzukehren. Und dann ging alles sehr schnell. Sie sah Wolfgang auf sich zueilen, bemerkte, dass sich seine Bewegungen verlangsamten, dass sich ihr Gesichtsfeld verengte, nur noch auf Wolfgang fokussierte, und als sie wieder etwas wahrnahm, waren es seine Arme, die sie fest umschlossen hielten.

»Du bist ohnmächtig geworden«, sagte Wolfgang und beugte sich über sie. »Wie konnte ich nur so grob zu dir sein?«, flüsterte er ihr zu, als er bemerkte, dass sie wieder erwacht war.

»Wie lange war ich …«

»Nur kurz. Ich konnte dich festhalten.«

Er küsste sie auf die Stirn, dann auf den Mund. Sie fühlte das alles, als spannte sich ein Stück weichen Stoffs zwischen ihnen, genoss es aber. Dann küsste er ihr den Hals hinunter und vergrub seinen Kopf in ihrem Ausschnitt. Männer, dachte sie. Ich bin noch nicht richtig wach, und sie interessieren sich bereits für alles andere, nur nicht für mich selbst. Trotzdem durchflutete sie ein wohliges Gefühl. Sie lag in seinen Armen.

»Die Pause ist gleich um. Willst du hier bleiben?«

Maria Anna genoss die Wärme, die von Wolfgangs Armen ausging, genoss auch die Kraft, mit der er ihren Rücken stützte.

»Am liebsten würde ich so liegen und schlafen wollen«, gurrte sie.

»Ich könnte dich nicht schlafen lassen«, lachte er leise. »Du würdest dich wundern, was geschähe, wenn du noch einmal in Ohnmacht fallen würdest.«

»Mich würde nichts mehr wundern, bei euch Männern.«

Ihr war im Augenblick so wohlig, dass sie beinahe für alles bereit gewesen wäre. Aber da klang von draußen der Tischgong und rief die Zuhörer wieder in den Saal. Wolfgang hatte es nicht eilig. Er drückte ihr noch einmal seine Lippen auf den Busen, küsste sie auf den Mund, herzte sie, ohne ihr die Luft zu nehmen. Dann legte er sie einfach zurück. Jetzt erst bemerkte Maria Anna, dass er sie zu einer Chaiselongue getragen hatte. Dass in ihrem Rücken das Holz eines Feuers knisterte und die Wärme vermutlich nicht von seinen Armen, sondern von dorther stammte.

Sie streckte ihre Hand nach ihm aus, als er nach draußen schlüpfen wollte.

»Bleib noch!«, bettelte sie.

Er schüttelte bestimmt den Kopf.

»Es geht wirklich nicht. Die Menschen draußen warten. Auch wenn es Augsburger sind, wollen sie mich hören.«

Ja, dachte Maria Anna, sie wollten ihn hören. Und das würde immer so sein. Wolfgang war kein Mensch mehr, den man für sich allein besaß. Er gehörte allen. Ein allgemeiner Mensch. Er gehörte der Musik und niemandem sonst, und die Musik war universal.

Maria Anna schloss die Augen. Sie hörte den Applaus, der aufbrandete, als Wolfgang den Saal betrat, sie hörte das Schrubben des Orchesters, das Spiel der drei Klaviere. Diesmal einzeln. Sie hörte die Mechanik Steins und das Genie Demmlers, des Domorganisten. Und dann fühlte sie, wie Wolfgangs Anschlag wirkte, als legte er ihr mit dem ersten Ton eine Hand auf ihren Bauch und ließe diese nun kreisen. Ein wohliges Gefühl durchflutete sie. Wolfgang spielte für sie.

39

Wolfgang ließ sich rückwärts auf sein Bett fallen, streckte sich und blieb mit ausgebreiteten Armen liegen. Er war ein Zauberer. Und die Augsburger hatten es bemerkt. Er hatte sie verzaubert und bezaubert. Sogar eine Ahnung davon hatten sie bekommen, wie sich seine Stücke anhören müssten, könnte er alle Instrumente gleichzeitig spielen. Eine Utopie. Wenn ihm die Wahl des Orchesters auch jetzt noch Magenschmerzen bereitete, so strahlte sein Stern umso heller, je schlechter sie spielten. Stein war auf seine Weise ein Virtuose, genau, klar, aber betulich und von einer ermüdenden Präzision. Ein Handwerker eben. Nur Demmler war ein Konkurrent gewesen, ein hoffnungsvolles Talent, das Zukunft hatte. Einige Jahre noch, ein wenig Weltluft und zwei, drei Lehrer, die sein Können förderten, und er hatte ihm nichts mehr voraus. Doch der eigentliche Stern des Abends hatte Wolfgang Amadé Mozart geheißen. Er hatte den Augsburgern die Ohren weggespielt, er hatte ihnen die Gehirne voll gepumpt mit Staunen. So gut hatte er sich lange nicht gefühlt, so zufrieden. Auch wenn

Langohren wie der junge Langenmantel im Konzert gesessen hatten, tat dies keinen Abbruch. Dessen Gähnen konnte er übersehen.

Das eigentliche Wunder dieses Abends war den allermeisten verborgen geblieben. Er blickte nach rechts und links, betrachtete seine Finger, ließ sie sich bewegen wie Puppen, die ein Eigenleben führten. So viel Gefühl war ihm noch niemals gelungen. Hatte es an der Wärme gelegen, weil er nicht gegen seine klammen Finger anspielen musste, sondern mit ihnen spielen konnte? Hatte ihn das Gefühl getragen, das ihn durchströmt hatte, weil Maria Anna zuvor in seinen Armen gelegen hatte? Die Steigerung nach der Pause war allen ins Ohr geflossen. Selbst Langenmantel hatte ihm einen Tobak angeboten, weil der zweite Teil des Abends so unvergleichlich gewesen sei, dabei konnte er sich beim besten Willen nicht vorstellen, wie Langenmantel das gehört haben wollte. Mit diesen Holzohren!

Ganz dahingeschmolzen waren die Zuhörer, als er eine Sonate ganz aus dem Kopf spielte, ohne eine einzige Note vor sich. Beinahe hätte er über die offenen Münder gelacht, die ihn ansahen, über die Grimasse, die Stein vor Verwunderung schnitt. Die kurioseste Figur aber gab Demmler ab. Der dürre Organist mit der dröhnenden Stimme lachte und lachte, bis er anfing zu fluchen, ganz gotteslästerlich. So hatte es ihm gefallen.

Natürlich hatten die Hammerklaviere auch ihren Anteil am Gelingen. Ihr klares Klangbild, ihre sauberen Akkorde. Unvergleichlich. Kein Spinett, kein Cembalo konnte da mithalten. Die Augsburger und er selbst hatten zum ersten Mal den vollen Klangumfang dieser Instrumente vernommen.

Er war gesättigt mit Zufriedenheit. So einschlafen. Ein Gott am Klavier. Ein Volk, das ihm Opfer brachte.

Nebenan ging die Tür. Die Frau Mama trat ein.

»Wolfgang?«

Wolfgang seufzte. Er wollte weiterträumen. Seine Mutter würde über …

»Wolferl?«

»Ja, Frau Mama?«

»Schläfst du schon?«

»Nein, Frau Mama.«

»Darf ich?«

Sie öffnete die Tür, ohne seine Bestätigung abzuwarten.

»Ja, Frau Mama!«

Sie brachte einen Leuchter mit, sah sich im Zimmer um. Nein, Mutter, dachte Wolfgang, das Bäsle habe ich weder im noch unterm Bett versteckt. Und im Schrank wartet es auch nicht.

»Was willst du?«

Sie warf eine Börse auf seinen Tisch. Es klang metallisch.

»Die Tageseinnahmen. Ich habe das Orchester bezahlt. Stein und Demmler wollten nichts. Sie haben dich nur begleiten wollen. Demmler sagte, es genüge ihm, deine Fingertechnik zu sehen. Und hör: Er habe an einem Wunder teilhaben dürfen, das sei Entschädigung genug. Für eine derartige Erfahrung dürfe man nur Gotteslohn nehmen, keinesfalls irdischen Mammon.«

»Ein weiser Mann«, entgegnete Wolfgang, der sich jetzt aufrichtete und auf die Ellenbogen stützte, »aber eine idiotische Haltung.« Es hatte ohnehin keinen Wert mehr, die Augen zu schließen und zu träumen. Die Frau Mama würde ihn so lange drangsalieren, bis er den Beutel geöffnet und jeden Groschen nachgezählt hatte. Dabei würden die Kosten erst morgen, spätestens aber übermorgen ausgerechnet sein. Er wollte aber nicht zählen. Jetzt, in diesem Augenblick des Triumphes, durfte man doch nicht nachrechnen, ob man Gewinn oder Verlust erwirtschaftet hatte. Lieber wollte er noch etwas an seinen Notenblättern arbeiten oder die Violine streichen. Zur Entspannung. Ohne jeglichen Zwang. Ohne Vorgabe. Sich nur den Gedanken anvertrauen.

»Jetzt mach schon den Beutel auf, Wolfgang«, drängte die Mutter.

Wolfgang erhob sich, blieb noch einen Augenblick am Bettrand sitzen. Er überlegte, ob er sich dem Willen der

Mutter fügen solle. Aber die hatte sich, blass und übernächtigt, auf den einzigen Stuhl im Zimmer gesetzt und hielt sich den Bauch. Die Kerzen warfen ein gespenstisches Licht über ihr Gesicht, das jetzt mager wirkte wie ein Totenschädel.

Wortlos trat er an den Tisch, öffnete den Beutel, schüttete die Münzen darin aus. All seine Träume zerstoben beim Anblick der Münzen, alle Musik versiegte bei deren Klang. Er fand sich zurückgeworfen in eine Welt, die ihm nicht angenehm war. In ihr benötigte er ein Bett und Kleidung, in ihr musste er aufs Häusel und hatte Hunger, in ihr traf er Menschen, die er nicht mochte, und musste Dinge hören, für die seine Ohren nicht geschaffen waren. Warum hatte sie ihn nicht in seiner Welt gelassen?

Das Stöhnen der Mutter schreckte ihn aus seinen Gedanken auf.

»Wir sollten einen Medikus holen, Mutter. Die Erkältung frisst sich sonst fest.«

»Jetzt lass und zähl. Wir müssen den Gasthof bezahlen und die Kutsche. Dafür wird es hoffentlich reichen.«

Rasch begann Wolfgang kleine Häufchen mit immer demselben Betrag zu schichten. Das harte und zum Teil schmutzige Metall in seinen Händen machte diese eigenartig taub, als bliebe etwas von den Münzen darin kleben.

»... 75, 80, 85, 90 Gulden, Mutter. Wenn man die beiden Dukaten hinzunimmt, die ich bei der ersten Akademie erhalten habe, kommen wir auf 100 Gulden Einnahme.«

Ein wenig Stolz schwang in seiner Stimme mit. Hundert Gulden, das war ein achtbarer Anfangserfolg.

Seine Mutter legte den Kopf zurück, presste die Hand auf den Unterleib, atmete tief ein und aus. Leise, kaum dass Wolfgang sie verstand, flüsterte sie:

»Das ist viel zu wenig. Die Kosten des Konzerts haben 16 Gulden 30 Kreuzer betragen. Wenn man hinzuzählt, dass wir seit beinahe zwei Wochen hier logieren und wir dem Wirt das Geld noch stunden, haben wir alles in allem etwas über hundert Gulden Ausgaben. Mit einem Wort, Wolferl, du hättest knapp 30 Gulden mehr einnehmen müssen. Was nützt uns ein Aufenthalt in einer Stadt, wenn wir aus unserer Reisebörse zuschießen müssen?«

Wolfgang rechnete ein zweites Mal nach, aber auf mehr als 90 Gulden Einnahmen kam er nicht. Es war vorauszusehen gewesen. Der Saal war zu einem Drittel leer geblieben. Wenn er alle seine Musiker hätte bezahlen müssen, wäre ihnen gar nichts geblieben.

Mit Sorge dachte er daran, dass er dem Herrn Vater den Verlust in einem Brief mitteilen musste. Wieder würde er an Formulierungen sitzen und basteln, die alles harmloser und undramatischer darstellen sollten. Dreißig Gulden waren ein ordentliches Monatsgehalt, das man nicht einfach so leihen konnte. Fort mussten sie, fort aus Augsburg, so schnell wie möglich. Lieber ließ er sich von adligen Musikliebhabern zehn Uhren schenken, die man in Paris versetzen und zu Geld machen konnte, als in der Heimatstadt des Vaters betteln zu gehen.

Achtlos ließ er die Geldhäufchen liegen, setzte sich aufs Bett. Was nützte ihm all der Ruhm, wenn er im Schuldturm saß, weil er seine Unterkunft nicht mehr bezahlen konnte oder ein Wechsel nicht mehr eingelöst wurde?

»Du hättest Klavierschülerinnen nehmen sollen, statt mit Maria Anna herumzuscharwenzeln!«, warf ihm die Mutter vor. »Oder Demmler Unterricht geben. Er getraute sich nicht, dich danach zu fragen, Wolfgang. Du musst mehr darauf achten, dass wir unser Auskommen haben. Der Herr Papa …«

Wolfgang fuhr hoch.

»Der Herr Papa, der Herr Papa. Er ist geschickter in Geschäftsdingen, er ist genauer im Rechnen, er kann den Damen und Herrn Adligen und Stadtverordneten besser ums Maul streichen als der Herr Sohn. Ich weiß es, und es kotzt mich an. Ich bin der andre Herr Papa auf dieser Reise. Ich geb auf alles Acht. Denn der Herr Papa sitzt in Salzburg und buckelt vor dem Fürsterzbischof, dass es eine Schande ist und ein Schaden für den Namen Mozart.«

»Und er zahlt dir diese Reise. Du solltest ein wenig von deinem hohen Ross herabsteigen.«

Wolfgang sah seiner Mutter nicht ins Gesicht. Er wusste, dass er darin nur tränenvolle Augen sehen, er wusste, was sie antworten würde. Dass nämlich der Herr Papa alles für ihn unternehme, damit er einer gesicherten Zukunft entgegengehe, dass er sich jeden Kreuzer vom Maul abspare, dass er selbst sich nichts gönne, um ihm, dem staubigen Herrn Sohn, das Leben zu erleichtern. Hunderte Male hatte er das gehört und konnte es nicht mehr hören und wollte es auch nicht mehr. Also presste er die Hände an die Ohren. Seine Mutter blieb stumm.

Es war noch schlimmer, dass die Frau Mama nichts sagte, dass sie stumm dasaß und litt, an ihm litt und an ihrer Erkältung und ihm so ein schlechtes Gewissen einpflanzte.

Was wollten nur alle von ihm? Zuerst diese müden Augsburger, die ihn nicht hören wollten, dann Maria Anna, die sich ihm entfremdete, und jetzt die Frau Mama, die ihm vorwarf, dass er sich zu stolz gebärdete, statt genügend Geld in die Reisekasse zu schaffen.

Augsburg. Ein Kapitel, das hinter ihm lag.

40

Langsam gewann alles einen endgültigen Charakter. Jedes Gespräch, das er führte, trug sein unaufschiebbares Ende in sich, jede Einladung war mit dem Gedanken des unwiderruflichen Aufbruchs gesättigt. Auch die Einladung nach Heilig Kreuz gehörte zum Ritual des langen Abschieds, das er seit seinem Konzert vom Mittwoch zelebrierte.

Maria Anna hatte das Gefühl, als würde Wolfgang es genießen, die Stadt zu verlassen – und den Menschen, mit denen er zusammentraf, die Freude darüber mitzuteilen. Sie verloren etwas Wertvolles, sagte er ihnen. Und sie bemerkten es nicht. Sie lebten im trügerischen Glauben, alles werde in denselben Gleisen weiterlaufen wie zuvor.

Sie saßen am Tisch, soupierten, tranken, Wolfgang, die Frau Mutter, der Herr Vater, sie selbst zwischen dem Dechanten Ludwig Zöschinger und dem Prälaten Bartholomäus Christa. Der Erstere durchaus attraktiv und ansehnlich, Christa bereits gebrechlich, langsam in seinen Bewegungen und in der Auffassungsgabe. Ein wenig kam sie sich vor wie ein Marienbildnis in geweihtem Rahmen. Titel: Die unbefleckte Empfängnis, oder: Maria im Tempel. Die Tante war im Gasthof *Zum Weißen Lamm* geblieben, da sie kränkelte. Sie wusste nicht, ob es nur die monatlichen Beschwerden waren oder ihr Bauchgrimmen mit dem hässlichen Husten, der sie seit einer Woche plagte.

Die Gespräche sprangen wie leichtfüßig plätscherndes Wasser hin und her. Man lachte, witzelte, trank sich zu, und sang, wenn sich die Gelegenheit dazu ergab, deutsch und lateinisch, aber auch italienisch, was Zöschinger mit melodischer Stimme zu höchster Anstrengung verleitete. Wolfgang trällerte zusammen mit Zöschinger in Abständen ein selbst verfasstes Liedchen, das sich mit der Weinseligkeit immer weiter auswuchs und immer mehr Anhänger fand:

»O, du heller Furz, o, du dunkles Loch, seid ihr auch am Arsch, brauchen wir euch doch.«

Wolfgang saß ihr gegenüber. Sie beobachtete ihn und gewahrte dieses Flüchtige in seinem Benehmen. Er nippte nur am Wein, aß wie ein Spatz, saß nicht mehr, sondern sprang immerfort auf und hin und her, hinüber zum Klavier und zu Prälat Christa, um mit ihm zu verhandeln. Er flatterte wie ein Schmetterling. In Gedanken war er bereits weitergereist, geradewegs nach Wallerstein, wie er ihr verraten hatte.

Das Souper wurde von Novizen aufgetragen, allesamt Jungen, die an der Schwelle zum Mannsein standen. Bartlos und frisch. Eine Verschwendung in ihren Augen. Aber sie durfte sich nicht ablenken. Ihre Gedanken galten Wolfgang, der sie mit keinem Blick bedachte, was sie ungeheuerlich fand. Als Frau zeigte man dies nicht, durfte man es nicht zeigen. Und in Anwesenheit des Vaters schon gar nicht. Sie wusste nicht, ob Wolfgang mit ihr spielte, oder ob er nur dem Vater eine Komödie vorgaukelte.

Als sie ihn heute früh von dieser Einladung erzählt und zum Mittagessen ins Haus geholt hatte, war er jedenfalls sehr viel zugänglicher gewesen. Die Tante hatte sie nicht allein lassen wollen, aber Wolfgang hatte sie mit dem Geld für ihre Unterkunft zum Wirt geschickt, obschon sie leichenblass gewesen war. Die Tante hatte sich gefügt. Kaum war die Tür hinter ihr zugefallen, waren seine Hände überall gewesen. Sie hatte Mühe gehabt, sich gegen seinen Übermut zu erwehren.

»Liebst du mich? Sag, begehrst du mich?«, hatte er ihr beständig zugeflüstert, war hinter sie getreten und hatte sie gestreichelt. Zuerst am Bauch, dann ihre Brüste hoch und endlich dort, wo sie nicht anders konnte, als die Augen zu schließen. Er hatte sie am Hals geküsst, sie gebissen, bis es ihr zu viel geworden war.

»Männer sind unersättlich!«, hatte sie ihm vorgeworfen und sich seinen Händen entwunden.

Was sie abgestoßen hatte, war seine Direktheit gewesen. Als hätte er einen Mantel abgestreift, hatte er sein zärtliches Werben der letzten Woche abgelegt. Es war der reinen Gier gewichen. Sie konnte es nicht ertragen. Dieses Verhalten kannte sie von den Zoten der Wirthaushocker. Bei Wolfgang befremdete es sie.

»Nur weil du die Herzen der Augsburger erobert hast, heißt es nicht, dass dir alle Herzen einfach zu Füßen liegen!«, schalt sie ihn und stieß ihn zur Seite …

»Habe ich dir gestern nicht gezeigt, was die Musik vermag? Dass sie auch ›Ich liebe dich‹ sagen kann! Du hast mir …«

Wieder stand er bei ihr, langte ihr unters Mieder und versuchte, den Rock hochzuschieben.

»Die Frau Tante wird gleich wieder hier sein. Sie darf uns nicht entdecken.«

Maria Anna hatte protestiert, aber Wolfgang hatte sich

nicht darum geschert, hatte ihren Mund mit einem Kuss verschlossen – und in ihr hatten sich widerstrebende Gefühle bekämpft. Sie wollte sich ihm hingeben, wollte, dass er sie zur Frau machte, zu seiner Frau, aber nicht auf diese Art und Weise. Es stimmte. Gestern war sie dahingeschmolzen. Sie hatte seine Liebeserklärung vernommen, aber gleichzeitig begriffen, dass er allen Frauen dieselbe Erklärung machte und vor allem einer Frau, der Madame Musica.

Nachdem sie dies in ihrem Kopf formuliert hatte, hatte sie ihn endgültig von sich geschoben und war aus seinem Zimmer gehuscht, der Frau Tante direkt in die Arme. Dabei hatte sie nicht wahrgenommen, ob die Frau Tante ein spöttisches Lächeln auf den Lippen oder ob sie mitleidig ausgesehen hatte, denn ihre eigene Frisur war aufgelöst gewesen, und die Tante hatte sofort ihren Kopf hinabgedrückt und damit begonnen, die Haare zu richten.

Seither sah Wolfgang an ihr vorbei, ignorierte sie, würdigte sie keines Blickes mehr, sah über sie weg, ließ sie links liegen. Ihr wären noch ein halbes Dutzend solcher Formulierungen eingefallen.

Dabei wirkte er gelöst und ausgelassen, flatterte vom Tisch zum Klavier, improvisierte eine Zeit, bis der nächste Gang aufgetragen wurde, und kehrte an seinen Platz zurück, begleitet vom Beifall der Augustiner-Chorherren. Am leichtesten ließen sie sich von Spielchen blenden, die Maria Anna mittlerweile zur Genüge kannte: Mit einem Hähnchenschlegel im Mund und einem Glas Wein in der Hand begann er einhändig zu spielen – und die Ohren glaubten dennoch, es würden zehn Finger über die Tasten fliegen. Zum Gelächter aller legte er sich auf das Klavier und begann kopfüber eine Fuge herzuzitieren, oder er ließ sich die Tastatur abdecken und spielte blind, ohne einmal danebenzugreifen. Es gab ein allgemeines Hallo, ein Gelächter und Gekreische, als hätte man es mit einer Horde Halbwüchsiger in einer Schenke zu tun und nicht mit situierten Augustiner-Chorherren. Oftmals standen die Chorherren auf und versicherten sich durch Augenschein, dass nicht geschwindelt wurde.

Der Wein floss. Die Gesichter röteten sich.

Wolfgang erhob sich endlich, nachdem er mit dem Prälaten Christa ein längeres Gespräch geführt hatte. Maria Anna hatte mitgehört. Es ging um Noten. Die Chorherren wollten einige Messen von Wolfgang haben, aufführen und vervielfältigen dürfen. Handschriften. Unikate.

Damit würde Wolfgang sich mit dem Herrn Vater überwerfen. Sie kannte dessen Ansicht. Die Originale durfte Wolfgang nicht aus der Hand geben, sie mussten per Extrapost nach Salzburg geschickt werden. Das hatte durchaus seinen Sinn. Wenn Wolfgangs Ruhm weiter wuchs, und daran bestand kein Zweifel, dann waren die handschriftlichen Originale irgendwann wertvoll. Überließ er jetzt dem Kloster Originale, brannte Feuer auf dem Dach der Mozarts. In puncto Autographen kannte der Oheim keinen Spaß. Sie sah Wolfgang bereits, wie er sich unter den Formulierungen des nächsten Briefes duckte. Die Arme des Oheims reichten weit. Es würde ihm selbst von Salzburg her gelingen, dem Sohn die Ohren dafür lang zu ziehen.

Sie mischte sich in das Gespräch, konnte keine Rücksicht darauf nehmen, dass Wolfgang sie daran nicht hatte teilhaben lassen. Vielleicht war es der Grund, warum er nicht mit ihr sprach.

»Prälat Christa, ich habe eben zufällig gehört, dass Wolfgang dem Kloster Musikstücke aus seiner Hand überlassen will?«

Bartholomäus Christa zeigte, wenn er überrascht war, keinerlei Verlegenheit. Er wandte sich seinem Gast zu, freundlich, mit einem gütigen Lächeln, aber Maria Anna konnte am Blick des Prälaten erkennen, dass er nicht verstanden hatte, was sie von ihm wollte.

»Zu meiner Primiz, Mademoiselle, war die Kirche bis zum letzten Platz voll. Denkt euch nur, der Bischof wäre beinahe nicht mehr bis zum Altar …«

Zuerst wunderte sie sich über diese Antwort, dann aber las sie in seinen Augen. Es erschreckte sie, denn dort fand sich nichts als Leere. Prälat Christa war alt. Sein Gedächtnis endete offenbar mit dem letzten großen Ereignis seines Lebens, der Primiz. Daneben hatte nichts mehr Platz. Sie bedauerte den Umstand, dass der Prälat nur noch als Hülle an diesen Festivitäten teilnehmen konnte.

»Es hat auch sein Gutes«, sprach Zöschinger sie von hinten an. Sie drehte sich zu ihm um. Er hatte offenbar ihre Bemühungen um den Prälaten Christa vernommen und beobachtet. »Er lernt jeden Tag neue Menschen kennen. Für einen offenen und kontaktfreudigen Charakter wie ihn ein beglückendes Erlebnis. Eine große Flamme, die langsam erlischt. So hält es diese Welt mit ihren Genies – und ebenso mit den weniger begüterten im Geiste. Memento mori.«

Maria Anna lächelte verkrampft, denn der Dechant Zöschinger war bei jedem Wort näher gerückt. Sein Gesicht leuchtete rot vom Wein. Sein Atem stank. Die Lippen glänzten, er stieß fortwährend auf, und zwischen den Zähnen hingen Fleischfasern vom Huhn, das er noch auf dem Teller liegen hatte. Er war hörbar satt und suchte womöglich eine Nachspeise. In diesen Situationen und mit der entsprechenden Menge Wein waren die Augustiner-Chorherren nichts als gewöhnliche Männer. Sie mochten ihre Verfehlungen am nächsten Tag beichten und sich dafür kasteien, aber im Rausch kannten sie keinen Zölibat und bestanden darauf, dass auch Mönche nichts ausschwitzten.

Es galt höchste Vorsicht. Sie versuchte das Gespräch wieder auf die Notenblätter zu bringen.

»Wisst Ihr, ob Mozart dem Kloster handschriftliche Noten überlassen hat?«

»Natürlich«, bestätigte der Dechant und griff blind nach seinem Weinglas, ohne sie aus den Augen zu lassen. »Heute früh bereits. Zwei Messen und eine Motette. Wundervolle Stücke.«

Sie lächelte gezwungen. Warum flüsterte Wolfgang dann immer wieder mit dem Prälaten Christa?

»Ihr fragt Euch sicher, warum Euer Vetter Wolfgang fortwährend mit dem Prälaten zusammensteckt. Nun, Prälat Christa hat spätestens nach zehn Minuten alles wieder vollständig vergessen. Er freut sich so, wenn Wolfgang ihm das Geschenk macht.« Zöschinger machte eine kleine Pause. »Hier spielen zwei kleine Jungen miteinander. Der Prälat ist wieder zum Kind geworden, und Mozart ist ein Kindskopf. Als müsste er mit diesem Spiel eine Schuld abtragen.«

Maria Anna ließ vor Verblüffung den Mund offen, bis der Dechant ihr mit einer leisen Geste denselben schloss. Er spielte mit ihm! Wolfgang nahm den Prälaten auf den Arm. Verhohnepipeln nannte man das oder vergackeiern oder versemmeln. Da versuchte sich einer über die Scherzhaftigkeit seines Tuns aus einem Schlamassel zu ziehen. Wolfgang hatte sich ein Kreuz aufgeladen, an dem er noch schwer würde tragen müssen. Der Vater schwebte über ihm wie ein Damoklesschwert.

»Er ist ein Scherzbold! Das muss man ihm lassen.«

Maria Anna hatte einen Moment nicht auf Zöschinger geachtet, und schon hatte er seine Hand auf ihrem Schenkel. Sie hätte kaum reagieren können, ohne größeres Aufsehen zu verursachen, aber bevor sie auch nur den Arm bewegte, um Zöschingers Hand von ihrem Schenkel zu streifen, saß Wolfgang zwischen ihnen. Er quetschte sich in die Lücke. Die Hand Zöschingers verschwand, dafür legte sich die Wolfgangs auf dieselbe Stelle. Das war ebenfalls unverschämt, fand Maria Anna, aber weit angenehmer.

»Auf ein Wort, Herr Dechant. Der Autographen wegen. Das Bäsle hier ist meine Oberaufseherin darüber. Ihr könnt sie bei den Maierl-Brüdern vervielfältigen lassen, aber danach händigt sie bitte Maria Anna aus. Sie wird mir die Noten nach Mannheim oder Paris nachsenden.«

Maria Anna nickte eifrig, und der Dechant nickte verschnupft. Er wandte sich schwerfällig um. Auch bei ihm tat der Wein langsam seine Wirkung.

»Bitte, Wolfgang. Ich möchte nach Hause«, bettelte Maria Anna. »Du kannst gern wiederkommen, aber es wird mir zu sehr eine Männerrunde.«

Wolfgang nickte. Beide erhoben sie sich. Der Herr Vater sandte ihr einen glasigen und gestrengen Blick zu. Er schüttelte sogar den Kopf, aber Maria Anna übersah es einfach. Sie wandte sich an die Frau Mutter.

»Wolfgang bringt mich nach Hause. Mir ist nicht wohl.«

Die Mutter zögerte, wollte sie offenbar selbst nach Hause begleiten, nickte schließlich. Einem Einwand des Vaters kam sie zuvor. Sie legte ihm eine Hand auf den Arm und lächelte Wolfgang an.

»Ich komme wieder. Nur kurz das Bäsle hinüberbringen …«, versprach er lächelnd in das finstere Gesicht des Oheims hinein. Maria Anna wäre vor diesem Blick am liebsten in Grund und Boden versunken. Wolfgang nahm ihn auf die leichte Schulter, winkte und zog sie mit hinaus in den Vorraum. Dort lagen viele Mäntel kreuz und quer übereinander. Er suchte den ihren heraus und half ihr in die Winterkleidung, dann verließen sie das Kloster. Hand in Hand. Es war eine sternenvolle Nacht mit dem verbindenden Band der Milchstraße direkt über ihnen.

41

Wolfgang wusste nicht, was in ihn gefahren war.

Auf dem Nachhauseweg waren sie gewesen, wie die Tage zuvor. Unbeschwert. Sie hatten gelacht, waren gehüpft vor Übermut, hatten sich an den Händen gehalten, sich geküsst, geherzt, gewärmt. Ein Katzensprung war es hinüber gewesen zur Jesuitengasse, hinein in den Garten vor dem Haus. Bereits dort hatte sie die Dunkelheit gänzlich umfangen. Von der Straßenseite her hätte sie niemand mehr sehen können. Hören wohl, denn Maria Anna hatte sich an ihm festgesaugt, als gälte es, ihn leer zu küssen. Das hatte er als Aufforderung verstanden. Hatte sie fester in den Arm genommen, hatte seine Hand unter den Mantel geschoben, hatte sie berührt. Sie gestreichelt. Wie Hungrige hatten sie sich gebärdet, die seit Wochen nur von der Hand in den Mund lebten und jetzt endlich eine reichliche Mahlzeit vorgesetzt bekamen.

»Mir ist kalt hier!«, hatte Maria Anna endlich gesagt.

Auch ihn fror es an den Händen, obwohl er sich an ihrem Körper wärmen konnte. Die Nasen glühten vor Kälte.

Maria Anna stieß die Tür zum Haus auf. Der vertraute Geruch der Mozarts schlug ihnen entgegen, und jetzt erst kam Wolfgang in den Sinn, dass es hier so roch wie bei ihnen zu Hause in Salzburg. Der gleiche Stall, dachte er, während Maria Anna ihn weiter hinter sich herzog, die Treppen hinauf, durch das dunkle Haus. Nicht einmal die Zeit hatte sie sich genommen, eine Kerze zu entzünden. Er stolperte blind hinter ihr her, bis er am Geruch erkannte, dass dies ihr Zimmer sein musste. Blind wie er war durch die nachtschwarze Dunkelheit, verstärkte sich sein Geruchssinn ins Übergroße. Wie er roch, hörte er. Ein schattiges, wummerndes Schwarz vermischt mit einem hochtönigen Frauenduft.

Alles war in einer blinden Hast geschehen, als stünde der Weltuntergang bevor und man müsste sich vergewissern, dass man am Leben sei. Sie hatten kein Wort gewechselt, waren stumm übereinander hergefallen. Endzeit-Ertrinkende …

»Bist du zufrieden?«, flüsterte sie ihm ins Ohr, nachdem er sich neben sie auf das Bett fallen ließ. Ein spöttischer Ton lag in ihrer Stimme.

»Warum sollte ich zufrieden sein? Bist du es nicht?«

»Das war doch, was du wolltest!«

»Was ich wollte?«

»Natürlich!« Maria Anna lachte leise und mit einem bitteren Unterton. »Du bist über mich hergefallen. Ich hatte keine Zeit, dir meine Wünsche zu sagen.«

»Aber …«, versuchte er einen klaren Gedanken zu formulieren, was ihm in dieser Grabesfinsternis nicht recht gelingen wollte, »… wolltest du nicht auch …?«

»Ich wollte auch«, beruhigte sie ihn, aber es lag kein Trost in diesem Satz. »Ich wollte nur nicht davon und vor allem von dir überwältigt werden. Das ist alles. Du hättest ruhig ein wenig zärtlicher, zögerlicher, sanfter sein dürfen ...« Ihr Vorwurf machte ihn stumm. »Du musst gehen. Die Eltern warten bei Heilig Kreuz – und der Vater wird nachschauen kommen, wenn du nicht bald bei den Chorherren auftauchst.«

Er war weggeschickt worden. Es war das Letzte, was sie an diesem Abend zu ihm gesagt hatte. Dabei hatte er ihr erzählen wollen, was er gehört hatte, in der absoluten Dunkelheit ihres Zimmers, eingehüllt von ihrem Duft. Dass er nicht nur Farben gesehen, sondern ein Halleluja gehört hatte wie nie zuvor. Ein Aufbrausen von Menschenstimmen, das alles in den Schatten stellte, was bislang in dieser Form vernommen worden war. Als würden alle Himmel sich öffnen und die Cherubim und Seraphim und alle anderen himmlischen Scharen sich versammeln und nach seiner Musik ihren Lobpreis des Herrn der Liebe schmettern. In wenigen stammligen Sätzen hatte er ihr das zu sagen versucht, aber sie hatte ihm nur einen Finger auf die Lippen gelegt und ihn so zum Schweigen genötigt.

Seitdem hatte er sie nicht mehr gesehen. Als wäre sie verreist. Die Abschiedsbesuche ließen ihm auch keinen Raum mehr, keine Zeit. Demmler, Stein, die Benediktiner von St. Ulrich und Afra, Graf, Gignoux, Zabuesnig, Lotter, den Verleger des Vaters, und, und, und waren zu besuchen.

Das Schlimmste für ihn war, dass er manche um Briefe bitten musste, die ihn weiterempfahlen, andere wieder um Kredite wie den Handelsherrn Herzog, der ihm nichts hatte auszahlen wollen, und dritte, wie Stein, wieder um Stundung von Geldern.

Es war ein demütigendes Geschäft, dem er sich ungern unterzog, und das er am liebsten der Frau Mama überlassen hätte, aber die lag fiebrig im Bett. Grau im Gesicht, erschöpft, aber mit dem eisernen Willen, die teure Stadt am Samstag zu verlassen, und wenn es ihre letzte Ausfahrt gewesen sein sollte. Er selbst konnte sich kaum überwinden – und die Bekannten, die er um Geld oder Unterstützung anbettelte, lasen ihm seinen Unmut darüber von der Nasenspitze ab.

Mehrmals hatte er nach dem Bäsle schicken lassen, aber weder bei Stein noch im Benediktinerstift waren sie sich begegnet. Sie hätte ihm zumindest die nötige Stütze geboten.

Ob sie Hausarrest bekommen hatte? Ob der Oheim sie wegsperrte, bis er die Stadt verließ? Er glaubte es nicht, schließlich war Maria Anna in einem Alter, in dem andere Frauen bereits ihr zweites Kind erwarteten.

Es lag an ihm. Unzweifelhaft.

Warum hatte er sich nur hinreißen lassen? Was war nur in ihn gefahren?

Die Musik, die ihn mitgerissen hatte, hatte ihn die ganze Nacht hindurch verfolgt, ihm war es aber unmöglich gewesen, auch nur eine Note davon aufs Papier zu bannen. Als wäre für diese Art der Musik noch keine irdische Notation erfunden worden. Je mächtiger es ihn drängte, die Akkorde niederzuschreiben, desto klarer wurde ihm, dass er nur ein Rauschen hörte, solange er eine Feder in der Hand hielt. Erst wenn er diese ins Tintenfass warf und sich zurücklehnte, brausten die Melodien wieder in sattem Klang durch seinen Kopf. Die Musik verweigerte ihm die Niederschrift.

Er hatte die Nacht bei den Chorherren zugebracht und den nächsten Tag halb verschlafen. Erst gegen zehn Uhr hatten ihn die Glocken aus den Federn geholt. Seine Mutter, die ihn mit ihrem Husten immer stärker beunruhigte, hatte ihm bereits eine Liste von Personen zusammengestellt, die er besuchen musste. Alle heute, alle mit Einfluss. Zuoberst auf der Liste war Baron Melchior von Grimm gestanden.

Alle Freunde hatte er besucht, alle Namen hatte er fein säuberlich von der Liste gestrichen, mit allen hatte er geredet, bis auf einen. Wolfgang stand vor dem Gasthof *Zu den Drei Mohren* und wartete. Das Haus zu betreten wagte er nicht. Jetzt hätte er das Bäsle gebraucht. Maria Anna wäre forsch genug gewesen, sich einfach bei Baron Grimm anmelden zu lassen. Ihn plagten Zweifel. Er schob hinaus. Er umging die Entscheidung. Er fasste einen schwachen Entschluss und kippte seinen Vorsatz sogleich wieder.

Baron von Grimm wäre für seinen Pariser Aufenthalt unentbehrlich gewesen, aber Wolfgang brachte es einfach nicht übers Herz. Er wusste selbst nicht, was ihn zögern ließ.

Noch bevor Wolfgang mit seinem Zwiespalt im Reinen war, fuhr die Kutsche mit dem Wappen des Barons vor das Tor. Wolfgang war zu überrascht, als dass er hätte reagieren können. Im selben Augenblick öffnete sich das Tor, Baron Grimm verließ das Haus. Wolfgang senkte ein Knie, zog seinen Hut und wollte eben ansetzen zu sprechen, als er einen metallischen Klang vernahm. Eine Münze rollte über den Boden. Er sah ihr nach, während der Schwager mit einem Schnalzen der Zunge die Pferde antrieb. Der Baron hatte ihm eine Münze zugeworfen! Ihm. Wie einem Bettler! Wolfgang blickte auf, aber da war der Baron bereits mit dem Wagen verschwunden. Nur eine Münze! Ein Mozart war ihm nicht mehr wert als ein gemeiner Stadtarmer Augsburgs.

Mit diesem Bewusstsein brach er alle weiteren Besuche ab und zog sich in sein Zimmer zurück, legte sich ins Bett, zog sich die Decke über den Kopf.

42

Ein Lärmen war um ihn her. Die Suppe wurde aufgetragen. Maria Anna und die Tante lachten und scherzten, während sie das Essen brachten, die Mutter saß blass und kränklich am Kopfende des Tisches. Ihr gegenüber der Oheim. Auch er ein Lächeln auf den Lippen. Über den Tisch hin flogen die Scherzworte. Wolfgang saß mit dem Rücken zur Wand. Neben sich über Eck die Mutter, an seiner anderen Seite Maria Anna. Noch war deren Stuhl leer.

»Es ist kein Halten? Ihr geht ja durch wie die wilden Pferde. Alles so hastig.«

»In Paris lebt man schneller, Franz Alois, und altes Eisen muss sich den neuen Wind der Zeit um die Nase wehen lassen.«

»Wenn die Nase groß genug ist!« Wolfgang fasste sich an seinen Gesichtserker.

Ein schwacher Scherz, aber alle lachten. Maria Anna brachte große in Tücher eingeschlagene Teller herein, die am Feuer gewärmt worden waren. Teilte aus. Als sie an ihm vorbei den Teller auf seinen Platz stellte, berührte sie ihn mit dem Arm an der Wange. Ein wohliges Gefühl durchströmte ihn.

»Verbrenn dir nicht die Finger, Tante!«, warnte Maria Anna und nahm die Stimmung auf.

»Solange ich mir die Zunge nicht verbrenne …«, antwortete diese schlagfertig.

Er fand sich fehl am Platz. Wolfgang saß zwischen diesen lachenden und feixenden Menschen und fühlte sich wie ein Trauerkloß.

»Was ist mit dir?«

Maria Anna setzte sich neben ihn, brachte ihm einen Löffel. Es gab Kartoffelsuppe, sämig gekocht, mit geschlagener Sahne und geröstetem Brot. Die Brotwürfel streute Maria Anna ihm über den Teller, als wäre er selbst dazu nicht in der Lage. Ein kurzes Gebet folgte, das der Hausherr ruhig und rasch für alle am Tisch murmelte. Die Tante stand währenddessen unter dem Türsturz und setzte sich erst, als der Onkel aufsah und einen guten Appetit wünschte. Sie tauchten ihre Löffel in die Suppe. Es duftete nach frischen Kartoffeln und Petersilie.

Selbst die Tante sah neugierig zu ihm herüber. So war er selten. Der erste Löffel Suppe hob seine Stimmung etwas. Er wollte aber Maria Annas Frage nicht beantworten. Keiner hier würde ihn verstehen.

»Hast du mit Baron Grimm gesprochen?«

Seine Mutter hatte mit der Frage den Punkt getroffen. Über alles hätte er reden wollen, über die Akademien, über die herbe Großzügigkeit der Augsburger, über ihren Musikgeschmack, aber nicht über sein Erlebnis mit Baron Grimm.

»Nein!«

Durch Einsilbigkeit versuchte er, dem Gespräch zu entgegen, nahm einen zweiten Löffel Suppe in den Mund. So musste er nicht reden.

»Dann hat er mit dir geredet?« Maria Anna kannte ihn bereits besser. Die Tatsache, dass er Fragen wörtlich zu nehmen und in ihrem wörtlichen Sinne zu beantworten pflegte, war ihr bewusst.

»Auch nicht!«

Jetzt zeterte der Oheim.

»Lass dir doch nicht jede Antwort aus der Nase ziehen. Wie steht es um den Baron Grimm?«

Wolfgang erhob sich langsam. War das hier ein Verhör? Er ließ den Löffel auf den Teller fallen. Die Suppe spritzte. Leider konnte er nicht einfach gehen. Maria Anna hätte zuerst aufstehen, ihn herauslassen müssen.

»Wolfgang, bitte!«

Der vorwurfsvolle Ton der Mutter. Ihn kannte er zur Genüge. Wie er ihn hasste. Dieses »Wolfgang, bitte!« konnte er nicht mehr hören.

»Ihr habt doch keine Ahnung!«, polterte es aus ihm heraus. »Keiner von Euch weiß, was es heißt, diesen Herren in die Hosen zu schlüpfen und sich an ihrem Arsch gütlich zu tun. Für ein paar Brosamen. – Mir ist der Appetit vergangen.«

Plötzlich war es still in der Runde. Betreten sahen die Erwachsenen einander an. Er wusste, was sie sich dachten: Was soll die Überempfindlichkeit? Was reizt ihn so? Wir haben doch nur gefragt. Da muss man nicht gleich aufgehen wie eine Dampfnudel.

Maria Anna tupfte sich mit der Serviette den Mund ab, erhob sich, ließ ihn durch. Sie berührte seinen Arm, drückte ihm leicht die Hand. Beruhige dich, sagte sie ihm damit. Er wollte sich nicht beruhigen. Er ging in den Nebenraum. Dort stand ein Spinett. Wolfgang setzte sich. Der Hocker war ihm ein weniges zu hoch. Er legte seine Hände auf die Tastatur. Mehr nicht. Wenn er dies tat, dann summte es meist in ihm, dann musste er nur einen der vielen Fäden aufnehmen, die wie in einem Webstuhl auf- und abschnurrten. An ihm entlang reihten sich Melodien. Er brauchte sie nur zu spielen.

Heute gelang ihm dies nicht. Die Finger zuckten nicht wie sonst. Die Hände bewegten sich nicht wie von selbst. Als wären es Bleiplatten, lagen sie auf der Klaviatur, rührten sich nicht. Es war keine Zeit für Musik. Wer über einen Baron von Grimm nachdenken musste, dem fielen keine Melodien ein.

Mit einer gewissen Anstrengung hob er die Hände wieder von den Clavis. Schwer fühlten sie sich an, unbeholfen.

Maria Anna war ihm gefolgt. Ihre Hände legten sich auf seine Schultern. Wärme. Beruhigung.

»Ich habe dir etwas mitgebracht«, sagte er. »Es steckt seit Tagen in meinem Rock. Es hat sich bislang keine Gelegenheit gefunden.«

Aus der Innentasche zog er zwei zusammengefaltete Blätter hervor, reichte sie ihr.

»Eine Arie? Worüber?«

»Über die Schmerzen der Liebe. Über das Getrenntsein und die langen Wege«, flüsterte er.

»Das ist … nett«, versuchte Maria Anna ihre Überraschung zu verbergen. »Aber ich kann nicht singen, du weißt es doch.«

»Jeder Mensch kann singen. Jeder hat eine Stimme. Du musst es versuchen.«

Maria Anna faltete das Blatt auf. Wolfgang verfolgte gespannt ihre Reaktion. Schaute ihr dabei in die Augen.

»Das ist italienisch.«

»Natürlich. Die Sprache der Liebe.«

»Ich verstehe nichts davon. Kein Wort.«

»Umso besser. Versuch es!«

»Brauchst du die Noten?«

Wolfgang schüttelte den Kopf. Nein. Den Wollfaden der Ariadne hielt er längst in der Hand. Er musste nur daran ziehen …

Wolfgang spielte die Introductio und gab Maria Anna ein Zeichen zu beginnen. Sie verfehlte den ersten Einsatz,

Wolfgang spielte eine Schleife, begann von vorne. Wieder der Einsatz. Diesmal klappte es. Sie zitterte die ersten Sätze hervor, verfehlte die Tonhöhen, traf ihre Einsätze nicht richtig. Zwischendurch intonierte er selbst Passagen aus der Arie, stützte ihren Gesang. Immer deutlicher wurde, dass Maria Anna tatsächlich nicht singen konnte, dass sie nicht gelernt hatte, einen Ton zu halten oder eine Tonart zu treffen, ganz davon abgesehen, dass ihr keinerlei Halbtonschritte gelangen. Es wurde ein echtes Katzengejammer, das sie beide veranstalteten, aber Wolfgang zwang sie weiterzusingen, zwang ihr seine Musik auf. Plötzlich stockte Maria Anna.

»Du malträtierst mich!«, unterbrach sie die Arienfolter. In ihren Augen standen Tränen. Sie warf ihm das Blatt hin und sprang aus dem Zimmer.

Wolfgang hörte nur halb hin. Er verfolgte eine Spur, ganz leicht deutete sie sich an, ein schwaches Motiv, das sanft aus dem Klangkörper des Spinetts emporwuchs. Er suchte danach, fand es und spürte, dass ein kräftiger Sog davon ausging. Es war ein neuer Ton, eine neue Gestaltung: natürlich. Ohne die hölzernen Unterbauten, die er bislang verwendet hatte. Reines Gefühl. So musste sich Musik anhören, so musste man sie spielen. Er beugte sich über das Instrument, lauschte seinem eigenen Spiel nach, geriet in Verzückung.

»Mariannerl! Maria Anna! Marianne. Bäsle-Häsle!«, schrie er hinter Maria Anna her. »Hörst du das? Das bist du!«

Im Durchgang erschien der massige Körper des Oheims. Seine Stimme duldete keinen Widerspruch.

»Wolfgang. Die Tante hat sich Mühe gegeben. Es gibt Wild.«

Wolfgang unterbrach sein Spiel. War es nicht immer so in dieser Stadt, dass er unterbrochen wurde, dass man ihm Knüppel zwischen die Beine warf? Statt zuzuhören, statt sich mit ihm über Töne zu beugen und Ehrfurcht vor dem Zauber der Akkorde zu empfinden, riefen sie ihn zum Essen. Was war das für eine dumpfe Welt, der es um Geld ging und regelmäßige Mahlzeiten? Verstanden diese Dumpfbeutel denn nicht, dass hinter all den banalen Dingen ihrer Enge eine Welt von ungeheurem Reichtum auf sie wartete? Sie mussten nur neugierig drauf sein.

»Ich komme«, sagte er, im Tonfall der letzten Akkorde, die er über das Spinett gebeugt aufsaugte. »Ich komme gleich.«

Im Sitzen sammelte er die beiden Blätter auf, die Maria Anna hatte fallen lassen, betrachtete sie und begann sie zu zerreißen. Nichts davon sollte übrig bleiben. Anschmiegsam, fröhlich, kokett war Maria Anna, sicherlich eine Frau, wie man sich eine wünschte, wie er sie sich wünschte. Aber ihr fehlte die Musik.

Er erhob sich, schlurfte zum Tisch, völlig leer. Diese Leere musste mit Wildbret gefüllt werden. Maria Anna stand unter dem Türsturz, ein ganzes Kar voller Fleischstücke in Händen. Sie schwammen in einer dunklen Soße. In ihrem Gesicht Spuren von Tränen. Er schlüpfte an ihr vorüber.

»Entschuldige«, flüsterte er ihr zu.

Sie verzog keine Miene.

Wolfgang setzte sich, wartete, bis ihm das Wildbret auf den Teller gelegt wurde, goldgelbe Spätzle daneben und darüber eine sämige, beinahe schwarze Soße mit einem Schlag Preiselbeeren.

Vielleicht, dachte er, vielleicht klappt es dort, wo es mit der Kunst nicht so recht weiterwill, wenigstens mit dem Essen.

43

»Wolfgang!« Maria Anna sprang auf Wolfgang zu, der überrascht aufblickte, seine Manuskripte im Arm, und drückte sich an ihn. Vorgenommen hatte sie sich, ruhig zu bleiben, sich zu beherrschen. Aber nachdem sie die Tür zu Wolfgangs Zimmer im *Weißen Lamm* aufgestoßen und ihn gesehen hatte, hatte es kein Halten mehr gegeben. Sie musste ihn umklammern, ihn halten. Er durfte nicht einfach gehen, nicht so. Schließlich hatten sie zusammen in einem Bett gelegen. »Die Noten stören«, lachte sie und schluchzte gleichzeitig. Die Tränen liefen ihr über die Nase bis in den Mund hinein.

Wolfgang hatte seine Notenmanuskripte vor sich gehalten, als sie auf ihn zugestürmt war. Und jetzt stand der Packen Papier zwischen ihnen – und er drückte.

»Entschuldige«, murmelte er, wand sich aus ihrem Arm, legte die Manuskripte auf den Schrankkoffer, den letzten im Zimmer, und nahm sie in die Arme. Jetzt erst konnte er ihre Umarmung erwidern. Sie fühlte, wie wenig er war. Mehr Kind als Mann. Als hätte sich sein Körper nicht ganz in die Welt gewagt und etwas an Größe zurückbehalten.

»Es ist schön, wenn du mich drückst«, sagte sie leise, so leise, dass er es unmöglich hören konnte.

»Was hast du? Nur weil ich fahre? Ich komme wieder, das weißt du!«

»Weiß ich das? Wie lange wirst du weg sein? Ein Jahr, zehn Jahre, Jahrhunderte?«

Wolfgang lachte, umklammerte sie mit beiden Armen, hob sie hoch und drehte sie im leeren Zimmer, so dass ihre Beine gegen den Koffer stießen. Ihre Schuhe schlugen einen dumpfen Ton aus der Bespannung.

»Jahrhunderte. Es würde mir gefallen, einige Jahrhunderte aus dieser Stadt zu verschwinden, um letztlich zurückzukehren. Zu meinem Bäsle.«

»Du spottest. Dann bin ich unansehnlich und alt oder tot.« Sie stellte sich auf die Zehenspitzen und flüsterte ihm ins Ohr. »In hundert Jahren kann ich mir meine Brüste als Sabberlätzchen über die Schultern werfen!«

Wolfgang sah sie mit einem Blick an, als wäre sie tatsächlich hundert Jahre älter.

»Sieh mich nicht so an. Das macht mir Angst.«

»Ich versuche nur, mir dein Bild einzuprägen.«

»Hast du nicht Gelegenheit genug besessen?«

Er nickte. Lächelte. Auf der Treppe hörten sie Schritte.

»Der Mattheis«, mahnte Wolfgang. Er wischte Maria Anna Tränen aus den Augenwinkeln, dann beschäftigte er sich mit dem Koffer, legte Papiere hinein, schloss ihn, schnallte die Lederriemen darum, zurrte sie fest. »Das ist der letzte Koffer, Mattheis«, sagte Wolfgang und deutete auf das Gepäckstück, als der Gern-Bub ins Zimmer trat. Maria Anna ging ihm aus dem Weg. Er roch streng nach Pferd. Reiseklavier und die Koffer der Tante standen bereits unten. Mattheis nickte wortlos, blickte aber Maria Anna aufmerksam an, als er das Gepäck schulterte. »Die Geige und die Tasche mit den Noten trage ich selbst.«

»Gib mir die Geige«, sagte Maria Anna und streckte die Hand aus, aber Wolfgang schüttelte den Kopf.

»Lieber die Noten.«

Er drückte ihr die Ledertasche in die Hand, die sie vor ihre Brust hielt, wie einen Harnisch. Sie wartete. Sie wartete auf etwas, das sie selber nicht recht kommen sah. Er musste etwas sagen, ihr etwas geben, sie trösten. Aber nichts davon geschah. Sie gingen auseinander, als wäre nichts zwischen ihnen geschehen, als hätten sie nichts füreinander empfunden, nichts voneinander empfangen.

Sie wollte es nicht verstehen.

»Wolfgang. Wann?«

»Was wann?

»Wann kommst du wieder?«

»Ich suche eine Stelle. Es kann Monate dauern. In Mannheim, denke ich, wird sich ein Platz finden.«

Er schickte sich an zu gehen, sah noch ein letztes Mal unterm Bett nach, in den Ecken in der Schublade des Schreibtisches, hob die Bettdecke ab. Im Zimmer erinnerte nichts mehr an ihn. Er würde es verlassen, ohne eine Erinnerung an sich zu hinterlassen, dachte Maria Anna. Das Bett, auf dem sie beide gelegen hatten, nahm dieses Wissen an sich und verbarg es unter den unzähligen Körpern, die bereits darin gelegen hatten und zukünftig darin liegen würden.

Er ließ ihr den Vortritt, deutete mit der Hand an, nach ihr das Zimmer zu verlassen.

»Warum gibst du mir keinen Kuss?«

»Maria Anna«, sagte er nur. Mit der freien Hand strich er ihr über die Wange, ließ seine Hand weiterwandern über die Frisur hinweg bis in den Nacken. »Müssen wir uns den Abschied schwerer machen, als er ohnehin ist? Du weißt, dass ich womöglich erst in einigen Jahren wieder in Augsburg sein werde.«

»Ich kann nachkommen«, warf sie ein.

»Ja. Kannst du«, bestätigte er, aber in seiner Stimme lag ein Ton, der ihr mitteilte: »Aber du wirst es nicht versuchen oder nicht dürfen.«

Sie senkte den Blick zu Boden, scharrte mit den Schuhen auf den Holzdielen.

»Du hast wundervolle Beine«, sagte er.

»Schade, dass sie brachliegen«, antwortete sie schnippisch.

»Sie sind doch bestellt worden«, nahm er ihre Doppeldeutigkeit auf.

Ihr war aber nicht nach Scherzen zumute, obschon sie sich ein Lächeln abzwang.

Sie sah ihn an, lange. In seinem Blick lag die Unruhe des Aufbruchs. Er befand sich bereits in Wallerstein, seiner nächsten Station, war gedanklich vielleicht schon über Wallerstein hinaus, in Mannheim, in Paris. Augsburg galt ihm als eine Episode. Sie selbst hatte er schon vergessen, oder war dabei, es zu tun. Eine Episode eben.

»Schreib mir wenigstens.«

»Ich schreibe so ungern.«

Sie wusste, was er dachte: Was soll ich ihr denn schreiben? Dass ich komponiere? Dass ich andere Frauen kennen lerne? Dass ich gegen den Herrn Papa aufbegehre? Dass ich deinen Körper vermisse, mehr als dich selbst? Darüber würde er nicht schreiben wollen.

»Schreib mir – nichts. Aber das möglichst originell. Bitte. Das dürfte dir doch nicht schwer fallen.« Jetzt war es heraus. Sie hatten sich nichts mehr zu sagen, aber das zumindest sollte er in Briefen formulieren. »Unsinnsbriefe, Possenreißerprosa, Dalkenpost, Hanswurstzeitungen«, scherzte sie. Das sollte er ihr bieten.

Sie gab ihm den Weg frei, und er ging an ihr vorüber die Treppen hinab. Sie roch seine Anwesenheit noch im Zimmer, dann folgte sie ihm hinunter zur Kutsche.

Mitten auf der Treppe blieb er stehen. Beinahe wäre sie über ihn gestolpert, hätte ihn mitgerissen. Sie standen, wie sie im Erkeraufgang zur Orgel von St. Ulrich und Afra gestanden hatten. Im Halbdunkel. Dicht voreinander. Er einen Kopf kleiner als sie. »Mein Violoncellchen!«, sagte er heiser. Mehr nicht. Er küsste ihre Hand, mit der sie die Noten vor ihrer Brust hielt, sich schützte wie mit einem Harnisch. Sollte sie die Arme sinken lassen? Sollte sie seinem Drängen nachgeben? Sanft drückte er den Schild aus Noten hinab. Die Ledermappe mit den Blättern darin gab ihr Dekolleté frei. Sie ließ es zu, dass er ihren Hals küsste, die beiden sichtbaren, weichen Hautstellen ihrer Brust. Maria Anna legte den Kopf in den Nacken. Das war der Abschied. Endgültig. Unwiderruflich. Wolfgang küsste sie nicht auf den Mund, wollte nicht den Geschmack der Liebe mit sich tragen, sondern den der Begierde. Es fiel ihr schwer, das zu akzeptieren.

Im selben Maße, wie er sich in ihren Ausschnitt wühlte, keimte in ihr ein anderer Gedanke. Sollte sie womöglich glauben, dass er nur ihren Körper begehrt hatte, nicht sie selbst? Sollte sie nicht an seine Zärtlichkeiten denken, sondern an seine Zudringlichkeiten? Sollte sie ihn vergessen? Schnell vergessen? Plötzlich glaubte sie, ihn zu verstehen, und drückte seinen Kopf an sich. Sie zog die Ledermappe heraus, die zwischen ihnen stand wie eine Mauer. Er sollte sie noch einmal spüren, er sollte spüren, dass sie bereit war, sich ihm zu geben, ohne Vorbehalt. Er sollte an sie denken müssen, nicht mehr ohne sie denken können.

»Du musst mir ein Konzert schreiben, Wolfgang. Nur mir. Schreib von unserem Zusammensein.«

Wolfgang schien sie nicht zu hören. Sie wollte aber die

letzten Minuten ihrer kurzen Liebe selbst gestalten. Maria Anna zog seinen Kopf zu sich hoch, küsste Wolfgang, ließ seine Lippen wieder los, drückte sie an ihre Brust, schob ihn tiefer. Er sollte ihren Duft einatmen, sollte ihn wie eine Fackel mit sich tragen und daran denken in seinen einsamsten Stunden. Sollte vergleichen können und sich zu ihr zurücksehnen.

Hier auf dem dunklen Treppenabsatz konnten sie ein letztes Mal Vertraulichkeiten austauschen, und sie wollte sich diese nicht von ihm diktieren lassen.

»Kinder!«

Der Ruf des Oheims riss sie aus ihrer selbstvergessenen Lust. Sie fühlte, dass ihr Hals über und über mit roten Flecken bedeckt war. Wolfgangs Gesicht glühte ebenfalls. Beide waren sie außer Atem.

»Wir müssen zu den anderen«, sagte Wolfgang und rang dabei nach Atem.

Maria Anna drückte ihn leicht an sich.

»Leider!«

Mit zitternden Knien stiegen sie abwärts. Maria Anna versuchte sich zu beruhigen, flacher zu atmen. Die Kälte draußen würde ihre hektischen Flecken rasch verblassen lassen, aber man sah ihr die Erregung an.

Als sie den Hof betraten, begrüßte sie ein eisiger Wind, der einen Geruch nach Regen mit sich trug. Die beiden Schwägerinnen lagen sich in den Armen, der Herr Vater sah ihnen misstrauisch entgegen. Etwas abseits warteten Stein und Graf auf Wolfgang.

Die Frau Mutter reichte der Tante eine Wegzehrung, der Vater drückte die Schwägerin ebenfalls kurz an sich, obwohl man ihm ansah, dass er solche Vertraulichkeiten nicht genießen konnte.

»Schön, Euch wieder einmal gesehen zu haben. Ich hoffe, wir waren keine Last.«

»Aber nicht doch. Bedauerlich, dass Leopold nicht dabei war. Wir denken an ihn und schreiben alsbald.«

Stein hatte Wolfgang entdeckt, schritt mit ausgestrecktem Arm auf ihn zu.

»Wir sehen Sie ungern scheiden, Mozart. Beehren Sie uns wieder. Und sprechen Sie über die steinschen Klaviere.«

»Das werde ich, mein Freund«, sagte Wolfgang und verschwand beinahe unter der herzlichen Umarmung Steins. Ein schulterklopfendes Schluchzen und Lachen. »Ein Augsburger, den es sich zu loben lohnt. Ein wahrer Künstler seines Fachs.«

Graf wirkte etwas verstört, als würde ihn Wolfgangs Abreise mitnehmen. Seine Augen schwammen. Er stotterte.

»Dass ich das erleben durfte. Dass ich … ich … erleben … es ist … war … wundervoll.«

Alles redete durcheinander, ineinander, so dass man die einzelnen Sätze kaum auseinander halten konnte. Es war ein einziges Gänsegeschnatter und Lärmen.

Auch Maria Anna fühlte, wie ihr die Tränen in die Augen stiegen. Jetzt hätte sie Wolfgang umarmen wollen, aber im allgemeinen Verabschieden war an solche Vertraulichkeiten nicht zu denken. Vor allem deshalb, weil der Vater sich vehement zwischen sie und Wolfgang stellte.

So konnte sie ihm nur die Hand geben, die er an die Lippen führte. Maria Anna sah ihm dabei in die Augen und konnte nicht verhindern, dass sie errötete. Aber in seinen Augen sah sie nicht Zuneigung oder gar Liebe. Sie sah darin – seine Musik. Er blickte sie an, er verabschiedete sich, er sprach zu jedem einige Worte, sogar Demmler, der in letzter Sekunde atemlos zum Tor hereinhastete und sich unverständlich und nur in Brocken bei Wolfgang bedankte, bedachte er mit einem kurzen Gespräch, aber seine Gedanken waren woanders. Er sah Musik. Er fühlte die Akkorde, nahm seine Umgebung wahr, wie er sie ihr beschrieben hatte, als Notenblatt, auf dem sich die Komposition bereits darstellte. Er komponierte. Zu allen Zeiten hatte er Musik im Kopf. Dass sein Schädel nicht barst unter dieser Fülle von Noten und Melodien, wunderte sie. In ihm gestaltete sich – ja, was? Ein Terzett, Quartett, Quintett oder gar Sextett? Sangen drei, vier, fünf, sechs Personen in seinem Kopf gleichzeitig und durcheinander und miteinander? Nahm er das Wirrwarr auf, das sich ihm bot, und setzte es um? Dieses Lachen und Danken, dieses Heulen und Schluchzen, dieses bewegende Händeschütteln und Wortgestammel. Oder komponierte er etwas ganz Gegensätzliches? Ein ruhiges Stück für Harfe oder Flöte? Wenn sie nur in diesen Kopf hineinsehen, in ihn hinabsteigen könnte, bis auf den Grund, um zu wissen, was sich wirklich darin abspielte.

Der Schwager schnalzte mit der Zunge, und die Pferde zogen unruhig an. Wolfgang und die Tante schreckten beide hoch, als erwachten sie aus einem Traum. Eine erneute Hektik des Verabschiedens brach aus. Abermals ein Händeschütteln, Schulterklopfen, Umarmen. Hastig diesmal angesichts der schnaubenden Rosse, die unruhig in den Geschirren zerrten. Der Vater öffnete den Verschlag, half der Tante in den Wagen. Im selben Augenblick begann es zu regnen. Mäßig stark, aber unangenehm. Maria Anna versuchte, ihre Frisur zu retten, aber das Tuch, das sie sich über die Haare warf, war zu dünn.

Wolfgang hielt das Gesicht in den Regen, dann erst schwang er sich in den Wagen. Sie glaubte, auf Wolfgangs Wangen Tränen zu sehen. Sie konnte sich täuschen. Er blickte nicht mehr zu ihr herüber. Verschwand im Verschlag.

Maria Anna freute sich auf die Tropfen vom Himmel. Man bemerkte die Zähren nicht sofort. Ihr Vater trat hinter sie.

»Wir werden eine Schützenscheibe malen lassen, auf der dieser Abschied verewigt wird. Lauter heulende Frauen, die einem Jüngling hinterhergreinen. Das wird ein ganz eigener Spaß werden für die Schützen. Kein Wunder, dass es regnet.«

Die Gäule zogen an. Maria Anna sah der Kutsche nach, die durch das Tor rasselte und in Richtung Klinkertor abbog. Wolfgang schob einen Arm aus dem Verschlag und winkte. Er blickte nicht mehr zurück. Nicht zu ihr, nicht zu seinen Augsburgern.

Maria Anna schluckte. Sie wusste nicht, ob sie etwas verloren oder etwas gewonnen hatte. Als sie die Kutsche nicht mehr sah, sprang sie auf die Straße hinaus und rannte ein Stück weit hinter ihr her, aber der Schwager trieb die Pferde an. Sie kam außer Atem, blieb stehen. Das Wasser lief ihr über das Gesicht, und ihre Frisur war endgültig zerstört.

Danksagung

Jedes Buch hat seine Mütter und Väter.

Wieder schulde ich großen Dank meinem Agenten, Roman Hocke, der ebenso an das Projekt glaubte wie mein Lektor, Matthias Bischoff. Ohne die Unterstützung dieser beiden hätte es den »Mozart« nicht gegeben.

Ebenso Dank schulde ich meiner Frau Ingrid, die immer eine unbestechliche Kritikerin ist, Maria-Stefanie Kemmerling, die mich mit Material und ihrem Rat unterstützte, und Uta Fuchs-Prestele, die sich Kapitelentwürfe geduldig angehört hat. Alle drei Kritikerinnen haben mir dabei geholfen, mich dem Seelenleben der Frauen zu nähern.

An dieser Stelle muss ich auch Herrn OStD Wolfgang Geyer meinen Dank abstatten, der viel geduldiges Verständnis für meine schriftstellerische Arbeit aufbringt.